Fabian Vogt

BUBE
DAME
KÖNIG

Fabian Vogt

BUBE DAME KÖNIG

Roman

Brendow
VERLAG + MEDIEN

Band 1 der Edition **Brendow** Auslese

Bibliografische Information Der Deutschen Bibliothek
Die Deutsche Bibliothek verzeichnet diese Publikation in der Deutschen Nationalbibliografie; detaillierte bibliografische Daten sind im Internet über http://dnb.ddb.de abrufbar.

ISBN 3-86506-037-4

Einbandgestaltung: Creativ-Werbung GmbH, Mülheim an der Ruhr
Satz: Hans Winkens, Wegberg
Druck und Bindung: Clausen & Bosse, Leck
Printed in Germany

www.brendow-verlag.de

Inhalt

I.

Sie halten mich alle für einen Abenteurer, einen Heißsporn, einen Draufgänger, der sich nicht scheut, seine Seele zu verkaufen, wenn sie mit Genuss bezahlt wird. Einen taktlosen Emporkömmling, der vor keiner Schandtat zurückschreckt. Sie haben Recht. Ich habe die Spielregeln meines Lebens nach Lust und Laune verändert. Warum auch nicht? Ich habe mir die Welt angesehen und schnell entdeckt, wie sie funktioniert.

Die meisten Menschen leben wie Spielfiguren, die sich schon glücklich wähnen, wenn die Hand des Schicksals sie aus unerklärlichen Gründen auf der Spielfläche um einen Platz nach vorne schiebt. Einige wenige haben im Laufe der Zeit das Spiel erlernt und kämpfen fortan mit verkniffenen Gesichtern um die verlogene Anerkennung der Mitstreiter, die selbst gern auf dem Podest des Siegers stehen würden. Mir war das von Anfang an zu wenig. Ich wollte nicht irgendwelchen sittlichen Vorgaben genügen und mich für das brave Erlernen eines wohlanständigen Verhaltenskodex feiern lassen. Nein!

Ich war ein leidenschaftlicher Spieler und habe früh angefangen, die Regeln selbst zu bestimmen. Ich habe beobachtet, wie die Würfel auf den Tisch fallen, und sie dann zu meinen Gunsten gedeutet. Ich habe keine Vorgaben akzeptiert. Warum soll denn die Sechs immer die höchste Augenzahl sein? Das Leben schien mir jeden Morgen wie ein weißes Blatt, das danach giert, mit dem Gebot des Tages beschrieben zu werden. Ich habe mich täglich neu erschaffen. Es war himmlisch.

Doch wer die Regeln missachtet oder sie gar auf den Kopf stellt, gilt den vielen Angepassten und Hörigen als Feind. Es gibt wohl kaum etwas, das eine Person suspekter macht, als wenn sie nicht einzuordnen ist und sich den Konventionen entzieht. Sie hassen mich. Weil ich die Spielregeln diktierte. Sie sollten sich und der Welt endlich den wahren Grund eingestehen: Sie ertragen meine zügellose Freiheit nicht.

Freiheit hat schon immer Angst ausgelöst. Weil in ihr die größte Sehnsucht aller Menschen zum Ausdruck kommt. Und darum habe ich nicht nur Feinde gehabt, sondern auch leidenschaftliche Verehrer, fast krankhafte Anhänger, die als meine Jünger mit mir zogen und nie verstanden, dass man die wahre Freiheit keinesfalls in der Abhängigkeit von einem Anführer finden kann. Wie viele sind in diesen Jahren an meiner Seite gewesen? Ihre Gesichter verschwimmen in der Erinnerung.

Ich weiß nicht, ob ich begabt bin. Aber meine Freiheit hat mich mit einer seltenen Fähigkeit gekrönt: Ich schaue Menschen an und sehe mit einem Blick, wonach es sie gelüstet. Ihre Wünsche und ihr Verlangen bedrängen mich geradezu. Es ist, als erhofften sich die geheimsten Begierden eines Gegenübers von mir eine lang verwehrte Erhörung. Sie greifen nach mir mit wilder Verzweiflung. Anfangs habe ich sie abgewehrt. Doch dann habe ich gelernt, sie für mich zu nutzen. Wenn man weiß, was ein Mensch aus ganzem Herzen begehrt, ist er leicht zu fangen. Ich habe denjenigen, die zitternd vor Lust nach Leben vor mir standen, immer genau das versprochen, was sie sich am meisten wünschten. Und sie haben mir aus der Hand gefressen. Julia hat einmal gesagt, dass ich meiner Fähigkeit, den Suchenden ihre eigenen Sehnsüchte anzudrehen, alles verdanke. Sie hat mich einen »Traumverkäufer« genannt.

Wer Menschen für sich gewinnen kann und sich frei fühlt, die Spielregeln des Lebens selbst zu schreiben, darf getrost mutig sein. Ich bin in die Salons der höchsten Machthaber spaziert und habe mich dreist zu ihnen gesellt. Ich wurde in Zeitungen verrissen und in Mythen zu einem Gott gemacht, weil ich der Furcht vor der eigenen Existenz keinen Raum gab. Ich war über Jahre in Europa das beliebteste Gesprächsthema bei all denen, die sich einmal meine Frechheit gewünscht hätten. Ich habe Weltmächte herausgefordert und Geschichte geschrieben.

Nur eines, eines habe ich niemals gewagt: Ich habe niemals zu jemandem »Ich liebe dich!« gesagt. Nie! Manchmal war ich kurz davor, doch immer, wenn die Silben beinah die Lippen erreicht hatten, verschloss ich mich. Ich hatte Angst, mich der magischen Gewalt dieser drei Wörter auszuliefern. War das meine tiefste Sehnsucht? Lieben zu können? Ich weiß es nicht. O ja, viele Frauen haben in meinen Armen gelegen, ich habe ihnen leidenschaftliche Geständnisse ins Ohr geflüstert und sie mit verführerischen Versen davon überzeugt, dass mein Herz ihnen gehört. Nur diese drei alles verändernden Wörter sind niemals in Anwesenheit eines anderen Menschen über meine Lippen gekommen. Eine Zeit lang war ich deswegen so verstört, dass ich anfing, vor dem Spiegel zu üben. Weinend habe ich geschrien: »Ich liebe dich! Ich liebe dich!« An ein anderes Ohr als das meine ist jene Erklärung, die einen Menschen so schmerzhaft verwundbar macht, aus meinem Mund aber nie gedrungen.

Jedes Mal, wenn ich spürte, dass ich dieses »Ich liebe dich« nicht mehr länger in mir einsperren konnte, bin ich geflohen, zurück in die Freiheit. Ich habe die Abhängigkeit der Liebe nicht ertragen. Und ich habe wohl nicht glauben können, dass eine Frau mich wirklich zu lieben vermag. Ob deshalb alles zunichte gemacht wurde, was ich erreichen wollte? Ich weiß es nicht. Schaut mich an, ihr Spötter und Rechthaber, ihr Besserwisser und Ehrgeizlinge, genießt euren Triumph, schaut, was ich geworden bin: ein alter, vertrottelter Narr, der am Ende seines Lebens um ein Stück Brot betteln muss. Die Seide hat sich in Sackleinen verwandelt. Es wird Zeit zu sterben. Aber ich will Julia fragen, ob sie mir zuhört. Julia, kommst du? Julia!

»Wir nehmen Gott, den Allmächtigen, zum Zeugen
und erklären angesichts der ganzen Welt:
Wir hängen unserem König in unveränderter Liebe
und unerschütterlicher Treue an und sind entschlossen,
für ihn zu leben und zu sterben.«

Korsische Erklärung vom 21. Januar 1737

Prolog

Die Geschichte des Theodor von Neuhoff kann nicht seelenruhig erzählt werden. Aber erzählt werden soll sie. So, wie sie sich uns zeigt, begegnen wir ihr erstmals am zweiten Advent des Jahres 1756 nach der Frühmesse in London, der damals größten Stadt der Welt, die wenige Jahre zuvor dem fernen Konstantinopel diesen wenig rühmlichen Titel abgerungen hatte. Zwei wohlgenährte Männer, die zu jener Zeit die Metropole zu Fuß umrundeten, um ihre Ausmaße deutlich zu machen, benötigten geschlagene sieben Stunden, bevor sie ihren Ausgangspunkt wieder erreichten.

In den buckligen und mit Löchern übersäten Straßen des kärglichen Stadtteils Soho erschienen an diesem vorweihnachtlichen Dezembertag die letzten Besucher des Gottesdienstes der St. Annenkirche, um fröstelnd unter den kahlen Ulmen nach Hause zu eilen. Ein leichter, kalter Nieselregen legte sich auf die Gesichter und verlieh ihnen einen feinen Glanz, der nicht ihrem inneren Empfinden entsprach. Reverend Sonheart, ein knurriger, vergrämter Einzelgänger, hatte den Gläubigen in seiner Predigt gewaltige apokalyptische Bilder vor Augen gemalt und dabei die Worte Jesu aus dem Lukasevangelium ausgelegt: »Es werden Zeichen geschehen an Sonne und Mond und Sternen, und auf Erden wird den Völkern bange sein, und sie werden verzagen vor dem Brausen und Wogen des Meeres, und die Menschen werden vergehen in Erwartung der Dinge, die da kommen sollen.«

Immerhin war es dem Gottesmann gegen Ende doch noch gelungen, für seine Herde mit den abschließenden Versen des Textes einen tröstlichen Bogen zum bevorstehenden Christfest zu spannen: »Und alsdann werden sie sehen den Menschensohn kommen in einer Wolke mit großer Kraft und Herrlichkeit. Wenn aber dieses anfängt zu geschehen, dann seht auf und erhebt eure Häupter, weil sich eure Erlösung naht.«

Der fast blinde Mann, der in diesem Augenblick aus der Dean Street in die Little Chapel Street einbog, hielt den Kopf dennoch gesenkt. Er war nicht mehr bereit, an irgendeine Erlösung zu glauben, solange sie sich als Vertröstung entpuppte, die seiner Angst keinen Einhalt gebieten konnte. Laut zog er die große Nase über dem dunklen Bart hoch, der von grauen Strähnen durchzogen war, und spie dann in weitem Bogen in den Rinnstein, wo der Auswurf von dem trüben Rinnsal des Regenwassers davongetragen wurde, das sich zwischen den Steinen einen Weg bahnte.

»Buh!«

Der Alte, der die fünfzig deutlich überschritten hatte, zuckte zusammen, als er den Laut neben sich hörte, doch dann hellte sich seine Miene auf. Für einen Moment schämte er sich, dass er gerade so ordinär auf die Straße gespuckt hatte, bald aber überwog die Freude. »Schascha! Was machst du denn bei diesem Wetter hier draußen?«

Das kleine Mädchen, das nicht viel älter als acht Jahre sein konnte, schmiegte sich an den schmucklosen Tuchrock des Bärtigen und streichelte seine Hand. »Ich warte!«

Der Mann schaute suchend umher, dann neigte er den Kopf und kräuselte die Nase. »Auf wen? Auf deinen Prinzen?«

Das Kind sah schelmisch zu ihm auf: »Großvater Albrecht. Du sollst dich nicht über mich lustig machen!«

»Das würde ich niemals wagen. Aber meinst du wirklich, dass er bei diesem widerwärtigen Wetter hier vorbeireitet? Mitten in der Stadt?«

Mit seiner knorrigen Hand prüfte er die Kleidung seiner Enkelin. Das Kittelchen des Mädchens hatte sich bereits mit Feuchtigkeit voll gesogen und klebte an dem dürren Körper wie eine zweite

Haut. Schascha grinste so breit, dass sich auf ihrer linken Wange ein Grübchen in die Haut legte. »Großvater, du weißt doch, wie das ist: Prinzen kündigen ihr Kommen nicht an.« Sie drückte kindlich verspielt die Knie zusammen. »Könige tun das ja auch nicht!«

Beunruhigt hielt Albrecht inne. Langsam legte er die Enden seines Mantels am Hals übereinander. Seine Stimme klang sehr brüchig, als er fragte: »Der König! Ist er schon aufgewacht?«

Das Mädchen lief plötzlich davon und zog hinter einem Ginsterstrauch einen hölzernen Puppenwagen hervor, dessen blumenbestickte Stoffbespannung ebenfalls durchnässt war. Konzentriert starrte es auf die verdreckte Puppe, die zwischen den Kissen hervorlugte. Schüchtern fragte es: »Ist er wirklich ein König?«

Der Großvater nickte fast unmerklich: »Zumindest war er einer. Und seine Königswürde ist ihm niemals aberkannt worden.«

Schascha schüttelte mit großer Konzentration die Decke des Wagens aus und murmelte: »Er stinkt!«

Albrecht ging mühsam in die Hocke, um mit seiner Enkelin auf einer Höhe zu sein. »Das stimmt. Er war viele Jahre im Gefängnis. Und dort hat man ihn nicht besonders gut behandelt.«

Mit einer trotzigen Bewegung schob das Kind sein Spielzeug von sich. »Warum ist er dann zu uns gekommen? Wenn er doch ein König ist?«

Der Großvater zog eine Augenbraue hoch. Ruhig sagte er: »In der Zeit, in der der König noch ein richtiger Herrscher war, wollten viele Leute seine Freunde sein. Jetzt verachten sie ihn. Sie lachen über ihn, weil er sich nicht mehr wehren kann. Weißt du: Als er heute Morgen entlassen wurde, ist er als Erstes zum Botschafter des Landes Portugal gefahren, einem seiner alten Bekannten. Doch der hat ihn einfach rausschmeißen lassen!«

Schaschas Augen leuchteten, und sie musste ihre Erkenntnis sofort mitteilen: »Wahrscheinlich, weil er so stinkt.«

Vorsichtig strich der Bärtige dem Kind über den Kopf: »Weißt du: Dreck kann man abwaschen. Und wenn jemand nur dann dein Freund sein darf, wenn er gut riecht, dann ist deine Freundschaft nicht viel wert. Der König hat vor vielen Jahren, als er noch mächtig war, bei mir viele Kleider nähen lassen. Weil ich wie er ein Deutscher bin. Damals waren wir gerade erst in London angekommen – und dank seiner Aufträge konnten wir hier Fuß fassen. Das vergesse ich ihm nie. Ich bin sein Freund, auch wenn er stinkt. – Aber du hast meine Frage noch nicht beantwortet: Schläft er noch oder nicht?«

Das Mädchen schaute verstohlen auf den Boden. »Als ich aus dem Haus gegangen bin, war er noch nicht aufgewacht.«

Energisch griff der Alte nach der Hand der Kleinen. »Komm, Schascha. Lass uns reingehen. Es ist viel zu kalt, um draußen zu spielen.«

Sie entzog sich ihm. »Bitte, Opa, lass mich noch eine Weile hier warten. Nur ein ganz kurzes Bisschen.«

Er schüttelte bedenklich den Kopf: »Na gut, aber nur noch ein paar Minuten. Deine Mutter macht sich bestimmt schon Sorgen um dich.«

»Och, das glaube ich nicht. Ich mache mir Sorgen um sie: Sie klebt schon wieder an der Wand.«

Der Großvater lachte. Er ging behutsam die nasse Straße hinunter und verschwand im Haus mit der Nummer 5. Das Mädchen schaute ihm lange nach. Dann blickte es wieder konzentriert die Straße hinunter, als sehe es dort eben gerade einen wunderschönen Jüngling auf einem stattlichen Schimmel herantraben.

Zur selben Zeit bog eine große Mietkutsche vom Leicester Square in die Wardour Street ein, um Richtung Oxford Road zu fahren. Es war einer jener modernen Wagen mit stählerner Federung, die erst vor kurzem eingeführt worden waren und nun überall von neugierigen Jungen bestaunt und voller Ehrfurcht berührt wurden.

Im Fond des eleganten Gefährts saß ein verschnupfter Mann von etwa dreißig Jahren und rieb sich die Nasenflügel über dem sorgfältig gestutzten Schnurrbart. Er trug einen blauen Wollfrack mit Hornknöpfen über einer Weste aus weißem Pikee und eine gelbe Wildlederhose. An seiner Seite lag statt eines Degens ein Stock aus Ebenholz, dessen Griff drei ineinander greifende Kettenglieder als Intarsie zierten. Auf dem leicht geneigten Kopf des erkennbar gut situierten Gentlemans ruhte eine kunstvoll gelegte und mit Puder durchzogene Perücke, die bei jeder Bewegung eine feine Staubwolke absonderte. Darüber aber schwebte ein Dreispitz. Nervös zog der Mann ein Taschentuch aus seinem Rock und putzte sich die juckende Nase. Dann faltete er das Tuch zusammen und begann, mit einem Zipfel die Pistole zu reinigen, die auf seinen Knien lag. Dabei fragte er unruhig: »Wann sind wir denn endlich da?«

Er musste schreien, um das kreischende Geräusch der Metallräder auf den Steinen zu übertönen. Der Kutscher, dessen linker Arm fehlte, warf einen Blick durch die Scheibe hinter seinem Sitz, als wolle er sehen, was er am geschicktesten antworten könnte. Schließlich rief er: »Gleich, Sir!«

Der Passagier beugte sich aus dem Fenster und hielt dabei seinen Hut fest: »Riecht es hier immer so?«

Der Einarmige zog die Zügel etwas fester. Ein verhaltenes Lächeln tanzte auf seinem Gesicht: »O nein, Sir, heute ist es angenehm. Der Regen dämpft den Geruch. Ihr könnt übrigens dankbar sein. Noch vor kurzem sind hier jeden Morgen die Viehherden durchgetrieben worden, die die Bauern auf dem Markt verkaufen. Da hat es wirklich gestunken. Zum Glück gibt es jetzt endlich die New Street. Die wurde extra wegen der vielen Tiere gebaut, die immer die Straßen voll scheißen. Ihr solltet das genießen, Sir! Diese Mischung aus Asche, Verwesung, Heu und Mist: Das ist London.«

Noch einmal zog ein schräges Grinsen über sein Gesicht, als er die Pferde wieder antrieb. Der Passagier zog angewidert seinen Kopf zurück und schloss das Fenster mit einem Ruck. Die Finger seiner linken Hand strichen nervös die Pistole entlang, als könnten sie sich daran festhalten. Der Kutscher blickte währenddessen suchend umher und bog dann mehrfach wahllos ab, um an diesem Sonntagmittag jemanden zu finden, der ihm den Weg weisen könnte.

In der Little Chapel Road fiel ihm ein kleines Mädchen auf, das dort zitternd mit seinem selbst gezimmerten Wägelchen am Straßenrand stand. Doch er beschloss weiterzufahren, bis er einen älteren Passanten entdecken würde. Als er sich dem Kind näherte, kreuzten sich ihre Blicke, und dem Kutscher war für einen Augenblick, als könne er in diese gierigen Augen hineinfallen, so groß und weit schauten sie auf die glänzende Karosse.

In dem Moment, in dem das eindrucksvolle Gefährt auf Höhe des Mädchens war, nahm dieses plötzlich seinen klapprigen Kinderwagen und schob ihn mit aller Kraft, über die es verfügte, auf die Straße. Knirschend zermalmte das Hinterrad der Kutsche die hölzerne Konstruktion, trennte der Puppe den Kopf vom Leib und ließ das darin enthaltene Stroh herausquellen. Die kleinen Eisenstäbe, die dem Spielzeug als Achsen dienten, wurden einen Moment lang mitgeschleift und fügten dem tiefen Klagen der Kutschenräder ein hohes, kratzendes Schreien hinzu. Wütend ließ der Kutscher die Pferde anhalten: »Wie kann man nur so töricht sein? Ich hätte große Lust ...«

Die Stimme des Reisenden aus der Kutsche unterbrach ihn: »Was ist denn los?«

Der Einarmige stieg vom Kutschbock und schimpfte dabei weiter: »Der Puppenwagen dieser Göre ist unter die Räder gekommen.«

Der Passagier blickte auf das Mädchen hinunter, das unbeweglich dastand und ihn mit großen Augen anstarrte. Unvermittelt fragte es: »Du! Bist du ein Prinz?«

Überrascht von der Frage, vergaß der Mann seinen Ärger über die Unterbrechung für einen Moment. Ein Lächeln flog über sein Gesicht wie ein Vogel, der den Himmel entlangzieht. Doch er war offensichtlich im Umgang mit Kindern unerfahren, denn er antwortete sehr ernsthaft: »Ein Prinz? Nein! Ich heiße Frederik.«

Das Kind trat an die Kutsche heran: »Aber der Prinz heißt doch Frederik!«

Der Kutscher zerrte die Überreste des Puppenwagens hervor, während der Reisende schmunzelte: »Du meinst Prinz Friedrich, den Sohn von König Georg II. Ich hoffe nicht, dass ich der bin, der ist nämlich schon vor einigen Jahren gestorben. Ich bin Lord Frederik von Kilmarnok. Pass auf: Ich gebe dir zehn Schilling, davon kannst du dir ein neues Spielzeug kaufen.«

Während der Mann nach seiner Geldbörse griff, musterte ihn das Mädchen von oben bis unten: »Du siehst aber aus wie ein Prinz.«

Lord Kilmarnok zuckte bedauernd mit den Schultern: »Tut mir Leid, dass ich dich enttäusche. So, und jetzt muss ich weiter.« Er hielt dem Kind die Münze hin und lehnte sich dabei weit aus dem Fenster. Doch das durchnässte Mädchen fing plötzlich an, bitterlich zu weinen. Tränen schossen aus seinen Augenwinkeln und vermischten sich mit dem Regen auf seinem Gesicht. Irritiert schaute der Reisende den Kutscher an, dann holte er eine weitere Münze aus seiner Börse. Das Kind aber wollte sich nicht beruhigen. Es schluchzte: »Du musst mit mir reinkommen und mit meiner Mama reden!«

Der Kutscher war inzwischen wieder auf seinen Sitz gestiegen. Lord Kilmarnok schüttelte den Kopf: »Ich muss leider weiter. Ich habe es sehr eilig.«

Das Mädchen begann erneut zu weinen, diesmal so laut, dass an zwei Häusern auf der gegenüberliegenden Straßenseite die Fenster geöffnet wurden und neugierige Gesichter hervorlugten. Unruhig blickte sich der Kutscher um: »Sir, lasst uns weiterfahren! Ihr werdet doch wohl nicht in so ein dreckiges Loch steigen, nur weil eine alberne Göre weint. Mit den zwanzig Schilling kann die Familie eine ganze Monatsmiete bezahlen. Ihr dagegen werdet Euch bei Leuten dieser Art wahrscheinlich irgendwelche Krankheiten einfangen.«

Während der Einarmige gesprochen hatte, war das Kind rot angelaufen und hatte energisch mit dem Fuß auf den Boden gestampft. Mit einem zornigen, aufbrausenden Stolz blickte es auf den Kutschbock: »Bei uns ist alles sauber. Und wir haben etwas, was du niemals haben wirst, du komischer Mann, du: Wir haben einen König bei uns zu Gast.«

Plötzlich war es still. Als hätte jemand den Regen und den Wind angehalten und die letzten Vögel zum Schweigen gebracht. Zumindest erschien es dem Reisenden so, dessen Hände sich um die Pistole verkrampften, die die ganze Zeit neben ihm auf dem Sitz gelegen hatte. Das Mädchen entdeckte den ungezügelten Hass, der von den Gesichtszügen des Lords Besitz ergriff, und trat instinktiv einen Schritt zurück. Das war gut so, denn im selben Augenblick flog die Tür der Kutsche auf und der Edelmann stieg heraus. Ohne die Bewegung im Geringsten verbergen zu wollen, steckte er seine Waffe in den Gürtel und nahm das Mädchen grob an der Hand: »Lass uns zu dir gehen!«

Ungehalten klang die Stimme des Kutschers von oben herab: »Sir, Ihr wisst, dass ich hier in den Straßen höchstens eine Stunde stehen bleiben darf.«

Lord Kilmarnok würdigte ihn keines Blickes. Leise zischte er: »Keine Sorge, so lange werde ich gewiss nicht brauchen.«

Der Adlige zog das Mädchen, das sich unter seinem festen Griff wand, hinter sich her. Doch als er die Haustür fast erreicht hatte, stockte sein Schritt. Durch die Öffnung klang ein weicher Gesang, der wie frische Seide an seiner Haut herabfloss. Sanft schlichen sich die Töne der Melodie in die Erinnerung des aufgewühlten Mannes, der verblüfft entdeckte, dass ihm die Musik vertraut war. Nach kurzem Zögern erkannte er ein Weihnachtslied, das er als Kind selbst oft gesungen hatte, Worte, die in ihm Bilder einer vergessen geglaubten Vergangenheit hervorriefen. Er, der bisher nur englisch gesprochen hatte, sah das Mädchen erstaunt an und fragte dann in deutscher Sprache: »Deine Familie spricht Deutsch?«

Die Kleine nutzte die Gelegenheit, um ihren Arm mit einem Ruck aus der Umklammerung zu befreien: »Natürlich, mein Opa kommt aus Westfalen.« Mit kindlichem Stolz fügte sie hinzu: »Ich kann aber auch Französisch. Meine Uroma hat nämlich in Frankreich gelebt. Je suis …«

Energisch, als sei es ihm peinlich, sich selbst bei einer Sentimentalität ertappt zu haben, und als müsse er den kurzen Moment der Schwachheit abschütteln, wandte sich Lord Kilmarnok wieder zur Tür und drückte die Klinke.

Im Inneren des Hauses bot sich ihm ein seltsamer Anblick: Der Raum war mit Dutzenden von Talglichtern erhellt, in deren Schein eine junge Frau Papierbögen mit Hilfe einer faulig riechenden Masse an die hintere Zimmerwand klebte. Mit geübten Fingern strich sie die Bahnen glatt und achtete darauf, dass die Muster an den Kanten scheinbar nahtlos ineinander übergingen und die große Fläche langsam, aber sicher mit einer wild wuchernden Pflanzenpracht überzogen. Auf dem gelben Grund der Bögen stritten feste grüne Ranken und blaue Blütenreihen um die Vorherrschaft. Kunstvoll kreuzten sich die gemalten Gewächse, berührten einander an einigen Stellen beinahe und strebten dann doch wieder voneinander fort, um sich der nächsten Pflanze zu nähern. Diese sich wiederholende Struktur erhielt ihren besonderen Reiz durch kleine rote Vögel, die in jedem dritten Muster auf der Ranke sitzend von der jeweils daneben liegenden Blüte kosteten. Der feine Pinselstrich und die Natürlichkeit der Motive verliehen der Wand so intensive Konturen, dass der Betrachter sich in das Bild hineingezogen fühlte.

Verblüfft starrte Lord Kilmarnok auf die lebhafte Fläche. Dann aber glitt sein Blick an der Frau herab. Sie trug nur ein beigefarbenes Korsett, auf dem die gewellten dunklen Haare ihrerseits ein mäanderndes Muster bildeten. Zwischen den Schnüren, die den Rücken einsperrten, blitzte hell die Haut hervor. Die Beine aber steckten in einer Männerhose. Da der Adlige noch niemals ein weibliches Wesen in Hosen gesehen hatte, war er einen Augenblick lang unsicher, ob er tatsächlich eine Frau vor sich hatte. Dann aber drehte sich die Dunkelhaarige um und sein Blick fiel auf ihr Dekolleté. Mit einer neckischen Geste strich sie sich die Haare aus dem Gesicht und lächelte das kleine Mädchen aufmunternd an. Dann erst wandte sie sich dem Eindringling zu. Belustigt über sein verwirrtes Gesicht, fragte sie: »Könnt Ihr nicht klopfen?«

Offensichtlich besann sich der Mann schnell auf sein Vorhaben, denn er sagte mit befehlsgewohnter Stimme auf Deutsch: »Wo ist er?«

Die Frau legte den gerade aufgenommenen Papierbogen zur Seite, wischte ihre verklebten Hände an der Hose ab und zog die Augenbrauen zusammen. Sie musterte den erregten Mann misstrauisch. Ein lauernder Zug erschien auf ihrem Gesicht und verlieh ihr etwas Katzenhaftes. Sie flüsterte eindringlich: »Schascha, komm her!« Dann hob sie fragend die Hand: »Wer seid Ihr?«

Ohne auf die Frage zu antworten, zog Lord Kilmarnok seine Pistole aus dem Gürtel und richtete sie auf die Frau: »Ich will wissen, wo er ist.«

Das kleine Mädchen schniefte heftig, klammerte sich noch fester an die Frau, als wolle es eins mit ihr werden, und rührte sich nicht mehr. Nur das Knarren der Dielen durchbrach die Stille. Wortlos starrten die Frau und der Mann einander an. Da ließ eine ruhige

Stimme von der Treppe den Lord herumfahren: »Ihr wollt Geld? Vergesst es! Es ist keines mehr da! Ihr kommt zu spät.«

Gemächlich stieg die bisher verborgene Gestalt die Stufen hinunter. Nach und nach wurde im Licht der Lampen der ausgemergelte Körper eines alten Mannes sichtbar. Endlich tauchte auch sein Gesicht aus dem Schatten auf. Zwischen den Strähnen des Bartes lugten volle Lippen und runde Wangenknochen hervor, die ihm etwas von einem grau gewordenen Hamster gaben. Die dichten Brauen stachen wie kleine Gebüsche aus dem frisch gepflügten Feld der Stirnlinien hervor. Die dunklen Augen aber schauten herausfordernd auf den Edelmann, an dessen Hals ein Muskel zuckte.

Ohne ein Wort zu sagen, schwenkte Lord Kilmarnok seinen Arm herum, so dass die Mündung der Waffe auf den Greis zeigte, spannte den Hahn und drückte ab.

Der schrille Schrei des Mädchens nahm den Knall auf. Die Frau in Hosen warf sich instinktiv über die Kleine und drängte sie zu Boden, wo beide mit einem dumpfen Ächzen im Leim landeten. Der alte Mann dagegen fiel schwer auf die Treppe, rutschte haltlos die letzten Stufen hinunter und blieb regungslos auf den Fliesen liegen. Schnell verbreitete sich der herbe Geruch des Schießpulvers im Raum, während der Dampf aus der Pistole vor das üppige Grün des Wandschmucks zog wie eine kleine Wolke über eine Frühlingslandschaft. Auf dem Antlitz von Lord Kilmarnok zeigte sich ein Zug tiefer Befriedigung.

Als der Schütze sich zur Tür wandte, um zu gehen, stand dort ein kräftiger, fast schon kahler Geselle, dessen Kleider über und über mit Blut besprengt waren. Mit einem unterdrückten Schrei hieb er dem Lord die Faust ins Gesicht und ließ ihn rückwärts ins Zimmer zurücktaumeln. Ein Schlag in die Magengrube und ein weiterer auf das Kinn setzten den Adligen gänzlich außer Gefecht. Er sackte auf dem Boden zusammen, gekrümmt wie ein Fragezeichen. Der kräftige Mann rief ängstlich ins Zimmer: »Isabelle? Ist dir etwas passiert?«

Die Frau richtete sich langsam auf, als müsse sie selbst erst einmal ihre Unversehrtheit prüfen, und nahm das kleine Mädchen tröstend in den Arm. Dann sagte sie: »Mir geht es gut. Schascha auch! Er hat auf Jizchak geschossen.«

Verblüfft beugte der große Mann den Kopf: »Was? Auf den greisen Frömmler? Wer will denn dem etwas antun?«

Isabelle wischte sich mit einer angeekelten Bewegung den Kleber von den Ellenbogen: »Keine Ahnung!« Als käme ihr erst jetzt der Ernst der Situation wirklich in den Sinn, stürzte sie zur Treppe, um nach dem alten Mann zu sehen. Der saß inzwischen mit schmerzverzerrtem Gesicht auf der untersten Stufe und hielt sich den rechten Arm. Dabei schimpfte er vor sich hin: »Wie kann man nur so schlecht schießen? Das gibt es doch gar nicht! Ich meine, es gehört schon einiges dazu, jemanden aus zwei Meter Entfernung zu verfehlen. In meiner Jugend hätte man sich für so einen Schuss geschämt. Na ja! Vielleicht habe ich aber auch einfach Glück, dass ich so dünn bin.«

Isabelle zog seine Hand nach oben, um einen Blick auf die Verletzung zu werfen: »Er hat dich doch getroffen!«

Jizchak schüttelte den Kopf: »Nicht richtig! Es ist nur eine Fleischwunde. Das wird schon wieder. Lass uns lieber mal diesen Verrückten angucken. Nebenbei, Philipp, du sündiger Metzger: Wenn du mich noch einmal einen greisen Frömmler nennst, dann zeige ich dir mal, wie man richtig boxt.«

Offensichtlich war die Wunde doch schmerzhafter, als der alte Mann zugeben wollte, denn sein Lachen endete in einem ächzenden Klagelaut. Trotzdem erhob er sich aus eigener Kraft und wandte sich dem Adligen zu, der mitten im Zimmer auf dem Boden lag und gerade wieder zu sich kam. Sein Kinn war dunkel angelaufen und sein linkes Auge schwoll so schnell zu, dass man dabei zusehen konnte. Die junge Frau stellte sich vor den Geschlagenen und sah ihn böse an. Sie warf ihr Haar energisch nach hinten und deutete dann mit dem Finger auf ihn. Fordernd sagte sie: »He, Ihr da! Vielleicht erinnert Ihr Euch an meine Frage: Wer seid Ihr?«

Der Mann stützte sich auf seine Ellenbogen und schwieg. Das Mädchen aber senkte neckisch den Kopf und flüsterte: »Mama, er heißt Frederik. Lord Frederik von Kelmandock oder so! Und er ist überhaupt kein Prinz!«

Schascha umschlang Isabelle von hinten und linste neugierig an ihrer Hüfte vorbei. Der Adlige hob zum ersten Mal den Blick: »Ich heiße Kilmarnok. Lord Frederik von Kilmarnok.« Dann schwieg er wieder.

Jizchak krempelte vorsichtig den Ärmel über seiner Wunde hoch und betrachtete die Verletzung. Ohne seinen Angreifer eines Blickes zu würdigen, fing er an, seinen Gedanken über ihn freien Lauf zu lassen: »Nun: Er ist wahrscheinlich einer dieser gedungenen Mörder aus Genua, die dem König noch immer nach dem Leben trachten. Oder einer der vielen Gläubiger, die sich an dem so gepriesenen und so wohlhabenden Königreich dumm und dämlich verdienen wollten. Nein, wartet mal. Jetzt habe ich es!« Er grinste breit in den Raum: »In den Steckbriefen aus Genua hieß es doch immer, der König sei so unglaublich gut aussehend. Wahrscheinlich hat dieser Kerl deshalb geglaubt, ich sei es.« Er bekräftigte seine Schlussfolgerung mit einem meckernden, hohen Lachen.

Lord Kilmarnok sah ungläubig im Zimmer umher. Sein Blick huschte von einer Person zur nächsten und verharrte in tiefer Ratlosigkeit. Stammelnd fragte er: »Was? Ihr ... Ihr, du bist es nicht? Du bist nicht der König?«

Jizchak erhob sich langsam und lehnte sich dann schwer auf den Handlauf der Treppe. Seine Stimme klang leicht sarkastisch: »Eure Lordschaft! Schaut mich doch einmal etwas genauer an. Sehe ich etwa aus wie ein König?« Plötzlich wurde er ernst: »Na gut, Theodor sieht auch nicht mehr aus wie ein König. Aber Euer Gedächtnis scheint genauso miserabel zu sein wie Eure Treffsicherheit. Ihr kommt hier hereingestürmt, wollt den König erschießen und erinnert Euch nicht einmal mehr daran, wie er aussah?«

Der immer noch am Boden Liegende hatte plötzlich Tränen in den Augen. Unsicher rückte er seine Perücke zurecht und sprach mehr zu sich als zu den Anwesenden: »Ich kenne ihn gar nicht! Ich bin ihm auch nie vorher begegnet. Ich bin nach London gekommen, um die Ehre meiner Familie zu verteidigen.«

Isabelle nahm eine einfache Mantua vom Stuhl und hängte sie sich über die entblößten Schultern. Ihre Stimme war eng und gepresst: »Und Ihr meint, dass Ihr Eure törichte Familienehre wiederherstellt, wenn Ihr einem Sterbenden die letzten Tage raubt und daneben ein Kind zu Tode erschreckt?«

Als der Adlige sich erheben wollte, stellte ihm Philipp den Fuß auf die Brust und stieß ihn kraftvoll zurück. Lord Kilmarnok verlor das Gleichgewicht und schlug mit dem Kopf gegen eine Truhe, schien es aber in seiner Wut gar nicht zu bemerken. Schwer atmend lehnte er an dem Möbelstück, und es sah aus, als hätte er alle verfügbaren Muskeln seines Körpers gleichzeitig angespannt. Stolz hob er den Kopf und rümpfte die Nase. Plötzlich strömten die Worte aus seinem Mund wie ein Hornissenschwarm: »Der König. Euer König.« Verächtlich schnellte sein Kinn noch höher: »Ihr habt doch keine Ahnung. Er ist ein widerliches Schwein, ein gewissenloser Hochstapler, ein Schmarotzer, der die Welt zum Narren gehalten hat. Er verdient den Tod, nicht nur einmal, nein, tausendmal. Selbst ein Tier hat mehr Anstand im Leib als diese eklige Missgeburt. Keiner von euch weiß, wie es ist, wenn so jemand Schande über eine Familie gebracht hat. Er hat uns alles genommen. Und ich werde nicht eher Frieden finden, bis ich mich gerächt habe. Diese Ratte …«

Die Flüche hallten in dem kleinen Zimmer nach. Keiner sagte etwas. Jizchak kam von der Treppe und setzte sich auf den Stuhl, von dem Isabelle ihr Kleid genommen hatte. Sanft sagte er: »Ihr kennt ihn wirklich nicht. Wie Ihr ihn beschreibt … so ist der König nie gewesen!«

Lord Kilmarnok zog die Nase hoch, da er es nicht wagte, zu seinem Taschentuch zu greifen: »König! Ich höre immer nur König! Dass ich nicht lache. Ein aufgeblasener Popanz ist er, sonst nichts. Wer hat ihn denn jemals ernst genommen? Keiner. Man hat ihn ausgelacht. Ganz Europa hat sich über ihn amüsiert. Er war das Gespött aller Höfe dieser Welt.«

Er beugte sich vor: »Kennt Ihr die berühmte holländische Karikatur von ihm? Da sieht man ihn auf langen Stelzen, wie er verzweifelt versucht, eine über ihm hängende Krone zu erreichen. Aber er kam nicht dran. Nicht einmal mit diesen langen Dingern unter den Füßen. Er hatte einfach nicht das Format zu einem Herrscher. Er ist einfach ein Stück Unrat!«

Verächtlich spie Kilmarnok neben sich auf den Boden. Isabelle strich sich die Haare aus dem Gesicht: »Nun, zumindest hat er wesentlich bessere Manieren als Ihr! – Ich glaube, dass Ihr keine Ahnung habt, wovon Ihr eigentlich sprecht und was für ein Mensch er ist.« Ihre Züge entspannten sich: »Der König ist herzlich und voller Leidenschaft für das Leben. Er kann so ... so begeisternd sein. Und er war immer großzügig. Er hat damals sogar meine Taufe bezahlt, als mein Vater kein Geld besaß. Er ist ..., nun, er war ein edler Mann.«

Der Körper des Adligen zuckte unkontrolliert. Nur langsam gewann er die Beherrschung zurück. Für einen Moment rührte er sich nicht mehr, dann fragte er lauernd: »Wieso: ›Er war‹?«

Jizchak riss den zerfetzten Ärmel seines Hemdes ab, um die Wunde zu verbinden. Mit zusammengebissenen Zähnen murmelte er: »Der König liegt im Sterben. Sie haben ihn aus dem Gefängnis entlassen, weil sie nicht für seine Beerdigung aufkommen wollen. Der Arzt hat gesagt, dass er höchstens noch eine Woche zu leben hat. Lasst ihm diese Woche. Sie würde Euren Hass nicht mindern.«

Lord Kilmarnok stützte sich erneut auf, als wolle er sich erheben. Philipp zuckte nach vorne, doch Isabelle hielt ihn mit einer Handbewegung zurück. Als der Adlige aufgestanden war, richtete er seine Kleider und strich den Stoff glatt. Scharf fragte er: »Warum? Warum sollte ich das tun? Warum sollte ich diesem Haufen Dreck etwas gönnen?«

Isabelle strich ihrer Tochter, die sich immer noch an sie schmiegte, beruhigend über das Haar: »Warum? Mein Gott, was wollt Ihr eigentlich? Der König kann niemandem mehr etwas tun. Er ist schwer krank und halluziniert die meiste Zeit. Ja, er erkennt nicht einmal mehr die Menschen um sich herum. Er nennt selbst mich andauernd mit fremden Namen. Bringt es Eurer Ehre irgendetwas, wenn Ihr einen wirren alten Mann tötet?«

Auf der Straße fuhr eine Kutsche vorbei, und das kreischende Geräusch der Räder erfüllte das Haus und schnitt jedes Wort ab. Lord Kilmarnok ließ seinen Blick langsam durch den Raum schweifen, während er sein schmerzendes Kinn rieb. Direkt unter dem Fenster des schmalen Zimmers stand ein großer Schneidertisch, der mit einer dünnen Staubschicht bedeckt war. Deutlich war an einer Stelle der Abdruck einer Schere zu erkennen, die jemand weggenommen hatte. In dem kleinen Kamin, der schmucklos in die Wand eingelassen war, brannte ein mageres Feuer. An der Rückwand aber, an der die junge Frau gearbeitet hatte, gingen zwei Türen ab, die zwischen den angebrachten Papierbögen wie die Augen eines schlafenden Riesen in den Raum ragten. Als nähme er seine Umgebung erst jetzt richtig wahr, fragte der Eindringling, indem er auf die Wand zeigte: »Was ist das hier?«

Isabelle ging an ihm vorbei und stellte sich schützend vor die Wand. Mit einem ironischen Unterton sagte sie: »Das? Ihr solltet eigentlich wissen, was das ist. Oder kommt Ihr von so weit vom Land, dass Ihr die neusten Moden dort gar nicht erst kennen lernt? Das, was Ihr hier seht, heißt Tapete.« Ihr Blick war mit einem Mal voller Stolz: »Falls Ihr es tatsächlich noch nicht mitbekommen habt: Die Zeiten der bemalten Räume und des Stucks sind vorbei. Darin sind sich alle Experten einig: Es bricht eine neue Epoche heran. Bald wird man in allen Häusern der Reichen die Wände mit bemalten Stoffen behängen. Und ich werde ihnen die Muster dafür liefern.«

Lord Kilmarnok zog verwundert die Oberlippe hoch. Dann sagte er mit leicht nasaler Stimme: »Welcher Edelmann wird von einer einfachen Arbeiterin ein Muster kaufen wollen?«

Die junge Frau wandte sich angewidert ab. Schascha aber schoss aus der Ecke, in der sie sich ängstlich verkrochen hatte, hervor, stellte sich vor dem Adligen auf die Zehenspitzen und gab ihm mit ihrer winzigen Hand eine Ohrfeige. Dann huschte sie blitzschnell zu ihrer Mutter zurück, um sich hinter ihr zu verstecken. Mehr verblüfft als erschreckt trat der Lord einen Schritt zurück. Dann hob er, verärgert über seine Irritation, die Hände. Philipp näherte sich dem Mann drohend, so als sei er für einen Anlass zum Verprügeln des Eindringlings dankbar, doch Isabelle hielt ihn wieder zurück: »Lass! Da sieht man nur, dass Geld keine Garantie für wirklichen Adel ist. Der Kerl ist vielleicht fein angezogen, aber er hat die Manieren eines Bauern und die Seele eines Unteroffiziers. Wer andere erniedrigen muss, ist immer selbst von Zweifeln zerfressen. Wir sollten ihn bedauern.«

Erbost zog der Zurechtgewiesene seine Jacke gerade und wollte eben zu einer heftigen Erwiderung ansetzen, als hinter der linken Tür ein verzweifelter Ruf erschallte: »Julia!«

Ehe einer der Anwesenden reagieren konnte, sprang Lord Kilmarnok an Isabelle vorbei, ergriff die Klinke und stürmte in die Kammer: »Wo ist das Schwein?«

Durch die Türöffnung kam ein schwacher Lichtschimmer, in dem sich der Rücken des Adligen deutlich abzeichnete. Konzentriert versuchte er, in aller Eile das Halbdunkel mit seinen Blicken zu durchdringen. Während die übrigen Anwesenden wie versteinert auf Lord Kilmarnok starrten, griff dieser zu einem Messer, das er am Hosenbund verborgen hatte, und hielt es vor sich. Kurz spiegelten sich die schwachen Lichter der Fenster in der Klinge, bevor er sie hob. Schascha heulte auf, als der Mann mit festen Schritten in dem Raum verschwand.

Zwei Sekunden später taumelte er zusammengekrümmt rückwärts wieder heraus und hielt sich den Bauch. Hinter ihm erschien Albrecht, der Großvater des Mädchens, und reckte strahlend einen Schürhaken in die Luft. Seine Augen folgten dem Metall, als hielte er ein Schwert in der Hand: »Ich wusste, dass Genua wieder Mörder schicken würde. Sie können es einfach nicht lassen. Und als ich den Schuss gehört habe, war ich bereit. Lang lebe der König.«

Albrecht salutierte militärisch korrekt und hüpfte dabei vor Freude leicht in die Luft. Seine Begeisterung steckte die anderen an. Isabelle nahm ihrem Vater den Schürhaken aus der Hand, mit dem der halb Blinde im Raum herumfuchtelte. Sie besann sich und sagte leise: »Lang lebe der König. Wie schön das klingt. Du weißt, dass er nicht mehr lang leben wird. Und das liegt nicht an solchen Trotteln wie diesem hier, sondern an der mangelnden Gesundheit seiner Majestät.«

Albrecht schaute mitleidig auf den um Atem ringenden Lord, dem Philipp gerade die Hände fesselte. Dann schüttelte er sich und nickte widerwillig: »Geh rein, Isabelle, er will dich sehen! Wir kümmern uns um diesen Kerl.«

Die junge Frau trat zu ihrer Tochter und begann, auch ihr die Spuren des Kleisters von den Kleidern zu streichen. Trocken erwiderte sie: »Der König will nicht mich, er will irgendeine Julia sehen. Und ich habe keine Lust, eine andere Frau für ihn zu spielen.«

Albrecht starrte sie verwundert an. Offensichtlich hatte er nicht mit einem Widerspruch seiner Tochter gerechnet. Er kratzte sich nachdenklich am Hals: »Isabelle. Du bist für ihn diese Julia. Ist das so schlimm? Bitte enttäusche ihn nicht. Er hat es schwer genug. Guck nicht so. Ja, er ist immer noch etwas wirr, aber er spricht weiterhin davon, dass er dir etwas diktieren muss. Bitte, Isabelle!«

Die junge Frau zog verärgert die Schultern hoch: »Papa, ich kann nicht. Begreifst du das nicht! Ich muss arbeiten. Falls du es noch nicht bemerkt hast: Deine Augen werden jeden Tag schlechter. Nähen kannst du schon lange nicht mehr. Und wenn die Stadt merkt, dass ihr Aushilfsnachtwächter nicht mehr richtig sieht, wirst du diese Arbeit auch verlieren. Wovon sollen wir dann leben?«

Albrecht fiel in sich zusammen. Der Enthusiasmus über seinen Sieg verließ ihn genauso schnell, wie er gekommen war. Seine Stimme ging in ein Jammern über: »Isabelle. Es ist sein letzter Wille. Er hat so viel für uns getan.«

Isabelle beugte sich zu ihrer Tochter, um ihr einen Kuss auf die Stirn zu geben. Unwillig fragte sie: »Papa, wem will denn ein halbtoter König noch schreiben?«

Der Alte streckte die Handflächen vor, als präsentiere er ein Tablett für die gesuchte Antwort: »Ich weiß es nicht, aber es scheint das Letzte zu sein, was ihn noch interessiert. Er spricht von nichts anderem: ›Ich werde ihnen alles erklären. Sie sollen die ganze Wahrheit erfahren‹, sagt er.«

Jizchak murmelte: »Wahrscheinlich ist er schon so weggetreten, dass er denkt, er könne ein letztes Mal Verbündete für eine Rückkehr auf den Thron finden. Zumindest liegt ihm etwas auf dem Herzen, was er loswerden will.« Der gewitzte Mann, der inzwischen seine Wunde notdürftig verbunden hatte, erhob sich von seinem Stuhl und strich sich über sein kahles Haupt: »Isabelle! Dein Vater hat Recht. Schon in den Zeiten, in denen ich bei ihm im Gefängnis war, hat er oft davon gesprochen, dass er noch etwas zu erledigen hätte. Ich habe allerdings keine Ahnung, was das sein sollte. Wahrscheinlich eine Art Testament. Oder eine Beichte. Andererseits: Ist das so wichtig? Ihm bedeutet es viel. Kommt es dann noch darauf an, was es uns bedeutet?«

Er zuckte leicht mit den Schultern: »Ich gebe zu: Ich habe seine andauernde Sehnsucht, sich der Welt zu erklären, damals für eine Marotte gehalten. Ich dachte immer: Warum will er sich denn jetzt noch rechtfertigen. Aber ich weiß auch, dass er sehr unter dem Spott und den Hänseleien gelitten hat, die ihm regelmäßig zugetragen wurden. Er fühlte sich zutiefst verletzt, weil er überzeugt war, dass keiner seiner Kritiker sein Anliegen wirklich verstanden hatte. Ich könnte mir vorstellen, dass sein Wunsch in diese Richtung geht. Offensichtlich gibt es einige Personen, denen er vor seinem Tod noch einmal die Wahrheit über sein Leben mitteilen möchte.«

Isabelle wandte sich den zusammengelegten Papierbögen zu, die sich gerade wieder von der Wand lösten: »Philipp, dieser Knochenleim hält immer noch nicht. Du musst ihn verbessern. – Wenn euch die Erzählungen des Königs so wichtig sind, dann schreibt sie doch selbst auf. Ich kann nicht!«

Sanft legte der Jude seine Hand auf die Schulter der Frau: »Was ist los mit dir? Du weißt doch, wie es ist: Dein Vater sieht nichts mehr, Philipp muss zurück in die Metzgerei – und ich, ich habe eine kaputte Hand.« Er hielt seine von der Gicht verkrümmte Rechte hoch: »Außerdem verlangt er nun einmal nach dir.«

Isabelle fuhr unwirsch herum: »Ich will aber nicht. Ich muss Geld verdienen.«

»Ich zahle dir ein Pfund pro Tag.« Niemand hatte mehr auf den am Boden liegenden Mann geachtet, der nun trotzig den Kopf hob und sein Angebot wie einen Eindringling in den Raum stellte. Die Frau in Männerhosen strich sich erneut die Haare aus dem Gesicht. Mit einem abschätzenden Blick versuchte sie, den Fremden zu durchschauen. Sie reagierte zögerlich: »Ein Pfund pro Tag? Das ist ziemlich viel Geld. Warum?«

Lord Kilmarnok spielte nervös mit seiner Zunge zwischen den Vorderzähnen und versuchte dabei, sich mit den gebundenen Händen an der Wand hochzudrücken: »Alle hier scheinen sich einig zu sein, dass dieser verfluchte Kerl anders ist, als die Welt denkt. Ja, dass man sich in ihm getäuscht hat. Wenn ich euch zuhöre, dann klingt es auf einmal so, als ob die vielen wohlangesehenen Menschen, die es für nötig hielten, mich vor ihm zu warnen, alle verrückt sind. Ich möchte wissen, ob das stimmt. Ich möchte wissen, wer hier die Wahrheit verdreht. Und da du nur bereit bist, die wie auch immer geartete Rechtfertigung des Bettlerkönigs aufzuschreiben, wenn du deinen Unterhalt sichern kannst, bin ich bereit, dich dafür zu bezahlen. Hör auf diese beiden alten Männer.« Er blickte nach rechts zu den beiden, um sich ihre Zustimmung einzuholen.

Isabelle machte eine wegwerfende Handbewegung: »Ich soll Euch für Euer Geld das Diktierte vorlesen? Das mache ich nicht!«

Der Gefangene hatte seinen Oberkörper wieder aufgerichtet. Er suchte ihre Augen mit seinem Blick: »Es reicht, wenn du mir erzählst, was er gesagt hat. Und wenn etwas zu Persönliches dabei ist, dann lass es einfach weg. Einverstanden?«

Mit einem Ruck zog die junge Frau gleich mehrere Papierbögen von der Wand und knüllte sie zusammen. Schweigend drückte sie den klebrigen Haufen dem Mädchen in die Hand und starrte dabei auf den Boden. Schascha aber grinste sie an: »Kaufst du mir von dem vielen Geld ein neues Kleid?«

Isabelle blickte auf das immer noch feuchte einzige Kittelchen ihrer Tochter und schluckte. Dann sagte sie: »Gut. Da ihr euch ja alle einig seid. Ich werde zu ihm gehen. Und Ihr, Lord Kilmarnok ...«, sie sprach den Namen aus, als spuckte sie ihn auf die Erde, »... könnt heute Abend wiederkommen. Dann werde ich Euch für ein Pfund berichten, was er mir erzählt hat. Und ich werde entscheiden, was ich Euch sage und was nicht. Damit das klar ist. Mach ihn los, Philipp!«

Sie hob die Schere auf, die vor ihr auf dem Boden lag, und hielt sie dem jungen Mann hin. Man sah dem Metzgergesellen an, dass ihm die Entwicklung der Dinge nicht gefiel. Er hätte dem Eindringling lieber eine gehörige Tracht Prügel verliehen, doch ein Blick auf das geschwollene Gesicht des Mannes beruhigte ihn. Er nahm Isabelle die Schere aus der Hand, wobei er sorgsam darauf bedacht war, ihren Handrücken bei der Übergabe zu berühren. Dann schnitt er die Fesseln auf und ließ Lord Kilmarnok frei. Dieser wandte sich sofort zur Haustür, hielt dann aber noch einmal kurz inne: »Augenblick! Woher weiß ich, dass dort hinten tatsächlich der Mann liegt, den ich suche? Vielleicht ist das hier alles eine einzige Farce.« Er klang jetzt wieder so herrisch und sicher wie bei seinem Eintreten: »Ich will ihn sehen! Nur einen Augenblick.«

Allerdings hatte er wohl aus den soeben gemachten Erfahrungen gelernt, denn er versuchte gar nicht erst, seinem Wunsch nachzugeben und mit Gewalt zu der Kammer vorzudringen, sondern blickte fordernd in den Raum. Jizchak kramte konzentriert in seiner Tasche: »Ihr erwartet doch nicht ernsthaft, dass wir Euch zu ihm lassen. Aber es gibt etwas, das ich Euch zeigen möchte.«

Geheimnisvoll lächelnd zog der Jude seine Hand wieder aus dem Rock hervor, öffnete sie und hielt Lord Kilmarnok eine kleine Münze hin: »Schaut sie Euch gut an. Es ist eine der seltenen Silbermünzen zu einem halben Scudo mit dem Bild des Königs darauf. Sie wurden in seinem Land geprägt – und sie ist das Letzte, was Seiner Majestät von seinem herrlichen Reich geblieben ist. Der König hat dieses Kleinod auch in den Zeiten, in denen es ihm elendig ging, niemals ausgegeben. Es symbolisiert sein Lebenswerk. Im Gefängnis bekam er eines Tages Angst, die Münze könne ihm gestohlen werden, darum hat er sie mir anvertraut. Aber jedes Mal, wenn ich kam, um ihn zu besuchen, musste ich sie mitbringen. Es ist, als ob er sich daran festhält. Diese Münze sagt ihm, wer er ist. Versteht Ihr: Wenn die Anfeindungen und das Gelächter um ihn herum immer größer werden, weiß er bisweilen selbst nicht mehr so genau, ob er sich das nicht alles eingebildet hat: den geschmückten, königlichen Palast, die schreienden, jubelnden Menschenmassen, die wilden Feldzüge, die goldene Krone und seinen Hofstaat. Und dann lässt er sich von mir dieses Silberstück zeigen und sieht: ›Es ist wahr. Ich bin der König.‹«

Lord Kilmarnok drehte sich um, ging aus dem Haus und zog die Tür so energisch hinter sich zu, dass der Knall die Zurückgebliebenen zusammenfahren ließ. Sanft zog Isabelle ihre Tochter an sich und flüsterte ihr ins Ohr: »Wann ist endlich Schluss mit dem Wühlen in der Vergangenheit? Ich will das nicht mehr! Wir beide, du und ich, wir müssen nach vorne schauen. Nur nach vorne. Hörst du!«

Schascha nahm die Hand ihrer Mutter und drückte einen vorsichtigen Kuss darauf. Die Turmuhr der St. Annenkirche schlug zwei, und aus dem Himmel über der Stadt mischten sich kleine Schneeflocken wie Sterne unter das beständige Nieseln. Im Haus aber löste sich Isabelle aus der Umarmung, ging erst zögernd und dann mit zunehmender Gewissheit auf die Tür zur kleinen Kammer zu und trat mit einem Satz in die Geschichte ein.

II.

Es gibt Gut und Böse nicht in Reinform. Diese Worte sind nur Andeutungen für die zwei Seiten einer Medaille. Das Gute allein macht jedenfalls nicht glücklicher als das Böse. Mag das auch noch so oft hingebungsvoll verkündet werden. Beides, Gut und Böse, legt den Menschen in Ketten und raubt ihm seinen Willen. Das Böse, weil es heimtückisch die Macht über alles Streben übernimmt, das Gute, weil es auf perfide Art die Freiheit des Menschen untergräbt: Einer, der nur noch Gutes tun will, hat ja keine Wahl mehr. Er ist wie eine Kompassnadel ausgerichtet, er muss den ewig gültigen Gesetzen des edlen Lebens gehorchen und verliert sich darin. Er gibt sein Ich gänzlich an das Gute ab. Ich konnte das nie. Obwohl ich es versucht habe. Vergeblich. Das Leben funktionierte bei mir nicht nach solch einfachen Formeln. Ich spürte, dass jeder, der eifrig nach Gutem strebt, von der Angst beherrscht wird, etwas falsch zu machen, so sehr, dass er verkrampft und verzagt. Und meist schienen mir diese Menschen keineswegs lebenstauglicher als diejenigen, die sich niemals dem Ideal des Guten verschrieben haben.

Gebt es zu, ihr Gutgläubigen: Es existiert nicht nur ein Fanatismus des Bösen, sondern auch einer des Guten. Wer mit verbissener Miene Heil verkündigt, unterscheidet sich in nichts von demjenigen, der willentlich dem Bösen Vorschub leistet. Wie ich solche Pharisäer hasse! Jeder, der sich keine Fehler mehr erlaubt, beraubt sich mit blank poliertem Gewissen des Guten, nachdem er so sehr giert. Und eines weiß ich sicher: Die durch und durch Guten haben in dieser Welt noch nie etwas bewegt. Vielleicht, weil es ihnen an Mut mangelt, dem Bösen ins Auge zu schauen. Sie stehen weit weg und schimpfen, aber sie machen sich nicht dreckig, denn das würde ihr eigenes Dasein beschmutzen.

Diejenigen, die den Lauf der Geschichte verändern, kennen ihre dunklen Anteile. Sie lügen die Schatten nicht weg, sondern wissen, dass man sie nur dann hinter sich lassen kann, wenn man ins Licht schaut. Und je höher die leuchtenden Ideale stehen, denen solche Lebenskünstler nachfolgen, desto kürzer werden ihre Schatten. Irgendwann sind die schwarzen Anhängsel für sie so selbstverständlich geworden, dass sie kaum noch darüber nachdenken, geschweige denn darüber stolpern. Diejenigen dagegen, die ewig vom Guten reden, machen nichts anderes, als ihren eigenen Schatten pausenlos zu studieren. Sie glauben tatsächlich, sie könnten vor ihm davonlaufen, wenn sie ihn nur lange genug analysieren und verdammen. Welch ein Irrsinn, welch eine Hybris: Seinem Schatten entkommt man nicht. Denn das Dunkle ist ein treuer Weggefährte. Und wen man nicht besiegen kann, mit dem soll man sich verbünden. Nur wer die Freiheit hat, Böses zu vollbringen, hat auch die Freiheit, Gutes zu tun.

Ich habe mich mit meinen Schatten angefreundet. Ich heiße sie nicht gut, aber seit ich sie nicht mehr als Feinde betrachte, komme ich plötzlich mit ihnen zurecht. Meinte Jesus das, als er sagte: »Liebet eure Feinde!«? Vielleicht verlieren die Menschen, die sich ihrer Schatten bewusst sind, auch schneller ihre Allmachtsfantasien. Ich jedenfalls erfuhr sehr bald, dass Gut und Böse letztlich nicht in meiner Hand liegen: Der schlechteste Wille konnte unendlich viel Gutes zur Folge haben und die beste Absicht den Nächsten mit Leid überschütten. Ich genieße diese Erkenntnis. Ich bin frei, mich mit aller Kraft für ein Ziel einzusetzen, und ahne zugleich, dass in meinem Handeln gerade nicht das Heil der Welt liegt. Abgesehen davon sind mir in all den Jahren keine überzeugenden Kriterien begegnet, um Gut und Böse wahrhaft zu unterscheiden.

Beide kommen allzu gerne im Gewand des anderen daher und verführen die Sinne. Ich kann diejenigen, die sich an ein Ideal des Guten klammern, dennoch verstehen, sie scheuen die frustrierende Suche nach dem, was wirklich trägt. Vielleicht lähmt sie auch nur die Furcht, dass es möglicherweise gar kein Gut und Böse gibt.

Ich habe für diese Erkenntnis teuer bezahlt: mit meinem Leben – einem Leben, das von Anfang an unter dem Doppelstern von Gut und Böse stand. Mein Gott, warum konnte ich es nicht ein einziges Mal einfach haben? Ich musste immer wählen, selbst bei den Dingen, bei denen alle anderen Menschen Gewissheit haben. Geboren wurde ich am 25. August, dem heißesten Tag des Jahres 1691, der schon mittags ein Gewitter so schwül und wütend ankündigte, dass die Hebamme zugleich schwitzte und fröstelte. Nicht einmal das Wetter wollte sich für mich entscheiden. Als ich den Leib meiner Mutter verlassen hatte, erklärte mich die Helferin nach kurzem Anschauen für tot und legte mich achtlos zur Seite. Mein Vater, der mich wenig später in einer Decke hinaustrug, um mich hinter dem Haus zu vergraben, bemerkte den flatternden Hauch von Leben in mir und holte mich zurück. So wurde ich zweimal geboren.

Meine Mutter, die noch zwischen den blutigen Laken lag und fassungslos über meinen Tod trauerte, bekam an diesem Tag ebenfalls einen Riss in ihrer Seele. Einerseits liebte sie mich nach meiner Rückkehr mit einer Hingabe, die aus dem Irrtum eine Auferstehung machte, andererseits konnte sie es sich niemals verzeihen, dass sie nicht selbst ein Auge auf mich geworfen und somit meinen Verlust, den sie ja wahrhaft empfinden musste, mitverschuldet hatte. Sie wollte immer nur Gutes für mich, so sehr und so intensiv, dass daraus ein Kerker für mich wurde. Um sicherzugehen, dass es mir auch an nichts mangelte, ließ sie mich nicht nur nach calvinistischem Bekenntnis, sondern einige Monate später auch noch katholisch taufen. Zweiteres bedurfte eines wüsten Lügengebildes, das sie in Anbetracht meiner messianischen Attribute dem Priester mit rotgeklatschten Wangen und einem Beutel Münzgeld als die ach so reine Wahrheit andrehen konnte. So wurde ich zweimal gesegnet.

Vielleicht liegt mir das Hin- und Hergerissensein aber auch im Blut. Schon mein Vater kannte die Not, zwischen zwei Welten wählen zu müssen. Er entschied sich als junger Mann für Amelie, die betörende Kaufmannstochter aus Visé, gegen den erklärten Willen seiner Familie, die eine derartige Liaison für einen angehenden Baron strikt ablehnte und ihn mit Anfeindungen verfolgte, die man dem ärgsten Feind nicht wünschen würde. Doch die Ermahnungen fruchteten nichts, sie machten alles nur noch schlimmer. Mein Vater hatte sein Herz verloren und versuchte nach seiner Enterbung, als Kommandant eines der Forts von Metz seiner kleinen Familie ein Auskommen zu schaffen. Obwohl ich ihn nie wirklich kennen gelernt habe – er starb einige Jahre nach meiner Geburt –, schwebte seine zwiegespaltene Seele immer über uns. Die Familie Neuhoff nahm zwar meine Mutter, meine Schwester und mich in einem Anflug von Reue auf dem Familiengut Pungelscheid bei Werdohl auf, doch sie ließ mich immer spüren, dass etwas Ungeheuerliches in meinen Blutbahnen floss, ein wahrhaft explosives Gemisch, von dem Gefahr ausging. Und meine Mutter, die noch immer eine bezaubernde Frau war, hatte bald einen energischen Verehrer, der sich über mich einen Zugang zu ihrem Herzen erhoffte. So wurde ich zweimal erzogen.

Dieses Muster hat mich nicht verlassen. Ich habe zu keiner Zeit meines Lebens gewusst, wo ich hingehöre. Immer rissen mindestens zwei Wirklichkeiten an mir und forderten eine Entscheidung. Sie hielten meine Seele unter Spannung: Gut und Böse, Hell und Dunkel, Trauer und Freude. Diese Spannung hat mich frei gemacht, mich zu entscheiden, doch was soll ich mit einer solchen Freiheit? Ich verfluche sie. Heute weiß ich überhaupt nicht mehr, was ich bin: ein König, ein Baron, ein Kaufmann oder einfach ein Idiot, der tatsächlich glaubt, dass es einen Ort der Geborgenheit gibt, an dem der ewige Zwiespalt seiner Seele ein Ende hat? Ich werde es wohl nicht mehr herausfinden – aber er kann es. Wenn er meinen Brief eines Tages erhält. Er wird verstehen, was ich nicht verstehe. Julia, komm, ich will dir erzählen, wie es wirklich war. Schreib es auf, bitte ... Julia!

»Theodor zeigte in allen ritterlichen Übungen Mut und Gewandtheit. Waffen und Kriegswesen waren seine früheste Beschäftigung, während zugleich die Gewöhnung des Hoflebens den Sinn bedeutender Verhältnisse und geselliger Feinheiten in ihm ausbildete.«

K. Varnhagen von Ense, Biographische Denkmale

5. Dezember

Lord Kilmarnok betrachtete sein grün unterlaufenes Auge im Spiegel und fluchte laut vor sich hin. Die Beschimpfungen verfingen sich in den schweren golddurchwirkten Vorhangstoffen, und für einen Moment schien es dem Adligen, als verdunkelten seine Worte das exquisit eingerichtete Zimmer der Herberge an der Themse. Im Laufe des Tages hatte der Ärger über sein Versagen immer weiter zugenommen und sich zuletzt mit einer beängstigenden Verzweiflung verbunden, die nach und nach Besitz von ihm ergriff. Es war nicht nur der Ärger über den verfehlten Schuss, sondern das Erschrecken darüber, dass er derart die Kontrolle über sich verloren hatte. Eine eigentümliche Scham erfüllte ihn, ohne dass er dieses zermürbende Gefühl hätte näher beschreiben können; eine Demütigung, ein Unbehagen, das sein ganzes Dasein in Frage stellte, als wären die in ihm angestauten Gefühle wie ein Tor zur Seite geschwungen und hätten den Blick auf einen dahinter liegenden Abgrund freigegeben, in dessen Tiefe er zu stürzen drohte. Die Glockenschläge, die von Big Ben herüberzogen, hallten dumpf in seinem Kopf nach, und Lord Kilmarnok stellte sein Whiskyglas so fahrig auf den Tisch, dass sich der Inhalt über den Rand auf den Tisch ergoss.

Am frühen Nachmittag hatte der Adlige seinem Diener, einem untersetzten, dunkelhaarigen Schweizer namens Felix, harsch befohlen, die eben in den Schränken verstauten Kleider wieder einzupacken und eine Überlandkutsche zu bestellen. Er verspürte das dringende Bedürfnis, den Ort seiner entblößenden Niederlage so schnell wie möglich zu verlassen. Doch während er dem unterwürfigen Begleiter beim Zusammenlegen der seidenen Hemden zugesehen hatte, war ihm zunehmend bewusst geworden, dass er nicht vor dem floh, was geschehen war, sondern vor dem, was geschehen könnte. Sein spontaner Vorschlag, diese Frau in Hosen für etwas zu bezahlen, das ihm Schmerzen bereiten würde, kam ihm inzwischen gänzlich absurd vor. Ärgerlich wischte er sich den kalten Schweiß von der Stirn, der immer dann auftrat, wenn er sich verunsichert fühlte. Die Vorstellung, sich erneut der Geschichte seines Feindes stellen zu müssen, die er doch in seiner Fantasie schon Tausende von Malen durchlitten hatte, erschreckte ihn zutiefst. Sie war bei aller Abscheu im Laufe der Jahre zu seiner eigenen Geschichte geworden und vertrug keine Korrekturen.

Schwer ließ sich der Lord in einen der Sessel am Fenster fallen. Er wollte sich gerade zur Beruhigung eine Zigarre anstecken, als er bemerkte, dass sich das von draußen einfallende Licht verändert hatte: Unruhig schwamm es durch die Glasscheiben und brach sich wie Wellen im Spiegel. Die große Brücke vor dem Fenster brannte! Er sprang wieder auf und starrte durch die Vorhänge hindurch in den weiten Feuerwall, der die über den Fluss gezogene Häuserreihe in ein zuckendes Abendrot tauchte. Wie rötliche Geysire schossen die Flammen bis zu den Kaminen empor und züngelten hämisch gen Himmel, als wollten sie das Dunkel aus der hereinbrechenden Nacht lecken. In den Torbögen der Gebäude flogen Funken umher und suchten gierig nach Nahrung. An den Wänden aber wiegten sich im Rhythmus des Flackerns die Schatten der Menschen, die verzweifelt versuchten, den heißen Wellen Einhalt zu gebieten.

Verwirrt beobachtete der Lord, dass einige der Umstehenden heftig Beifall klatschten, als forderten sie eine Zugabe. Einer von ihnen, ein langer, dunkelhaariger Arbeiter mit schwerem Matrosengang, stellte sich den Löschmannschaften in den Weg und trat demonstrativ gegen die schweren Holzeimer der Helfer, bis das Wasser hinausschwappte. Kurz darauf kam es zwischen den verschiedenen

Gruppen zu ersten Schlägereien. Wütende Schreie hallten durch die Gassen. Der Adlige wollte sich gerade abwenden, als er unter den zahllosen Schaulustigen, die das Feuer angelockt hatte, auch das kleine Mädchen bemerkte, das ihm am Vormittag den Weg gewiesen hatte. Es stand wohl auf einer Tonne oder etwas Ähnlichem und lugte neugierig über die Köpfe der Versammelten hinweg auf den Brandherd. Dann plötzlich war es verschwunden. Wenig später bemerkte der Beobachter, dass es behände zwischen den Beinen der Erwachsenen hindurchschlüpfte und versuchte, zum Kai zu kommen. Lord Kilmarnok ergriff seinen Mantel und lief ins Freie.

Als er sich der Themse näherte, spürte der Suchende bei jedem Schritt die zunehmende Hitze im Gesicht. Die Flammen waren inzwischen auf eines der vorderen Häuser übergesprungen und bemalten die weiße Fassade mit schwarzen Zacken. Schwer atmend erreichte er das Ufer in der Nähe eines schräg liegenden Frachtkahns, dessen Heck halb gesunken zu sein schien. Das Mädchen war nirgends zu sehen.

»Kann ich Ihnen helfen, Sir?«

Felix, der seinem Herrn gefolgt war, ergriff indigniert dessen Mantel und legte ihn ordentlich zusammen. Lord Kilmarnok ließ währenddessen seinen Blick durch die Menge schweifen. Die Zahl der Zuschauer war noch weiter gestiegen, und rund um die brennende Brücke rangen Menschen aller Altersklassen miteinander. Ein geschickter Maler hätte in dem Durcheinander der vom Feuer beleuchteten Kämpfer prachtvolle Motive für ein Höllenszenario entdeckt. Der Adlige betrachtete das Geschehen, ohne es zu begreifen. Laut, um das Schreien der Menschen zu übertönen, sagte er: »Was ist hier eigentlich los?«

Der Diener rümpfte die Nase und nickte mit dem Kopf Richtung Gasthaus: »Die Bürger der Stadt haben die Brücke angezündet, Sir. Zum zweiten Mal in wenigen Wochen.«

Lord Kilmarnok ignorierte die auffordernden Blicke seines Dieners: »Warum? Warum sollte jemand so töricht sein und die Londonbridge anzünden?«

Felix hustete und hielt sich ein Taschentuch vor den Mund, um den Rauch nicht einatmen zu müssen: »Nein, Sir, sie haben nicht die Londonbridge angezündet, sondern die dahinter liegende Holzbrücke, eine vorübergehende Hilfskonstruktion. Habt Ihr auf der Hinfahrt gar nicht bemerkt, dass wir über eine Behelfsbrücke gefahren sind?« Er zögerte: »Mit Verlaub, Eure Lordschaft, seit Ihr heute Morgen ohne mich die Herberge verlassen habt, wirkt Ihr bedrückt. Gibt es etwas, das ich für Euch tun kann?«

Der Adlige schüttelte unsicher den Kopf. Sein Kammerdiener wartete eine kurzen Moment, dann fuhr er mit seiner Erklärung fort: »Die große alte Brücke soll doch abgerissen werden. Das ist auch dringend nötig. Im Lauf der Jahre hat man die neunzehn Pfeiler wegen der vielen Brückenhäuser so oft befestigt und verstärkt, dass jetzt fünf Sechstel des Flusses zugebaut sind. Wie Ihr seht, schießt das Wasser mit ungeheurem Druck durch die Bögen. Schiffe passen da schon lange nicht mehr durch, und die kleinen Kähne kämpfen mühsam mit der wilden Strömung. Ich habe jedes Mal Angst, wenn ich über dieses labile Ungetüm fahre. Und ich scheine nicht der Einzige zu sein. Darum hat die Stadt beschlossen, eine neue Brücke mit größeren Bögen zu bauen. Auf der soll es aber keine Häuser mehr geben. Im Augenblick ist die Brücke eine kleine Ortschaft für sich – mit Hunderten von Bewohnern. Sie alle wehren sich gegen den Neubau, demonstrieren gegen den Abriss und boykottieren die Arbeiten, wo sie nur können.«

Aus der Geräuschkulisse drangen immer häufiger Schmerzensschreie. Lord Kilmarnok beugte sich zu seinem Begleiter: »Ich begreife das nicht. Sie wollen ihre Häuser retten, indem sie sie anzünden?«

Die Antwort war nur schwer zu verstehen: »Nein, Sir, indem sie die Ersatzbrücke anzünden. Das Ganze ist ein völliger Irrsinn. Die Bewohner der Brücke zünden die Holzbohlen an und behindern die vierhundert Bauarbeiter beim Löschen. Aus Rache scheren die sich nicht darum, wenn die Flammen auf die Gebäude der alten Brücke überspringen. Warum auch? Sie sollen ja ohnehin abgerissen werden. Und so stehen beide Seiten da: Jeder möchte, dass die Brücke des anderen brennt und die eigene vor den Flammen bewahrt wird. Und weil sich die Gruppen jetzt auch noch Straßenschlachten liefern, werden bald beide Brücken abgebrannt sein. Das ist die Krönung der Dummheit.«

Der Diener trat einen Schritt zurück, als sich eine kleine Gruppe Kämpfender näherte. Hasserfüllt schlugen die Männer mit qualmenden Holzstöcken aufeinander ein und beschimpften ihre Gegner wüst, während hinter ihnen die Flammen immer mehr Häuser anfraßen. Der Lord hielt weiter nach dem Mädchen Ausschau: »Was für ein Trauerspiel! Diese Leute wollen die Zukunft verhindern und zerstören damit ihre Vergangenheit?«

Felix wich erneut einen Schritt zurück, da nun regelmäßig Funkenschwärme vom Wind ans Ufer getrieben wurden: »So könnte man es auch ausdrücken.«

Sein Herr schüttelte den Kopf: »Das ist dumm, es ist einfach dumm!«

In einem der brennenden Häuser öffnete sich auf einmal ein Fenster und das Gesicht des Mädchens tauchte neben vielen anderen in dem dunklen Rahmen auf. Die Kinder streckten ihre Köpfe heraus und musterten die Umgebung, als wollten sie abschätzen, wie viel Zeit ihnen im Inneren noch bliebe. Jedes von ihnen hielt einige Gegenstände umklammert, wohl um sie aus dem Feuer zu retten.

»Plündern sie oder lassen sie sich von den Bewohnern für ihre Rettungsaktionen bezahlen?«, fuhr es Lord Kilmarnok durch den Kopf. Ohne nachzudenken, hob er die Hand und winkte dem Mädchen zu. Sie sah es und schaute einen Moment überrascht und verwundert zu ihm hin. Dann erkannte sie ihn offensichtlich, denn ihr Mund öffnete sich zu einem breiten Lachen und sie winkte unbefangen zurück. So schnell, wie sie erschienen war, verschwand sie wieder.

Felix, der versuchte, seinen Herrn vor den vorbeifliegenden Funken zu bewahren, die vom aufkommenden Wind in immer größeren glitzernden Schwärmen herangetragen wurden, fuchtelte hektisch über dessen Kopf herum und stieß dabei gegen die ausgestreckte Hand. Entschuldigend zog er sich zurück. Dann murmelte er: »Darf ich fragen, was Ihr da tut, Sir?«

Der Adlige senkte plötzlich den Blick. Er nahm spielerisch die Hand herunter, holte ein Tuch aus der Tasche und putzte umständlich seine Nase. Dann lächelte er den Bediensteten an: »Ich weiß es selbst nicht genau. Ich dachte, ich hätte ein kleines Mädchen gesehen, dem ich zwei Münzen für einen kaputten Spielzeugkinderwagen schuldig geblieben bin.«

Felix schluckte elegant einen Kommentar hinunter. Dann fragte er unterwürfig zweifelnd: »Einen Spielzeugkinderwagen? Habe ich Euch richtig verstanden, Eure Lordschaft?«

Der Adlige lächelte: »Ja, ich habe etwas versprochen und es nicht gehalten. Ich möchte nicht, dass das Kind von mir enttäuscht ist. Es ist schrecklich, enttäuscht zu werden.«

Der gut gekleidete Mann empfand beim Anblick der brennenden Bauten auf einmal eine tiefe Zufriedenheit, auch wenn ihm die Hitze Tränen in die Augen trieb. Das Schicksal hatte für ihn entschieden und ihm die Qualen eines langen, zögerlichen Nachdenkens abgenommen: Es würde Tage dauern, bis zumindest eine der zerstörten Brücken wieder passierbar sein würde. Die Fähren auf der Themse fuhren sonntags nicht und wären für sein Reisegepäck ohnehin zu klein gewesen. So konnte er, ob er wollte oder nicht, frühestens am nächsten Morgen auf die andere Seite gelangen, um die Heimreise anzutreten. Zumindest an diesem Abend würde er sich daher mit der Frau treffen, um von ihr etwas über die Geschichte seines verhassten Feindes zu hören. Und jetzt, da es keinen Ausweg gab, war er bereit, die Begegnung zu riskieren. »Es ist verrückt«, dachte er, »weil die Entscheidung gefällt ist, kann ich mit ihr leben. Als ich sie selbst hätte fällen sollen, bin ich vor ihr davongelaufen.«

Der Lord drehte seinem Diener den Rücken zu und ließ sich in den Mantel helfen, der durch den permanenten Funkenflug an einigen Stellen kleine Brandlöcher bekommen hatte. Er klang entspannt, als er seine Anweisungen gab: »Du kannst die Koffer wieder auspacken, Felix. Da die Brücke zerstört ist, können wir ohnehin nicht nach Hause fahren. Wir bleiben also auf jeden Fall bis morgen hier.«

Der Diener wischte einen glimmenden Punkt, der sich gerade auf dem feinen Stoff niedergelassen hatte, von der Schulter des

Adligen. Er musterte seinen Herrn einen Atemzug lang und sagte dann verhalten: »Eure Lordschaft, Ihr habt sicher nur vergessen, dass London seit einigen Jahren eine zweite Brücke hat. Die Westminsterbridge ist nun wahrhaftig kein großer Umweg. Wir können also sehr wohl fahren. Die Kutsche müsste sogar schon eingetroffen sein.«

Lord Kilmarnok schaute auf seinen Bediensteten und verfluchte ihn innerlich. Gleichzeitig wusste er, dass sich das Ja zu einer Begegnung mit der Tochter des Schneiders in ihm festgesetzt hatte wie der Angelhaken in einem Fisch. Es jetzt noch zu entfernen, würde unnötige Wunden hinterlassen. Abgesehen davon empfand er die Entscheidung, nachdem er sie innerlich getroffen hatte, plötzlich als konsequent und klar, so klar, dass er nicht einmal gewillt war, über eine Änderung des Plans nachzudenken: »Wir bleiben hier. Es geht nicht anders.«

Er wandte sich um und ging mit festem Schritt Richtung Soho. Felix sah ihm unschlüssig hinterher. Schließlich lief er schimpfend zurück zum Gasthaus.

In der Little Chapel Street hing der Mond schläfrig in den Bäumen und beobachtete zwei Katzen, die seit Stunden umeinander herumstrichen. Obwohl die Bewohner der Häuser verpflichtet waren, die Straße vor ihrer Tür von 18 bis 23 Uhr zu beleuchten, lag alles im Dunkeln. Wer in Soho wohnte, war meist froh, wenn er die Miete aufbringen konnte, Geld für kostspielige Brennstoffe besaß er nicht. Der leichte Wind, der die Häuserschlucht entlangzog, brachte die Schilder der Handwerker über den Eingängen der Werkstätten zum Schwingen und das Aneinanderreiben der Kettenglieder erfüllte die Luft mit einem stetigen Seufzen. Gegen neunzehn Uhr tauchten wie jeden Abend die roten Laternen der Latrinenleerer das Viertel in ein warmes Licht, das mit dem süßlich-schweren Gestank der Exkremente um die Aufmerksamkeit der Anwohner buhlte, bis es träge Richtung Leicester Square davonschlich.

Lord Kilmarnok zog angewidert die Nase hoch, als er wenig später die Gasse betrat und sich dem Haus mit der Nummer 5 näherte. Vor den Stufen zum Eingang hielt er einen Augenblick inne, dann schüttelte er energisch den Kopf, stieg hinauf und klopfte. Die Tür war nur angelehnt und sprang von selbst auf. Vorsichtig blickte der Adlige in das hell erleuchtete Innere.

Einen Augenblick war er überzeugt, sich in der Tür geirrt zu haben, denn er erkannte den Raum nicht wieder. Er wollte sich schon, eine Entschuldigung murmelnd, zurückziehen, als er plötzlich die junge Frau entdeckte, die wieder vor der hinteren Wand kniete und Bögen mit Mustern anbrachte. Die Farben dieser Blätter waren so verschieden von denen des Morgens, dass sich die gesamte Atmosphäre des Raumes verändert hatte. Diesmal hatte die Künstlerin ein warmes Blau gewählt, auf dem zarte weiße Linien die Wellen andeuteten, zwischen denen kleine Ruderboote ihre Bahn zogen. Auf den ersten Blick schienen dem Ankömmling die kleinen Kähne mit ihren weit nach hinten gelehnten Ruderern alle identisch zu sein, bis er erkannte, dass im hellen Fond jedes Bootes andere Menschen saßen: einmal ein verliebtes, kosendes Pärchen, einmal zwei streitlustige Alte, dazwischen ein in der Bewegung erstarrtes Geigenquartett, eine stillende Mutter oder ein steif thronender Soldat mit ordenübersäter Brust. Wie ein Bilderbuch eröffnete die Wand den Einblick in eine winzige, verlockende Welt und weckte die Sehnsucht, die vielfältigen Geschichten der farbenfrohen Personen kennen zu lernen. Und während am Mittag der Raum mit der Pflanzentapete wie eine wohlige Höhle gewirkt hatte, schien er nun weiter und größer. Lord Kilmarnok war es, als betrete er eine Uferpromenade, während er die Türschwelle überschritt.

Die junge Frau hatte das Quietschen der Tür gehört. Sie legte ihren Pinsel zur Seite und drehte sich um. Verwundert sagte sie: »Ich hätte nicht gedacht, dass Ihr tatsächlich kommt!«

Der Mann trat langsam ein und versuchte, seine Sinne an den neuen Anblick zu gewöhnen: »Ich auch nicht! Aber jetzt bin ich hier.«

Er schloss die Tür hinter sich und legte zwei Pakete, ein langes und ein breites, auf den Schneidertisch, bevor er sich der Frau näherte, die sich erhob und demonstrativ zwischen ihm und der Kammer Aufstellung nahm. Der Adlige sah sich suchend um: »Wo sind die anderen?«

Isabelle, die diesmal einen einfachen Rock über dem Mieder trug, rührte sich nicht. Ihre Worte abwägend, sagte sie: »Bei der brennenden Brücke. Dort scheint sich ja die ganze Stadt zu versammeln. Jedenfalls wollten mein Vater und Jizchak das einzigartige Schauspiel nicht verpassen. Kaum war der rote Glanz am Himmel, sind sie losgerannt. Philipp ...« Ihre Stimme zitterte leicht: »... wird jeden Augenblick zurück sein, und meine Tochter ist gerade nach Hause gekommen. Sie wäscht sich.« Scharf fügte sie hinzu: »Ihr solltet aber trotzdem nicht auf dumme Gedanken kommen! Ihr müsstet mich töten, um zu ihm zu gelangen!«

Jetzt erst entdeckte Lord Kilmarnok die blitzende Schere in ihrer Hand. Obwohl er spürte, dass die Nähe des ihm so verhassten Mannes ihn tatsächlich unruhig werden ließ, versuchte er zu lächeln. Es misslang. Schnell versteckte er sein Gesicht hinter einem seidenen Taschentuch und sagte verschnupft: »Ich bin vor allem gekommen, um mich zu entschuldigen. Ich kann mir vorstellen, was du nach diesem Tag von mir denkst. Ich habe mich wie ein Verrückter benommen – aber ich will nicht, dass du mich verachtest.« Er hielt ihren prüfenden Blicken stand: »Tatsächlich möchte ich diesen Widerling immer noch umbringen, aber gerade jemand, der einen unehrenhaften Menschen beseitigen möchte, sollte sich dabei selbst ehrenhaft benehmen. Mein Auftreten heute Mittag war äußerst verwerflich, und ich bitte dich um Vergebung.«

»Bitte geht!«

»Erst, wenn du meine Entschuldigung angenommen hast.«

Mit hochgezogenen Brauen sah der Lord Isabelle direkt in die Augen, verbeugte sich dann tief und wandte dabei die Augen bewusst zum Boden, bevor er sich wieder aufrichtete. Die dunkelhaarige Frau musste unwillkürlich lächeln, weil zum ersten Mal in ihrem Leben jemand vor ihr eine Verbeugung gemacht hatte. Dann fing sie plötzlich an, wie ein kleines Mädchen zu kichern. Irritiert runzelte Lord Kilmarnok die Stirn, unsicher darüber, wie er ihre Reaktion deuten solle. Zudem kam sie mit gezückter Schere auf ihn zu. Die erheiterte Frau aber griff zu ihrem Zeichenblock, der auf einem Stuhl lag, und zog den verwunderten Mann ins Licht. Sie musterte neugierig seine Gesichtszüge und sagte: »Ihr seht gruselig aus. Ihr wart offensichtlich auch beim Feuer. Vielleicht hättet Ihr Euch waschen sollen, bevor Ihr hierher kommt. Obwohl: Das Muster auf Eurem Gesicht gefällt mir.«

Mit wenigen Strichen skizzierte Isabelle auf dem Papier die Ascheflecken, die das Gesicht des Edelmannes bedeckten und durch die die Tränen helle Kanäle gezogen hatten. Dabei lachte sie weiter vor sich hin. Sie riss das Blatt mit den dunklen Konturen ihres neuen Entwurfes ab und legte es zur Seite. Ehe der verblüffte Lord überhaupt reagieren konnte, hatte sie ihren Daumen an der Zunge angefeuchtet und rieb ihm die Rußpartikel von der Wange. Fassungslos starrte der Mann die junge Frau an, was diese nicht davon abhielt, ihr Werk zu Ende zu bringen. Dann aber stockte sie kurz und zog dem Verdutzten mit einem Ruck den Hut mitsamt der Perücke vom Kopf und hielt beides wie eine Trophäe in der Hand. Die dunkelblonden Locken darunter glänzten schweißdurchzogen und räkelten sich der neu gewonnenen Freiheit entgegen. Mit einem grimmigen Ächzen griff der Adlige nach der Perücke – und ließ sie dann mit einem Aufschrei fallen. Isabelle bückte sich vorsichtig danach und hielt das traurige weiße Häuflein in die Luft: »Einige Funken haben sich in Eurer Perücke eingenistet, Eure Lordschaft, und kohlen nun mit den Haaren vor sich hin. Aber wenn Ihr sie unbedingt wieder aufsetzen wollt, bitte schön!«

Frederik von Kilmarnok trat einen Schritt zurück. Man sah ihm an, dass er den Ärger über die Art, wie sie ihn behandelte, unterdrücken musste, denn sein Adamsapfel zuckte fast ebenso schnell wie sein Atem. Er setzte sich auf den Stuhl und schlug verkrampft die Beine übereinander. Unentschlossen deutete er auf das Paket, das er auf den Tisch gelegt hatte, und sagte mit nasaler Stimme: »Ich habe als Zeichen meines Bedauerns ein Geschenk mitgebracht. Ich hoffe, es ist dir von Nutzen.«

Isabelle folgte seinem Finger mit den Augen. Mit einem kindlichen Jauchzer nahm sie das eingeschlagene Präsent in die Hand, bemerkte verwundert das Gewicht und löste dann mit kleinen, flinken Bewegungen das Wachspapier. Im Inneren fand sie ein Buch, dessen Titel sie mit einem Aufschrei las: »Das ›Complete Body of

Architecture‹! Das ist doch erst in diesem Herbst erschienen. Seid Ihr wahnsinnig?«

Der Adlige lehnte sich zurück: »Du kennst das Buch?«

Sie begann in den Seiten zu blättern: »Natürlich. So viele Bücher über Tapeten gibt es ja nicht. Wobei ›kennen‹ viel zu viel gesagt ist. Ich habe ein einziges Mal kurz hineingeschaut. Meine Freundin Kathrin arbeitet als Zofe in einem vornehmen Haus. Sie hat mir erzählt, dass ihre gnädige Frau sich ein Buch über Inneneinrichtungen gekauft hat, und sie weiß, dass ich immer davon geträumt habe, so etwas zu machen. Sie hat mich dann, weil ich so gebettelt habe, einige Tage später, als ihre Herrschaften einen längeren Ausflug machten, heimlich in die Wohnung gelassen – obwohl es sie ihren Job gekostet hätte, falls man mich erwischt hätte. Dort konnte ich drei Stunden darin lesen und mir einige Dinge abschreiben. Weil es dieses Buch gibt, habe ich überhaupt erst angefangen, Muster für Tapeten zu entwerfen. Hier steht nämlich drin, dass es bald in allen Häusern Tapeten geben wird.«

Lord Kilmarnok machte eine abwertende Geste: »Nun, jetzt hast du ja selbst ein Exemplar. Und wie ich sehe, hat es sich gelohnt, den Buchhändler an einem Sonntag aus seiner Wohnung holen zu lassen. Offensichtlich habe ich ihm deine, wie nennst du es, ›Arbeit‹, also deine Beschäftigung, richtig beschrieben.«

Isabelle sah den Wartenden mit halb geöffneten Lippen nachdenklich an. Dann schlug sie das Buch langsam wieder zu und legte es zurück in den Umschlag. Ruhig faltete sie das Papier zusammen und hielt das fertige Paket mit ausgestrecktem Arm von sich: »So, wie Ihr eben noch ausgesehen habt, mit Ruß im Gesicht und qualmender Perücke, müsst Ihr dem Verkäufer viel Geld gegeben haben, damit er euch sonntags bedient hat. Ich will das Buch nicht.«

Der Adlige öffnete fragend beide Arme. »Warum denn nicht?«

Sie legte das Paket in seinen Schoß: »Ich weiß nicht, wer Ihr seid und was Ihr wollt. Und ich bedaure es, dass ich eben für einen Moment mein Misstrauen vergessen habe. Denn eines ist sicher: Ich nehme kein solch teures Geschenk von Euch an. Ihr könnt Euch vielleicht sonst alles von Eurem Geld kaufen, aber einen Ablass für Euer haltloses und verbrecherisches Verhalten bekommt Ihr von mir nicht. Auch nicht für ein so kostspieliges Buch. Lasst mich bitte in Frieden.«

Lord Kilmarnok fühlte sich ohne Perücke unwohl und schaute Isabelle zornig an: »Es ist ein Geschenk, nur ein Geschenk. Und ja, ich gebe es dir dafür, dass ich heute in diesem Haus unbeherrscht gewütet habe. Ich möchte mein Verhalten wieder gutmachen. Es ist einfach eine Entschuldigung. Musst du denn alles so kompliziert machen?«

»Ich?« Isabelle wurde mit jedem Wort lauter: »Wer kommt denn hier wie ein Berserker hereingestürmt, schießt um sich, bietet mir Unsummen für die privaten Erinnerungen, die Geschichte des Königs, und bringt dann abends ein Geschenk, für das ich normalerweise vier Monate arbeiten müsste? Vielleicht ist es wirklich besser, wenn Ihr jetzt geht.«

Angriffslustig blitzte sie Lord Kilmarnok an.

Von der Seite kam eine helle Stimme: »Nein, er darf nicht gehen!«

Isabelle erschrak, griff hinter die Abdeckung der Treppe und zog ihre Tochter an den Haaren hervor: »Schascha!« Der Klang schwang nach. »Wie lange sitzt du schon da?«

Das Mädchen, dessen weit auseinander stehende, tiefgrüne Augen der Lord zum ersten Mal bewusst wahrnahm, wand sich unter dem Griff seiner Mutter und blickte trotzig blinzelnd in den hellen Raum: »Das ist doch ganz egal! Warum willst du, dass er geht?«

Isabelle ließ so plötzlich los, dass die Kleine nach hinten stolperte. Die Stimme der jungen Frau war plötzlich sanft und ernst. Als sei der Lord gar nicht mehr anwesend, sagte sie: »Schascha, ich traue ihm nicht. Dieser Mann ist voller Wut und Angst. Das ist eine fürchterliche Mischung. So fürchterlich, dass er den König töten wollte. Er ist ein Mörder! Ganz gleich, ob er die Tat schon begangen hat oder nicht. Wäre Jizchak der König gewesen und hätte dieser Mann hier besser geschossen, dann wäre der König jetzt tot. Wir haben also gesehen, dass er dazu fähig ist. Bei so jemandem musst du sehr vorsichtig sein. Denn wer andere verachtet, der verachtet auch sich selbst. Und das ist schlimm. Jemand, der sich selbst gern hat, der sich wirklich liebt, der tut anderen nicht weh. Verstehst du das?«

Schascha schaute zu Boden. Leise sagte sie: »Nein! Ich mag ihn, Mama. Er ist doch nur traurig.«

Lord Kilmarnok fühlte, dass seine Hände zitterten. Blass griff er nach seiner Perücke, dem zweiten Paket und dem Buch und drehte sich zur Tür. Er hatte die Klinke schon in der Hand, als ihn das Mädchen noch einmal anrief: »Du, Lord Frederik! Du schuldest mir noch etwas!«

Der Adlige hielt inne, zog mit fahrigen Fingern seinen Geldbeutel hervor und schnürte ihn auf. Schascha aber lief hinter ihm her und zog an seinem Mantel: »Darf ich mir etwas wünschen? Bitte!«

Sie schlüpfte unter seinem Arm hindurch und stellte sich in die Tür. Ihre Augen glänzten. Stolz auf ihren Einfall, rief sie mit einem kurzen Seitenblick zu ihrer Mutter: »Schenk mir das tolle Buch mit den Wohnungseinrichtungen!«

Isabelle, die sich schon wieder zu ihrer Tapete gewandt hatte, fuhr herum. Ihre Pupillen waren unnatürlich geweitet. Doch über das Gesicht des Lords zog ein befreites Lächeln. Er streckte der Kleinen das Buch hin: »Gerne! Hier hast du es.«

Ehe ihre Mutter reagieren konnte, hatte Schascha das Paket ergriffen. Lord Kilmarnok aber zwängte sich an dem Mädchen vorbei und verschwand in der Dunkelheit.

Ängstlich schaute das Mädchen in den Raum. Tränen schossen in ihre Augen, als sie den verzweifelten Gesichtsausdruck ihrer Mutter bemerkte, die ihre Sicherheit verloren hatte und mit einem Mal sehr jung und verletzlich aussah. Nach einem Moment des Schweigens nahm Isabelle eine wollene Mantille vom Stuhl, legte sich die Zipfel des Schals über die Brust und knotete sie hinter dem Rücken zusammen. Dann lief auch sie wortlos in die Nacht.

Am Ende des Blocks hatte sie den Lord eingeholt, der mit weiten Schritten in der Mitte der Straße Richtung Themse eilte. Einige Meter hinter ihm blieb sie schwer atmend stehen und rief: »Ihr sollt die Geschichte hören.«

Er hielt inne. Erst in diesem Augenblick bemerkten beide, dass es angefangen hatte zu regnen. Lord Kilmarnok schaute auf die glänzenden Steine und fühlte wegen der fehlenden Perücke nach langen Jahren zum ersten Mal wieder Regentropfen auf seiner Kopfhaut. Fast tonlos sagte er: »Lass mich!«

Sie trat neben ihn: »O nein! Ich bleibe niemandem etwas schuldig, genauso wenig wie Ihr. Es ist Euch mit einem schäbigen Trick gelungen, das kostbare Buch in unserem Haus zurückzulassen, aber es wird Euch nicht gelingen, mich zu beschämen.«

Ihre Stimme wurde leiser: »Möglicherweise mache ich einen großen Fehler, aber da Ihr wie besessen zu sein scheint, kann Euch nur die Wahrheit heilen. Ja, ich möchte, dass Ihr erfahrt, wie der König wirklich ist, und dass die Gefühle, die Ihr ihm gegenüber hegt, falsch sind. Ich kann nämlich Hass nicht ausstehen.« Sie nickte ihm auffordernd zu: »Also: Kommt!«

Der Adlige schüttelte langsam den Kopf. Er redete mehr mit sich selbst als mit der jungen Frau: »Vielleicht hattest du vorhin doch Recht. Es ist alles nicht so einfach, wie ich dachte. Ich kann jedenfalls nicht mehr in das Haus gehen, in dem er liegt. Jedes Mal, wenn ich ihm zu nahe komme, zerbreche ich innerlich. Irgendetwas Fremdes nimmt dann von mir Besitz, das mich Dinge tun und sagen lässt, die ich niemals wollte – die ich zumindest nicht geplant, geschweige denn bewusst gewünscht habe. Es ist, als träte ich in eine andere Welt ein, in der alle meine Verletzungen, Zweifel und Fragen wie fratzenschneidende Dämonen um mich stehen und über mich spotten. Dann fühlt es sich an, als ob genau in diesem Moment mein Schicksal entschieden würde. Und ich ahne, dass ich verlieren werde, gegen mich selbst und gegen die Welt. Dann will ich nur noch fliehen, aber ich weiß nicht, wohin.«

Isabelle schloss zu Lord Kilmarnok auf: »Hört mir doch erst einmal zu. Vielleicht habt Ihr Euch einfach geirrt. Vielleicht hat man Euch falsch informiert. Wir laufen alle mit Lebenslügen herum. Und die meisten davon entstammen einfach der Furcht vor der Wahrheit. Aber nicht jede Wahrheit schmerzt. Im Gegenteil. Eine Lüge hat immer nur die Macht, die wir Ihr verleihen. Bitte! Kommt! Auch wenn ich Eure Vorbehalte verstehe: Wir können nicht hier im Regen bleiben.«

Der Adlige, der noch immer das lange Paket in Händen hielt, öffnete die darumgewickelten Schleifen, zog einen langen Gegenstand hervor und hielt ihn der jungen Frau hin. Die wich schnell einen Schritt zurück. Ratlos fragte sie ihn: »Was ist das? Ein Gewehr?«

Lord Kilmarnok schmunzelte unwillkürlich: »Nein! Das ist kein Gewehr. Das ist ein Schirm, ein Schirm gegen den Regen. Ich habe ihn vorhin in einem Laden gekauft, als ich mich entschlossen habe, zu Fuß zu dir zu gehen. Das ist eine ganz ungewöhnliche neue Erfindung. Du hältst dieses Ding über den Kopf und wirst nicht nass.«

Vorsichtig nahm ihm Isabelle das lange Gebilde aus der Hand, hob es in die Höhe und stellte sich darunter. Traurig sagte sie: »Es funktioniert nicht!«

Sie sah so enttäuscht aus, dass der Lord jetzt trotz seiner Not lauthals loslachen musste. Er nahm der jungen Frau den Schirm aus der Hand und öffnete ihn. Dann breitete er die aufgespannte Fläche über sie und beugte sich zu ihr: »Also gut! Erzähl!«

Er reichte Isabelle schüchtern den Arm. Sie zögerte einen Moment, dann atmete sie zweimal tief, bevor sie sich bei ihm einhakte und langsam mit ihm in Richtung St. James's Park ging.

THEODOR SCHAUTE DER erdfarbenen Strömung des Rheins hinterher und ließ es zu, dass sich sein Blick nach und nach in den Wellen verfing, bis alles vor seinen Augen zu schwimmen begann. Mit einer trotzigen Geste wischte er die Tränen weg, von denen die erste schon beinah sein schmales Oberlippenbärtchen erreicht hatte. Der siebzehnjährige Student saß in etwa zwei Metern Höhe rittlings auf dem abgespreizten Ast einer großen Eiche in den Auen vor der Stadtmauer Kölns, während die untergehende Sonne über das Wasser sprang und die Luft mit glitzernden Reflexen füllte.

Vorsichtig versuchte er, eine andere Position zu finden, um seinen im Lauf der Stunden steif gewordenen Körper zu entlasten. Es half nichts. Die Druckstellen blieben. Er warf einen halb flehenden, halb verärgerten Blick Richtung Himmel und konzentrierte sich wieder auf seine Arbeit. Das Rauschen des Windes nahm zu. Nach kurzem Zögern knüllte er das halb beschriebene Blatt auf seinen Knien zusammen und zog ein neues aus der Tasche, die an seiner Seite hing. Er legte es sorgsam auf das Buch, das ihm als Unterlage diente, und schrieb zum wiederholten Male: »8. September 1708«. Weiter kam er nicht. Süßlich poetische Zeilen schossen ihm wie Kometen durch den Kopf, beglückten seine Seele für einen kurzen Moment und ließen tief vergrabene Wünsche aus ihm hervorbrechen – bis sie in einem Akt freudloser Zensur verglühten. Nicht eine der Ideen genügte seinen Sehnsüchten. Diesmal wollte er endlich Worte finden, in denen sein Hoffen wahrhaftig gegenwärtig wäre, Worte, in denen er irgendwie das Unendliche, das ihn zu sprengen drohte, einfangen konnte, Worte, die wie ein Zauberspruch den Bann lösen und eine veränderte Welt hervortreten lassen würden.

Das Blatt blieb leer. Falls es solche Zeilen gab, hielten sie sich zumindest in diesem Moment verborgen und verwehrten dem jungen Mann ihre Kraft. Theodor, dessen blonde Locken ihm vom lauen Wind, der das Rheintal heraufzog, immer wieder ins Gesicht geweht wurden, biss so heftig auf seine Schreibfeder, dass sie zerbrach.

Kraftlos steckte der junge Mann die zerfransten Überreste in die zerklüftete Rinde des Baumes und griff dann mit zitternden Fingern in seine Tasche. Fast zärtlich zog er ein eingewickeltes Kreuz hervor und legte es frei. Es glänzte wie Elfenbein, als es die Sonnenstrahlen einfing. Seine Finger fühlten lange die Formen der Holzschnitzarbeit nach, in die er mit feinen, geschwungenen Buchstaben den Namen »Mariana« geritzt hatte. Die Enden des Kreuzes waren mit metallenen Beschlägen versehen, deren winzige Nägel über die glatte Oberfläche des Holzes zu wachen schienen. Ein Lächeln flog über das Gesicht Theodors; so verträumt war er, dass seine Augen bald nur noch in die Unendlichkeit starrten.

»Theodor! Bist du hier?«

Der Gerufene steckte das Kreuz blitzschnell in seine Weste, verbarg das Blatt mit den vergeblichen Liebesmühen zwischen den Seiten seines Buches und öffnete es an einer beliebigen Stelle.

»Theodor. Was machst du denn da oben? Wir warten auf dich!«

Es war, als klettere die Antwort erst mühsam den Baum herunter, ehe sie sich dem Frager zuwandte. Sie klang wie ein Seufzen: »Hallo, Ludwig. Ich lese.«

Der leicht schielende, schwarzhaarige Junge, der mit Theodor am Kölner Jesuitenkolleg studierte, zog seine Jacke aus, warf sie gewollt lässig über die Schulter und blickte hinaus auf das Wasser: »Was hältst du davon, runterzukommen und anständig mit uns zu feiern? Es ist nicht gerade höflich, was du hier tust. Du bist offiziell eingeladen.«

»Ich will nicht.« In der Stimme Theodors schwang Trotz mit: »Außerdem ist Plutarch viel zu aufregend.«

Ludwig hob langsam den Kopf: »Wie bitte? Du liest lieber antike Heldengeschichten, statt selbst welche zu erleben?« Er fing an, heftig zu winken: »He, es gibt ein Fest. Gute Laune, guter Wein, fantastisches Essen. Wann bekommen wir das schon? Und du Dickschädel beschäftigst dich mit den großen Taten heroischer Männer.« Er lehnte sich zurück, um hoch in den Baum schauen zu können, und schirmte dabei seine Augen gegen die Sonne ab: »Los, genug jetzt von Alexander dem Großen, Cäsar und Cicero. Vergiss die Toten und komm runter!«

Theodor schaute unverwandt in das Buch. Dozierend sagte er: »Du weiß selbst, dass Plutarch überhaupt keine Heldensagen verfasst hat. Er schreibt ganz klar: ›Ich erzähle keine Geschichten, sondern Lebensbilder, weil sich der Wert eines Menschen nicht in seinen großen Taten ausdrückt. Oft wirft eine unbedeutende Handlung, ein einzelnes Wort oder ein Scherz ein schärferes Licht auf den Charakter als Schlachten mit Tausenden von Toten, Zusammenstöße der mächtigsten Heere oder Belagerungskriege um einflussreiche Städte.‹« Endlich erbarmte er sich und schaute nach unten: »Ludwig, es geht um Vorbilder, um die wesentlichen Charakterzüge großer Persönlichkeiten. Bei Plutarch kann man lernen, was bedeutende Männer auszeichnet. Du siehst: Gerade du könntest von dem Priester aus Delphi einige Nachhilfe gebrauchen.«

Ludwig setzte sich mit dem Rücken gegen den Baum und streckte genüsslich die Beine aus, weil ihm die Streitgespräche mit Theodor allzu vertraut waren. Den Tonfall Theodors nachahmend, sagte er: »Bravo, du weiser Mann. Du kannst es ja sogar auswendig.

Was für ein gelehriger Schüler. Aber vergiss nicht: Plutarch war nur sehr kurz in Delphi. Die meiste Zeit hing er in dem kleinen, elendigen Dorf Chaironeia in Boiotien herum. Offensichtlich haben ihm all seine Einblicke in das Wesen großer Heroen nicht besonders viel gebracht. Mann, Theodor, du bist ein Träumer.« Er unterdrückte ein hämisches Lächeln: »Ich hätte übrigens noch einen Anreiz für dich. Vielleicht möchtest du ja wissen, was der liebe Graf und Mariana gerade treiben.«

Bevor ihn das Buch schmerzhaft im Rücken traf, hatte sich Ludwig schon zusammengekrümmt und seinen Nacken schützend mit den Händen bedeckt. Er stand auf und sprang feixend um den Baum: »Na bitte! Du bist gar nicht im Gelehrtenhimmel verschollen. Es ist noch ein Stück Leben in dir. Sieh an! Der schlaue Theodor hat Gefühle. Ach, und was ist denn das hier?« Ludwig hob das Blatt auf, das beim Wurf aus dem Buch gerutscht war: »Du wolltest ihr einen Brief zu ihrem Namenstag schreiben. Vielleicht eine Liebeserklärung. Möchtest du es endlich wagen, dein Herz zu öffnen?«

»Hör auf!« Theodor erschrak über seinen eigenen Schrei. Verschämt sagte er: »Es hat doch alles keinen Sinn.«

Ludwig bog den Kopf in den Nacken: »Warum? Seit Wochen grämst du dich, dabei weißt du noch gar nicht, was sie für dich empfindet.«

»Das muss ich auch nicht. Ich weiß, was ich sehe. Sie liebäugelt mit diesem widerwärtigen spanischen Grafen, lacht über seine schäbigen Witze und ... kannst du mir erklären, warum er jetzt am Tisch an ihrer Seite sitzen darf?«

Ludwig hob das Buch auf und strich die Seiten glatt: »Warum? Weil er ein Graf ist. Und weil sein Vater dem Professor etwa dreimal so viel für die Unterkunft bezahlt wie unsere Eltern. Was willst du? Du bist eben nur ein kleiner Baron. So ist das Leben.«

Mit verkniffenem Gesicht beugte sich Theodor nach unten: »Nein, so ist das Leben nicht. Und wenn doch, dann darf es nicht so sein. Begreifst du? Es darf nicht sein, dass einem dahergelaufenen Grafen, dessen Intelligenz die eines ungepolsterten Stuhls nicht übersteigt, wegen seines dämlichen Titels die Gunst der Frauen zufällt. Der Kerl ist doch beschränkt.«

Der junge Mann wandte den Kopf in Richtung des Flusses, damit sein Freund die zurückkehrenden Tränen nicht bemerkte. Der aber hörte, wie brüchig die Stimme des Barons geworden war: »Du bist ja wirklich eifersüchtig. Ich dachte, dass das alles nur ein Spaß wäre.«

»Ein Spaß! Haha! Wenn das ein Spaß ist, dann habe ich nicht viel zu lachen. An meiner Eifersucht erkenne ich erst, wie heftig ich liebe. Ich vergesse Essen und Trinken, ich bringe die Nacht ohne Schlaf zu – und dieses Liebesfeuer, das mich verzehrt, bringt mich bald um. Verdammt noch mal, wäre ich als Prinz geboren, würde sie nur mich sehen.«

Ludwig schnipste eine vorwitzige Ameise von seinem Bein und sagte aufmunternd: »Wenn du ein Prinz wärst, dann hättest du sie wahrscheinlich gar nicht kennen gelernt. Und wenn eine Frau dich nur wegen deines Titels liebt, dann vergiss sie lieber gleich. So eine weiß gar nicht, was Gefühle sind.« Der Schalk überkam ihn wieder: »Übrigens: Hast du schon gehört, was der Graf Mariana geschenkt hat? Nein? Pass auf! Einen riesigen Blumenstrauß, Rosen in allen Farben, bunt, prall und mit einem betörenden Duft. Und weil die Rose ein Sinnbild Mariens ist, konnte er dieses, sagen wir mal, äußerst delikate Zeichen sogar in Anwesenheit ihres Vaters überreichen.«

Theodor stöhnte leise auf. Doch Ludwig bemerkte es nicht. Er genoss seine Schilderung: »Das Beste kommt erst noch. In der Blüte der schönsten Rose, einer kecken Floribunda, steckte ein riesiger Diamant. Der muss ein Vermögen gekostet haben. Ist das nicht abstoßend?«

Der Baron war blass geworden und hielt sich mit letzter Kraft an dem rauen Baumstamm fest. Er zog voller Ekel das Kreuz aus seiner Weste und warf es mit einem gequälten Laut auf den mit Steinen abgegrenzten Weg, wo es in mehrere Stücke zerbrach. Zart glänzten die Teile zwischen den Kieseln, als sprächen sie einen leisen Vorwurf aus. Sein Kommilitone schaute erst zu Theodor hoch, dann erhob er sich und sammelte die Stücke auf: »Was soll das denn? Warum hast du das gemacht?«

Der Baron lachte höhnisch auf: »Was meinst du, was Mariana denkt, wenn ich damit ankomme? Dieser Hundsfott schenkt ihr einen Diamanten und ich, ich bringe ihr eine banale Holzschnitzerei mit, ein bisschen Gekratze mit dem Messer. Meinst du, ich habe Lust, mich zum Gespött der Leute zu machen?« Er imitierte die hohe Stimme des Grafen: »›O Theodor, was für ein großzügiges Geschenk, ein Stück Holz! Komm, wir legen es mal neben den Diamanten.‹ Ich könnte kotzen.«

Der Freund fügte die Bruchstücke in seiner Hand zusammen: »Das Kreuz ist einfach wunderschön. Theodor, du bist ein Narr.«

»Genau, ein Narr, der geglaubt hat, Mariana könne sich in den Spross eines enterbten Barons verlieben. Du hast Recht: So ist nun mal das Leben.«

Hilflos hielt Ludwig dem Verbitterten das Kreuz hin:

»Theodor, komm! Na los! Sie hat schon mehrfach nach dir gefragt.«

Der Baron legte demonstrativ die Arme übereinander und sagte mit einem Kratzen in der Stimme: »Gib mir bitte mein Buch, ich werde nicht gehen.«

Ludwig ließ die Überreste des Kreuzes in seine Hosentasche gleiten, hob eilig den Plutarch auf und trat damit ans Flussufer. Mit ausgestreckter Hand hielt er den Band über das Wasser:

»So! Du kommst jetzt runter und gehst mit mir zum Fest. Oder ich lasse deinen Lieblingsautor ins Wasser gehen.«

»Das wagst du nicht!«

Der Freund drehte sich einmal um sich selbst: »Hör mal zu, Theodor. Deine Mutter versucht alles, um dir diese Ausbildung zu ermöglichen. Ich weiß: In Münster ist der Herr Baron für seine rhetorische Begabung und seine Übersetzungen ausgezeichnet worden – aber hier in Köln musst du die Spielregeln erst noch lernen. Und die lauten: Wenn ein Professor zum Namenstag seines Töchterleins ein Gartenfest ausrichtet, dann erscheinen die Studenten. Ist das klar?«

»Ich habe dir gesagt: Ich mache mich nicht lächerlich.«

Ludwig blätterte belustigt in dem Buch: »Mit welchem Helden soll ich anfangen? Welcher große Mann ist dir am wichtigsten? Wer soll zuerst in unserem herrlichen deutschen Rhein baden gehen? Wie wäre es mit Demosthenes?«

Er riss genüsslich eine Seite aus dem Buch und ließ sie in den Fluss fallen, wo sie, sich langsam im Kreise drehend, nach Norden gezogen wurde. Theodor schrie zornig auf, kletterte von seinem Ast und rannte hinter Ludwig her, der bereits lachend die Flucht ergriffen hatte.

Als die beiden jungen Männer um Atem ringend die lang gezogene Hecke des Gartens erreichten, war Theodors Wut verflogen. Neugierig sah er sich um. Die Festgesellschaft hatte sich schon im Garten verteilt. Die Älteren saßen unter den Bäumen an einem Tisch, der unter dem Aufgebot an Speisen fast zusammenzubrechen drohte, und die Jüngeren tollten auf der blumenbedeckten Wiese umher. Einige Dienstboten entzündeten gerade klobige Fackeln, die rundherum im Boden steckten.

Als Ludwig und Theodor näher kamen, hielt Eva, die jüngere Tochter des Professors, kichernd den Finger vor den Mund und hieß die beiden Neuankömmlinge, stille zu sein. In der Mitte der freien Fläche stand Mariana mit verbundenen Augen und versuchte, einen der Mitspieler zu erhaschen. Sie trug ein schlichtes Gewand mit Pagodenärmeln, das hinten wallend den Po bedeckte. Darunter konnte man wegen ihrer vielen Bewegungen die beiden am Mieder befestigten Röcke fliegen sehen. Der Saum des Manteaus aber hatte das gleiche Muster wie die Haube, unter der das dichte dunkelbraune Haar hervorschaute. Eva nahm Theodor an der Hand, und ehe er sich sträuben konnte, hatte sie ihn so in die Nähe Marianas geschoben, dass diese ihn mit ihren suchenden Händen ergreifen konnte. Siegessicher rief die junge Frau: »Ah. Ich habe jemanden. Nun, wer seid Ihr? Ich werde es gleich herausfinden.«

Theodor spürte, dass er über und über rot wurde, als ihre kleinen Hände geschickt sein Gesicht abtasteten und er sich der Blicke bewusst wurde, die ihn von allen Seiten musterten. Ihren eigenen Vater nachahmend, rezitierte Mariana mit dunkler, professoraler Stimme: »Mmh, weit auseinander liegende Augen, dichte Brauen, eine lange vorwitzige Nase, ein Schnurrbart ...« Die anderen Mädchen pressten feixend die Lippen aufeinander. »... wenn ich nicht wüsste, dass er mich versetzt hat, würde ich sagen: Ich habe Theodor von Neuhoff gefangen. Obwohl ...« Sie zog demonstrativ die Nase hoch: »Derjenige, den ich hier erwischt habe, riecht ein wenig nach, mmh ..., nach frischem Schweiß. Sehr interessant. Er muss es wohl sehr eilig gehabt haben, zu mir zu kommen.«

Siegesgewiss streifte sie die Binde ab und blitzte den Baron mit tiefgrünen Augen an, bevor sie ihm die Hand darbot. Eine zu laute Stimme schallte über die Schulter des Studenten: »Na, na, na! Frischer Schweiß. Ihr seid mir ja ein wilder Kavalier, von Neuhoff. Könnt es nicht erwarten und eilt herbei. Obwohl: Vielleicht ist ja auch ein wenig alter Schweiß dabei. Der Herr Baron liebt sein samtenes Jäckchen ja so sehr, dass er sich nie von ihm trennt.«

Ein belustigtes Prusten zog durch die Gruppe und erzeugte in Theodors Eingeweiden einen verheerenden Sog. Mariana dagegen reichte die Stoffbahn sanft lächelnd ihrer Schwester und sah den jungen Mann fragend an. Doch ehe sich die Blicke der beiden begegnen konnten, hatte sich der spanische Graf schon zwischen sie geschoben und den Arm des Mädchens ergriffen: »Liebste Mariana! Ihr habt mir den ersten Tanz versprochen. Ihr erlaubt doch, Baron von Neuhoff?«

Er gab den auf einer Bank sitzenden Musikanten ein Zeichen, zog die schlanke Frau an sich und drehte sie leidenschaftlich im Kreis.

Theodor begab sich mit Ludwig zur Festtafel, begrüßte seinen Professor und die übrigen Gäste und setzte sich mit einem Glas Rotwein in die Nähe der kleinen Streichergruppe, die gerade ein Menuett anstimmte. Wortlos stippte er ein Stück Brot in den Wein und steckte es gedankenverloren in den Mund. Ludwig hatte inzwischen Blickkontakt mit Eva aufgenommen und beachtete den Freund erst, als der anfing, mit dem Absatz Löcher in die Wiese zu bohren: »Was ist?«

Theodor druckste: »Guck sie dir doch an: Ich weiß, wie gern sie tanzt. Sie hat es mehrmals erwähnt. Und dieser Dummschwätzer von Graf kann es einfach zu gut. Guck doch, wie er sich bewegt. Kein Wunder, dass sie strahlt. Frauen lieben gute Tänzer.«

Ludwig stieß ihm aufmunternd in die Seite: »Dann fordere sie doch auf!«

»Ich? Mein Gott, ich kann überhaupt nicht tanzen. Jedenfalls nicht so.« Theodor zupfte nervös an seiner Jacke: »Ich kann gerade mal den Takt halten. Aber er, er kennt Tausende von Figuren. Ich weiß nicht, wie man richtig führt, und ich weiß nicht, wann und warum man den Grundschritt variiert. Wahrscheinlich verliere ich ohnehin alle Kraft, wenn ich ihr so nah bin.« Ein verächtliches Keuchen kroch aus seinem Mund: »Außerdem hast du ja gehört, was sie gesagt hat. Ich stinke. Ich stinke! Kann eine Frau einem Mann etwas Schlimmeres sagen? Es ist identisch mit ›unattraktiv, abstoßend, eklig, billig, ungepflegt, viehisch und ärmlich‹. Sie hat mir vor dem Grafen gezeigt, wo mein Platz ist: beim Pöbel. Und er, er darf ihre Wange mit der seinen berühren, ihren Rücken spüren und ihre Hand halten. Warum?«

Ludwig schnitt Eva eine Grimasse, die diese mit gebleckten Zähnen und rollenden Augen erwiderte. Dann nickte sie kurz mit dem Kopf Richtung Tanzfläche. Ludwig wollte aufstehen, aber Theodor hielt ihn am Rock fest. Er flüsterte: »Da! Siehst du! Guck es dir an: Jetzt tuscheln sie. Und schauen dabei andauernd zu mir her. Sie machen sich über mich lustig, sie amüsieren sich über den kleinen Stinkebaron. Hast du dieses Grinsen des Grafen bemerkt? Wie beschämend. Ich hätte nie gedacht, dass Mariana so hinterhältig ist. Ich kann doch nichts dafür, dass ich nur eine Jacke besitze. Bitte, Ludwig, lass mich jetzt nicht allein.«

Der Freund legte ihm die Hand aufs Knie: »Theodor! Ich bin beim Tanzen nur fünf Meter von dir entfernt – und ich komme gleich wieder. Weißt du was: Wenn das heute klappt, dann werde ich Eva bestimmt küssen dürfen. Und vielleicht erlaubt sie mir ja sogar einen kleinen Griff in ihren Ausschnitt. Mannomann, sind das herrliche Brüste. Sei ehrlich: Hätte Mariana dich erwählt, wärst du doch jetzt auch in ihren Armen.«

Er stand auf und lief zu dem aufreizend strahlenden Mädchen, das schon auf ihn wartete. Neckisch zog er die Nase nach oben und sah für einen Moment wie ein Wiesel aus. Eva schmiegte sich an ihn. Theodor aber konnte seine Augen nicht von Mariana und dem Grafen wenden, die leichtfüßig über die Wiese flogen, während er sich an seinem Weinkelch festhielt. Er fühlte sich immer unbehaglicher, versuchte mehrmals unauffällig, seinen eigenen Geruch wahrzunehmen, und entdeckte, dass er sich der aufsteigenden Verzweiflung nicht entziehen konnte. Wie eine Krankheit kam sie tief aus seinem Inneren, schlich sich in alle Glieder und verdrängte nach und nach die letzte Hoffnung. Er wollte schreien, doch es war keiner da, zu dem er hätte rufen können. Und in seinen Gedanken trugen zwei Schreckensbilder einen schmerzhaften Kampf aus: Da stritten »Mariana und der Graf, Wange an Wange« gegen »Mariana und der Graf, wie sie leise und erregt über ihn sprachen«. Theodor musste seine ganze Kraft aufbieten, damit ihm nicht wieder die Tränen in die Augen traten; sie flossen stattdessen in seine Seele.

Als er mit verhangenem Blick auf die Tanzfläche sah, löste sich Mariana gerade aus den Armen ihres Tanzpartners, der sie offensichtlich zu etwas ermutigte, und nickte schelmisch in seine Richtung, woraufhin der Graf äußerst süffisant lächelte. Theodor wurde von einer würgenden Angst gepackt, die mit jedem Schritt wuchs, den die junge Frau auf ihn zu machte. Er erhob sich, als sie vor ihm stand, und hörte sie wie in weiter Ferne sprechen:

»Baron! Wie soll ich denn das verstehen? Erst kommt Ihr zu spät und dann fordert Ihr mich nicht einmal auf. Ich habe noch niemals mit Euch getanzt. Kommt, lasst es uns probieren! Zeigt mir, wie viel Taktgefühl Ihr besitzt!«

Der junge Mann vernahm die Worte, doch in seiner Fantasie verzog sich der fröhliche Mund der erregten Frau zu einer triumphierenden Fratze, die ihn vor allen der Lächerlichkeit preisgab. Sie konnte es nicht ernst meinen. Es war, als filtere seine Angst alle Schönheit aus dem Leben, er musste schlucken und durfte doch nicht. Ohne ein Wort zu sagen, drehte er sich um und lief vor seinen Tränen davon.

Es war längst dunkel geworden, als Theodor die aufsteigende Gasse zum Haus des Professors erreichte. Er war stundenlang ziellos durch die Rheinauen gezogen, verletzt und mit der entschlossenen Wut eines Menschen, der sich in die Enge getrieben fühlt. Ihn fröstelte, denn mit dem Mond stieg an diesem 8. September auch die erste herbstliche Kälte aus den Wiesen und erkundete klamm die Innenstadt. Weil die Fledermäuse auf der Promenade immer frecher um seinen Kopf geflogen waren, hatte sich der Baron der Frage entzogen, die ihn verfolgte: »Wie sollte ich Mariana jemals wieder unter die Augen treten?« Seine Verzweiflung war im Lauf der Stunden einer betäubenden Leere gewichen, die sich festzusetzen drohte.

Als Theodor den Schlüssel zur Haustür aus der Tasche zog, hörte er hinter sich ein verhaltenes, schabendes Geräusch. Instinktiv zog er seinen Degen und ging in den Grundschritt. Ein leises Pfeifen zog durch den Vorgarten. Dann kam eine ruhige Stimme aus der Dunkelheit: »Lieber Baron von Neuhoff. Nicht so hitzig.« Der Sprecher sog die frische Luft ein, als könne er sich daran berauschen. Weich sagte er: »Ihr hättet auf dem Fest etwas mehr Feuer zeigen sollen. Jetzt und hier ist es überflüssig.« Theodor entdeckte unter dem Kirschbaum die aufglimmende Spitze einer Zigarre und erahnte in der winzigen Lichtquelle die Umrisse des Grafen. Der löste sich langsam aus dem Dunkel und hob grüßend die Hand: »Ihr habt Euch heute ziemlich töricht benommen, Baron. Und Mariana ...«

»Schweigt!« Wilder Hass stieg in dem Angesprochenen auf. Erregt ließ Theodor den Schlüssel zurück in die Tasche gleiten und zog seine Jacke aus: »Das genügt!« Er presste die Sätze hervor: »Erst beleidigt Ihr mich, indem Ihr verkündet, dass ich rieche, und jetzt nennt Ihr mich einen Dummkopf. Glaubt Ihr, dass Euer Titel Euch alle Unverschämtheiten erlaubt? O nein! Zieht Euren Degen!«

Der spanische Graf wich zurück. Seine Bewegungen zeigten erstmals Unsicherheit. Bewusst beherrscht sagte er: »Baron, hängt nicht an die Fehler von heute Abend noch einen weiteren dran. Ihr habt Euch da in etwas verrannt. Es geht hier doch gar nicht um meine möglicherweise etwas saloppen Worte. Das war ein Spaß, den Ihr mir sicher vergeben werdet. Ich bitte Euch: Lasst uns in Ruhe darüber sprechen, was Mariana und ich ...«

Theodor ließ seinen Degen mehrmals durch die Luft kreisen. Die Worte sprangen jetzt unter größter Anspannung aus seinem Mund: »Ich wusste es: Ihr seid ein Feigling, ein Prahlhans und ein Charakterschwein. Ohne Euch wäre die Welt ein wesentlich schönerer Ort. Schlagt Euch mit mir!«

Noch während er sprach, näherte sich der Baron seinem Gegner, und nur Sekunden später trafen die Klingen aufeinander.

Da der Graf sich offensichtlich nur verteidigte und nicht ernsthaft kämpfte, geriet Theodor immer mehr in Rage. Verbissen hieb er auf den Adligen ein, der, während er die Angriffe parierte, immer wieder energisch bat, den Kampf zu beenden. Doch der beleidigte junge Mann legte all den angestauten Zorn in seine Hiebe und ließ sich nicht beirren. Minutenlang waren nur noch das Ächzen der Fechter und das harsche Klirren der Degen zu hören. Je weiter der Baron den Grafen in die Dunkelheit unter den Bäumen trieb, desto schwerer wurde es für beide, die Ausfälle des anderen überhaupt zu sehen.

Vom metallenen Schlagen der Waffen geweckt, entzündeten mehrere Bewohner der nahe liegenden Häuser Kerzen, doch als sich auch noch eine Wolke vor den Mond schob und endgültig alle Dinge ineinander flossen, ließ Theodor verärgert den Degen sinken. Ein letztes Mal, in einem abschließenden Auflodern seiner Aggression, stach er wahllos in die Dunkelheit – und spürte, wie sein Degen tief in das Fleisch des Grafen eindrang. Wie ein Messer, das in den Sand gesteckt wird. Erschrocken ließ Theodor die Waffe los, als der Körper schwer neben ihn auf den Boden fiel.

Wie erstarrt hörte der Baron die fahle Stimme des Verwundeten: »Neuhoff, Idiot. Mariana liebt Euch. Keinen sonst. Ja, ich war an ihr interessiert, aber beim Tanzen hat sie mir endgültig einen Korb gegeben. Weil sie nur Euch will. Sie hat so verdammt verliebt von Euch gesprochen, dass ich selbst sie gebeten habe, mir das zu ersparen und zu Euch zu gehen. Und Ihr, Ihr habt alles kaputtgemacht – durch Eure Angst vor Euch selbst.«

Zitternd floh Theodor in die Nacht. Ohne noch einmal sein Quartier zu betreten, rannte er davon und verließ die Stadt nur mit dem, was er am Leibe trug. Drei Wochen später erreichte er die Wohnung seiner Mutter in Paris, nachdem er, um seine Spuren zu verwischen, mit dem Schiff rheinabwärts nach Rotterdam gefahren war. Elisabeth, seine Schwester, überreichte ihm einen Brief Ludwigs, in dem dieser dem Freund mitteilte, dass der spanische Graf tatsächlich seiner Verletzung erlegen war und Mariana, als sie die Teile des Holzkreuzes erhielt, diese zärtlich geküsst und anschließend verzweifelt geweint hätte.

Lord Kilmarnok blieb abrupt stehen. Isabelle, die sich beim Reden seinen schnellen kleinen Schritten angepasst hatte, kam aus dem Tritt und musste sich an seinem Arm festhalten: »Was ist los?« Sie versuchte in der Dunkelheit seine Augen zu finden, doch es gelang ihr nicht.

Der Adlige starrte die Straße hinunter: »Ich wusste das alles nicht!«

»Das kann sein. Soweit ich weiß, hat er nicht einmal seiner Mutter davon erzählt.«

Heftig packte der Mann seine Begleiterin mit beiden Händen an den Oberarmen und zog sie vor sich. Sein Unterkiefer zitterte leicht: »Ach, und jetzt plötzlich rückt er damit heraus. Woher weißt du eigentlich, dass das Ganze nicht eine seiner bekannten überdrehten Lügen ist? Wahrscheinlich wird dieser Scharlatan am Ende seines Lebens sentimental und sucht nach einer Rechtfertigung für sein verkorkstes Dasein. Abgesehen davon: Du hast doch selbst gesagt, dass er inzwischen öfter wirr spricht und Personen nicht erkennt.«

Ruhig löste Isabelle ihre Arme aus dem Griff des Lords. Müde sagte sie: »Ich muss jetzt nach Hause. Der König will mich heute Nacht noch einmal sehen. Ich glaube, dass er Angst hat zu sterben, bevor er alles erzählen konnte. Das ist die Realität, die ich sehe. Ob er mir die Wahrheit erzählt, kann ich nicht sagen. Ich bin allerdings gar nicht sicher, ob Ihr überhaupt etwas anderes hören wollt als Eure eigene Wahrheit. Und genau so etwas hasse ich: Menschen, die zwar diskutieren wollen, aber nur dann zufrieden sind, wenn man sie bestätigt.« Ihre Augen blitzten in der Dunkelheit auf, als sich das Licht einer Laterne darin spiegelte: »Ich weiß nicht, woher Euer Hass kommt, aber eines weiß ich: Ihr kennt den König nicht.«

Lord Kilmarnok konnte das Lächeln nicht sehen, das ihre Lippen weitete, aber er spürte es in ihren Worten: »Ach, um Euch wegen des Wahrheitsgehaltes zu beruhigen: Ludwig, der damalige Studienkollege, hat 1736, im Jahr der Krönung seiner Majestät, ein Büchlein über das unselige Duell veröffentlicht. Komisch, oder? Damals wollten sie alle an seinem Ruhm verdienen, all die vielen Freunde und Bekannten, heute, zwanzig Jahre später, kommen solche unwissenden Leute wie Ihr daher und machen einem alten, unglücklichen Mann schwere Vorwürfe. Ihr, der Ihr alles habt, was man sich wünschen kann, wollt einem verarmten und verbitterten Träumer die letzten Tage rauben! Ich frage mich, ob nicht Ihr der Kranke seid.« Isabelle streckte ihm die Hand entgegen: »Ich bekomme ein Pfund von Euch!«

Lord Kilmarnok zog nachdenklich seinen Geldbeutel aus der Weste und legte eine Münze auf die geöffnete Handfläche der jungen Frau, die das Geld direkt in ihrem Korsett verschwinden ließ. Dann drehte sie sich um. Doch die Stimme des Mannes hielt sie noch einmal zurück: »Ich möchte auch wissen, was er dir heute Nacht erzählt!«

Eine weiche Trauer legte sich auf ihr Gesicht: »Warum? Wenn Ihr doch ohnehin der festen Überzeugung seid, dass er lügt.«

Der Lord ging einen Schritt auf sie zu. Er sagte unsicher: »Ja! Ich weiß noch nicht, ob ich ihm glauben kann, aber ich stimme Plutarch zu: Vielleicht versteht man einen Menschen wirklich nur dann, wenn man neben den äußerlichen Kennzeichen seines Lebens die verborgenen Züge seines Wesens erblickt, wenn man – unabhängig von allen Gefühlen – anfängt, eine Beziehung aufzubauen. Es stimmt: Ich weiß alles über die großspurigen Taten, die leeren Versprechungen und die bösartigen Intrigen dieses Mannes, der ja wohl zu Recht als Erfinder des ungedeckten Schecks bezeichnet wird. Aber ich frage mich seit so vielen Jahren, warum er das alles getan hat. Ich frage mich das so sehr, dass es zu meiner eigenen Frage geworden ist. Ich weiß nicht, ob du das kennst: dass eine Frage derart nach einer Antwort giert, dass das Leben sich völlig darauf ausrichtet. Sag mir, kennst du das, dieses ›Ich muss es wissen‹?« Er schüttelte sich, als könne er die Anspannung dadurch vertreiben: »Ich dachte, ich könnte das ›Warum?‹ in mir töten, wenn ich ihn töte. Aber jetzt wird mir klar, dass diese Frage mir weiterhin die Kraft rauben wird. Bitte hilf du mir, eine Antwort zu finden.«

Isabelle zögerte: »Ich weiß nicht, wie viel er mir heute noch erzählen wird. Vielleicht soll ich auch nur zu ihm kommen, um ihm vorzulesen.«

»Das ist mir gleich. Ich werde mich morgen mit dir treffen.«

In einem der Häuser fing ein Paar an zu streiten und ihre erbosten Schreie brachten die junge Frau zum Lachen. Sie suchte in den Fassaden nach der Quelle der Laute und sagte freundlich, aber bestimmt: »Ich kann morgen nicht. Ich habe zu viel zu tun: Ich muss neue Muster entwerfen, ich muss dem König zuhören und ich brauche Zeit, um all das aufzuschreiben, was er mir erzählt. Es geht nicht.«

Lord Kilmarnok deutete auf ein schwach erleuchtetes Fenster im dritten Stock, auf dessen Vorhang sich das undeutliche Schattenspiel der Streitenden bewegte. Behutsam fragte er: »Was ist mit morgen früh?«

»Da gehe ich um fünf zum Fischmarkt nach Billingsgate. Ich nehme nicht an, dass ein Mann wie Ihr um diese Zeit auf den Beinen ist.«

Er zog den Hut: »Ich werde da sein!«

»Nein, das werdet Ihr nicht!« Drohend kamen diese Worte aus der Dunkelheit, so dass die beiden zusammenfuhren. Verwundert starrten sie in die Richtung, aus der sich, mit jedem Schritt deutlicher zu erkennen, Jizchak den beiden näherte. Der Jude grummelte etwas Unverständliches vor sich hin, dann mischte sich Erleichterung in seine hohe, enge Stimme: »Gott sei Dank! Isabelle, hier bist du. Wir haben uns unglaubliche Sorgen gemacht. Schascha hat uns gesagt, dass du allein mit diesem Wahnsinnigen unterwegs bist.«

Er hielt sich die Seite und atmete schwer: »Ich habe mir schon Vorwürfe gemacht, dass ich einfach davongerannt bin, um meine Sensationsgier zu befriedigen. Das war unüberlegt und egoistisch. Verzeih mir. Ich dachte, dass Philipp bei dir wäre. Jedenfalls sind wir alle erschrocken, als wir hörten, dass du mit … mit dem da … weggegangen bist.«

Der alte Mann baute sich vor Lord Kilmarnok auf und sah ihn drohend an. Da er ihm trotz des hochgereckten Kopfes nur bis zum Kinn ragte, musste die junge Frau unwillkürlich lächeln. Der Jude blitzte sie mit seinen Augen an: »Lach nicht. Dein Vater und Philipp ziehen auch durch die Straßen, um dich zu suchen. Wer weiß, was so einer wie der da mit dir anstellt?«

Um seinen Worten Nachdruck zu verleihen, hielt er seinen Arm mit dem verbundenen Streifschuss wie eine Trophäe hoch. Dann wurde sein Blick milder: »Nun gut, wie ich sehe, ist ja nichts passiert. Isabelle, Albrecht möchte nicht, dass du diesem Mann so viel über den König erzählst. Wer weiß, was er wirklich will. Und Ihr, Ihr schießwütiger ... Mensch: Lasst uns bitte in Ruhe. Ich bete zum Herrn, dass Eure Seele Frieden findet.«

Jizchak nahm Isabelle am Arm und zog sie mit sich. Nach einigen Schritten drehte die junge Frau noch einmal den Kopf und warf Frederik einen herausfordernden und zugleich fragenden Blick zu, in dem unbändige Lebenslust loderte. Als die beiden verschwunden waren, faltete Lord Kilmarnok seinen Schirm zusammen, hob den Kopf und ließ den kalten Regen auf sein zerschlagenes Auge laufen, das angefangen hatte zu pochen. Wäre Felix dort gewesen, er hätte gewusst, dass sein Herr soeben sein Herz verloren hatte.

III.

Madame hier, Madame da! Oh, es hat mir wirklich gut getan, sie zu verachten: Elisabeth Charlotte, das dicke Elend. In ihrer prallen Hilflosigkeit wurde sie mein größter Ansporn, mich weiterzuentwickeln. Denn wenn ich eines nicht sein wollte, dann so herausgeputzt verloren wie sie. Alles an ihr zeugte trotzig davon, dass ihr Leben eine einzige Enttäuschung war: die Ernüchterung über ihren homophilen Ehemann Philipp, den jüngeren Bruder des Sonnenkönigs, der sein Vermögen immer wieder aufs Spiel setzte und sie in eine desaströse Einsamkeit zwang, die Scham über den Verlust ihrer bodenständigen Heidelberger Heimat, die sie gegen die aufgeblasene Hülle des Pariser Hofes tauschen musste, die Verweigerung der vielen Pfunde, ihre ausladenden Hüften zu verlassen, und die frustrierende Erkenntnis, dass sich letztlich das ganze Leben als ein Spiel entpuppte, dessen Ausgang niemanden interessiert außer den Spieler selbst. Ich habe sie gehasst, und das hat mich stark gemacht. Positive Vorbilder sind wertlos, denn sie erzeugen nur billige Imitate – negative Bilder dagegen, markante Darstellungen des Unschönen, zwingen den Beobachter dazu, sich sein eigenes Profil zu erarbeiten. Vielen Dank, altes Ekel.

Wenn einer – wie diese Frau – nur noch die Enttäuschung kennt, dann bleibt ihm nichts anderes übrig, als sie zu kultivieren. Wer in seinem Leben keinen Sinn findet, erklärt das letzte bisschen Elend, das ihm bleibt, zum Sinn. Und so fing auch Madame an, ihre Desillusionierung, diese abgründige Entzauberung ihres Daseins, selbst zu verzaubern. Sie schmückte das Fiasko prächtig aus, setzte es auf einen goldenen Thron und huldigte ihm mit einer Hingabe, die sie möglicherweise einem wirklichen Daseinsgrund niemals hätte zuteil werden lassen. Erregt schwelgte die eitle Herzogin von Orleans im Kummer, huldigte ihrer Verbitterung frenetisch und zelebrierte ihr Leiden wie einen Gottesdienst: eine Priesterin der ekstatischen Verzweiflung. Ich habe sie beobachtet, forschend und ahnend, und ich glaube, dass ihr mein Wissen zuwider war, denn sie behandelte mich all die Jahre distanziert.

Andererseits: Zu wem war sie nicht distanziert? Weil ihr das reale Leben zwischen den Fingern zerrann, schrieb sie alles auf, was es festzuhalten gab. Ihre blumigen Briefe, die Briefe der Liselotte von der Pfalz, haben sie, wie ich vor kurzem hörte, inzwischen berühmt gemacht. Seltsam. Da ist es dieser frustrierten Kuh, die aus ihren sicherlich vorhandenen Talenten und Möglichkeiten nichts, aber auch überhaupt nichts gemacht hat, in einer ironischen Laune des Schicksals gelungen, ihr Versagen in ein sinnstiftendes Ziel zu verwandeln. Siebzig Jahre hat sie ihr Hass auf das Leben am Leben gehalten und ihr dabei geholfen, für andere zum Segen zu werden.

Der Graf von Montague, ein Verehrer meiner Mutter und ein Ehrenkavalier von Madame, führte uns am Pariser Hof ein. Und wie es häufig bei desillusionierten Menschen ist: Die Herzogin fand Gefallen an unserem Leiden. Sie verschaffte uns eine äußerst großzügige Wohnung in der Nähe des Palais Royal und versorgte meine Schwester Elisabeth mit einer Mitgift von zweihunderttausend Franken, die es ihr ermöglichte, den Grafen von Treveaux zu heiraten. So hatte es wenigstens eine aus unserer Familie geschafft, eine Verbesserung ihres Standes zu erreichen. Mir, dem nicht fertig ausgebildeten Flüchtling, gab Madame ohne viel zu fragen eine Stelle als Page in ihrem Haus. Ich bin sicher: Es war ihr ein besonderes Vergnügen, uns freigebig zu helfen. Und als meine Mutter in zweiter Ehe den Zollpächter Marneau heiratete und nach Metz zog, war die Herzogin sichtlich gekränkt, dass ihr damit der Triumph entging, diese leidgeprüfte Frau mit einem Adligen zu verbinden. Wir waren ihre Spielfiguren – so wie sie selbst eine Spielfigur war. Wir alle behandeln die Menschen um uns herum so, wie wir selbst behandelt worden sind, ganz gleich, ob wir das wollen oder nicht.

Auch Enttäuschung braucht Formen, und so baute sich Madame ihren »Ersatzsinn« zu einem Ersatzleben aus: Die von ihrem Mann verweigerte Liebe fand sie bei ihren sieben Hunden, die ich regelmäßig ausführen musste, das für sie selbst unerreichbare Schönheitsideal verkörperten ihre unzähligen Vögel und die überall hervorquellende Langeweile vertrieb sie mit wilden Parforcejagden und schwelgerischen Einladungen. Ihr Tag war so angefüllt mit Verabredungen, Veranstaltungen und anderen gesellschaftlichen Pflichten, dass ihr keine Zeit blieb, sich mit dem Übel der Leere, die in ihren Eingeweiden wütete, zu beschäftigen. Und so wurde sie, ganz gegen ihre Absicht, zu einem Kind ihrer Zeit, das sich im höfischen Benehmen eine Trutzburg gegen die Gefahr der Alltäglichkeit bauen wollte.

Nur eines hat Madame immer zurückgewiesen: den Verfall der Sitten; etwa diese Kleider, die den Busen herausdrücken statt ihn zu verdecken, und die Selbstverständlichkeit, mit der man sich einen Liebhaber hielt. Doch auch in diesem Punkt folgte sie wohl mehr ihrem Groll gegen das ausschweifende Leben ihres Mannes als einem eigenen Moralkodex. Das Leben von Elisabeth Charlotte war eine einzige Reaktion, nie hat sie etwas aus sich heraus getan, sie folgte ihren Verletzungen und Ängsten.

In meiner Zeit als Page habe ich alles aufgesogen, was man über das Dasein bei Hofe wissen muss. Ich lernte – endlich – richtig zu tanzen, fand heraus, welche Floskeln man wann sagen sollte, wenn man bestimmte Erfolge erzielen will, wandelte immer sicherer über das glatte Parkett der Etikette, verbesserte meinen Umgang mit dem Degen und der Pistole, begann, nett zu plaudern und dabei kleine, aber feine Intrigen zu spinnen, führte berühmte Gäste durch die üppigen Gärten und die weiten Gänge des Schlosses und entlockte ihnen nach und nach alle Geheimnisse der höfischen Diplomatie.

Ich habe schnell erkannt, dass ich den Makel meiner niederen Geburt nur mit Wissen ausgleichen konnte. Und so stürzte ich mich atemlos in diese fremde Welt, eroberte sie im Sturm und beherrschte ihre Spielregeln nach kurzer Zeit besser als manche der in ihr Geborenen. O ja, ich genoss die sich daraus entwickelnde Macht wie eine Droge. Bald konnte ich mit den Konventionen und Gepflogenheiten des Hofstaats derart versiert umgehen, dass ich mir bereits gestatten durfte, sie zu untergraben. Da man mich als exzellenten Vertreter des Kodex kannte, durfte ich mir erst winzige, dann immer größere Übertretungen erlauben. Alles, was dem Spiel Spannung verlieh, war gestattet.

So wurde ich ein Meister des schönen Scheins, brillant, strahlend – und meiner Falschheit wohl bewusst. Doch im Lauf der Jahre verwischten die Grenzen und ich verlor den Überblick darüber, wo denn ich und wo die Kunstfigur Theodor begann. Und wenn ich anfangs den Menschen, von denen ich mir Förderung erhoffte, sehr bewusst nach dem Mund redete, war es mir bald zu einer zweiten Natur geworden, meinem Gegenüber genau das zu sagen, was es hören wollte. Ich roch förmlich, wonach es diesem gelüstete, denn ein Mensch dünstet seine Wünsche gleichsam aus. Es ist wirklich befriedigend, das Strahlen in den Augen eines Mannes oder einer Frau zu sehen, die gerade in ihrem tiefsten Wollen bestätigt wurden. Wer es lernt, Menschen auf sich selbst stoßen zu lassen, der hat immer Freunde. Na ja, soweit man in diesem Metier von Freundschaft sprechen kann.

Welch ein Glück, dass ich eines Tages, sehr viel später, die Frau traf, die mich wieder aus dem Strudel der Verlogenheiten herausziehen konnte. All die Jahre habe ich über Liselotte und ihr Ersatzleben gespottet, heute frage ich mich, ob ich nicht auch nur ein Ersatzleben geführt habe. Julia, du weißt das doch. Du kannst doch hinter meine verquollenen Gedanken schauen. Das konntest du vom ersten Augenblick an. Bei dir war ich plötzlich

ich – völlig überrascht, dass es so etwas in mir gibt. Julia, wie gut habe ich es bei dir. Julia, ich werde dir noch viel erzählen müssen, damit dieser Brief ihm deutlich macht, was mit mir passiert ist. Aber bevor ich erzähle, lies mir noch ein paar Seiten vor, vielleicht nur ein paar Zeilen. Sie sind so ... so verlockend. Julia, kommst du?

»Ein junger Edelmann mit dem Namen Neuhoff war mein Page und hat sich bei mir gut benommen. Er hat sich aber in Bayern auf das Spielen verlegt, und das hat ihn zum Schelmen gemacht. Er ist ein wohlgeschaffener Mensch, auch nicht hässlich von Gesicht und weiß brav zu plaudern.«

Liselotte von der Pfalz, Brief

6. Dezember

Ein raues Brüllen zog durch die Eiseskälte und ließ die streunenden Katzen am Fischmarkt zusammenfahren. Für einen Augenblick stockten die vielen Hände mit den blau gefrorenen Fingern, die gerade die von den Booten hochgereichten Kisten leerten und den Fisch – Karpfen, Kabeljau, Schellfisch, Lachs, Sardellen und Schleien – auf die blank geputzten Auslagen verteilten. Müde und vor sich hin fluchend, versuchten die Verkäuferinnen, die schlaftrunkene Dunkelheit zu durchdringen, doch die verrußten Öllämpchen an den Ständen reichten nicht aus, um die Finsternis zu vertreiben. Missmutig gingen die Frauen wieder an die Arbeit.

Billingsgate, das zu jeder Tageszeit einen intensiven Geruch nach altem Fisch und feucht gewordenen Kohlen ausatmete, erwachte zum Leben, als die ersten Mägde, Dienstmädchen und Köchinnen aus den schmalen Gassen auftauchten, um auf Befehl ihrer Herrschaften möglichst frische Ware zu erhaschen. Das bald immer hektischere Feilschen der hohen Stimmen erinnerte an einen aufgeschreckten Vogelschwarm, der durch den von der Themse heraufziehenden Morgennebel flatterte.

Lord Kilmarnok, der sich wegen des Gestanks ein mit seinen Initialen besticktes Taschentuch vor Nase und Mund presste, hätte gern auch seine Ohren bedeckt, um das aufdringliche Schreien zu dämpfen. Sein Auge, das im Laufe der Nacht weiter zugeschwollen war, pulsierte heftig. Er ärgerte sich, dass er seinen Diener im Hotel gelassen hatte, und lief ruhelos zwischen den Marktständen hin und her. Er hätte in seinem schwingenden Rock, aus dem das Hemd mit Spitzenjabot hervordrängte, und mit der Perücke auch ohne sein aufgequollenes Gesicht unter den einfach gekleideten Dienstboten und Arbeiterinnen wie ein Paradiesvogel gewirkt und er spürte sehr deutlich, dass ihm von allen Seiten neugierige Blicke folgten. Fröstelnd zog er den samtenen Kragen am Hals zusammen und schaute sich erneut nach Isabelle um. Mehrfach glaubte er, ihren dunklen Haarschopf im matten Licht der Morgendämmerung zu entdecken, und jedes Mal erwies sich seine Wahrnehmung bei näherem Hinsehen als Täuschung. Einmal winkte ihm im Halbschatten einer Laterne ein Mädchen zu, doch als er sich aufatmend näherte, sah er, dass es sich um eine Prostituierte handelte, die auf einen frühen Freier hoffte. Wütend und enttäuscht drehte er sich weg, ohne die junge Frau eines weiteren Blickes zu würdigen.

Ein leichter Wind kam auf und wühlte zwischen den hölzernen Verkaufstischen einen so intensiven fauligen Geruch auf, dass dem Suchenden ganz übel wurde. »Was mache ich hier?«, durchfuhr es ihn, »ich sollte im Bett liegen und schlafen. Andererseits, ich hätte ohnehin keine Ruhe gefunden.« Er beschloss, den Markt von der Kaimauer aus systematisch zu durchkämmen.

In diesem Moment ertönte wieder das aggressive, fremdartige Brüllen, das an den Nerven der Menschen zerrte. Lord Kilmarnok zuckte zusammen: »Verdammt noch mal, was ist das?«

»Cäsar!«

Er fuhr herum und sah direkt in Isabelles Gesicht, die dicht hinter ihm stand. Erschrocken blaffte er sie an: »Wer?«

Die junge Frau, die an diesem Morgen einen mehrfach ausgebesserten graugrünen Mantel trug, der trotz der Flicken mit ihrer Augenfarbe harmonierte, legte den Kopf in den Nacken und dehnte sich genüsslich. Dann hielt sie dem Lord ihren Korb hin und sagte: »Cäsar! Der Löwe im Tower. Er ist und bleibt eine große Katze und er riecht den frischen Fisch. Das macht ihn natürlich wild. Die Verkäuferinnen glauben, dass er eines Tages ausbrechen und auf den Markt kommen wird. Darum zucken sie immer zusammen, wenn er brüllt. Nach einer Weissagung, die irgendein garstiges Kräuterweiblein von sich gegeben hat, soll er genau tausendmal rufen, bevor er sich auf den Weg macht, um Fisch und Mensch zu verschlingen. Diese Leute hier haben kein Geld, um den Tower zu besichtigen, und konnten Cäsar noch nie sehen. Für sie ist ein Löwe nichts anderes als ein dämonisches Fabelwesen aus einer anderen Sphäre, die Verkörperung aller bösen Dinge, die sich ihre Fantasie erdenken kann. Also zählen sie eifrig mit, wie oft er brüllt, und haben inzwischen mehr Angst davor, sich zu verzählen, als vor dem Löwen selbst.«

Lord Kilmarnok nahm das Taschentuch vom Gesicht, weil ihm bewusst wurde, wie lächerlich er damit aussehen musste. Grummelnd sagte er: »Das ist doch Quatsch!«

Isabelle lief langsam an den Ständen entlang, so dass der Adlige ihr folgen musste, um sie zu hören. Sie räusperte sich: »O nein! Das ist kein Quatsch. Was wisst Ihr schon von den Menschen hier? Ihr seid heute wahrscheinlich zum ersten Mal in diese Welt eingetaucht. Ich verstehe vielleicht vieles von dem, was in Euren herrschaftlichen Kreisen vor sich geht, noch nicht, und doch habe ich mehr Einblick in Euer Leben als Ihr in das Leben der Armen. Ich behaupte, dass jemand aus Euren Kreisen sich leichter in einem fernen Land wie Brasilien zurechtfindet als in der Unterschicht der eigenen Stadt. Jetzt guckt bitte nicht so hochmütig! Diese Leute können schließlich nichts für ihr Schicksal. Kaum einem war es vergönnt, lesen zu lernen, die meisten haben London, ja, sogar ihr Viertel noch nie verlassen, und wer mit zwölf Pfund im Jahr auskommen muss – kaum mehr als dem, was Euer feiner Hut kostet –, der braucht nun mal ein ganz anderes Wertesystem als Ihr. Seid ehrlich, wart Ihr schon einmal auf einem Fischmarkt?«

Der Lord schüttelte den Kopf.

Ein zufriedenes Grinsen ließ ihre Zähne aufblitzen. Leise fuhr sie fort: »Ich bin überrascht, dass Ihr es wagt, hierher zu kommen. In eine völlig fremde Umgebung. Nach unserer gestrigen Erfahrung hatte ich nicht den Eindruck, dass Ihr besonders feinfühlig mit dem Leben anderer umgehen könnt. Und dass Ihr es vor allem nicht gewohnt seid. Aber vielleicht habe ich mich geirrt.«

Sie näherte sich seinem Gesicht: »Euer Auge sieht interessant aus. Oder hat es dieses interessante Muster, weil Ihr es nicht gewohnt seid, so früh aufzustehen? Nun: Ihr seid hier. Offensichtlich bedeutet Euch die Geschichte des Königs doch mehr, als ich anfangs vermutet hatte.«

Isabelle war plötzlich stehen geblieben und musterte den hinter ihr herlaufenden Adligen von oben bis unten: »Wie wollt Ihr eigentlich den König verstehen, wenn Ihr nie gelernt habt, Euch in andere Menschen hineinzuversetzen? Ich bin ziemlich sicher, dass sich seit Eurer Geburt immer alles um Euch gedreht hat, in Eurem Elternhaus, bei Eurer Dienerschaft und bei Euch selbst ...«

Lord Kilmarnok wollte gerade zu einer Erwiderung ansetzen, da drehte sich Isabelle um, nahm einen etwa achtzig Zentimeter großen, silbrig glänzenden Fisch mit dunklen Flecken von dem hinter ihr stehenden Tisch und warf ihn dem verdutzt Dastehenden lachend zu: »Voilà! Eure Lordschaft, nun zeigt, wie Ihr mit fremden Dingen umgehen könnt.«

Der junge Mann sah den Fisch auf sich zufliegen, wollte zurückweichen und packte dann zornig zu, um sich keine Blöße zu geben. Doch der glitschige Leib ließ sich nicht greifen, er entglitt seinen Händen und sprang, als lebte er noch, zurück in die Luft. Lord Kilmarnok setzte nach, hielt das schlanke Tier für einen kurzen Augenblick fest, bis es ihm wieder aus den Fingern rutschte und er es, ehe es zu Boden fiel, mit einem Schlag nach oben katapultierte. Irritiert sah er auf seine Finger. Bevor er erneut nachfassen konnte, schoss Isabelles Hand zielsicher hervor und hielt den Fisch knapp vor der Schwanzflosse fest. Traurig blickend baumelte der Fang umher, während die umstehenden Händlerinnen in ein gackerndes, höhnisches Gelächter ausbrachen.

Der Beschämte klopfte einige Fischschuppen von seinem Rock und vermied es, die junge Frau anzusehen: »Ein großartiger Einfall! Ich hasse Fisch!«

»Ein merkwürdiger Satz in dieser Umgebung.« Wieder quittierten die Zuschauerinnen den Wortwechsel mit einem schadenfrohen Lachen. »Ihr konntet den Fisch nicht fangen, weil sich etwas in Euch sträubt, so etwas dreckig Schleimiges überhaupt anzufassen.

Aber wer Angst hat, das Schmutzige zu begreifen, der begreift auch das Schöne nicht.«

Lord Kilmarnok nahm Isabelle am Arm und zog sie energisch von den Ständen weg. Schwer atmend lehnte er sich gegen eine Kaimauer: »Du weißt, warum ich hier bin. Also lass bitte dein Spielchen. Ich möchte gerne hören, wie die Geschichte weitergeht.«

Sie zuckte demonstrativ mit den Achseln. Dann sagte sie verspannt: »Ich habe gestern Abend noch lange nachgedacht. Und ich bin zu einem Entschluss gekommen: Ich werde Euch nichts mehr erzählen. Es tut mir ernsthaft Leid, dass Ihr so früh aufgestanden seid, aber es wäre falsch. Jedenfalls kommt es mir falsch vor. Ich dachte, ich könnte Euch helfen. Doch wenn ich dabei Schaden an meiner Seele nehme, dann … dann geht es nicht. Ich weiß nicht, wie ich es besser ausdrücken soll.«

»Also gut: Ich zahle dir zwei Pfund für jeden Tag.«

Der Körper der jungen Frau verspannte sich: »Mein Gott, ich hatte Recht. Ihr seid wirklich ein Schwein.« Sie richtete sich auf und fauchte den Lord an: »Was glaubt Ihr eigentlich, was ich bin? Eine Hure? So wie die Kleine, die Euch an der Laterne Ihren verbrauchten Körper angeboten hat. Na, was ist es: Erregt es Euch, Menschen zu kaufen? Mit all dem Geld, das Ihr wahrscheinlich nicht einmal selbst verdient habt. Ist es das? Ja? Ihr haltet Euch für klug, weil Ihr teure Privatlehrer hattet. Aber ihr begreift nichts. Ihr müsst zum Beispiel erst einmal lernen, welche Dinge keinen Preis haben – weil man sie nicht kaufen kann. Ich gehöre auch dazu. Und jetzt lasst sofort meinen Arm los!«

Mit einem Ruck der Schulter entzog sie Lord Kilmarnok ihren Körper. Der blickte sie völlig befremdet an: »Was, wieso? Pass auf, was ich gesagt habe, war sehr dumm. Ich halte dich doch nicht für eine Hure …«

»Ach nein?« Ihr Stimme wurde laut: »Aber Ihr denkt ernsthaft, ich wollte den Preis in die Höhe treiben. Wie soll ich dieses Angebot denn sonst verstehen? Ihr könnt so viele blumige Worte machen, wie Ihr wollt, aber es wird an der Tatsache nichts ändern, dass Ihr mich kaufen möchtet. Und das widert mich an. Es ist schon schlimm genug, wenn jemand den Körper eines anderen wie eine Ware behandelt, seine Gedanken kaufen zu wollen ist wahrscheinlich das Schäbigste, was ich je erlebt habe. Wenn Ihr mich für die Geschichte des Königs bezahlt, dann werde ich nicht nur zur Prostituierten, sondern auch noch zur Verräterin. Zumindest fühle ich mich so. Und das will ich nicht. Noch heute Mittag werde ich Euch den schändlichen Judaslohn von gestern Abend in die Herberge bringen.«

Der Adlige steckte den Geldbeutel, den er bereits hervorgezogen hatte, wieder ein. Er schwieg einen Moment lang, in dem scheinbar auch der Lärm des Marktes hinter ihm versickerte. Dann sagte er leise: »Isabelle. Ich habe die ganze Nacht kein Auge zugemacht. Es waren einfach zu viele Gedanken da ... ich ... versteh doch: Ein Verräter schadet dem, dessen Geschichte er preisgibt. In unserem Fall geht es aber genau um das Gegenteil: Ich habe vor vielen Jahren geschworen, Theodor von Neuhoff für das zu töten, was er meiner Familie angetan hat. Nach all der Zeit voller Wut habe ich nun zum ersten Mal das Bedürfnis herauszufinden, wer dieser Mann wirklich war und warum er so gehandelt hat.

Ich bin kein Mörder. Ich töte nicht aus Lust. Du wirst wahrscheinlich niemals nachvollziehen können, wie viel Leid dieser Mann über mich gebracht hat. Aber eines weiß ich: Wenn ich nicht begreife, was ihn zu dieser Tat getrieben hat, wenn sich in seiner Geschichte nicht zumindest der Ansatz einer Erklärung findet, dann bleibt mir nichts anderes übrig, als meinem Hass nachzugeben und ihn umzubringen. Ich habe dich das gestern schon gefragt, aber du hast nicht geantwortet: Hast du das schon einmal erlebt, dass in dir ein Hass gewütet hat, der so mächtig ist, dass er alles überflutet, wenn du den Damm nicht mehr verstärken kannst?

Ich hoffe, dass die Geschichte, die du mir erzählst, mich rettet. Ich will nicht hassen, aber ich kann nicht anders. Wenn du kein Geld annehmen möchtest, dann erzähle mir das, was du weißt, ohne Bezahlung. Nur lass mich nicht an meinem Hass zerbrechen. Bitte!«

Er fröstelte und steckte die Hände in die Ärmel des jeweils anderen Arms: »Verstehst du meine Verzweiflung wenigstens? Es geht um viel mehr als um Leben oder Tod, es geht um meinen Frieden.

Ich kann diesen schäbigen Baron von Neuhoff zwar töten, aber der Hass auf ihn wird trotzdem bleiben. Bitte, befreie du mich von ihm!« Er blickte lange auf den Boden, dann fügte er hinzu: »Vielleicht klammere ich mich auch nur an eine allzu vage Hoffnung, aber ich wünsche mir sehr, dass ich das, was mich zerfrisst, mit deiner Hilfe endgültig besiegen kann.«

Isabelle blickte starr hinüber zum anderen Ufer, an dem gerade ein Pferd verladen wurde. Trotzig sagte sie: »Nein, ich will nicht! Ich darf es einfach nicht tun.«

»Bitte, Isabelle. Heute ist der Tag des heiligen Nikolaus, der Tag, an dem man einander hilft. Hilf mir! Das sind zwei Worte, die ich noch niemals zu jemandem gesagt habe: Hilf mir!«

Ein überraschendes, freches Grinsen zog ihre Mundwinkel nach oben: »Oje, Ihr seid auch noch Katholik.« Dann aber wurde sie schnell wieder ernst: »Ein Grund mehr, Euren schönen Worten nicht zu glauben. Hört zu, Lord Kilmarnok. Ihr seid für mich ein Fremder. Woher soll ich wissen, ob Ihr mich nicht einfach ausnutzt? Ich traue niemandem mehr. Und ich will Euch eines sagen: Ich könnte Euer Geld gut gebrauchen, sehr gut sogar, aber wenn es etwas gibt, was arme Menschen sich bewahren sollten, dann ist es ihr Stolz. Viel mehr haben sie ja nicht. Also: Ich muss mit meiner Armut leben, Ihr mit Eurem Hass. Vielleicht ist die Welt doch nicht so ungerecht, wie es manchmal scheint. Und jetzt lasst mich bitte allein.«

Der Lord ließ seine Blicke lange auf dem Wasser des Flusses treiben, der schwerfällig vorüberzog, trübe und voller Unrat. Nach einigen Minuten fing er wieder an zu sprechen. Seine Stimme klang, als gehörte sie nicht zu ihm: »Ich habe gehört, dass sich manchmal Wale in die Themse verirren und bis hierher nach Billingsgate schwimmen. Dann stehen die Leute an den Ufern und brüllen, winken und klatschen, damit das Tier umkehrt, weil es sonst strandet und verendet. Im Augenblick fühle ich mich wie ein solcher Wal. Aber es ist keiner da, der winkt.«

Isabelle starrte den Mann vor sich an, als sähe sie ihn zum ersten Mal. Verwirrt lief eine Träne aus ihrem Augenwinkel, die sie etwas zu hektisch wegwischte. Die Gedanken schwirrten durch ihren

Kopf wie ein Schwarm Bienen und ließen sich endlich in einer Ecke nieder. Unwillkürlich fasste sich die junge Frau an die Stirn, in der es zu pochen angefangen hatte. Dann flüsterte sie mit brechender Stimme: »In Ordnung! Ich werde Euch sagen, was mir der König heute Nacht berichtet hat. Schwört mir jedoch, dass Ihr nichts von dem, was ich Euch erzähle, gegen ihn verwendet!«

Lord Kilmarnok, dessen Gesicht dem ihren plötzlich sehr nahe war, nahm Isabelles Hand und hielt sie fest: »Ich schwöre bei meiner Mutter!«

Die junge Frau entzog sich ihm: »Gut. Das reicht. Aber Ihr müsst Euch die Geschichte verdienen.« Blitzschnell hatte sie sich wieder unter Kontrolle: »Ich hasse es, Fische auszunehmen. Das könntet Ihr für mich erledigen. Wenn Ihr diesen Fisch hier fertig gemacht habt, fange ich an zu erzählen.«

Sie drückte ihm den großen Fisch in die Hand, den sie die ganze Zeit festgehalten hatte, und führte den hilflosen Lord zu einem der Tische am Kai, um den Dutzende von Katzen strichen, um die frischen Innereien der gerade bearbeiteten Tiere zu erbetteln.

Der Adlige schluckte: »Ich soll diesen riesigen Fisch ausnehmen?«

»Ihr müsst nicht! Wenn Euch die Geschichte des Königs nicht einmal diesen kleinen Dienst wert ist ...«

Mit einer schnellen Bewegung ergriff Lord Kilmarnok eines der herumliegenden Messer, legte den Fisch vor sich hin und schaute angewidert darauf. Zögernd setzte er die Klinge an, um dem Tier den Kopf abzuschneiden. Ein lautes Grölen ertönte. In wenigen Sekunden hatte sich etwa ein Dutzend Marktfrauen um den Tisch versammelt, um dem seltsamen Treiben zuzuschauen. Sie tuschelten eifrig und kicherten dabei immer wieder gackernd vor sich hin.

Das Opfer ihres Spotts wollte sie erst wütend auseinander treiben, dann aber bemerkte er, dass die Lautstärke der Verkäuferinnen für ihn der einzige Hinweis darauf war, ob er an seine Aufgabe richtig heranging oder nicht. Langsam ließ er das Messer über den Fisch streichen, und als es um ihn her am ruhigsten wurde, kurz vor Erreichen der Schwanzflosse, setzte er an und schnitt den Bauch des Tieres mit einem Ruck von hinten nach vorne auf. Ein anerkennendes Murmeln breitete sich aus. In dem Moment jedoch, in dem er mit der Klinge in die Eingeweide vorstoßen wollte, brandete eine erneute Welle der Ablehnung auf.

Der Lord legte das Messer zur Seite, zog die beiden Hälften des Fisches auseinander und nahm das Innere in Augenschein. Ein Gefühl der Betäubung durchzog seinen Magen, als ihm die schleimigblutigen Innereien entgegenquollen. Ohne nachzudenken, griff er am Schwanzende zwischen die Gräten, bog seine Finger hinter die glibberige Masse und schaufelte dann mit einer Handbewegung all das heraus, was er sehen konnte. Träge ergoss sich das noch warme, in der Kälte dampfende Gemisch auf den Tisch. Lord Kilmarnok schaute fragend in die Runde, dann sprang er zur Kaimauer und übergab sich in die Themse – begleitet vom tosenden Applaus der umstehenden Frauen.

VOR DEM PALAIS DER STUARTS in St. Germain stauten sich Ein- und Zweispänner, elegante kleine Stadtgefährte und sorgfältig gepflegte Kutschen mit weit geschwungenen Dächern, in denen sich herausgeputzte Diener die Zeit mit Kartenspielen vertrieben, während ihre Herrschaften in den hell erleuchteten Sälen feierten. An der schmalen Einfahrt zum Vorplatz lehnte wie immer der längst zum Inventar zählende englische Spion und notierte gelangweilt, wer die im Exil lebende Herrscherfamilie bei ihrem Fest besuchte. Er gab sich keine Mühe mehr, seine Identität zu verbergen.

Theodor kam zu Fuß und warf im Vorübergehen einen schnellen, neiderfüllten Blick auf die schimmernden Karossen. Gelegentlich erkannte er einen der Diener wieder und hob grüßend die Hand, entschloss sich dann aber, Distanz zu wahren, und legte die letzten Meter in sich gekehrt zurück.

»Ihre Einladung, Monsieur!«

Der junge Offizier, gerade zwanzig geworden, hob den Kopf und blickte den Bediensteten durchdringend an: »Baron von Neuhoff. Ich bin ein alter Freund des Prinzen. Ich war lange Zeit im Ausland und bin erst gestern zurückgekehrt. Bitte melde mich seiner Majestät.«

Der Türsteher betrachtete den etwas heruntergekommenen Uniformrock des späten Gastes und sagte dann mit strenger Miene: »Tut mir Leid, Monsieur, ohne Einladung kann ich gar nichts für Euch tun.« Verschmitzt fügte er hinzu: »Der Prinz mag es nicht, wenn er gestört wird.«

Theodor konnte ein süffisantes Lächeln nicht unterdrücken. Wahrscheinlich hatte Jacob Stuart auch ein paar weniger feine Damen zu seinem Zirkel eingeladen und half ihnen gerade dabei, sich ihrer ohnehin nicht besonders festen Mieder zu entledigen. Betont elegant rückte der junge Baron seine Perücke zurecht und zuckte dann kurz und lässig mit dem Mundwinkel. Weltmännisch sagte er: »Du hast Recht. Ich hätte nicht fragen sollen. Es ist nur einfach so, dass ich keine Einladung bekommen konnte, da ich im Ausland weilte.« Er sah dem Angestellten derart offen ins Gesicht, dass dieser den Kopf zur Seite drehte: »Übrigens, du bist sehr pflichtbewusst. Das ist gut. Die ... mmh ... Herzogin von Orleans, deren Page ich war, bat mich, ihr einen kooperativen, begabten Mann für die Leitung ihrer Küche zu empfehlen. Vielleicht hättest du ja Interesse an solch einem Posten. Sagst du mir deinen Namen?«

Der Bedienstete wand sich: »Monsieur. Ich ... ich heiße Gaston Massu. Aber ich ...« Verlegen nestelte der Mann an seinem Kragen: »Ich kann doch nicht ...« Ein Muskel zuckte in seiner Wange und verriet die Unruhe: »Äh, wartet einen Augenblick. Hinten am Garten ist eine kleine Pforte, ich schicke in fünf Minuten jemanden dorthin, der Euch öffnet. Aber Ihr dürft niemandem sagen, wie Ihr ins Haus gelangt seid. Bitte, Baron! Und empfehlt mich Madame!«

Theodor nickte kurz und verschwand in der Dunkelheit. Nach wenigen Minuten, die er entlang der gräulichen Steinmauer gelaufen war, hatte er das versteckte Tor gefunden. Ungeduldig wartete er vor dem Eingang und versuchte aus den wenigen Lauten, die über die Mauer drangen, darauf zu schließen, was dahinter wohl vor sich ging. Als sich auch nach einigen Minuten nichts tat, fing er an, mit seinem rechten Fuß unregelmäßige Figuren in den Staub auf dem Boden zu malen, Kreise, Ellipsen, Körper. Dabei stieß er gegen etwas Festes, bemerkte beim Bücken angewidert, dass es sich um einen kleinen Knochen handelte, und steckte ihn schließlich gedankenverloren in seine Rocktasche. Endlich hörte er ein leises Rascheln und dann das Drehen eines Schlüssels. Ein scheues Dienstmädchen zog die Tür auf und knickste umständlich, wobei sie mit ihren Röcken in den Büschen hängen blieb, so dass ihre Unterschenkel sichtbar wurden. Sie zeigte in Richtung des Palais und blickte verschämt zur Seite. Theodor drückte ihr eine Münze in die Hand und eilte an ihr vorüber.

Auf der Terrasse standen einige junge Kavaliere, die Theodor noch nie im Freundeskreis des Prinzen gesehen hatte, doch es gelang ihm, so unbefangen aus dem Garten zu treten, dass sie ihn wie selbstverständlich in ihrer Mitte begrüßten. Die vier Männer redeten lautstark darüber, wer von ihnen dieses Jahr wann die Stadt zu verlassen gedenke, um sich auf seinem Sommersitz zu entspannen. Dabei waren sie so mit sich selbst beschäftigt, dass sie nicht einmal nach dem Namen des Neuankömmlings fragten. Theodor plauderte einige Minuten mit ihnen, dann entschuldigte er sich und lief in das Palais. Wenn er sich nicht arg täuschte, würde er den Prinzen in der Bibliothek finden.

Im Treppenhaus traf der Baron niemanden außer einigen lautlos vorübereilenden Dienstboten. Sorgsam die Umgebung beobachtend, stieg er Stufe um Stufe auf der ausladenden Marmortreppe nach oben, die mit einem breiten roten Läufer abgedeckt war. Angespannt blickte er die Flure entlang. Als er aus einem Raum laute Stimmen hörte, beschleunigte er seine Schritte. Erregt öffnete er die angelehnte Tür und sah in den Raum. Blitzschnell nahm er die Situation in sich auf: Jakob Stuart lag mit verrutschter Perücke zwischen zwei kichernden Frauen auf dem Sofa, die er mit flinken Fingern liebkoste. Eine Hand des Prinzen war im Ausschnitt der rechts an ihn geklammerten Hure verschwunden. Ansonsten saßen und standen in dem Raum etwa acht bis zehn weitere Männer und einige sehr heitere Prostituierte.

Ein junger Graf, den Theodor einige Jahre zuvor bei einem Theaterbesuch kennen gelernt hatte, war gerade auf einen Stuhl gestiegen und ahmte kunstvoll die Mimik der hinter ihm an der Wand hängenden Ahnengalerie nach. Sie zeigte die Vorfahren des Prinzen und tatsächlich fand sich die ausgeprägte Kopfform der Stuarts auf fast allen Gemälden wieder. Zur Belustigung der Anwesenden imitierte der Graf gerade hingebungsvoll den Gesichtsausdruck einer korpulenten, älteren Dame, die, wie Theodor einfiel, die Großtante des Prinzen gewesen war. Die Gesellschaft quittierte die amüsante Darbietung mit einem etwas zu lauten Grölen, so dass niemand auf Theodor achtete. Dieser ging wie selbstverständlich zum Tisch und goss sich ein Glas Wein ein, um es sofort in einem Zug zu leeren.

In diesem Moment wurde es still im Raum. Jakob Stuart war aufgestanden und trat neben Theodor, um sich ebenfalls Wein zu holen: »Baron von Neuhoff. Ihr? Stellt Euch vor, ich hätte Euch mit dem eleganten Schnauzer kaum erkannt. Er macht Euch so ... männlich!« Zwei der Frauen hielten sich diskret die Fächer vor den Mund, um ihr Feixen zu verbergen, die anderen lachten ungeniert. Jakob fixierte Theodor, sah dabei aber gerade an dessen Augen vorbei. Seine Stimme klang heiter und war doch kalt: »Ihr habt Euch sicher in der Zeit geirrt. Seht Euch um: Ich mache gerade ein kleines privates Fest. Und ich wüsste nicht, dass ich Euch eingeladen hätte.« Er studierte herausfordernd sein Weinglas und nippte dann daran, bevor er weitersprach: »Abgesehen davon müsste ich Euch ziemlich böse sein: Dank Männern wie Euch verlieren unsere stolzen französischen Heere eine Schlacht nach der anderen. Was macht Ihr da eigentlich im Feld? Wie ich hörte, ist sogar Eure Gönnerin, die Dick-Madame, sehr erzürnt. Nun, vielleicht sehen wir uns demnächst einmal wieder. Vielen Dank für Euren Besuch!«

Theodor, der sich noch einmal nachgeschenkt hatte, drehte sich elegant um und lächelte den Prinzen an: »Kaum bin ich wieder in der Stadt, eile ich zu Euch, mein Freund, um Euch zu erzählen, was sich auf den Schlachtfeldern tut. Ihr sollt der Erste sein, der die Wahrheit erfährt. Und ich habe wirklich Unglaubliches zu berichten. Da draußen spielen sich Geschichten ab, die Euch die Haare zu Berge stehen lassen. Ein wildes, triebhaftes Aufeinandertreffen der Gegner, Verstümmelungen, Heldentaten und monatelange Entbehrungen, die aus Menschen abartige Tiere machen. Allerdings habe ich, wie Ihr wahrscheinlich wisst, als Soldat des mit uns verbündeten bayrischen Heers die letzten Wochen in München bei der Kurfürstin verbracht. Ich dachte mir, dass es Euch eventuell auch interessiert, warum es in Bayern zurzeit Sitte ist, dass sich ein Kavalier nachts von zwei Hofdamen gleichzeitig verwöhnen lässt.« Es war still geworden und der Baron kostete jedes Wort aus: »Vielleicht würde es Euch ja auch gefallen, wenn ich Euch erzähle, an welcher Stelle die Mätresse des Kurfürsten Max ein äußerst delikates Muttermal hat. Aber ich komme gern ein andermal wieder, um davon zu berichten.« Er rückte seine Perücke zurecht und ging gelassen Richtung Ausgang.

Der grimassenschneidende Graf, der weiterhin in einer jämmerlichen Pose auf dem Stuhl stand, hielt Theodor zurück: »Baron, auf ein Wort. Warum verlieren unsere Armeen? Seit den katastrophalen Verlusten bei den Schlachten von Malplaquet und Pultawa sind wir nur noch auf dem Rückzug ... Erzählt!«

Jakob Stuart unterbrach ihn, um sich die Führung nicht aus der Hand nehmen zu lassen: »Schuld an dem ganzen Ärger ist doch dieser blöde Joseph Ferdinand. Da erbt der Kerl das gesamte spanische Großreich mit den Niederlanden und allen Kolonien und stirbt ein Jahr später. Wäre der Idiot nicht tot, dann würde sich nicht ganz Europa um seinen Nachlass streiten. Ich finde es ziemlich lächerlich, dass sein eingebildeter Vater Maximilian Emanuel nach zwölf Jahren noch immer um die Besitztümer kämpfen will, obwohl er bereits Spanien und die Niederlande aufgeben musste.«

Er zwirbelte mit hochgezogenen Augenbrauen seinen Schnurrbart: »Wenn unser verehrter bayrischer Kurfürst nicht aufpasst, verliert er sein geliebtes Heimatland auch noch. Die Österreicher stehen doch schon vor den Toren von München. Vor allem aber hätten die Franzosen sich nicht in den Krieg mit hineinziehen lassen sollen. Ja, unser sonnenhafter König Ludwig möchte nun einmal der Welt so gern seine Macht zeigen. Und darum reibt sich ein ganzer Kontinent in sinnlosen Schlachten auf. Ich habe neulich von einem Mathematiker gehört, dass dieser sinnlose spanische Erbfolgekrieg die Staaten nicht weniger in Mitleidenschaft zieht als der Dreißigjährige Krieg. Es wäre wesentlich besser gewesen, wenn die französischen Truppen sich um die Klärung der Verhältnisse in England gekümmert und mir meinen Thron zurückerobert ...«

Der Graf nahm Jakob Stuart diskret am Arm: »Warum lasst Ihr nicht den Baron erzählen? Er kommt direkt aus München. Und er war an der Front.«

Theodor blickte den Prinzen schmunzelnd an, dann setzte er sich gelassen auf einen der cremefarbenen Sessel. Nachdem er jeden der Anwesenden kurz neugierig gemustert hatte, fing er an: »Nun, ich will nichts verschweigen. Auch wenn ich selbst bisweilen nachts schweißgebadet aufwache, weil mich die Erinnerungen so sehr plagen. Sind Sie bereit, meine Herren? Sitzen Sie gut, meine ... Damen? Wohlan. Ich gehörte bis vor kurzem zu einem Regiment in Biberach und kam nördlich von Augsburg als Kornett zum ersten Mal mit dem Feind in Berührung.« Der Baron beugte sich nach vorne und senkte verschwörerisch die Stimme: »Ich hätte nie gedacht, wie das ist: Krieg, kämpfen – Auge in Auge mit dem Feind, oder sagen wir besser: mit einem, der nur eines will: dich vernichten. Du ziehst deine Uniform an und weißt: Dies könnte der letzte Tag deines Lebens sein. Dann stehst du im Feld, spürst den eigenen Herzschlag in der Stirn und weißt nicht mehr, was du eigentlich machen sollst. Doch nach dem ersten Stich mit deinem Schwert spürst du, wovon die alten Sagen reden: Töten ist wie ein gewaltiger sexueller Höhepunkt.« Die Frauen kicherten, hingen aber an Theodors Lippen: »Es zieht sich alles in dir zusammen. Nur gibt es am Ende keine Entspannung. Es geht immer weiter. Du bist wie in einem Rausch.

Ich weiß nicht, ob Sie, meine Herren, dieses Gefühl kennen. Dein ganzes Leben lang kämpfst du als Edelmann gegen irgendwelche Gegner, die du niemals zu fassen kriegst, weil sie entweder tief in deinem Inneren wüten oder gesellschaftlich weit über dir stehen, du hast all diese komplizierten Ängste, die dich klein machen wollen, und jetzt endlich, hier auf dem Schlachtfeld, ist die Welt ganz einfach: der oder du! Der Sinn des Daseins reduziert sich auf die banale Frage ›Leben oder Tod?‹. Und ich, ich wollte leben. Also ging ich wie ein Stier auf den Feind los. Ich habe mein Schwert in die

Eingeweide meiner Gegner gestoßen, immer und immer wieder, stoßen, drehen, rausziehen, stoßen, drehen, rausziehen, stoßen, drehen, rausziehen ... doch dann kam einer ...«

Theodor machte eine kunstvolle Pause, in der seine Zuhörer allesamt auf die Vorderkanten ihrer Sitzmöbel rutschten, wenn sie nicht schon dort saßen. Der Baron schluckte: »Dieser Kerl ... der schlug mir die Waffe aus der Hand und stürzte sich mit einem Dolch auf mich. Er war mindestens zwei Köpfe größer als ich. Wir wälzten uns eng umschlungen durch den Dreck, fielen dabei in einen Bach – und plötzlich war seine Klinge über meinem Gesicht, nur noch wenige Zentimeter entfernt. Er war mir so nah, dass ich sogar seinen schlechten Atem riechen konnte ...«

Eine der Frauen schrie leise auf. Theodor ließ sich nicht beirren: »O ja, ich dachte, das wäre nun das Ende. Doch dann: Als ich die Hand mit dem Dolch wegdrücken will, sehe ich plötzlich seine andere Hand vor mir. Und ohne nachzudenken, beiße ich diesem österreichischen Schwein in den kleinen Finger. Ich weiß nicht, ob ich aus Angst und Verzweiflung so fest zugebissen habe oder ob es der panikartige Ruck war, mit dem der Österreicher seinen Finger aus meinem Mund ziehen wollte ... jedenfalls spüre ich plötzlich, dass ich das vorderste Fingerglied des Kerls noch in meinem Mund habe ...« Ein Glas fiel zu Boden, ohne dass jemand darauf achtete.

»Vor Schreck mache ich eine ungewollte Bewegung ... und schlucke ... den Körperteil herunter. Der Feind aber lässt brüllend den Dolch fallen – und jetzt, da ich ein Stück von ihm in mir hatte, war all mein Hass verflogen. Wir waren ja plötzlich auf abenteuerlichste Weise miteinander verbunden. Ich konnte ihn nicht töten. Im Gegenteil, ich pflegte seine Wunde und half ihm, zu seinen Sanitätern zu kommen.«

Einen Moment lang war in der Bibliothek nichts zu hören als das schwere Atmen einiger Männer. Dann fing Jakob Stuart an zu lachen: »Baron, Ihr scherzt. Das kann nicht sein.«

Theodor wirkte gekränkt: »Ich möchte jetzt nicht auf die Details eingehen, aber es ist mir gelungen, den Knochen, nun sagen wir ... zu bergen. Er griff in seine Rocktasche, holte den kleinen Knochen hervor, den er eben vor dem Tor gefunden hatte, und hielt ihn wie einen Abendmahlskelch in die Höhe. Erregtes Murmeln setzte ein. Dann ging das Stück von Hand zu Hand, ehrfurchtsvoller gehalten als eine Reliquie.

Der Gastgeber zog den Baron zur Seite: »Brillant, mein Lieber, brillant. Schade, dass Ihr nur ein popeliger Baron seid. Aus Euch hätte etwas werden können.«

Theodor nickte huldvoll: »Wer weiß, vielleicht wird es ja noch!«

»Lieber von Neuhoff. Was glaubt Ihr, wie lange heutzutage Geschichten von München nach Paris brauchen? Sie waren früher hier als Ihr. Ich habe zwar auch gehört, dass Ihr ein tapferer Kämpfer wart, vor allem aber hat man mir von Euren Besäufnissen erzählt. Und davon, dass Ihr im Schloss des bayrischen Kurfürsten hinter jedem Rock her gewesen seid. Alle Achtung! Es ist Euch gelungen, Euch in wenigen Wochen zu einem Gesprächsthema zu machen. Aber deshalb seid und bleibt Ihr ein einfacher Baron. Vielleicht hätte ich Euch fördern können, aber Eure Leidenschaft für die Würfel und die Pikettkarten hat Euch ruiniert.«

Theodor trat einen Schritt zurück und versuchte in der Mimik des Prinzen zu lesen. Vorsichtig sagte er: »Viele Männer spielen, Eure Majestät.«

»Ja, aber sie geben nicht irgendwelche Freunde Ihrer Gönnerin, der Herzogin von Orleans, als Verwandte aus und lassen horrende Schuldscheine auf sie ausstellen.«

Der Baron zuckte zusammen. Er hatte wohl tatsächlich gehofft, dass die Kunde von seinen Verfehlungen noch nicht bis in die Hauptstadt vorgedrungen wäre. Stammelnd versuchte er eine Erklärung: »Eure Hoheit. Ich weiß, dass es nicht korrekt war. Es geschah aus ... ich kann es nicht sagen ... jugendlichem Übermut. Ich wollte das Leben ausprobieren. Neugierde, Leidenschaft, Begeisterung und die Faszination, Grenzen überschreiten zu können, was weiß ich. Ich brauchte das Geld.« Als er den kalten Blick des Prinzen sah, wurde er sachlicher: »Bin ich schon in ganz Paris verschrien?«

Jakob Stuart streckte sich: »Nein, aber Madame weiß über Eure Eskapaden Bescheid. Als Eure Gläubiger bei ihren Freunden Eure

Schulden eintreiben wollten, flog die Sache natürlich sofort auf. Ihr Mann, der Herzog, ist sehr darum bemüht, dass es nicht zu einem Skandal kommt. Ich denke aber, dass Madame Euch verstoßen wird.«

Der Baron lehnte sich schwer an die Wand: »Ich bin hier, Eure Majestät, weil ich Euch bitten wollte, als Freund für meine Schulden einzustehen. Wir haben so viele Abende zusammen gescherzt und getanzt. Bitte lasst mich nicht im Stich.«

Der Prinz zog die Augenbrauen hoch: »Ich bin gerne bereit, mit dem Herzog zu reden. Ich habe auch gehört, dass der Marquis de Courcillon, den Ihr wohl recht gut kennt, als Oberst eine Kompanie-Rittmeisterstelle zu vergeben hat. Möglicherweise kann er Euch sogar ein Offizierspatent verschaffen. Das ist meine Empfehlung: Verschwindet! Taucht beim Militär unter. Mehr kann ich nicht für Euch tun. Ich denke jedenfalls nicht daran, die Unbeherrschtheit eines Lebemannes zu finanzieren, der hofft, durch aufsehenerregende Untugenden seinen mangelnden Adel wettmachen zu können. Das seid Ihr mir nicht wert. Ich denke, Ihr habt mich verstanden.«

Theodor schwieg. Dann lachte er plötzlich höhnisch auf, ohne zu merken, dass er damit erneut die Aufmerksamkeit aller Anwesenden auf sich zog: »Eure Hoheit. Ihr wollt mich loswerden? Das begreife ich nicht. Sagt es mir: Warum? Der Charakter eines Menschen hat doch nichts mit dem Rang seines Titels zu tun.«

Der Prinz ging zum Tisch hinüber und schenkte sich Wein nach. Scharf sagte er: »O doch, mein kleiner Neuhoff. Ein Baron denkt, fühlt und handelt immer wie ein Baron. Er ist als Baron groß geworden und hat es nicht anders gelernt. Sein Horizont geht nicht über die Dimensionen eines Barons hinaus. Von Kindheit an werden ihm bestimmte Denkstrukturen beigebracht, die er nicht sprengen kann. Gebt Euch keine Mühe. Niemand kann aus seiner Haut. Das muss Euch aber nicht ärgern. Verführt Ihr weiter die schnuckeligen Mägde höherer Herren und haltet Euch ansonsten an Euresgleichen. Zum Wohl!« Die Umstehenden hoben ihre Gläser und prosteten ihrem amüsierten Gastgeber jauchzend zu.

»O nein, so einfach ist das nicht!«

Alle Augen richteten sich auf Theodor, der laut aufgeschrien hatte. Er ließ sein Glas kurz sinken, bevor er es mit einem erneuten Aufschrei an die Wand warf: »Eure Majestät, so einfach ist das nicht. Oder sagen wir besser: Wenn es so einfach ist, dann frage ich mich nur, warum Ihr, der Ihr doch von Kindesbeinen an wie ein König denkt, fühlt und handelt, noch nie einen Fuß in Euer verdammtes Königreich gesetzt habt. O ja, Ihr seid ein designierter König, aber Ihr lebt als Almosenempfänger am Pariser Hof. Weil Euer Vater auf seinem Katholizismus bestand, haben die selbstbewussten Engländer Eure degenerierte Stuart-Familie einfach abgesetzt. Ist es nicht zum Lachen? Niedere anglikanische Beamte haben Euren Vater verjagt und stattdessen den debilen König Georg aus Hannover auf Euren Thron gesetzt, mit dem sie machen können, was sie wollen – weil der Kerl nicht einmal richtig Englisch spricht. Das passt so überhaupt nicht zu Eurer reichlich dämlichen Theorie der Stände. Oder habt Ihr eine blumigere Erklärung dafür, dass Ihr Euch zwar mit Majestät anreden lasst, aber nicht einen einzigen Untertanen besitzt?«

Der in der Nähe stehende Graf, der sah, wie sich die Stirnmuskeln des Prinzen zusammenzogen, stellte sich eilig zwischen die beiden: »Baron, Ihr vergesst Euch. Ob der langen Reise wollen wir diesen Ausbruch Eurer Müdigkeit zuschreiben. Jakob Stuart wird weiter um sein Königreich kämpfen, und wenn Gott will, wird er es auch erhalten. Viele befreundete Herrscher sind daran interessiert, dass die Stuarts wieder auf den englischen Thron kommen. Insofern ist es nur eine Frage der Zeit ... Ihr seht aber, es gibt einen Unterschied: Ihr werdet Baron bleiben, ganz gleich, was Ihr tut.«

Der bohrende Blick Theodors ließ den Sprecher zurückweichen. Mit zornesrotem Gesicht schrie der Baron: »Ich verachte Euch. Euch alle. Und ich werde Euch zeigen, dass Ihr alle Unrecht habt, Ihr alle miteinander. Ich ... ich werde das Unmögliche möglich machen.«

Er warf einen hasserfüllten Blick in die Runde, atmete tief ein und sagte dann, ein Wort deutlich hinter das andere setzend: »Ich werde König werden – und zwar vor diesem Maulhelden Jakob.« Er parodierte einen Hofknicks und schritt mit ausgestrecktem Arm auf den Prinzen zu: »Ich biete Euch eine Wette an. Ich wette, dass ich vor Euch König bin. Was haltet Ihr davon? Wenn ich es schaffe, dann verpflichtet Ihr Euch, mir in aller Öffentlichkeit den Arsch zu lecken. Kommt, schlagt ein!«

Jakob Stuart schaute auf die provozierend hingehaltene Hand, die auf einmal zum Zentrum des Raumes wurde. Einen Augenblick hob der Prinz ebenfalls die Hand, dann fing er an, schallend zu lachen. Seine Gäste stimmten erleichtert ein und lösten sich aus der Erstarrung. Unter dem feixenden Spott der Frauen und Männer verließ Theodor den Raum. Nur der Graf hörte, dass der Davoneilende leise zischte: »Feigling!« Wenige Tage später hatte die Geschichte in vielen Variationen auch das Ohr von Madame erreicht. Sie verstieß ihren ehemaligen Günstling. Der Herzog von Orleans beglich zähneknirschend die Schuldscheine des ehemaligen Pagen seiner Frau und erteilte dem in Ungnade Gefallenen Hausverbot. In dessen Seele aber hatte sich ein berückender Gedanke eingenistet, der wie ein winziges Stück Sauerteig seine Umgebung immer mehr durchsäuerte und fortan jegliches Wollen mit einem ganz eigenen Nachgeschmack versah.

Als könne man nach ihnen greifen und sie festhalten, tauchten Sonnenstrahlen durch den Morgendunst und verzierten den frühen Tag mit weichen Schatten. Eine grau melierte Taube entdeckte die Brotkrume, die Isabelle heruntergefallen war, und hüpfte mit schräg geneigtem Kopf näher heran. Sich achtsam umsehend, setzte sie wiegend einen knorpeligen Fuß vor den anderen – und pickte schließlich schnell nach dem Teigstück. In dem kurzen Moment, in dem das Tier seinen Schnabel senkte, griff die junge Frau zu und hielt es in der Hand. Entsetzt drehte sich das gefiederte Köpfchen der Taube über den Fingern.

Isabelle sagte zufrieden: »Ihr könntet es hundertmal versuchen, Lord Kilmarnok, Ihr würdet nicht eine einzige Taube erwischen.

Ihr kennt den Hunger nicht, der Menschen die Ausdauer und den Instinkt verleiht, einen Vogel zu fangen, um zu überleben. Wisst Ihr, ich mag hungrige Menschen, sie haben noch etwas von der Gier nach Leben in sich, aus der Leidenschaft, Lust und Hoffnung entstehen. Satte Menschen hören auf, die wesentlichen Dinge zu suchen, sie verlieren sich in Kleinigkeiten.

Aber ich weiß noch immer nicht genau, wie ich Euch einschätzen soll. Vielleicht habe ich Euch nur deshalb die Geschichte des Königs weiter erzählt, weil Euer Hass nichts anderes ist als solch ein Hunger. Ich möchte gern verstehen, wonach Ihr hungert, und ich werde es herausfinden. Das Komische ist: In Eurem Hunger seid Ihr dem König sehr ähnlich. Er hatte oft nicht nur einen leeren Magen, er hatte auch ein leeres Gemüt. Und der Hunger nach Anerkennung verleiht möglicherweise noch größere Kräfte als ein Loch im Bauch.« Mit einem sanften Lächeln entließ sie die Taube in die Freiheit. Für einen Moment blickte der Vogel ungläubig umher, dann flog er davon.

Isabelle sprang von der breiten Kaimauer, auf der sie mit ihrem Zuhörer gesessen hatte, richtete ihre Röcke und nahm den Korb, in dem gekrümmt der ausgenommene Fisch lag, als schlafe er. Die junge Frau blinzelte geblendet, als sie den Kopf nach Osten drehte. Ihre dunklen Haare wellten sich in der feuchten Luft und sahen im rötlichen Morgenlicht aus, als flösse frische Lava ihre Schultern herab. Lord Kilmarnok gelang es nicht, seinen Blick abzuwenden, als sie sich nach vorne beugte und er in ihren Ausschnitt sehen konnte.

Aus der Perücke des jungen Mannes löste sich feucht gewordener Puder. Er hatte seinen Kopf schließlich doch zur Seite gedreht und schaute irritiert auf das Wasser hinaus, wo kleine Boote die Themse überquerten. Die Ruderer riefen sich in ihrem breiten Dialekt derbe Sprüche zu und lästerten ungeniert über die Fahrgäste des jeweiligen Konkurrenten, die jedes Wort mit anhören mussten. Eine eigentümliche Heiterkeit lag über den Wellen. Langsam wandte sich der Adlige wieder zur Stadt und entdeckte, dass Isabelle schon mehrere Meter entfernt war. Erschrocken rief er: »Isabelle! Bleib doch noch. Bitte.« Doch die junge Frau hob nur abwinkend die Hand und lief weiter. Kurz vor den Verkaufsständen gelang es Lord Kilmarnok, sie einzuholen: »Bitte warte. Ich möchte mich bei dir bedanken.«

Sie fuhr auf: »Ich habe Euch doch schon gesagt: Ich will kein Geld.«

»Nein, kein Geld!« Er rang nach Worten: »Ich wollte dir ein ... ein Muster schenken, eine Idee. Als ich vorhin diesen Fisch ausgenommen habe und gesehen habe, wie all diese Gräten angeordnet sind, dachte ich spontan: Daraus könnte sie ein Muster machen. Ich weiß nicht, wofür, aber es sieht gut aus. Vielleicht könnte man einmal die Dielen eines Fußbodens nach so einem Fischgrätenmuster anordnen.«

Sie drückte ihm wortlos den Korb in die Hand, holte ein Blatt hervor und malte mit wenigen Strichen das Skelett eines Fisches auf. Dann hielt sie die Zeichnung in unterschiedlichem Abstand vor sich hin: »Nun, warum nicht? Vielen Dank.« Ihre Augen funkelten: »Ich nehme an, dass Ihr gerade zum ersten Mal in Eurem Leben eine Dienstleistung nicht mit Geld, sondern mit Eurem Geist bezahlt habt. Ihr solltet Euren Diener bitten, diesen Tag im Kalender zu notieren.«

Lord Kilmarnok schloss kurz die Augen, dann sagte er: »Isabelle! Hör bitte auf, mich zu verachten!«

Sie steckte den Block wieder ein: »Ich verachte Euch nicht. Das würde mir selbst mehr schaden als Euch. Aber glaubt Ihr ernsthaft, dass man jemanden ernst nehmen kann, der einem fast einen Freund erschossen hat?«

Lord Kilmarnok zwirbelte verlegen sein Bärtchen: »Das war nicht ich! Jedenfalls nicht wirklich. Du ... du kennst mich nicht ...«

Sie unterbrach ihn: »Das kann sein. Aber ich muss einen Mörder nicht kennen wollen.«

Der Adlige kniff die Augen zusammen: »Und warum redest du dann doch immer wieder mit mir?«

Isabelle atmete tief. Ihre Distanz fiel von ihr ab wie ein zu schweres Kleid und enthüllte für einen kurzen Augenblick eine ganz andere Frau als die, die der Lord bisher wahrgenommen hatte. Ruhig sagte sie: »Die Antwort wird Euch nicht gefallen. Aber bitte!«

Ihre Mundwinkel zuckten leicht: »Ich möchte gerne meine Muster verkaufen, Eure Lordschaft. Ich weiß, dass sie gut sind. Und ich werde damit mein Geld verdienen. Aber dafür muss ich wissen, wie Menschen wie Ihr denken. Ich habe nicht oft die Gelegenheit, mich länger mit Adeligen zu unterhalten.« Sie nestelte an ihrem Mantel herum: »Ich gebrauche Euch, wenn Ihr es genau wissen wollt. Ihr seid für mich ein ... ein wichtiges Studienobjekt. Eigentlich schäme ich mich dafür, weil ich damit genauso handele, wie es die Vertreter Eures Standes immer tun. Sie benutzen andere Menschen. Und ich ... ich verachte so ein Verhalten zutiefst. Andererseits ist das wohl meine einzige Chance, mich in Euren Kreisen zurechtzufinden. Ich weiß ja selbst nicht, was richtig ist.«

Sie hob den Kopf und sah Lord Kilmarnok direkt in die Augen: »O ja, ich weiß: Wer wie ich die Armut kennt, spielt immer mit dem Feuer, wenn er sich nach oben streckt. Aber das muss ich riskieren.«

Ihre Worte füllten sich nach und nach mit Gelassenheit: »Habt Ihr von Benjamin Franklin gehört, dem Mann, der sich seit einigen Jahren regelmäßig auf offene Felder stellt und mit Drachen Blitze einfängt? Er sagt, dass sie ungeheure Energie haben. Ich halte die Drachen meiner Sehnsucht in den Wind und hoffe, dass sie mir die Energie geben, selbst einmal dort oben hinzukommen. Und jetzt muss ich gehen.«

Lord Kilmarnok zog ehrerbietig den Hut vor Isabelle: »Bitte, geh noch nicht. Ich möchte jemanden mit dir besuchen.«

Sie hielt inne und runzelte misstrauisch die Stirn: »Wen?«

»Nun! Cäsar, den Löwen. Im Tower. Du hast mir gesagt, dass die meisten Menschen sich einen Besuch dort nicht leisten können. Komm mit! Ich bezahle den Eintritt.«

Isabelle rollte leicht mit den Augen und zögerte, doch dann hakte sie sich bei Lord Kilmarnok unter und führte ihn am Ufer entlang. Dabei bemerkte sie, dass die Fischweiber ihre Köpfe zusammensteckten und voller Sensationsgier über sie sprachen.

Dem Tor zum Tower werden magische Kräfte zugeschrieben. Man tritt dort in einen fremden Kosmos ein, der durch dicke Mauern von der Außenwelt geschützt ist, ein Panoptikum unbekannter Eindrücke und Bilder, wild, verführerisch und herausfordernd. Jeder Raum in dem von Fackeln erleuchteten Gemäuer enthält ein sinnliches Versprechen, einen ästhetischen Botschafter unbekannter Lebensmuster und Formen, die in den Betrachtern nie gekannte Gefühle aufbrechen lassen, so, als ginge man über einen Jahrmarkt der Emotionen.

Wer etwa kindlich staunend vor den Kronjuwelen steht, schmückt sich in Gedanken sofort mit den glitzernden Insignien einer schier grenzenlosen Macht und spürt diese auch im Inneren. Wer den Kerker besichtigt, riecht die Angst und die Resignation der Gefangenen so intensiv, dass er sich selbst in den Ketten wähnt. Wer die knarrende Münze bei ihrer Arbeit sieht, hält sich plötzlich für reich. Und wer den Wachsfiguren großer Herrscher gegenübertritt, fühlt sich auf einmal als ihresgleichen. Die eigentliche Attraktion aber bleiben die fremdartigen Tiere – der Strauß, der Bär und ihr König, Cäsar, der Löwe –, die von Ländern zeugen, in denen man den Problemen, die London mit sich bringt, wohl nie begegnen würde.

Isabelle lief durch die Kammern und sog die bunten, exotischen Bilder in sich auf, als müsse sie die Vorratsspeicher ihrer Kreativität neu mit Farben und Eindrücken füllen. Mehrfach zog sie in kindlicher Freude die Schultern hoch und wies den hinter ihr herlaufenden Lord auf faszinierende Details der Ausstellung hin. Immer erregter eilte sie von Raum zu Raum. Sie war eingetaucht in die fantastische Welt der Exponate, während ihr Begleiter nur stumm zuschauen konnte. Kurz durchfuhr ihn der Gedanke, dass sie ihm fremder war als all diese von weither gebrachten Kuriositäten, ein Wesen aus einer anderen Welt, die mit der seinen nichts gemein hatte.

Als er einen Moment unachtsam war, verlor er die junge Frau aus den Augen. Suchend eilte er von Raum zu Raum und rief ihren Namen, der wie ein Geist durch die feuchten Gemäuer zog. Doch sie blieb verschwunden. Der Adlige setzte sich auf einen Stuhl, der in einem der Gänge stand. Und wieder war sie es, die ihn fand.

Sie tauchte plötzlich aus dem Halbdunkel vor ihm auf, zitternd und mit Tränen in den Augen. Es war, als sähe sie einfach durch ihn hindurch, als sie vor ihm stand. Lord Kilmarnok sprang schnell auf, zog seinen Rock aus und legte ihn ihr um die Schultern, als sie sich von Trauer geschüttelt auf den Sitzplatz schob: »Isabelle, was ist mit dir?«

Die junge Frau konnte nicht sprechen. Doch ihr Finger wies auf den Löwenkäfig, in dem sich Cäsar träge die Pfoten leckte. Der Adlige fragte hilflos: »Cäsar, der Löwe? Ja, ich habe ihn gesehen. Aber ich verstehe nicht: Warum weinst du?«

Isabelle zog aus der Brusttasche des Rocks das Taschentuch des Lords und schnäuzte hinein. Dann blickte sie auf den Boden und sagte leise:

»Ich habe Euch schon wieder missbraucht. Das tut mir Leid. Meine Freude eben war nicht echt. Oder nur für einen kurzen Augenblick, in dem ich mir einbildete, ich könnte tatsächlich unbeschwert durch diese Schatzkammer der Illusionen laufen. Aber ich kann es nicht.« Als sie seinen ratlosen Blick sah, fuhr sie fort: »Ich wollte sehen, ob ich stark genug bin, in diesen Gängen zu sein, ohne durchzudrehen. Ich habe mich leider überschätzt. Ich dachte, ich hätte das endlich im Griff, ich hätte dieses Schwein aus meinen Erinnerungen verbannt, aber das scheint schwerer zu sein, als ich dachte.«

Lord Kilmarnok legte seinen Schal um ihren Nacken: »Isabelle. Ich habe keine Ahnung, von wem du redest!«

Sie zog trotzig die Nase hoch: »Von Schaschas Vater. Er ist ein Widerling. Er hat mich damals auch in den Tower eingeladen. Ich weiß nicht, woher er auf einmal das Geld dafür hatte, aber er stand ganz überraschend vor mir, klimperte mit ein paar Münzen und versprach, mir etwas Wundervolles zu zeigen. Mein Gott, ich war damals so leicht zu beeinflussen. Er hat mir die Augen verbunden und mich kichernd durch die Stadt geführt. Erst im Tower nahm er mir die Binde wieder ab. Dann hat er mich wie ein kleines Kind durch jeden Raum geführt und mir eine Welt offenbart, von der ich vorher weder gehört, geschweige denn geträumt hatte.«

Sie wies noch einmal auf den Löwen: »Hier, vor dem Käfig von Cäsar, hat er zum ersten Mal seine Hand auf meine gelegt. Sehr zärtlich, sehr ruhig, mit Augen, in die die Liebe hineingemalt zu sein schien. Ich war achtzehn – und mich hatte noch nie ein Mann berührt. Und auch wenn er nur meine Finger gestreichelt hat, war es, als läge seine Hand zwischen meinen Beinen, etwas in mir erwachte, das ich nicht kannte. Und es war stärker als ich. Zumindest glaubte ich das in diesem Augenblick.«

Lord Kilmarnok drückte, von ihrer Offenheit bedrängt, unbehaglich die Schultern nach vorne und fragte: »Hast du ihn geliebt?«

Sie blickte auf, und während sie den Kopf hob, schossen neue Tränen in ihre Augen: »Ihn geliebt? John? Ich glaube nicht. Ich wusste doch noch gar nicht, was Liebe ist. Ich war noch so jung.«

Mit einem Mal klang ihre Stimme sicher: »Nein, ihn habe ich nicht geliebt. Natürlich habe ich das damals gedacht, aber heute weiß ich, wie sehr ich mich geirrt habe. Das Gefühl für John war wunderschön, aber es ging dabei nur um mich. Ich war nicht in ihn, ich war in meine eigene Verliebtheit verliebt, in dieses ungewohnte Ziehen im Bauch, in die brennende Neugier auf das Neue, das faszinierende Gefühl von Nähe, in die Begierde, die mich aufblühen ließ, in diesen Strudel der Emotionen, in den ich mich fallen lassen musste, weil ich wie ohnmächtig meinen Sehnsüchten ausgeliefert war. Verliebt sein ist herrlich, aber es hat oftmals viel weniger mit dem anderen zu tun, als man denkt. Ich ... ich wollte endlich einmal verliebt sein. Und darum war ich es dann auch. Ich brauchte Liebe, also gab ich sie mir. John war nur der Auslöser meiner Gefühle, nicht der Grund.«

Isabelle wischte die Tränen aus ihren Augenwinkeln: »Verliebt war ich, weil ich in mir eine unbekannte und wundervolle Isabelle entdeckte, die leidenschaftlich war, hingegeben, die endlich spürte, dass sie lebt. So ist es doch: Wir lieben, weil wir leben wollen. Weil wir nicht nur wissen, sondern spüren wollen, dass wir leben. Und weil wir uns selbst in der Liebe näher kommen. John ist mir in all dem fremd geblieben. Aber ich habe lange gebraucht, um das zu entdecken.«

Ihr Begleiter fragte sanft: »Wann hast du ihn verlassen?«

Isabelle zuckte zusammen: »Ich? Ich habe ihn nicht verlassen. Er hat mich verlassen. Und ich weiß nicht mal, warum. Er hat nie mehr mit mir gesprochen, nachdem er verschwunden war. Wahrscheinlich hatte unsere Beziehung für ihn einen ganz anderen Stellenwert als für mich. Aber das ist reine Spekulation. Na ja, nicht nur. Ich war durch ihn zur Frau geworden, das prägte mich. Er war acht Jahre älter als ich und einfach an einer hübschen Partnerin zum Vorzeigen interessiert, die ihm ein bequemes Dasein ermöglicht.«

Sie zögerte: »Nein, das ist unfair. So darf ich es nicht sagen. Ich weiß einfach nicht, was er gefühlt hat. Aber vielleicht ist das die eigentliche Tragödie: Wir waren neun Jahre zusammen und wussten doch fast nichts voneinander. Wir konnten nicht einmal mehr miteinander reden, als das Streiten immer größeren Raum einnahm. In all den Jahren sind aus dem Er und dem Ich kein Wir geworden. Und daran bin ich schuld. Wahrscheinlich tut mir diese ganze Geschichte deshalb immer noch so weh: Weil ich entdecken musste, dass ich mich über Jahre selbst belogen und getäuscht habe. Ist das schrecklich? Herauszufinden, dass man eine Lüge gelebt hat? Wie kann ich je wieder sicher sein, dass ich mir selbst gegenüber aufrichtig bin?«

Sie schnäuzte sich: »Trotzdem habe ich nicht mit der Trennung gerechnet, sie kam ganz plötzlich: Als unsere Regierung letztes Frühjahr für die überraschend ausgebrochenen Kriege in den Kolonien dringend Männer brauchte, begannen direkt nach dem Verlesen der Kriegserklärung die Rekrutierungen.«

Isabelle legte wie ein Schulmädchen die Hände auf die Knie: »Vielleicht habt Ihr davon gehört: Die frisch gebackenen Soldaten bekamen immer als Erstes Kleider und Bettwäsche. Das hat John gefallen. Er hat sich registrieren lassen, die sehr ordentliche Ausrüstung zu uns gebracht und sich am nächsten Stand unter neuem Namen gleich noch einmal gemeldet. Das ging fünf- oder sechsmal gut, bis die Presser dahinter kamen, dass viele Männer so gewitzt waren, und sie überall den alten Truthahntrick anwendeten.«

Lord Kilmarnok strich irritiert sein Hemd glatt und hob fragend die Augenbrauen.

»Ihr kennt nicht einmal den Truthahntrick? Also passt auf. Sie setzen einen Truthahn auf das Dach eines Hauses und locken damit junge Männer an, die alle glauben, das Vieh sei wild oder entflogen und könne leicht eingefangen werden. Sobald die gierigen Kerle dann auf dem Dach auftauchen, wo sie nicht mehr entweichen können, werden sie mitgenommen und auf ein Schiff gebracht, das noch am selben Abend in See sticht. Auch John wurde so gefangen, und ich war einige Wochen völlig verzweifelt. Doch dann hörte ich von einem gemeinsamen Bekannten, dass es John gelungen war, über Bord zu springen und zu fliehen. Nun, offensichtlich hielt er das für die geeignete Gelegenheit, auch mich loszuwerden. Ich weiß, dass er jetzt wieder hier in London ist, aber das ist auch alles. Er hat sich nie wieder gemeldet. Weder bei mir noch bei seiner Tochter.«

Cäsar fauchte kurz, dann hob er den Schwanz und pinkelte druckvoll ins Publikum. Der Adlige zog Isabelle zur Seite und lehnte sich mit ihr an die Wand. Dabei ließ er seine Hand auf ihrem Arm liegen. Vorsichtig fragte er: »Und warum hast du vorhin geweint, als ich von den Walen sprach?«

Die junge Frau wurde rot. Sie schien mit sich zu ringen. Dann entspannte sich ihre Miene und sie strich sich das Haar aus dem Gesicht. Entschlossen sagte sie: »John hat mit mir einmal auf einem Spaziergang, einige Wochen nach unserem Besuch hier, eine ungewöhnliche Vereinbarung getroffen: Wenn an diesem Tag ein verirrter Wal aus dem Meer bis vor Billingsgate schwimmen würde, dann sollte ich zum ersten Mal … eine Nacht mit ihm verbringen. Ich habe ... ich habe eingewilligt. Einerseits weil das mit den Walen ja höchstens ein- oder zweimal im Jahr passiert, andererseits weil ich es doch auch wollte. Und ich dachte, dass ein solches Zeichen des Schicksals dann wohl bedeutet, dass es sein soll und ich meine Zweifel vergessen muss.«

»Und? War ein Wal da?«

Isabelle wurde noch röter, strich verlegen ihren Rock glatt und flüsterte: »Ja! Sogar ein richtig großer ... und ich ... also, ich halte meine Versprechen ...« Sie stockte: »Einige Tage später habe ich allerdings erfahren, dass John schon vorher von einem flussabwärts lebenden Arbeitskollegen erzählt bekommen hatte, dass ein Tier die Themse hinaufschwimmt ...« Plötzlich wurde ihre Stimme laut: »Verdammt noch mal, ich war verliebt. Meine Mutter war kurz vorher gestorben und ich brauchte Trost. Da gab es plötzlich etwas, das mich wertvoll machte, ich wurde begehrt. Und dieses Begehren war so intensiv, dass ich mich darin spüren konnte. Wäre ich wütend auf ihn gewesen, weil er mich hereingelegt hatte, dann hätte ich meine eigene Erfahrung beschmutzen müssen. Also habe ich mit ihm darüber gelacht. Aber dieses Lachen war nicht ehrlich – wie so vieles, was dann folgte.«

Lord Kilmarnok unterdrückte das Bedürfnis, ihre Wange zu streicheln: »Ich habe dich nicht verurteilt.«

Isabelle löste sich von ihm. »Doch. Das tut Ihr. Das tun alle. Ich weiß, wie Ihr als Mann denkt. Für Euch ist eine unberührte Frau wie eine Eintrittskarte ins Paradies Eurer Eitelkeit. Das Traurige ist nur: Gibt sie sich hin, dann wird sie entwertet. Die Karte taugt dann zwar noch zum Vorzeigen und um noch einmal hineinzukommen, doch der eigentliche Reiz ist dahin.«

»Das stimmt nicht, so etwas habe ich niemals gedacht.«

»Lügt nicht, Lord Kilmarnok! Alle Männer denken so. Außerdem habe ich sehr wohl wahrgenommen, wie Ihr Schascha bei unserem ersten Zusammentreffen angesehen habt. Schon mit diesem ersten Blick habt Ihr mich verurteilt. So wie Ihr den König verurteilt, ohne irgendetwas von ihm zu wissen.«

Sie zog die Jacke des Lords aus, drückte sie ihm in die Hand und sagte: »Vielleicht war Theodor nie ein großer König, aber er besitzt eine eigentümliche Macht. Und ich wünschte, Ihr besäßet etwas davon. Er hat die Menschen, mit denen er verkehrte, nicht nach Titeln einsortiert und verurteilt ...«

Kilmarnok unterbrach sie kühl: »Nein, da hast du Recht. Er hat sie nicht nach Titeln beurteilt, sondern danach, wie nützlich sie ihm sind.«

Isabelle stutzte: »Vielleicht, ja, das mag sein. Aber auch das gehört zu ihm, zu seinem Traum. Und er hatte immerhin einen!« Sie lief zum Ausgang. Als sie fast nicht mehr zu sehen war, drehte sie sich noch einmal um und rief: »Immerhin hat er etwas Merkwürdiges vollbracht. Dadurch, dass ich Euch seine Geschichte erzähle, fange ich an, Euch auch Geschichten von mir zu erzählen. Das beunruhigt mich. Ich muss jetzt raus hier. Bitte, tut mir einen Gefallen: Geht einen anderen Weg.«

Sie hastete davon. Lord Kilmarnok schlenderte nachdenklich zum Löwenkäfig zurück, betrachtete den sehnigen Körper Cäsars und dachte an einen Wal, der vor Billingsgate im Wasser liegt. Der Löwe gähnte, legte seinen Kopf auf die Tatzen, blinzelte noch einmal und schlief ein. Sein Beobachter sog die kalte Luft ein und bemerkte dabei den Fischgeruch, der durch die Gitterstäbe von draußen hereindrang.

Als Lord Kilmarnok ein lautes, gurgelndes Brüllen ausstieß, das durch die kahlen Wände vielfach verstärkt wurde, drehten sich die übrigen Besucher irritiert um. Der gut gekleidete Mann hob grüßend die Hand und sagte: »Es ist wegen der Fischweiber. Jetzt wissen sie nicht mehr, was sie zählen sollen.« Dann ging er, verwundert über sich selbst und von fragenden Blicken verfolgt, zum Ausgang.

IV.

Ich habe keinen Grund mehr, mir etwas vorzumachen. Also sage ich, wie es ist: Man flieht immer nur vor sich selbst. Man läuft scheinbar vor einem Feind davon und ahnt nicht, dass man ihn die ganze Zeit in sich trägt. All die schreckenerregenden Gegner, all die Menschen, denen ich im Lauf meines Lebens entkommen wollte, verkörperten letztlich ungeliebte Facetten meiner eigenen zerschlagenen Persönlichkeit. Ich habe lange gebraucht, um das zu begreifen. Aber eines Tages bin ich stehen geblieben und habe mich mir gestellt. Es wurde der widerwärtigste und demütigendste Kampf meines Lebens, doch an seinem Ende gab es nur einen Sieger: mich.

O ja, ich weiß, was es heißt, auf der Flucht zu sein. Wie oft musste ich als Priester verkleidet bei Nacht und Nebel ein Land verlassen, weil mich zornige Machthaber oder eitle Potentaten inhaftieren wollten? Wie viele Monate wurde die abgetragene, braune Kutte mit der rauen Kordel meine Heimat? Ich habe nicht mitgezählt. Aber ich habe im Laufe der Jahre gelernt, wie sich ein unauffälliger geistlicher Herr benimmt: »Pax vobiscum, Bruder. In nomine patri et filii et spiritu sanctu.« Das fiel mir nicht schwer. Die Leute glauben mit den Augen. Doch jedes Mal passierte das gleiche kleine Wunder: Nach einiger Zeit verwandelte ich mich tatsächlich in den Pater, der ich zu sein vorgab. Ich genoss dieses Gefühl. Warum? Ich bin unsicher. Vielleicht waren die

Zeiten, in denen man mich verfolgte, in Wirklichkeit die stimmigsten meines Lebens, weil mein Getriebensein endlich an die Oberfläche kam. Ich ahnte plötzlich, wovor ich davonlief. In den Zeiten, in denen es mir gut ging, unterdrückte ich meine Ängste, auf der Flucht konnte, nein, musste ich ehrlich sein. Das tat gut. Seltsam gut.

Manchmal war ich mir nicht einmal mehr sicher, welche Rolle mir mehr entsprach: die des Königs oder die des Paters. Aber vielleicht sind das auch nur unterschiedliche Bezeichnungen für die gleiche Aufgabe. Komisch, jetzt fällt mir eine eigenartige Begebenheit ein: Auf einer Reise forderten mich die Bewohner eines hübschen Weinortes so vehement auf, zu ihnen zu predigen, dass ich nicht Nein sagen konnte. Also stand ich in der kargen Dorfkirche und erzählte von Jona, dem kleinen Propheten, der vor Gott und vor seinem Auftrag davonläuft. Und plötzlich war ich wirklich ein, nein, der Priester. Kein Schauspieler, sondern ein beschenkter Mensch, der von höheren Idealen sprach. Ich konnte schon immer gut reden, doch an diesem Tag habe ich mich zum ersten Mal selbst überzeugt. Abends saß ich allein in der vordersten Bank des Gotteshauses und versuchte zu beten. Ich weiß nicht, ob ich erfolgreich war. Die Stimme, die mir warm und wohltuend antwortete, konnte genauso gut aus mir selbst wie von Gott kommen. Hätte ich nur auf sie gehört! Ich glaube: Wer vor den großen Fragen des Lebens davonläuft, der läuft auch vor Gott davon. Und umgekehrt.

Als Pater fühlte ich meist eine große Gelassenheit in mir, als zöge ich mit dem Gewand einen sanfteren Charakter an. Doch diese Ruhe hielt nie lange vor. Ich wollte weiterstreiten, endlich meinen Thron bekommen und behalten. Noch immer wütete die Ungerechtigkeit der Welt in mir. Ich war sicher: Ich kann die abgestandenen Gesetze des Lebens überlisten, sie endlich aushebeln, entlarven und entmachten. Es ging mir nicht in erster Linie darum, König zu werden, es ging um etwas viel Größeres: Ich hatte den Ordnungen der Welt den Kampf angesagt, den ungeschriebenen Kodizes, die das Blut über die Vernunft und die Sitte über das Glück stellen, den arroganten Stuarts mit ihren perversen Maßstäben und Konventionen, den hochwohlgeborenen Arschlöchern, die gar nicht merken, dass sie selbst Gefangene ihrer Werte sind. Ich wollte exemplarisch beweisen, dass Regeln immer nur die Macht haben, die man ihnen verleiht, und dass man sie genauso gut übertreten wie einhalten kann.

Gewohnheiten warten auf Veränderungen. Das verstand ich spätestens, als ich Giulio Alberoni kennen lernte. Der Außenminister und Kardinal Philipps V. von Spanien hatte als Gärtnerjunge im Schlosspark von Parma angefangen. Gewitzt und machtbesessen konnte der kleine Bedienstete die Gunst des dortigen Herzogs erlangen, der ihm ein Studium ermöglichte und ihn später zu seinem Minister ernannte. Als es dem Aufsteiger gelang, Elisabeth Farnese, die Nichte seines Herzogs, mit dem spanischen König, seinem späteren Dienstherren, zu verheiraten, standen ihm alle Türen der großen Weltpolitik offen. Eine Zeit lang war er sogar aussichtsreichster Kandidat für das Amt des Papstes. Er war der lebende Beweis dafür, dass alles möglich ist!

Alberoni! Ich habe ihn gesehen und verstanden. Der war wie ich. Und er war der Beweis für die Erfüllbarkeit meines Traums. Verrückt ist: Auch nach Madrid zu Alberoni kam ich im Gewand eines Priesters. Spanien war eigentlich einer der Erbfeinde Schwedens, doch ich arbeitete damals als Agent der schwedischen Krone und sollte in deren Auftrag die Spanier um unterstützende Truppen bitten. Also musste ich getarnt ins Land reisen. Anzubieten hatte ich Philipp, dem spanischen König, nur die Güter Gibraltar und Minorca. Ich war nicht mehr als ein kleiner Unterhändler, aber ich kostete erstmals von der Macht. Sie schmeckte süß und kräftig und regte meinen Appetit gewaltig an ... Und für wen tat ich das? Für Jakob Stuart. Welch eine Ironie des Schicksals. Aber ich war zu allen Schandtaten bereit, die mich befähigten, meine eigenen Pläne voranzubringen.

Die Schweden, die keine Hannoveraner auf dem englischen Thron ertrugen, versuchten damals überall, Verbündete zu finden, um die Stuarts wieder an die Macht zu bringen. Ich agierte in diesem vertrackten Spiel als rechte Hand eines der einflussreichsten Männer Europas: Heinrich Georg von Goertz, holsteinischer Staatsminister, der als Student in Jena bei einem Duell ein Auge verloren hatte und dennoch schärfer in die Zukunft blicken konnte als jeder andere. Er hatte mich aufgelesen, als ich in Paris am Boden lag. Zuerst nutzte er mich für kleinere Botendienste, dann übertrug er mir immer verantwortungsvollere Aufgaben. Schließlich war ich es, der im Palais der Stuarts von Jakob und seiner Mutter den Kontrakt unterschreiben ließ, der ihre Einwilligung zu den Vorbereitungen des Machtwechsels in London festhielt. Als ich Goertz erzählte, wie zuwider mir Jakob war, lachte er nur. Dann sagte er bitter: »In der Politik gibt es keine Freunde. Sympathien sind der Untergang der Diplomatie.«

O ja, ich weiß sehr wohl, dass ich am Anfang nur deshalb von ihm mit Aufträgen bedacht wurde, weil es nicht tragisch gewesen wäre, wenn man mich geschnappt hätte. Aber dann schlug unser Verhältnis um. Er adoptierte mich quasi, überschüttete mich plötzlich mit Aufmerksamkeit und Achtung. Goertz wurde für mich der Vater, den ich nie gehabt hatte. Auf einer kleinen Insel in der Schlei, auf Schloss Gottorp, saß er hinter seinem übergroßen Schreibtisch und wies mich in die Kunst des Ränkeschmiedens ein: Intrigieren, Verhandeln, Täuschen, Betrügen, Hinters-Licht-Führen und Überzeugen. Dann lehnte er sich mit einem Glas Riesling zurück und erzählte mir im Plauderton, wie man Menschen dazu bringt, das Gegenteil von dem zu tun, was sie eigentlich wollen. Ab und an runzelte er die Stirn und blinzelte misstrauisch mit seinem verbliebenen Auge, doch als er spürte, dass ich seine Ideale nicht verdammte, sondern genoss, entspannte er sich. Er hat mich sicher nicht geliebt, dazu war er zu sehr Geschäftsmann, aber er schloss einen ungeschriebenen Vertrag mit mir: Er bekam einen Erben seines Wissens – und damit seines ganzen Lebens –, ich fand endlich eine Aufgabe.

Was haben wir für weitsichtige Pläne geschmiedet! Zum Beispiel nach dem Tod Ludwigs XIV. Damals übernahm Philipp von Orleans, der Sohn von Madame, die Regierungsgeschäfte in Frankreich, da Ludwig XV., der offizielle Nachfolger auf dem

Thron, erst fünf Jahre alt war. Der neue Machthaber verwies als erklärter Freund Englands die Stuarts des Landes, und Goertz und ich gewannen innerhalb weniger Wochen den Zaren von Russland als neuen Bündnispartner für den geplanten Machtwechsel in England. Ich erlebte in dieser Zeit ein Abenteuer nach dem anderen. Und es war alles ein großes Spiel.

Ich wurde beispielsweise beauftragt, die frohe Botschaft von der russischen Unterstützung zu Graf Gyllenborg, den schwedischen Botschafter in London, zu bringen. Wieder einmal als Priester verkleidet, legte ich mit einer kleinen Schaluppe an der englischen Kanalküste an, schlich mich zu einem verfallenen Bauernhof, wo ein Pferd auf mich wartete, und galoppierte in die Hauptstadt. Dort an der Hintertür der Botschaft teilte man mir mit, dass der Graf soeben verhaftet worden sei. Von königlichen Truppen verfolgt, jagte ich wieder davon. Es war ein großes Spiel, und ich war der Held.

1718 starb der schwedische König und Goertz wurde von dessen Schwester aus Gründen persönlicher Rache hingerichtet. Ich floh nach Paris zu meiner eigenen Schwester, wieder mittellos, machtlos und ohne klares Ziel. Immer auf der Flucht. Warum bin ich niemals angekommen? Entschuldige, Julia, bei dir bin ich angekommen. Ich habe es nur nicht gemerkt. Verzeihst du mir. Bitte! Halt mich! Wo bist du? Julia ...

»Theodor, so viel Held als nötig, um für einen vollkommenen Diplomaten zu gelten, dient anderen, aber ganz um seiner selbst willen; ihn beherrscht die unüberwindliche Begier, sich eine Krone zu erwerben und zu erhalten. Durch kein Missgeschick lässt er sich von immer neuen gewagten Versuchen abschrecken, behauptet die ihm eingeborene königliche Form bis ins tiefste Elend, und auch da fehlt es ihm nicht an Huldigungen.«

Johann Wolfgang von Goethe, Frankfurter gelehrte Anzeigen

7. Dezember

In der Nacht war Schnee gefallen, große Flocken, die die Stadt mit einem weißen Brautschleier versehen hatten. Kokett verbarg sich die graue Realität unter dem glitzernden Gewand und blinzelte neugierig dem jungen, verheißungsvollen Tag entgegen. Mit den Wolken hatte sich in den Morgenstunden auch der Nebel verzogen, so dass die Sonne ungeniert mit den herausgeputzten Dächern flirten konnte.

Kurz nach dem Frühstück meldete Felix, der Diener, seiner Lordschaft bereits zum dritten Mal, dass nunmehr alles zur Abfahrt bereit sei und die Überlandkutsche vor dem Gasthaus warte. Doch der Adlige schien ihn nicht zu hören. Er reagierte nicht einmal auf das immer kräftigere Klopfen seines Angestellten. Auch von der Straße aus konnte Felix nicht erkennen, wie es seinem Herrn ging, denn im Zimmer des Lords waren noch alle Vorhänge zugezogen.

In den eleganten Räumen blieb der Tag ausgesperrt, und ein heruntergebrannter Docht kämpfte mühsam darum, nicht im letzten Wachs zu versinken. Frederik von Kilmarnok saß aufrecht im Bett und starrte irritiert auf die fleischfarbene Depesche seiner Mutter. Sie bat ihn, wegen dringender geschäftlicher Entscheidungen auf den Herrensitz der Familie zurückzukehren. Sofort!

Zugleich flehte sie ihn eindringlich mit mahnenden Worten an, dem »verdammten« König nur ja nicht zu nahe zu kommen. Er sei ein schäbiger Seelenverführer, dem es leider immer wieder gelänge, die Menschen für sich einzunehmen. Aber gerade das Sympathische an ihm halte sie für seine niederträchtigste Waffe. Er spiele damit, dass man ihn lieb gewinne, weil man damit ein leichtes Opfer für seine Intrigen werde. »Glaube seinen schönen Worten nicht, sieh ihm gerade ins Gesicht, und die Bosheit wird dich überwältigen«, stand da in Großbuchstaben in einem eigenen Absatz, eine unverhohlene Warnung.

Die letzten Zeilen des Briefes waren fahrig hingeworfen, als hätte die Mutter geweint oder sei sehr zornig gewesen. Beides hielt der Lord für möglich, und er spürte in sich eine tiefe Ratlosigkeit, die wie eine Kette um seine Glieder lag. Schließlich war es sein eigener Zorn, der ihn aufspringen ließ. Schnell streifte er seinen Rock über und lief wortlos hinaus in den kalten Morgen. Sein Diener atmete einmal tief durch, dann öffnete er die im Flur aufgereihten Koffer wieder und hängte die Kleider zurück in den Schrank.

Mehrere Vögel staksten, nach Nahrung suchend, über die bedeckten Wiesen und hinterließen in dem grellen Weiß ihre zackigen, sich windenden Spuren. Aufgescheucht flogen die Tiere davon, als Lord Kilmarnok mit großen Schritten in die Little Chapel Street einbog. Trotz seiner Eile spürte der erregte Mann, dass es ihm Vergnügen bereitete, seine Füße immer genau dort hinzusetzen, wo an diesem Morgen noch niemand hingetreten war und der Schnee jungfräulich schimmerte. Seine Schuhe versanken knirschend in der weißen Masse und hinterließen eine prägnante Markierung.

Im Haus Nummer 5 brannten die Lichter und Lord Kilmarnok klopfte so energisch an die Tür, dass sie nachgab und nach innen schwang. Ohne zu zögern trat der Adlige ein. Verwundert sah er sich um. Der große Raum hatte sein Aussehen erneut völlig verändert und begrüßte ihn mit einem frischen Gesicht. Die Wände waren von oben bis unten mit einem leuchtenden und zugleich diffus schimmernden Blau-Grün versehen, in dem zwischen bunten Korallen kleinere und größere Seetiere schwammen, die in allen

Regenbogenfarben schillerten: Fische, Kraken, Muränen, Delphine, Rochen und, neben einer rötlichen Qualle, auch ein verwegen dreinschauender Hai. Obwohl diese Unterwasserwelt in allen Details lebensecht wirkte, weckte sie unergründliche Erwartungen, so als könne jeden Augenblick hinter einem Felsen eine Nixe hervorkommen und den Betrachter einladen, sich zu ihr zu gesellen und Teil dieses geheimnisvollen Reichs zu werden.

Jizchak und Philipp versahen gerade die letzte Tapetenrolle mit einer schleimigen Masse und blickten überrascht auf den ungebetenen Gast. Der Metzger sprang äußerst behände auf und stellte sich drohend in die Mitte des Zimmers. Er wischte sich die Hände an seiner Schürze ab und trat einen Schritt nach vorn, wodurch sein Gesicht in den Kegel der Lampe kam. Ruhig sagte er: »Ich bin erstaunt, dass Euer blaues Auge beinah wieder normal aussieht. Soll ich es ein bisschen nachfärben?«

Lord Kilmarnok schien einen Moment unsicher, dann sagte er mit scharfer Stimme: »Ich will ihn sehen! Ich will ihm ein Mal, nur ein einziges Mal in die Augen blicken, damit ich weiß, ob das alles wahr ist, was er Isabelle zusäuselt. Schließlich ist er ein Meister der Täuschung. Sein ganzes Leben war eine Lüge, eine gigantische Selbstinszenierung, warum sollte er jetzt auf dem Sterbebett auf einmal die Wahrheit sagen?«

Der alte Mann hatte sich ebenfalls erhoben. Er blinzelte in die Morgensonne, die durch die offene Tür hereinströmte, und sagte sanft: »Ich wüsste einen Grund. Vielleicht stimmt deshalb alles, was er erzählt, weil man im Anblick des Todes keinen Grund mehr hat, die Wahrheit zu leugnen. Die letzte Phase seines Lebens hat der König als Obdachloser auf den Straßen zugebracht, bettelnd, frierend, einsam. Warum sollte er jetzt noch irgendjemandem etwas vormachen?«

Der Adlige lachte höhnisch auf: »Warum? Na, das kann ich dir sagen! Weil seine Lebenslüge das Letzte ist, das ihm überhaupt noch bleibt. Kein Mensch besitzt die Größe, im Nachhinein sein ganzes Leben zu einem Irrtum zu erklären. Wer das täte, könnte nur noch verzweifeln. Und Theodor hat nun wahrhaftig lang genug bewiesen, dass er unfähig ist, der Wahrheit ins Auge zu schauen. Es ist nichts mehr von seinem einstigen Ruhm übrig, also wird er sich mit letzter Kraft an das Ideal seiner perversen Krone klammern – und jedem Menschen ein ausuferndes Märchen erzählen, das ihn in gutem Licht dastehen lässt. Er hat sein Leben lang nicht die Kraft gehabt, sich seiner Mittelmäßigkeit zu stellen, er wird es auch jetzt nicht können.«

Jizchaks Augen umspielte ein Lächeln: »Vielleicht unterschätzt ihr die Macht des Todes! Ein Mensch, der spürt, dass er bald seinem Schöpfer gegenübertritt, läuft nicht mehr davon. Aber ich nehme nicht an, dass Ihr dem Tod schon einmal so nahe wart.«

Lord Kilmarnok lief rot an. Wütend schrie er: »Da irrst du dich gewaltig. Ich weiß, was es heißt, tausend Tode zu sterben. Und daran ist dein widerlicher Theodor schuld. Er hat dafür gesorgt, dass ich niemals ernsthaft anfangen konnte zu leben. Also erzähl du mir bitte nichts vom Tod! Ich habe dem Abgrund des Daseins oft genug gegenübergestanden, aber ehrlicher, ehrlicher hat mich das nicht werden lassen. Abgesehen davon: Ein Mensch stirbt, wie er gelebt hat. Die Mutigen sterben mutig, die Feigen sterben feige – und die Lügner, die, die jahrzehntelang sich und der Welt etwas vorgemacht haben, die sterben auch verlogen.«

Der Jude trat einen Schritt auf den Lord zu und hielt dabei den Leimpinsel wie ein Schwert vor sich: »Bravo, Eure Lordschaft! Ihr spielt eine exzellente Rolle. Ihr seid ein würdiges, theatralisches Opfer. Schade nur, dass Eure individuelle Darbietung so banal ist. Wer alles besitzt wie Ihr, der ist selbst schuld, wenn er sein Leben nicht in vollen Zügen lebt. Ich habe mich immer gewundert, warum sich vor allem hochstehende Persönlichkeiten über den Aufstieg des Königs echauffiert haben, während alle anderen ihm zujubelten. Bis ich die wirklichen Beweggründe verstand.

Ja, guckt nicht so fragend! Gebt es doch zu: Es hat dem Adel nie gefallen, dass da einer existierte, der König wurde, obwohl er nur ein unbedeutender Baron war. Die massive Verurteilung hatte meiner Meinung nach gar nichts mit seiner Person zu tun, es ging darum, dass er das System in Frage stellte. Dass da einer sein Glück an sich selber festmachte, das passt nicht zu Eurer antiquierten Ständeordnung.

Gerade in Frankreich spürt man bei Hof schon lange, dass etwas in der Luft liegt und dass es in naher Zukunft zu einer radikalen Veränderung der Gesellschaft kommen kann, ja, dass möglicherweise eine Art Revolution bevorsteht. Und Theodor war das schlechte, das drohende Vorzeichen dieses Prozesses, ein allzu deutliches Signal, dass Jahrtausende alte Strukturen in Frage gestellt werden.«

Jizchak breitete die Arme aus, um seinen Worten Nachdruck zu verleihen: »Es war geradezu vorhersehbar, dass sie ihn schmähen würden. Oder glaubt Ihr tatsächlich all die hämischen Berichte über den König? Seid Ihr so naiv? O ja, sie haben ihn beleidigt und geschlagen. Sie haben ihn verspottet und zu einem Hanswurst erniedrigt. Aber nicht mit sanfter Ironie, sondern mit allen Mitteln der Kunst, mit brutaler Rhetorik und mit beißender Verachtung. Weil sie fühlten, welche Macht er besaß, weil sie nicht den Mann Theodor von Neuhoff, sondern die Idee eines frei gewählten und menschenfreundlichen Königs in den Staub treten mussten. Offensichtlich habt Ihr das Ausmaß dieser Katastrophe überhaupt nicht verstanden.«

Frederik von Kilmarnok hatte den Kopf gesenkt. Er presste die Worte durch die Zähne: »Du gehörst also auch zu den großen Wortdrechslern. Aber Worte allein genügen irgendwann nicht mehr. Ich will ihn sehen, ich will das alles in seinen Augen lesen. Und eines kann ich dir direkt sagen: Es ist mir ziemlich gleichgültig, welche Rolle er in der Geschichte gespielt hat – er hat mein Leben zerstört. Und das muss ich mit ihm klären.«

Philipp rieb seine beiden Hände an seiner Schürze ab. Dann sagte er: »Ihr habt hier nichts zu wollen. Und Ihr werdet ihn auch nicht sehen. Ich gebe Euch jetzt die Gelegenheit, friedlich aus diesem Haus zu gehen oder aber Euch von Euren Vorderzähnen zu verabschieden.«

Der Angesprochene wich zurück. Laut sagte er: »Lass mich mit Isabelle sprechen!«

Philipp lachte höhnisch: »Sie will nicht mehr mit Euch reden. Und ich will auch nicht, dass Ihr mit ihr redet. Isabelle gehört zu mir, sie braucht keinen Hundsfott, der ihr schöne Augen macht und ihr nachsteigt. Ich hoffe, dass wir uns verstehen: Sie wird nicht mehr mit Euch reden. Ist das klar? Hallo, ist das klar?«

Lord Kilmarnok war jetzt schon fast an der Tür. »Das soll sie mir selber sagen. Ist sie da?«

Der kräftige Mann in der Schürze hob angriffslustig die Fäuste: »Ich habe sie extra weggeschickt, weil ich ahnte, dass Ihr hier wieder auftauchen würdet. Sie braucht niemanden wie Euch. Was wollt Ihr? Dass sie noch einmal so unglücklich wird wie durch den Vater von Schascha? Ja, ich weiß, dass sie mit Euch darüber gesprochen hat. Aber darauf solltet Ihr Euch nichts einbilden. Sie hat etwas Besseres verdient. Und jetzt verschwindet!«

Zögernd trat der Lord von einem Bein auf das andere, unschlüssig, wie er reagieren sollte. Dann sagte er leise: »Mir scheint, dass du in Billingsgate noch keinen Wal mit ihr gesehen hast.«

Jizchak hob fragend die Augen, aber Philipp lief rot an. Getroffen sagte er: »Wenn Ihr sie schon dazu gebracht habt, Euch das zu erzählen, dann wird es tatsächlich höchste Zeit für Euch, die Fliege zu machen.« Wäre Jizchak nicht dazwischengegangen, hätte der Erboste wahrscheinlich zugeschlagen. Eilig verließ Lord Kilmarnok das Haus. Er hörte noch, dass hinter ihm die Tür mit einem Knall ins Schloss fiel.

Draußen war es kälter geworden. Der Wind trieb kleine Wolken so schnell vor sich her, dass es aussah, als springe die Sonne von einer zur anderen. Unschlüssig sah sich Lord Kilmarnok vor dem Haus um, weil er plötzlich nicht mehr wusste, was er tun sollte. Vielleicht lag es aber auch an den widerstrebenden Gefühlen, die in ihm um die Vorherrschaft rangen. Während er nachdenklich seinen Rock zuknöpfte, zupfte ihn jemand am Ärmel. Erschrocken wandte er sich um und entdeckte Schascha, die ihn verschwörerisch in den nächsten Hauseingang zog. Sich vorsichtig umsehend, sagte sie: »Mama ist einkaufen gegangen, in Covent Garden.«

Lord Kilmarnok ging in die Hocke, um mit ihr auf einer Höhe zu sein: »Warum erzählst du mir das?«

Das Mädchen verzog schelmisch das Gesicht: »Ich will, dass sie glücklich ist. Sie spricht gerne mit dir.« Ihr Körper verspannte sich plötzlich vor Angst: »Aber du musst mir versprechen, dass du sie nicht erschießt.«

Der Adlige zuckte zusammen: »Warum sollte ich das tun?«

Schascha blickte ihn mit großen Augen an: »Du hast auch auf Jizchak geschossen. Und du hast eine Pistole. Aber ich glaube nicht, dass du böse bist. Oder bist du böse? Ist etwas Böses in dir?«

Verhalten strich der Lord dem Mädchen über den Kopf. Er schüttelte sanft den Kopf und sagte: »Ich glaube nicht.« Doch selbst die achtjährige Schascha spürte, dass er sich nicht sicher war.

»Danke!«, flüsterte er und lief die Straße Richtung Covent Garden hinunter.

Isabelle galt unter ihren Bekannten als »Seidenwurm«, als eine der Frauen, die unendlich gern in kleinen Läden stöbern, ohne dort etwas zu kaufen, und die sich freuen, nachher zu Hause mit leuchtenden Augen von ihren herrlichen Entdeckungen erzählen zu können, von all dem, was nur darauf wartete, erworben und in tausendfacher Form zum Verschönern des Lebens genutzt zu werden. Schon das Denken an ein besseres Leben gab der jungen Künstlerin ein Gefühl der Freiheit, und sie empfand das Umherziehen wie einen Ausflug ins Paradies. Kaum etwas von dem, was sie neugierig in Regalen und auf weit geschwungenen Tischen erforschte, hätte sie sich leisten können, und doch existierte in ihr ein Ort, an dem all das Schöne schon ihr gehörte.

An diesem Dienstagmorgen zog von den Markthallen der betörende Duft frischer Blumen und erdiger Gemüse über das Pflaster, auch wenn im Winter die Auswahl nur sehr bescheiden und die Hälfte der Stände leer war. Das Wissen um die Pracht, die sich hier im Frühsommer und im Herbst präsentierte, schwang in den süßlich-schweren Gerüchen mit. Isabelle schloss kurz die Augen und sog die Atmosphäre genussvoll ein. Es fühlte sich an, als reinige die Luft mit einem einzigen Atemzug ihren gesamten Körper und trete durch alle Poren wieder aus. Winterglück.

Direkt neben der St. Pauls Church wurde die junge Frau unwiderstehlich von einem kleinen Geschäft angezogen, in dem, wie sie wusste, die hochwertigsten Farben der Stadt verkauft wurden.

Alle bedeutenden und wohlhabenden Künstler Londons und sogar die Maler aus den umliegenden Gegenden versorgten sich hier mit den Materialien, die sie für ihre Werke benötigten. Isabelle konnte sich, und auch das nur mit der Hilfe Philipps, höchstens drittklassige Mittel leisten und wunderte sich schon lange nicht mehr, dass eigentlich jeder ihrer Einkaufs- und Schnuppergänge früher oder später an diesem Ort endete. Dennoch hatte sie diesen Laden aus Ehrfurcht noch nie betreten. Dort hineinzugehen hieße, sich tatsächlich Künstlerin nennen zu dürfen.

Scheu näherte sich die junge Frau dem kleinen Schaufenster und versuchte, durch die beschlagene Scheibe ins Innere zu blicken. Schemenhaft sah sie zwischen unzähligen Tiegeln und Töpfen eine helle Leinwand, auf die gerade ein graubärtiger Kunde kleine Proben verschiedener Gelbtöne auftrug. »Was für ein schönes Bild«, dachte Isabelle, »ein Maler, der die richtigen Farben für ein Gemälde sucht und dabei vor seinem inneren Auge schon erkennt, wie das fertige Kunstwerk einmal aussehen wird.« An den Stellen, an denen ihre Finger die kalte Scheibe erwärmt hatten, bildeten sich kleine Gucklöcher.

Plötzlich spürte sie, dass eine Horde von Straßenkindern sie umringte, sich an sie drängte und ebenfalls die Geheimnisse im Inneren des Hauses ergründen wollte. Instinktiv griff sie zu ihrem Geldbeutel, doch bevor sie reagieren konnte, hörte sie an mindestens vier Stellen ein schnelles pochendes Geräusch. Wenige Sekunden später rannte die Meute johlend weg, nicht ohne ihr freche Grimassen zu schneiden und sie fröhlich zu verspotten.

»Mist, Mist, Mist! Ich bin so einfältig«, durchfuhr es die in ein dickes Baumwollkleid gehüllte Frau, während sie sich eng an die Häuserwand drückte, »und ich war einfach zu langsam.« Seit Wochen gehörte dieser neuartige Trick der herumstreunenden Kinder in London zum Tagesgespräch. Kleine Gruppen Halbwüchsiger näherten sich Passantinnen, die nichts ahnend vor einem Schaufenster standen, und nagelten deren vielschichtige Röcke blitzschnell an die Holzwände der Häuser. Den so fixierten Damen blieb, wenn sie sich ihre Stoffe nicht an den groben Nagelköpfen zerreißen wollten, nichts anderes übrig, als auf einen Kavalier mit einer Zange zu warten, der sie befreite. Oftmals aber verbündeten sich die vorübergehenden Erwachsenen mit den feixenden Kindern, weil der Anblick einer scheinbar an der Häuserwand klebenden Frau vielfältige Unterhaltung garantierte.

Isabelle beschloss, den Schaulustigen keine keifende Megäre zu bieten, obwohl sie innerlich heftig fluchte. Immer wieder blieben Neugierige um sie herum stehen, zeigten mit dem Finger oder unterhielten sich lautstark über die fixierte Frau, doch keiner kam auf die Idee, ihr zu helfen. Sie hing bereits dreißig Minuten an der Fassade, als Lord Kilmarnok sie fand.

Er wäre fast an ihr vorübergelaufen, erkannte dann aber die Wölbung ihres Nackens. Belustigt stoppte er seinen Lauf: »Isabelle? Was machst du denn hier an der Wand?«

Seine Stimme klang äußerst amüsiert, und die junge Frau wollte schon wütend herumfahren, besann sich aber gerade noch eines Besseren. Halb über die Schulter rief sie heftig: »Lord Kilmarnok? Tut mir einen Gefallen und besorgt eine Zange. Ich halte das hier nicht mehr lange aus. Außerdem ist es ziemlich kalt.«

Der Adlige konnte sein Lachen trotz aller Mühe nicht unterdrücken: »Wo soll ich denn auf einem Gemüsemarkt eine Zange finden?«

Sie spuckte die Worte förmlich über die Schulter: »Das ist mir scheißegal. Findet eine!«

»Welch gebildete Sprache! Man fühlt, dass du hoch hinauswillst. Aber keine Panik. Einen Augenblick wirst du ja noch aushalten. Oder? Du bist ziemlich nervös, scheint mir.«

Isabelle schüttelte sich. Sie klang jetzt flehend: »Ich ... ich muss ... ich verspüre ein dringendes Bedürfnis ... bitte, helft mir. Ich habe keine Lust, mich hier in der Öffentlichkeit voll zu pinkeln ... wenn Ihr es genauer wissen wollt. Frauen haben eine schwache Blase. Also seid ein Kavalier und helft mir, Lord Kilmarnok.«

Sie hatte seinen Namen hoch und nasal ausgesprochen und die Silben wie kleine Hiebe in die Luft geschlagen. Der Angesprochene aber konnte seine Heiterkeit noch immer nicht unterdrücken. Prustend sagte er: »Erzählst du mir dann, was dir der Baron gestern anvertraut hat?«

»Nein! Ich habe doch gesagt, dass Schluss ist.«

Der Adlige legte mit einem betroffenen Gesichtsausdruck die Hand vor den Mund: »Schade, dann kann ich wohl nichts machen.« Er wandte sich zum Gehen. »Bis irgendwann einmal.«

In Isabelles Stimme mischten sich Panik und Wut: »Frederik ...« Verwundert hielten beide inne. Die junge Frau hatte zum ersten Mal seinen Vornamen ausgesprochen, und etwas undefinierbar Neues schwebte zwischen ihnen. »Frederik, bitte!« Diesmal genoss sie die sanfte Berührung ihrer Unterlippe mit den oberen Zähnen, als sie den Namen frei von sich gab: »Ich halte es nicht mehr lange aus!« Verspannt trat die junge Frau von einem Bein auf das andere.

Lord Kilmarnok wandte sich, nun wieder ruhig geworden, zurück: »Ich beeile mich. Aber nimm bitte auch meine Not ernst. Hilf mir und erzähl!«

Isabelle nickte unmerklich. Wenig später kam der Adlige mit einer Zange zurück, die er bei einem der Standbesitzer aufgetrieben hatte, und zog die Nägel aus der Wand. Kaum war der letzte entfernt, als die Befreite mit einem Schrei los- und in die offene Tür des gegenüberliegenden Wirtshauses lief. Frederik ging schmunzelnd hinterher, setzte sich an einen der Tische, die im Halbdunkel auf die ersten Mittagsgäste warteten, bestellte zwei Krüge Bier und spielte gedankenverloren mit der Zange.

THEODOR TRIEB DAS PFERD mit der Gerte an, immer heftiger. Weißer Schaum tropfte vom Maul des Tieres herab und hinterließ auf dem staubigen Weg nach Süden zwei unregelmäßige Reihen dunkler Flecken. Die Straße nach Aranjuez war, wie jedes Jahr in den Frühsommermonaten, voller Fuhrwerke, doch der Baron zog nicht einmal den Hut, wenn er eine offene Kutsche überholte. Schonungslos schlug er auf die Flanken seines Pferdes ein, wohl wissend, dass es dieses Tempo nicht lange durchhalten würde. An der ersten Höhe zügelte er seinen gehetzten Ritt für einen kurzen Moment, blickte zurück auf die sonnendurchflutete Silhouette von Madrid und setzte dann die Sporen ein. Ächzend fiel das Tier in einen schweren Galopp.

Zwei Stunden später verschwand die Sonne hinter der Sierra de Gredos und ein kühler Wind setzte ein. Noch immer bemühte sich der Reiter, die Geschwindigkeit aufrechtzuerhalten, doch das Pferd war merklich langsamer geworden. Am Stadtrand von Pinto hielt Theodor endlich an und atmete hörbar auf. Dort am Gasthaus, einem gedrungenen, etwas heruntergekommenen Steinbau, stand die Postkutsche, nach der er die ganze Zeit Ausschau gehalten hatte. Er war sich nicht sicher gewesen, ob sie vielleicht die Nacht durchfahren würde, nun aber hatte er sie doch noch erreicht.

Der Wirt musterte den verdreckten, aber dennoch gepflegten Ankömmling, der ihn mit seinen atemlosen Fragen überschüttete, einen Moment lang kritisch und wies ihn dann in den zweiten Stock zum schönsten Zimmer der Stadt, wie er betonte. Der Baron, dessen Perücke von Schweiß durchtränkt war und wie ein totes Tier auf seinem Kopf hing, klopfte, noch immer erregt, mit aller Kraft an die Tür, die ihm genannt worden war. Nichts passierte. Nur das leise Flüstern zweier Frauenstimmen drang heraus. Ein zweites Mal hieb er mit voller Wucht an die dunkle Fläche.

»Ich kann jetzt nicht, ich bereite mich gerade für das Bad vor!«

Theodor, dessen Gesichtszüge im Lauf der Jahre nicht weicher, sondern markanter geworden waren, brüllte gegen das bemalte Eichenholz: »Du öffnest jetzt sofort diese Tür oder ich trete sie ein und zerre dich an den Haaren in den Gastraum.«

Wieder wurde ein Flüstern hörbar, dann öffnete sich die Tür einen Spalt, und Theodor trat mit Schwung ein. Die Magd blinzelte ihn verschüchtert an, sagte aber nichts, als der Baron sie mit einer Handbewegung in den Flur schob und die Tür vor ihrer Nase zuschlug.

Mary kniete vor einer Marienstatue, die sie immer mit sich führte, und betete scheinbar hingebungsvoll ihr Abendgebet. Nur die Bewegungen ihrer Zehen deuteten darauf hin, dass sie unruhig war. Theodor ließ sich in einen Sessel fallen: »Was soll das?«

Die für diese Region ungewöhnlich blonde Frau drehte sich sanft um und legte den Finger auf die Lippen: »Psst. Ich spreche gerade mit Maria! Die Heilige Jungfrau soll uns beistehen.«

Die Betende trug ein rosafarbenes Kleid mit weißem Spitzenkragen und wallenden Ärmeln. Unter dem Kranz heller Haare saß ein Paar großer, jetzt weit geöffneter Augen, die dem Gesicht etwas Kindlich-Weiches verliehen. Darunter aber thronten eine breite, leicht gebogene Nase und ein schmallippiger Mund, der bis zu den spitzen Ohren zu reichen schien. Beim Sprechen entblößte die Kniende regelmäßig das Zahnfleisch, was ihr einen animalischen Zug verlieh: »Komm zu mir! Lass uns gemeinsam beten!«

Theodor hob nicht einmal den Kopf: »Ich will nicht mit deiner Maria, ich will mit dir reden.«

Gekränkt wandte sich Mary wieder der Statue zu: »Dann lass mich noch mein Gebet beenden.« Sie murmelte: »Heilige Mutter Gottes. Vergib ihm die Unterbrechung. Ich gelobe, dass ich Dein sein will für alle Zeit. Ich habe versprochen, Dir in allen Kirchen Madrids Kerzen anzuzünden – und das werde ich auch tun. Du weißt, wie verderbt ich bin. Du kennst meine Sünden, die Fleischeslust ...«

Der Baron schnaubte: »Was soll der Quatsch? Ich kann mich nicht erinnern, dass wir in den letzten Tagen irgendwelche Fleischeslust erlebt haben.«

Mary bekreuzigte sich und flüsterte »Amen«. Dann sagte sie: »Auch unsere Gedanken sind bisweilen unrein. Deine doch auch! Oder?«

»Nun, mir wäre lieber, es gäbe etwas mehr reale Fleischeslust, für die du Maria um Vergebung bitten könntest. Wobei ich bis heute nicht weiß, was daran eigentlich Sünde ist.«

Die Frau erhob sich, richtete ihre Röcke und drehte sich langsam um: »Warum bist du hier, Theodor?«

Als erwache er aus einem Traum, erinnerte sich der Angesprochene an die Wut, die ihn getrieben hatte: »Warum ich hier bin? Verdammt noch mal. Ich komme nach Hause und erfahre vom Personal, dass du gepackt hast und mit dem König und Ripperda für einige Wochen in die Sommerresidenz fährst. Kannst du mir das bitte erklären?«

Mary verneigte sich ein letztes Mal vor der Statue und blickte Theodor dann kokett über die Schulter an: »Was gibt es da zu erklären? Wir haben doch mehrmals darüber gesprochen, dass ich den Sommer in den Bergen verbringe!«

»Nein, das haben wir nicht. Du hast vielleicht mit deinen geliebten Hofdamen stundenlang über deine Pläne geplaudert, aber deinen Ehemann hast du nicht mit einem einzigen Satz eingeweiht. Also frage ich dich noch einmal: Was soll das?«

Sie schob die Frage mit einer Handbewegung zur Seite, als sei diese einfach zu banal. Während sie ihren Schal vom Hals nahm, sagte sie: »Theodor! Machst du bitte die Kerzen aus? Ich weiß übrigens gar nicht, was du hast. Wahrscheinlich dachte ich, dass du schon auf dem Weg nach Deutschland bist. Warte mal! Genau, da gab es doch irgendeinen Geheimauftrag. Wolltest du nicht Söldner anwerben? Nebenbei, es wäre doch wirklich zu dumm, wenn es einen Krieg mit Frankreich gäbe, nur weil der dekadente französische König Ludwig seine Bewerbung um die spanische Infantin Anna Maria zurückgezogen hat.«

Der Baron unterbrach sie derb: »Lenk nicht ab, Mary! Hier ist doch irgendetwas faul. Warum schickt mich Ripperda nach Deutschland? Wir wissen beide, dass Spanien kein Geld hat, irgendwen anzuwerben, im Moment reicht es nicht mal, um einen einzigen Söldner zu bezahlen. Sogar die Löhne unserer eigenen Soldaten sind überfällig. Ripperda hat irgendeinen Plan. Und ich hasse es, wenn ich nicht informiert bin. Hättest du jetzt die Güte, mich einzuweihen? Was weißt du über diese Geschichte?«

Sie stand vor dem Spiegel und winkte ihn über die Schulter selbstsicher herbei: »Mach mir bitte das Kleid auf!«

Theodor rührte sich nicht: »Mary, was soll das? Ich habe dich etwas gefragt!«

Sie hob die Stimme: »Mein lieber Theodor! Das Badewasser wird kalt und ich war den ganzen Tag in dieser stickigen Kutsche unterwegs. Mach mir jetzt bitte das Kleid auf, stell dich hinter den Paravent und lass mich in Ruhe baden. Dann können wir über alles sprechen.«

Knurrend zog sich der Baron zurück, während seine Frau Stück für Stück ihre Kleider ablegte. Angst und Zweifel mischten sich in den Gedanken des Wartenden zu einer gefährlichen Mischung. Erregt starrte er auf die dünne Wand, die ihn von seiner Frau trennte. Da die letzte brennende Kerze des Raumes an der Wand auf ihrer Seite stand, konnte Theodor an den Schatten auf dem Seidenparavent jede ihrer Bewegungen nachvollziehen. Und was er sah, ließ ihn immer unruhiger werden. Mary nahm sich viel Zeit, um ihre zahllosen Unterröcke abzustreifen. Als sie endlich nackt war, nahm sie ihre üppigen Brüste in die Hand und knetete sie ausgiebig, bevor sie sich langsam mit gespreizten Beinen nach vorne zur Wanne beugte, um die Temperatur darin zu fühlen.

Theodor öffnete seine Culotte, trat hinter dem Paravent hervor und drang ohne ein Wort von hinten in seine Frau ein. Mary stöhnte leise: »Ich wusste, dass du nicht widerstehen kannst. Und ich wusste, dass es sich lohnt, die Heilige Jungfrau schon vorher um Vergebung zu bitten, ja ...« Dann erstickte die Lust ihre Worte.

»Sagst du mir jetzt bitte, was hier vor sich geht!«

Mary ließ einen Arm aus der Wanne hängen und sah zu Theodor hinüber, der erschöpft auf dem Sofa lag: »Theodor, es tut mir Leid, dass ich einfach so weggefahren bin. Ich habe nicht nachgedacht. Aber du sorgst dich einfach zu sehr. Als hättest du Verfolgungswahn. Niemand will dir etwas Böses. Ich glaube jedenfalls nicht, dass Ripperda irgendwelche Hintergedanken hat.«

Gereizt winkte der Baron ab: »Ripperda ist ein skrupelloses Schwein. Das weißt du genauso gut wie ich.«

Die blonde Frau hob böse den Kopf: »Theodor! Du vergisst dich. Was soll denn das? Ripperda hat nicht nur unsere Hochzeit bezahlt. Ohne ihn wären wir überhaupt nicht verheiratet. Der mittellose Baron von Neuhoff lebt als Flüchtling am Madrider Hof und heiratet die hochwohlgeborene Emigrantin Lady Mary Sarsfield. Da bedarf es schon einiger diplomatischer Finesse. Abgesehen davon: Die Blumen in der Eglesia della Virgine, deine Galauniform, das Essen, mein Trauschmuck, ohne ihn hätte es das alles nicht gegeben! Außerdem ist mir ganz gleich, wofür du ihn hältst, ich bin mit seiner Frau befreundet, nicht mit ihm.«

Theodor schluckte. Dann sagte er trocken: »Lass uns in diesem Zusammenhang auch erwähnen, dass deine Mitgift von der Königin eingebracht wurde.«

»Du bist gemein!«

Der Baron richtete sich auf und zog die Decke enger um sich, in die er gehüllt war: »Ich bin nicht gemein, aber ich bin auch nicht wie ein Wahnsinniger hinter dir hergeritten, um in trauten Hochzeitserinnerungen zu schwelgen, ich will wissen, was Ripperda vorhat. Und ich weiß, dass mit diesem Auftrag etwas nicht stimmt ...«

Er wartete, bis die Kammerzofe warmes Wasser nachgegossen hatte und wieder aus dem Zimmer gegangen war: »Ich traue ihm nicht. Jemand, der aus Profitgier den protestantischen Glauben annimmt, nur um in Groningen Gesandter werden zu können, und dann wieder zum Katholizismus konvertiert, um in Spanien Karriere zu machen, ist gemeingefährlich. Begreifst du nicht: Ich weiß zu viel über sein Privatleben, auch einige Dinge, über die seine Frau auch mit dir gewiss nicht spricht, und ich kenne seine geheimen Verhandlungen mit dem Kaiser in Wien. Mary, ich habe Angst. Mit leeren Kassen und überfälligen Löhnen kann man keine Söldner werben, also hat die Mission, auf die der Herr Minister mich schickt, einen anderen Grund. Ich habe Angst, dass er mich loswerden will. Und mit loswerden meine ich: richtig loswerden. Du musst etwas wissen. Sag es mir!«

Mary pustete einige Schaumflocken von ihrem Arm: »Meinst du wirklich, dass ich es zulassen würde, dass mein hübscher, adretter Mann, auf den ich so stolz bin, umgebracht wird? Reg dich erst mal wieder ab. Ich mag es nicht, wenn du so seltsam bist. Schon gar nicht, wenn wir gerade so schön ... ein Fleisch waren. Das war übrigens ziemlich frech von dir. Gleich zweimal.«

Der Baron schaute zu Boden und folgte mit den Augen den Ritzen der Bodendielen: »Lass das!« Müde fügte er hinzu: »Und ich wäre auch froh, wenn morgen nicht wieder der ganze Hofstaat über unser Liebesleben informiert wäre.«

Die Badende lächelte in sich hinein: »Aber Theodor! Freundinnen haben keine Geheimnisse voreinander.«

»Warum machen wir das«, durchfuhr es Theodor, »warum geraten wir schon wieder in einen dieser aufgesetzten Konflikte, in denen wir beide nur noch Phrasen von uns geben? Warum gelingt es uns nicht einmal, dieses oberflächliche Geplänkel zu durchdringen? Ich hasse dieses Lächeln, das sie in solchen Momenten aufsetzt, weil ich weiß, dass es eine Maske ist. Wir spielen miteinander ein böses Spiel, aber wir sind nicht in der Lage, die Karten auf den Tisch zu legen.«

Laut sagte er: »Leider können Freundinnen bisweilen ihr loses Mundwerk nicht halten. Oder kannst du mir erklären, warum mich immer häufiger tumbe Stallknechte verschwörerisch anblinzeln? Neulich raunte mir einer sogar zu, er hätte gehört, dass du gern deine Zunge bei mir einsetzt. Ich sei ein Glückspilz.«

Sie kicherte: »Das bist du doch, oder?«

Theodor sprang auf und schlang die Decke noch fester um sich: »Ich ... ich verabscheue diese ekligen Indiskretionen. Und es ist mir völlig gleichgültig, wie nah du deinen Freundinnen bist. Erzähl ihnen, was du willst, aber nicht unsere Intimitäten. Hast du mich verstanden? Wo hast du das eigentlich gelernt? Doch nicht in der Klosterschule, oder?« Seine Stimme war mit jedem Wort lauter geworden.

Mary setzte sich in der Wanne kerzengerade hin: »Brüll mich nicht an! Ich hasse das. Und was das Austauschen von Informationen angeht: So funktioniert das Miteinander bei Hof nun mal. Wer am meisten weiß, der hat die größte Macht. Ich erzähle meinen Freundinnen, wie lang dein Schwanz ist – vergib mir, Maria –, weil ich dafür von ihnen höre, welche Politik ihre Männer betreiben. Es ist ein Geben und Nehmen. Und gerade du solltest mir dafür dankbar sein. Ohne mich und meine Beziehungen zu den Beamten bei Hof hättest du niemals eine Chance auf eine Anstellung gehabt.«

Die dunklen Augen fixierten ihn. Plötzlich war alle Wärme aus ihrer Stimme verschwunden und sie sagte heiser: »Machen wir uns doch nichts vor, ich bin deine hochwohlgeborene Eintrittskarte zur Diplomatie, du bist mein wundervoller, schöner Vorzeige-Ehemann. Das wussten wir beide, als wir geheiratet haben. Also reg dich bitte jetzt nicht künstlich auf!« Ihre Augen wurden schmal, als sie ihn abschätzig musterte: »Theodor, ohne mich bist du ein Nichts. Begreif das bitte!«

Der Baron klang schrill, als er erwiderte: »Ach, so ist das. Seltsam, wie unterschiedlich man die Dinge wahrnehmen kann. Ich dachte, Ripperda hätte die Hochzeit für uns gerade deshalb arrangiert und bezahlt, weil ich für ihn unersetzlich bin und er mich an den spanischen Hof binden will.«

Jetzt wurde auch Mary laut: »Theodor, nur weil du in Paris ein paar Manieren beigebracht bekommen hast und so nett Französisch plaudern kannst, bist du noch lange kein großer Diplomat.« Ihre Brüste wogten auf der Wasseroberfläche hin und her. »Du willst doch so gerne hoch hinaus«, fauchte sie mit schriller Stimme, »dann sei einfach froh, dass du eine Lady bekommen hast ...«

Für kurze Zeit lag eine schmerzvolle Stille im Raum. Theodor fühlte, wie in ihm Vernunft und Verletztheit miteinander rangen, bis der gedemütigte Stolz und die unkontrollierbare Angst in ihm die Oberhand gewannen. Mit angestrengter Stimme schrie er: »Ja, eine Lady. Da hast du Recht. Wundervoll! Stimmt, du hast einen erstklassigen Titel und du hast auch einen verführerischen Körper – trotzdem wollen wir nicht vergessen, dass dich keiner genommen hat. Seltsam, oder? Hast du dich nie gefragt, warum dem so ist? Warum du als Nichte des Herzogs von Ormond, die von Verehrern hätte umzingelt sein müssen, nie einen Antrag bekommen hast? Nicht einen einzigen! Ich kann es dir sagen! Weil du hässlich bist. Hässlich wie die Nacht. Weil dein Gesicht abstoßend ist. Weil diese Warze auf deiner Wange partout nicht wie ein Schönheitsfleck aussehen will, auch wenn du sie zehnmal übermalst. Weißt du eigentlich, wie sie dich bei Hof nennen? Die Kröte! Eine Kröte, die überhaupt nur geduldet wird, weil sie immer so interessante, schlüpfrige Ferkeleien zu erzählen hat.«

Er näherte sich ihr bis auf wenige Zentimeter: »Aber du kannst dein Aussehen nicht wegtratschen. Wenn du wirklich geliebt werden willst, dann solltest du dir etwas Besseres einfallen lassen. So liebt dich nicht einmal deine blöde Maria, hinter der du dich so oft verkriechst.«

Sie ohrfeigte ihn mit all der Kraft, die sie in ihrer sitzenden Position aufbringen konnte: »Du bist ein Schwein!«

Theodor hielt ihre Hand fest. Ruhig sagte er: »Kann sein, aber ich sehe wenigstens nicht so aus!«

Rot vor Wut sprang die junge Frau aus der Wanne und ging auf ihren Mann los. Vergeblich versuchte er, ihre Fingernägel von sich fernzuhalten, die ihm das Gesicht zerkratzten. Schließlich stieß er sie heftig von sich, so dass sie auf dem Sofa landete: »Hör auf!«

»Nein!« Blitzschnell hatte Mary den Brieföffner vom Beistelltischchen genommen und hielt ihn wie einen Dolch in der Hand: »Ich mache dich fertig, hörst du? Ich ...« Theodor sprang zurück, mehr erschrocken vor dem Ausdruck in ihren Augen als vor der Waffe. Ohne nachzudenken, griff er das Nächstbeste, um sich zu verteidigen, die Marienstatue.

Drohend kam seine Frau auf ihn zu: »Stell sie wieder hin! Sofort! Wie konnte ich nur so dumm sein, einen degenerierten, heruntergekommenen Baron zu heiraten? Du kleiner ...«

Theodor sah sie mit einem verächtlichen Blick an, dann warf er die Marienstatue kalt lächelnd in eine Ecke des Zimmers, wo sie in mehrere Stücke zerschellte, und lief aus dem Zimmer. Unten band er das noch schweißnasse Pferd los und wandte sich wieder nach Norden. Aus dem Haus verfolgte ihn das Toben seiner Gattin.

Als Lady Mary einige Wochen später aus der Sommerfrische nach Madrid zurückkehrte, war ihr Mann Theodor von Neuhoff verschwunden. Er hatte nicht nur all seine Habseligkeiten, sondern auch den wertvollen Schmuck eingepackt, den seine Schwester seiner Frau zur Hochzeit geschenkt hatte, und war über Cartagena nach Paris geflohen, wo er sich unter falschem Namen in einer billigen Pension einmietete. Doch das Unglück verfolgte ihn weiterhin: Da ihn sein Schwager Trevoux für einen Deserteur hielt, wies ihm die Familie die Tür; da er als Stuart-Verbündeter in ganz Frankreich gesucht wurde, blieb ihm der Hof verschlossen – und einige seiner alten Gläubiger, allen voran der Graf de la Marck, fanden sehr bald heraus, dass ihr Schuldner wieder im Land war.

Theodor war zu dieser Zeit vierunddreißig Jahre alt. Er erfuhr erst wesentlich später, dass seine Frau äußerst nervös aus den Ferientagen heimgekehrt war. Nicht wegen des Streits – den hatte sie als ›kleine Missstimmung nach einem kräfteraubenden Beischlaf‹ in bunten Farben ihren Freundinnen geschildert und dann fast schon vergessen; wenn man von ihrer ernsthaften Trauer über die zerbrochene Maria absah – nein, nicht deshalb, sondern weil ihre Blutungen ausgeblieben waren.

***

Lord Kilmarnok trank den Rest seines Bieres in einem Zug aus. Seine Hände zitterten, als er den Krug zurück auf den Tisch stellte und sich zurücklehnte. Durch die milchig trüben Scheiben rann fahles Licht wie Nebelschwaden in den Raum, ohne ihn wirklich zu erhellen. Jemand stellte eine dicke Kerze auf den Tisch, deren Rand von den Spielereien der Gäste völlig zerklüftet war. Inzwischen hatte sich die kleine Gaststätte gut gefüllt: Handwerker, Händler und einige dreckige Gestalten saßen auf den dunklen Bänken und belebten den Raum mit dem Rauschen ihrer Gespräche.

Während Isabelle erzählt hatte, was ihr vom König am vergangenen Tag berichtet worden war, hatte sie die meiste Zeit auf die Tischplatte gestarrt, jetzt hob sie den Kopf und blickte ihr Gegenüber lange an. Dann ging ein schüchternes Lächeln über ihr Gesicht: »Schaut mich bitte nicht so an! Ich wollte Euch diese Geschichte nicht erzählen, Ihr wolltet sie hören. Und jetzt hat sie Euch gepackt, so, wie es alle großen Geschichten tun. Sie spielen in uns weiter und hoffen, dass wir sie zu einem guten Ende bringen. Gefühlvolle Menschen wie Ihr und ich, wir haben nicht genug Kraft, den Geschichten zu widerstehen. Wir verfallen ihnen!« Verlegen fügte sie hinzu: »Und das ist wundervoll – bei allem Schmerz.«

Die Finger des Lords schlossen sich um den Krug: »Aber ich will nicht mehr. Begreif doch, Isabelle, mein ganzes Leben ist von der Geschichte eines anderen bestimmt gewesen. Irgendwann muss man anfangen, seine eigene Biografie zu schreiben.«

Isabelle stützte ihren Kopf auf die Hände und sah den Adligen herausfordernd an: »Wollt Ihr mir nicht endlich erzählen, was Euch der König angetan hat?«

Der bärtige Mann biss sich auf die Lippen: »Ich kann nicht –

noch nicht. Vielleicht, weil ich so vieles selbst noch nicht begreife. Gib mir noch ein bisschen Zeit!« Er versuchte vergeblich, aus dem leeren Krug noch einen letzten Schluck herauszubekommen. Plötzlich sagte er sehr harsch: »Du wirst mir doch wohl zustimmen, dass der Baron sich an dieser Stelle äußerst beschämend verhalten hat? Er hätte seine Frau nicht verlassen dürfen. Niemals. Die Ehe ist heilig!«

Isabelle drehte ihren Bierkrug vor sich auf dem Tisch: »Ja und nein. Kann man wirklich sagen, er hätte sie niemals verlassen dürfen? Ich bin da unsicher. Besonders gesegnet scheint diese Ehe ja nicht gewesen zu sein. Insofern weiß ich nur eines ganz sicher: Er hätte sie gar nicht erst heiraten dürfen. Versteht Ihr, was ich meine? Es gibt so viele falsche Gründe, warum zwei Menschen zusammenkommen. Und ich glaube kaum, dass Gott sich über unglückliche Menschen freut, die aus ungeistlichen Gründen den Bund der Ehe eingegangen sind und aus dem Unglück nun ein Sakrament machen. Aber davon versteht Ihr wahrscheinlich mehr als ich.

Ich weiß nur eines: Der König nahm Lady Sarsfield zur Frau, weil er sich einen praktischen Nutzen davon versprach. Und andersherum war es wohl genauso. Wenn nun aber dieser Nutzen nicht eintritt, ja, wenn er sogar ins Gegenteil umschlägt, dann gibt es nichts mehr, was zwei so miteinander verbundene Menschen zusammenhält. Man kann darüber sehr traurig sein, ja, sogar wütend, aber in diesem Fall war nicht die Trennung die Sünde, sondern die Heirat. Dennoch habt Ihr Recht, es war ein Fehler von ihm. Nur: Glaubt Ihr ernsthaft, die Lady würde den König heute noch lieben, dreckig, unansehnlich, müde und mit nur einem Auge ...«

Die Finger des Mannes zuckten, als er das hörte. Verdutzt fragte er: »Wieso hat der Baron nur noch ein Auge?«

Isabelle hob ihre Augenbrauen: »Er hat eines während seiner langen Zeit im Gefängnis verloren.« Verstimmt, weil er sie unterbrochen hatte, fuhr sie fort: »Lasst mich eines noch anfügen: Ich kenne Eure Erfahrung in Liebesdingen nicht, Lord Kilmarnok, aber ich weiß, dass ich erst, nachdem mich Schaschas Vater verlassen hatte, erkannte, wie ich in Wahrheit lieben möchte.«

Sie starrte wieder auf die Tischplatte: »Erst als in meinem Leben eine Liebe zerbrach, verstand ich, was es eigentlich heißt zu lieben.

Vorher war ich bereit, mit John, mit den Gegebenheiten und mit mir selbst immer neue Kompromisse einzugehen, in denen ich mich selbst von Woche zu Woche mehr verlor. Es mag unglaublich klingen und doch ist es wahr: Ich hätte niemals die Kraft, ja, nicht einmal die Einsicht gehabt, den Vater meines Kindes zu verlassen. Obwohl die schrecklichen Erinnerungen noch immer wie eine tiefe Wunde in mir brennen, kann ich heute sagen: Ich bin froh darüber, dass er gegangen ist. Auch wenn die Worte kaum über meine Lippen wollen. Ich wüsste nicht, wie ich es besser ausdrücken sollte. Die Freude und die Trauer sind beide da, sie löschen sich nicht aus. Vielleicht bin ich schuldig geworden, aber ich habe dabei erstmals verstanden, wie mein Glück eigentlich aussehen könnte. Ist das Sünde? Ich weiß es selbst nicht.«

Lord Kilmarnok winkte die Bedienung, eine schwergewichtige Brünette, herbei und bestellt sich ein neues Bier. Dann sagte er: »Es ist nett, dass du ihn verteidigst. Aber das hilft mir nicht. Ich kann den Baron einfach nicht fassen. Er entgleitet meinen Gedanken. Es ist nichts da, an dem ich mich wirklich festhalten könnte. Einmal möchte ich ihn verfluchen, dieses widerliche Schwein, für das, was er seiner Frau angetan hat, dann wieder verstehe ich mit einem Mal genau, was ihn veranlasst hat, so und nicht anders zu handeln. Es ist grausam!«

Er legte die Hände im Nacken zusammen und drückte sie energisch nach vorne, um seine Anspannung zu lösen. Mit verzerrtem Gesicht sagte er: »Ich begreife vor allem eines nicht: Warum verehrst du diesen Mann so?« Das Unverständnis in seiner Stimme war derart kindlich offen, dass Isabelle stutzte. In diesem Augenblick verlor sie die Angst vor ihrem Gegenüber. Überrascht von dieser Erkenntnis, atmete sie mehrmals tief durch, was Lord Kilmarnok veranlasste, verwirrt zur Seite zu blicken.

Die Brünette brachte einen neuen, vollen Krug und ehe der Adlige danach greifen konnte, packte Isabelle übermütig zu und nahm einen großen Schluck. Dabei konnte man links und rechts neben dem Rand des Krugs ihre feixenden Mundwinkel sehen. Der verdutzte Mann blickte die junge Frau so bestürzt an, als seine Hand ins Leere schoss, dass Isabelle lauthals in Lachen ausbrach – und sich dabei verschluckte. Puterrot hustete sie vor sich hin und schnappte nach Luft. Hilflos wedelte sie mit den Armen in der Luft und bat den Adligen mit fahrigen Handbewegungen um Hilfe.

Frederik von Kilmarnok klopfte ihr mehrfach fest auf den Rücken – und später konnte keiner von beiden mehr sagen, wie und warum seine Hand dort liegen blieb. Aber sie tat es. Als habe sie nur auf diese Gelegenheit gewartet. Schüchterne Finger begannen die Schulterblätter zu erkunden, verfolgten vorsichtig die Falten des Stoffes und wagten sich schließlich sogar unter die Mantille an den Ansatz des Kleides, wo sie auf die warme Haut der Schultern stießen. Zärtlich und über ihren eigenen Mut erstaunt, liefen die Fingerkuppen die Konturen des Körpers nach und ihre Bewegungen wurden immer mehr zu einem Bekenntnis, sanft, einschmeichelnd, sehnsuchtsvoll empfangend und wie ein warmer Frühlingswind nach hartem Winter ...

Während die Hand von Lord Kilmarnok weich und anschmiegsam unausgesprochene Fragen auf ihre Haut schrieb, erzählte Isabelle konzentriert von der Hausgemeinschaft in der Little Chapel Street. Wie ihr Vater den König vor langer Zeit auf der Straße kennen gelernt und als Landsmann erkannt hatte, wie er zum offiziellen »Hoflieferanten« für Stoffe ernannt worden war, wie er die abenteuerliche Laufbahn des Barons bis in dessen tiefste Abgründe begleitet hatte – und wie er in wirtschaftlich schweren Zeiten angefangen hatte, Kleider zu »verkohlen«, indem er teure Gewänder, die er zum Flicken bekam, aus billigen Stoffen kopierte, den Kunden die Imitate zurückgab und selber die guten Stoffe behielt. Auch von Schascha erzählte sie. Von der Unstetigkeit des jungen Mädchens, das regelmäßig bei Ebbe in die Themse stieg, um dort mit anderen Kindern nach brauchbarem Treibgut zu suchen, von ihrer Angst, als sie gehört hatte, dass Schascha in die brennenden Häuser eingedrungen war, um nach Wertgegenständen zu suchen, von der Hoffnung, der Kleinen bald eine anständige Schule bezahlen zu können, von der Liebe des Großvaters zu seiner Enkelin – und von allem, was ihr gerade in den Kopf kam. Nur nicht aufhören zu reden. Einfach weitersprechen und sprechen und sprechen.

Denn während die junge Frau erzählte, hörten beide nur auf die Geschichte, die sich hinter ihrem Rücken abspielte. Die geäußerten Worte rauschten vorbei, wurden höflich benickt, aber keiner wagte anzusprechen, was die Finger der Haut mitteilten. Beide waren mit ihren Gedanken ganz bei dieser Hand, die scheinbar aus eigenem Gutdünken eine Nähe herstellte, der die Worte nicht folgen konnten oder wollten, ein emotionaler Dialog, der mit jeder Sekunde, in der er nicht offenbart wurde, an Macht gewann. Hätte man die Gäste an den Nachbartischen befragt, sie hätten nach oberflächlichem Hinsehen ein Paar im angeregten Gespräch beschrieben. Doch die Finger des Lords berührten die junge Frau in der Tiefe ihrer Einsamkeit, verlangend und ängstlich zugleich, hilflos und fasziniert, mit einer Schönheit, die es schier unmöglich machte, ein Ende zu setzen.

Nach einer langen Zeit warf Isabelle einen Blick durch das Fenster auf die Straße und schuf sich damit die Möglichkeit, mit einer zufällig erscheinenden Bewegung die Hand des Adligen abzustreifen. Auch dabei unterbrachen die verwirrte Frau und der über sich selbst verwunderte Mann ihre Unterhaltung nicht.

Isabelle schreckte hoch, als Schascha auf ihren Schoß sprang: »Mama, hier bist du! Ich habe dich schon überall gesucht. Der König möchte, dass du ihm weiter vorliest. Komm bitte sofort nach Hause.«

Das Mädchen strahlte Lord Kilmarnok an und schaukelte auf dem Schoß seiner Mutter hin und her. Isabelle wollte direkt aufstehen, aber der Adlige hielt sie zurück: »Dieser Laden, an dessen Schaufenster du dich nicht losreißen konntest, verkauft Farben. Sag mir deine Lieblingsfarbe. Bitte! Ich möchte mich bedanken.«

Sie antwortete sehr ruhig: »Warmes Gelb.« Dann strich sie ihre dunklen Locken nach hinten, schob das Kind von ihren Beinen herunter und eilte hinaus. Ihr Rücken aber fühlte sich an, als ob darauf noch immer fünf Finger zärtliche Versprechen malten.

V.

Wie war das? Ich erinnere mich nicht mehr. Na! Wie war das denn? Ich weiß noch sehr genau, dass ich sie damals in mich aufgesogen habe, die drei Geheimnisse. Das darf doch nicht wahr sein. Verkaufen, es ging um Verkaufen ... ja, genau! Verkaufen ist ... Jetzt weiß ich wieder, wie es war. Erstens: Verkaufen ist eine Kunst. Richtig, Verkaufen ist eine Kunst! Ein guter Verkäufer malt seinem Kunden ein Gemälde von dem vor Augen, was sein Produkt an Herrlichkeiten im Leben bewirken kann. Und wenn die Schönheit groß genug ist, dann kauft der Betörte nicht irgendeine Ware, sondern das berückende Bild, das ihm gezeigt wurde. Zweitens: Verkaufen ist eine Medizin. Ein guter Verkäufer entdeckt die Wunden seines Kunden und verbindet sie mit der Hoffnung auf Heilung. Und wenn die Behandlung anschlägt, dann kauft der Sehnsüchtige nicht irgendeine Ware, sondern den eigenen Wunsch nach Gesundung. Drittens: Verkaufen ist eine Religion. Ein guter Verkäufer predigt fesselnd von der Faszination der Hingabe. Und wenn die Erhabenheit des Daseins in ihrer ganzen Größe sichtbar wird, dann kauft der Gläubige nicht irgendeine Ware, sondern seinen Weg in den Himmel.

Ich habe immer mit Zukunft gehandelt. Zukunft ist ein traumhaftes Produkt. Man darf nicht irgendwelche Dinge, man muss Zukunft verkaufen. Das habe ich bei John Law gelernt. John Law of Lauriston, du scharfer Schotte, du warst mir einer, wegen Duellfolgen aus England verbannt, wegen merkwürdiger Geschäfte aus Venedig und Genua vertrieben und trotzdem immer wieder ganz schnell obenauf. Du mit deinem blöden Papiergeld. Ich habe nie daran geglaubt. Aber du warst in der Lage, der ganzen Welt mit leuchtenden Augen vorzuschwärmen, wie es sein würde: dieses Papiergeld, das die Milliarden-Schulden des Staates bezahlt, das unsere Geldbeutel leicht und doch kaufkräftig macht, das den Handel belebt, die Zinsen senkt und uns alle in glückliche Menschen verwandelt. Sie haben dir geglaubt. Kein Wunder: Wer kurz vor dem Bankrott steht, der ist anfällig für schöne Aussichten. Papiergeld, dass ich nicht lache.

Du hast mir damals Kredit gegeben. Vor allem aber hast du mir beigebracht, wie ich mein Kapital verzehnfachen, nein, vertausendfachen kann, das war viel mehr wert. Hätte ich nicht immer das Gefühl gehabt, dass dich etwas Verzehrendes umhertrieb, das du nicht selbst in den Griff bekamst, ein unruhiger, aggressiver Geist, dann würde ich dich heute wohl einen Freund nennen. So bleibt mir nur, dir für die wilden Zeiten zu danken.

Was waren das für Tage! Du warst zum Generalkontrolleur der französischen Staatsbanken ernannt worden und hattest mit deinen inflationär verteilten Geldscheinen tatsächlich den Haushalt saniert. Und dann kam unser gemeinsamer Plan: Wir verkaufen den Parisern Amerika. Total verrückt. Ich weiß nicht mehr, ob es meine oder deine Idee war, ich weiß nur noch, wir hatten sie nach viel gutem Rotwein, einem üppigen Abendessen und einer ausgelassenen Würfelpartie vor dem offenen Kamin. »Die Menschen kaufen alles, wenn du es in Zukunft verpackst!«, hast du gerufen. Und dann waren wir wie in einem Taumel. Ein Satz jagte den anderen, unsere Gedanken stachelten einander auf, und irgendwann im Morgengrauen war der Plan fertig: die Gründung der »Compagnie d'Occident«, einer Gesellschaft, die Aktien für die Erschließung der Kolonie Louisiana am Mississippi herausgibt. Keiner von diesen Idioten, die mit gierigen Augen zu uns kamen, hatte Amerika je gesehen, aber sie hofften, ihre triste Melancholie mit dem Gold, der Baumwolle und all den anderen Schätzen eines bald erblühenden Paradieses hinter dem großen Ozean überwinden zu können.

Weißt du noch, wie die Soldaten eingreifen mussten, als es zu Tumulten und Schlägereien kam? Der Wert der Aktien hatte sich wegen der großen Nachfrage in wenigen Tagen verdreißigfacht. Diejenigen, die früher in den Salons gespielt hatten, trafen sich jetzt in der Rue Quincampoix. Die Straßen waren so von Menschen belagert, dass einige im Gedränge erdrückt wurden. Jeder wollte ein Stück vom großen Traum abhaben. In allen Hauseingängen standen die fliegenden Bankiers. Ich habe gehört, dass damals ein Buckliger seinen Buckel als Schreibunterlage vermietete und damit ein kleines Vermögen machte. Du hast mich außerhalb des Marktes kaufen lassen, und so konnte ich mir bald eine große Wohnung, elegante Anzüge, einen Stock mit vergoldetem Griff und viele äußerst nette Annehmlichkeiten leisten. Was für Zeiten!

Ich weiß gar nicht, wofür ich dir am meisten danken soll: Dafür, dass ich gelernt habe, die Sehnsucht der Menschen in ihren Augen zu lesen, oder dafür, dass du mir einen Wink gegeben hast, als die Regierung manipulierend in das Aktiengeschäft eingriff. In wenigen Stunden wurden durch Angstverkäufe Milliardenwerte vernichtet. Der Staat stürzte in eine Finanzkrise – und wir beide mussten fliehen. Du vor den Soldaten, ich wieder einmal vor meinen Gläubigern.

Ich habe mein Leben lang Träume verkauft. Ich gebe zu, meist zu meinem Vorteil, sonst wäre ich ein schlechter Verkäufer. Aber gleichzeitig bin ich stolz darauf, dass ich so vielen Menschen geholfen habe. Mancher hat überhaupt erst durch meine Mithilfe gewagt, sich seinen Wünschen zu stellen. Wer tut das denn schon? Wir alle neigen dazu, uns in unserer Mittelmäßigkeit einzuigeln und die Notwendigkeit einer Veränderung wegzulügen; aus Furcht, der Blick auf unsere Träume könnte die Sinnlosigkeit unseres bisherigen Daseins offenbaren. Sich seinen Sehnsüchten zu stellen ist mindestens so schwer wie ihre Erfüllung. Nur wer sich dem Schmerz des Unerfüllten aussetzt, findet den Mut, an sich zu arbeiten. Ich habe dafür ein ganzes Leben gebraucht. Erst als ich mir eines Tages die Mangelhaftigkeit meines Daseins offen und ehrlich eingestehen konnte, losgelöst von aller Selbstglorifizierung, war ich bereit, der Zukunft ins Gesicht zu sehen. Nun denn: Diese schmerzhafte Wiedergeburt habe ich meinen Kunden erspart, indem ich ihnen ihre eigenen Sehnsüchte aufzeigte und sie ihnen damit zurückgab.

Vielleicht habe ich in den darauf folgenden Jahren die Macht der Träume unter- und die Kraft meines Gewissens überschätzt. Mir fallen so viele misslungene Momente ein. Damals habe ich triumphiert, heute schäme ich mich für meine Einfalt. Ich habe so viel Unheil gesät. Ich weiß noch: Am Marmarameer traf ich Frank Rákóczi, einen unter dem Schutz des Sultans von Konstantinopel in der Verbannung lebenden Offizier, dem es fast gelungen wäre, den Österreichern Ungarn abzunehmen, und Achmed-Pascha, den ehemaligen Grafen von Bonneval, der in Schanden aus der österreichischen Armee entlassen worden und im Orient als Muslim zu neuem Ruhm gekommen war. Beide waren so hasserfüllt, dass ich nicht viel Geschick brauchte, um ihre Wünsche einzufangen. Ich versprach ihnen, dass sie, falls sie mir helfen würden, Korsika von der genuesischen Besatzung zu befreien, die Insel als Stützpunkt nehmen könnten, um von dort aus mit ihren Truppen anzugreifen und Österreich in die Zange zu nehmen. Sie besprachen diesen Plan mit dem Sultan und der versicherte, dass mir ein türkisches Regiment zur Verfügung stehen würde. Erst als ich den Palast verließ, wurde mir klar, was ich soeben gemacht hatte: Ich hatte Europa verkauft. Dagegen waren die Louisiana-Aktien in Paris ein Kinderspiel gewesen. Ich, Theodor von Neuhoff, hatte den Muslimen in einem Anflug von Größenwahn einen ganzen Kontinent als Köder hingeworfen – weil ich verlernt hatte, die Grenzen zu erkennen. Hin- und hergerissen zwischen der erschreckenden Größe meines Einflusses und der Ungeheuerlichkeit meiner Verhandlungen bekam ich damals schweres Fieber. Als es verflogen war, hatte es die Skrupel klammheimlich mit sich genommen.

Versteht denn keiner, dass ich nichts Böses wollte? Bitte versteht mich! Im Rückblick sehe ich den Schmerz und die Düsterkeit in meinem Handeln, damals schien alles licht. Julia, du hast mich durchschaut, du hast mich wirklich angesehen, und ich wusste, dass dein Blick sich nicht täuschen lässt. Du hast mich erkannt und mich trotzdem geliebt. Julia, halte mich, bitte, halte mich, Julia ...

»Er war ein Mann, wunderlich verwegen, phantastisch genial, unerschöpflich in seinen Plänen, ausdauernder als sein Glück und von allen tapferen Abenteurern der preiswürdigste, weil er für die Freiheit eines kühnen Volkes männlich Kopf und Arm verwandte.«

Ferdinand Gregorovius

8. Dezember

Lord Kilmarnok erwachte am frühen Morgen des Mittwoch, als ein leises Klopfen in seine Träume Einlass begehrte. Zuerst verwandelten seine schlaftrunkenen Gedanken das pochende Geräusch in die Hammerschläge eines aufgebrachten Richters, vor dessen Pult er saß und ungläubig auf den auf- und niederfahrenden Holzkopf blickte. Denn der Mann in der Robe verurteilte ihn, den Unschuldigen, zu lebenslanger Haft, ohne dass in dem Traum überhaupt gesagt worden wäre, wessen er angeklagt war. An der Seite saßen Hunderte von Zuschauern, die ihn mit wilden Grimassen bedachten, um ihrem Abscheu Ausdruck zu verleihen. Ein Panoptikum der Verachtung und des Hohns. Die Welle der Missgunst war so groß, dass sie sich wie ein Orkan über ihn ergoss. Überrascht bemerkte er, dass aus der Menge ein Gesicht herausragte, ein hohles, fast leeres Antlitz, das ihn inmitten des wogenden Aufruhrs unbewegt und mitleidig anblickte. Und dieses bedauernde Mitleid traf den Träumenden viel tiefer als all die ihn schmähenden Menschen. Es war, als söge dieser stille Beobachter jede Energie aus dem Angeklagten ab, als raube er ihm mit einem verächtlichen Zucken des rechten Mundwinkels die Seele. Dann verschwamm das Bild plötzlich und zwischen den schweren Vorhängen der Londoner Pension blitzte ein wolkenloser Himmel auf. Benommen öffnete der junge Mann die Augen ganz und stellte fest, dass das Klopfen trotzdem weitertönte. Er stieg aus dem großen

Bett und schlurfte zur Tür, wobei er mechanisch die Knöpfe seines cremefarbenen Nachthemds schloss.

Kaum hatte der Lord die Tür geöffnet, da stürzte Isabelle an ihm vorbei. Verwundert starrte der junge Mann die ausgelassene Frau an, die direkt zum Fenster lief und den Brokat zur Seite schob. Sie trug einen beigen Manteau, den er noch nicht an ihr gesehen hatte, und ließ sich lachend auf einen der Sessel fallen. Im blendenden Morgenlicht sah Lord Kilmarnok nur ihre Umrisse und musste die Augen zusammenkneifen: »Isabelle?«

Sie musterte ihn neugierig, dann sprudelte sie einfach los: »Guten Morgen, Eure Lordschaft. Ihr habt mir gestern eine Farbe versprochen, erinnert Ihr Euch? Warmes Gelb. Und wisst Ihr was? Ich hatte heute Nacht, als der König eingeschlafen war, die Idee für ein wunderschönes, dazu passendes Muster.« Der Adlige wollte sie unterbrechen, doch sie gab ihm dazu keine Gelegenheit. Sie saß vor dem weiten Viereck des Fensters und malte ihre Vorstellung mit den Händen in die Luft: »Stellt Euch vor: eine Wüstenlandschaft, hell, warm, aber auch gefährlich. Man kann die Hitze förmlich spüren. Und in den Dünen geht das Auge auf Wanderschaft. Sagt, könnt Ihr Euch das vorstellen? Jeder Blick ist wie eine kleine berauschende Expedition. Da gibt es Oasen in einem satten Grün, versteckte Brunnen, rote Beduinenzelte, Palmenhaine, Karawanen aus unzähligen Kamelen, Kämpfer auf der Löwenjagd, eine Burg, ein großes Fest mit orientalischen Tänzerinnen, eine Wüstenhochzeit und vieles mehr. Die Wände erzählen Geschichten. Und die Farben fließen wie ein Meer aus Sonne die Wand entlang. Ist das nicht eine herrliche Vorstellung? Übrigens: Ihr braucht eine Frau, die euch beibringt, wie man ein Nachthemd zuknöpft.«

Lord Kilmarnok sah an sich hinunter, öffnete verlegen das schief an ihm hängende Kleidungsstück, in dem er die beiden oberen Knöpfe mit zwei darunter liegenden Löchern verbunden hatte, legte sich zurück ins Bett und zog die Decke über sich: »Darum bist du hier? Wegen der Farben?«

Isabelle legte kokett die Beine über die rechte Armlehne des Sessels und deutete auf das immer noch geschwollene Auge des Lords: »Es war die einzige Möglichkeit, sie zu bekommen. Wenn Ihr Euren

Unterkiefer behalten wollt, dann solltet Ihr in der Little Chapel Street lieber nicht mehr auftauchen. Philipp hat herausbekommen, dass wir gestern in diesem Gasthaus waren. Er ist ziemlich sauer und hat mir verboten, Euch noch einmal zu sehen.«

Sie wischte mit der Hand verächtlich durch die Luft, als wolle sie eine lästige Fliege verscheuchen. »Aber ich lasse mir nichts mehr verbieten.« Nachdenklich fügte sie hinzu: »Ich will ihm nicht wehtun, aber er muss einsehen, dass er nicht über mich verfügen kann. Ich weiß nicht, vielleicht bin ich nur hier, um ihm das deutlich zu machen.« Sie betrachtete konzentriert das Muster des Sesselbezugs, als gäbe es nichts Bedeutenderes auf der Welt.

Mit einem kurzen Stocken fragte der Adlige: »Dieser Philipp, liebt er dich?«

Sie lächelte in sich hinein: »O ja, sehr sogar.« Es war, als spräche sie vor allem zu sich selbst: »Und er ist wirklich ein toller Mann. Wenn es nach ihm ginge ...«

Lord Kilmarnok beugte sich vor und klopfte auf die Decke, um sie abzulenken und sie dazu zu bringen, ihren Kopf zu heben. Als sie ihn erstaunt ansah, fragte er: »Und du? Liebst du ihn?«

Isabelle nahm die Füße wieder von der Armlehne herunter und setzte sich gerade hin. Sie war von der Direktheit der Frage offensichtlich überrascht. Den Manteau vor dem Körper zusammenziehend, sagte sie zögernd: »Ich war die ganze Zeit noch nicht bereit für eine neue Liebe. Wenn man so verletzt wurde wie ich, dann ist die Seele wund. Alles schmerzt – und schon der Gedanke an ein neues Glück bereitet Unbehagen. Wer vom Leben verletzt wurde, der verliert jegliches Vertrauen. Ein erbärmlicher Zustand. Denn man kann nur dann glücklich sein, wenn man vertraut.«

Sie stand auf, schmiegte sich zärtlich an den Vorhang und sah hinaus auf den Fluss. Nach einiger Zeit fuhr sie fort: »Das Verrückte ist: Ich vertraue inzwischen wieder anderen Menschen, aber ich vertraue mir selbst noch nicht. Dazu ist einfach zu viel passiert.« Ihre Schultern gingen fragend nach oben: »Wie konnte ich mich damals nur so in diesem Menschen täuschen? Wie konnte ich ein so durchschaubares Ritual für Liebe halten? Ich bin auf diesen Kerl hereingefallen – mit ganzem Herzen, ganzer Seele und all meiner

Kraft! –, und ich will verstehen, warum! Ahnt Ihr, was ich meine? Woher weiß ich, dass eine neue Liebe, oder sagen wir besser: eine neue Verbindung, nicht wieder nur ein übles Gemisch aus meinen eigenen Sehnsüchten, Täuschungen, Erwartungen und meinem ungestillten Verlangen nach Nähe ist? Wir sind doch alle Meister darin, uns selbst etwas vorzumachen.«

Die Augen der jungen Frau waren weit geöffnet, als sie sich wieder ins Zimmer drehte: »Den nächsten Mann will ich um seinetwillen lieben, nicht um meinetwillen, denn dann wird eine Liebe wachsen, in die ich mich fallen lassen kann, weil ich nicht ihre Quelle bin. Aber genug davon. Ihr müsst aufstehen und Euch diesen herrlichen Wintertag ansehen.«

Lord Kilmarnok nickte gedankenverloren. Er wies wortlos auf ein Paket auf dem Sekretär. Isabelle löste sich vom Fenster und stürzte zu den Farben wie ein kleines Kind, das ein fest verschnürtes Weihnachtsgeschenk öffnen darf, auf das es sich schon lange gefreut hat. Der inzwischen wach gewordene Mann stand auf und trat ins Badezimmer, um sich anzukleiden. Durch die halb angelehnte Tür konnte er die fröhlichen Jauchzer der ausgelassenen Künstlerin hören, die er mit jedem Tag weniger verstand. Nach einiger Zeit fragte er vorsichtig: »Isabelle, möchtest du mir sagen, was dir der König gestern erzählt hat?«

Ihre Stimme schlich sich durch die Ritze der Tür zu ihm herein: »Nein! Jedenfalls nicht jetzt. Ich muss raus an die frische Luft. Es ist so schön draußen.«

Ehe er darüber nachgedacht hatte, hörte der Adlige sich sagen: »Dann fahr mit mir nach Vauxhall. Hast du Lust?«

Die Badezimmertür öffnete sich und ihr dunkler Haarwust drängte sich durch die Tür. Hastig zog der Lord die Hose hoch, die er gerade überstreifen wollte. Schmunzelnd sagte Isabelle: »Gern! Aber nur, wenn es nicht zu lange dauert und wenn Ihr nicht glaubt, Euch damit das Recht auf die Geschichte des Königs kaufen zu können.«

Er schob sie sanft, aber bestimmt wieder zurück ins Zimmer und schloss die Tür hinter ihr. Dann sagte er laut: »Nein! Inzwischen habe ich begriffen, dass man mit dir nicht verhandeln kann. Obwohl: Eines könntest du mir als kleines Entgegenkommen doch sagen, weil es mich seit Tagen beschäftigt. Was ist das für ein Buch, das du dem König jeden Tag vorliest?«

Isabelle strich ihre Haare zurück und schaute sich in dem Spiegel an, der von außen an der Badezimmertür hing. Sie drehte sich mehrmals im Kreis und betrachtete verzaubert das Fliegen ihrer Röcke. »Das Buch? Komische Fragen habt Ihr. Es ist ein Abenteuerroman. Eine wilde Geschichte. Aber Theodor liebt das Buch von ganzem Herzen, er achtet es fast wie die Bibel. Na ja, ich kann ihn verstehen. Manchmal denke ich, dass in diesen Seiten all das beschrieben wird, wonach er sich immer gesehnt hat.«

Ihr wurde schwindlig und sie musste sich an dem goldenen Rahmen des Spiegels festhalten. Um Atem ringend sagte sie: »Ich weiß nicht, ob Ihr das Werk kennt. Es heißt ›Die Insel Felsenburg‹ und wurde von einem Deutschen mit dem komischen Namen Johann Gottfried Schnabel geschrieben. Es erzählt von einer Insel, auf der ein Schiffbrüchiger ein kleines Paradies schafft, eine wahrhaftige Insel der Glückseligkeit, einen Ort voller Harmonie und Gelassenheit. So schön ist diese ganz eigene Welt, dass dort immer mehr Menschen ein Zuhause finden. Während der ganzen elenden Jahre im Gefängnis hat der König nur zwei Dinge aufbewahrt: dieses Buch und die Goldmünze mit seinem Konterfei, den Beweis seiner Königswürde. Jetzt sind seine Augen zum Lesen zu schwach geworden, aber wenn ich ihm vorlese, spricht er manchmal ganze Passagen des Buches auswendig mit.«

Lord Kilmarnok läutete nach seinem Diener, der kurz darauf eintrat und äußerst verwirrt die Frau anstarrte, die sich im Zimmer seines Herrn unbefangen vor dem Spiegel streckte und dehnte, um den eigenen Anblick zu genießen. Der Adlige kam aus dem Bad, knöpfte seinen Rock zu, diesmal korrekt, und befahl dem verzweifelten Felix, eine Kutsche zu rufen. Dann bot er Isabelle seinen Arm.

Seit dem Bau der Westminsterbridge war der Vergnügungspark von Vauxhall so leicht zu erreichen, dass sogar während der Woche viele Menschen die Gelegenheit nutzten, bei einem kurzen Besuch die vielfältigen Attraktionen zu bestaunen und der hektischen Betriebsamkeit der Marktplätze für einen Augenblick zu entfliehen. Das Gelände lag in einem weiten Hain außerhalb der Stadt, umgeben von Feldern und Bauernhöfen, und lud dazu ein, nicht nur dem Körper, sondern auch den Gedanken einen Ausflug zu gönnen und sich von den farbenfrohen Blickfängen unterhalten zu lassen: Kostümierte Musikgruppen spielten in verschnörkelten Konzertmuscheln schon am frühen Morgen zum Tanz auf, Hunde- und Affengruppen führten in kleinen Arenen entzückende Kunststückchen vor, in einem Gartenschlösschen hingen Gemälde mehr oder minder bekannter Persönlichkeiten, nachgebaute italienische Ruinen verliehen dem verspielten Gelände ein eigentümlich romantisches Flair, im chinesischen Pavillon roch es fremd und scharf und vor dem türkischen Zelt standen zwei leibhaftige Muselmanen mit großen Krummsäbeln in den Schärpen über ihren dicken Bäuchen. Der künstlich angelegte Kanal aber, auf dem im Sommer winzige Gondeln verkehrten, war wegen der niedrigen Temperaturen zugefroren und vor kurzem für Schlittschuhläufer freigegeben worden. Eher unbeholfen als elegant glitten an diesem Vormittag einige verspielte Jugendliche zwischen den Bäumen umher.

Isabelle und der Lord schlenderten in der blassen Wintersonne durch die Anlagen, genossen die vielfarbigen Stände und Bauten und sogen begierig die samtweiche Luft ein, die getränkt war mit den Düften von Kaffee, Karamell und Rosenwasser. Das einzige Geräusch, das neben der leisen Musik ertönte, war das Gebell einiger langbeiniger Jagdhunde, die, von der Leine gelassen, über die Wiesen tollten. Gelassen standen die entlaubten Bäume an den Wegen Spalier, hochachtungsvoll, als grüßten sie die Spaziergänger mit ihren Ästen, die sich im Wind wiegten.

»Man sieht den Bäumen an, dass sie vom Frühling träumen«, sagte Isabelle, als sie für einen Augenblick stehen blieb. Lord Kilmarnok strich sich über den Bart und wollte auf diese romantische Bemerkung schon etwas sehr Pointiertes erwidern, als er beim genaueren Hinsehen entdeckte, dass man die kahlen Stämme tatsächlich so beschreiben konnte. Diese Entdeckung verblüffte ihn. Er erinnerte sich nicht daran, dass er jemals zuvor über die Träume von

Bäumen nachgedacht hätte. An der Seite der jungen Schneiderin aber war diese Vorstellung für ihn nicht nur eine neue und irgendwie auch einleuchtende Betrachtungsweise, er freute sich vor allem darüber, dass er eine solche Wahrnehmung überhaupt teilen konnte. Ein leichter Schauder durchzog seinen Körper, Freude und Unsicherheit. »So weit ist es schon mit mir gekommen«, dachte er, »ich genieße die Verträumtheit von Birken – weil sie diesen Anblick genießt.«

Vor einem Brunnen, dessen Schalen von dünnen Eisschichten bedeckt waren, die jeweils in Hunderten von Eiszapfen endeten, drehte sich die junge Frau plötzlich mit weit geöffneten Armen im Kreis. Dabei rief sie, mehr singend als sprechend: »Es ist so schön hier, Lord Kilmarnok. Seht Ihr diese Symphonie der Natur? Was ist? Wie kann man nur immer so korrekt sein? Spürt Ihr keine Lust, Euch zu bewegen? Wenn ich so einer Herrlichkeit begegne, dann tanzt etwas in mir. Vielleicht ist das der Traum meines Lebens: etwas von dieser Schönheit in die Wohnungen und Häuser der Menschen zu bringen.«

Sie rannte, halb springend, halb laufend, ein Stück den Weg hinunter und winkte dem langsam hinterherschlendernden Adligen, der die Hände in die Taschen seines Mantels vergraben hatte, plötzlich aufgeregt zu sich. Mit roten Wangen deutete sie auf eine Statue, die in einem Rasenrondell stand: »Seht, ist das nicht auch ein Deutscher?«

Lord Kilmarnok lachte: »Händel? Ja, soweit ich weiß, stammt er aus Halle. Aber weil er in Hannover Kapellmeister war und England nun mal einen Hannoveraner auf dem Thron sitzen hat, wohnt er seit 1714 fast nur noch in London. Seltsam, dass sie ihm hier ein Denkmal gesetzt haben, er lebt doch noch. Allerdings muss er schon ziemlich alt sein, ich glaube, er ist weit über siebzig.«

Die junge Frau wurde mit einem Mal ganz ruhig. Sie hakte sich bei ihrem Begleiter ein, zog ihn mit sich in das kleine Rondell und betrachtete das Standbild in der Mitte einige Minuten schweigend. Dann fielen leise einzelne Worte aus ihrem Mund: »Ich habe einmal vor einer Kirche gestanden, als sie ein Oratorium von ihm aufführten. Es war etwa um diese Jahreszeit, kurz nachdem sich John von mir getrennt hatte. Ich sah damals die Lichter durch die bunten Fenster strömen, aber ihre Wärme erreichte mich nicht. In mir war es noch kälter als um mich herum: gefrorene Gefühle und ein auf Eis gelegtes Herz. Heute scheint es mir absurd, aber damals wollte ich am liebsten in die Themse springen. Habt Ihr schon einmal darüber nachgedacht, Eurem Leben ein Ende zu setzen?«

Isabelle stockte, als sie sah, dass der Adlige langsam nickte. Langsam erzählte sie weiter: »Doch dann begann das Orchester zu spielen. Und als ich an diesem Abend seine Musik hörte« – sie wies auf die Statue – »diese kraftvolle Hoffnung, die von ihr ausging, da konnte ich plötzlich glauben, dass mein Leben weitergeht. Jeder Ton war wie Nahrung, stärkend, wohltuend, aufmunternd und befreiend. Ich bin in dieser Nacht ein anderer Mensch geworden. Vielleicht, weil ich zum ersten Mal gespürt habe, dass ich nicht der Mittelpunkt der Welt bin, sondern ein kleiner, aber ein bedeutsamer Teil eines großen Ganzen. Und vielleicht war das auch der Moment, in dem ich zum ersten Mal glauben konnte, dass es einen Gott gibt. Weil ich ihn spüren konnte. Ich fühlte: Ich, die kleine Isabelle, bin Teil einer bedeutenden Schöpfung. So, wie im Werk Händels jeder Ton wichtig ist und doch erst im Zusammenspiel mit den anderen seine ganze Schönheit entfalten kann. Damals habe ich geschworen, mich eines Tages bei ihm zu bedanken.«

Die junge Frau zog mit einem schnellen Griff aus der Brusttasche des Lords dessen Taschentuch, sprang über die eiserne Umzäunung und begann, sorgfältig die von den Tauben hinterlassenen Spuren von Händels Gesicht zu wischen. Als sie fertig war, drehte sie sich strahlend um und rief: »Lord Kilmarnok! Gebt mir Euren Schal! Schnell, bevor uns jemand entdeckt!«

Der Angesprochene, der sich gerade noch mit einem unbehaglichen Gefühl umgesehen hatte, um zu prüfen, ob der öffentliche Frevel seiner aufgedrehten, rotwangigen Begleiterin unbemerkt bleiben würde, trat einen Schritt zurück. Überrascht legte er die Hände um seinen Hals: »Der Schal ist ein Geschenk meiner Mutter.«

Sie lachte ihn an: »Das macht nichts. Ich hoffe sogar, dass er schön teuer war, denn dann ist er für Händel gerade gut genug. Bitte, Frederik!« Ihr Gesicht wurde zu einer so frechen, halb verzogenen, halb niedlichen Frage, dass der Lord nicht Nein sagen konnte und ihr das feine Stück nach kurzem Zögern doch hinhielt. Isabelle ergriff den Schal, legte ihn der Büste um den Hals, machte einen wohlerzogenen Knicks vor der Plastik und kam wieder auf den Weg zurück: »Danke schön, Sir Händel. Ihr habt mir das Leben gerettet.«

Sie nahm Frederik von Kilmarnok an der Hand und zog ihn weiter den Weg hinunter, von einem Blickfang zum nächsten. Die winterlichen Schotterpfade durch die Wiesen glänzten unter einer dünnen Frostschicht, die bei jedem Schritt knirschte, als wolle sie etwas erzählen. Zwei Hasen spähten vorsichtig unter den Büschen hervor, blieben aber in Deckung, als sie einen Falken entdeckten, der über dem Park kreiste. Isabelle überließ sich ganz ihrer Freude und bemühte sich, ihre Schritte ihrer Neugier anzupassen. Immer wieder musste sie auf den Lord warten, der mit gemächlichem Gang hinter ihr herlief und über ihre Begeisterung staunte.

Vor jeder Wegkreuzung blieb die junge Frau stehen, schloss die Augen und kicherte: »Ihr müsst ›Stopp‹ sagen.« Dann kreiste sie mit ihrem Arm so lange vor ihrem Körper, bis der Adlige sie unterbrach.

»Gut!« entschied sie, »Wir gehen nach links.«

»Aber dein Arm zeigt doch gerade nach rechts!«

Sie legte neckisch den Kopf auf die Brust: »So geht das nicht. Mein Arm ist nur ... das Uhrwerk oder sagen wir besser: das Pendel. Außerdem dürft Ihr doch gar nicht sehen, was der Automat in mir sagt. In meinem Kopf denke ich andauernd: rechts, links, rechts, links, rechts, links. Oder rechts, Mitte, links. Je nach Art der Kreuzung. Und es gilt dann die Entscheidung, die ich in dem Augenblick denke, in der Ihr mir ein Signal gebt.« So steuerten sie zickzack durch den Garten und überließen sich dem Spiel des Schicksals.

Als sie etwa eine Stunde lang den Park durchstreift hatten, blieb der Lord fragend vor einem kleinen Stand stehen, der verschiedene Kleinigkeiten zur Schönheitspflege feilbot: Parfümfläschchen, Puderquasten, Cremes und Scheren. Amüsiert wandte er sich an Isabelle: »Wie unsinnig! Warum verkaufen sie hier mitten im Winter

Fächer? Hast du dafür eine Erklärung?« Doch als sie den Kopf schüttelte, kam ihm ein verrückter Gedanke: »Isabelle, besitzt du einen Fächer?«

Seine Begleiterin hob irritiert den Kopf: »Nein, ich brauche aber auch keinen.«

»Das würde ich nicht sagen!«

Er deutete auf einen kleinen Fächer aus Elfenbein mit karminroten Intarsien, gab der Verkäuferin Geld und zog Isabelle in das türkische Zelt, das dem Stand gegenüberlag und das von einem großen Bullerofen geheizt wurde. Als sie auf zwei festen, mit Halbmonden bestickten Kissen Platz genommen hatten, hielt er den Fächer hoch und öffnete ihn einige Male. Dabei lachte er.

»Du hast gesagt, dass du etwas über meine Art zu leben lernen möchtest. Dann musst du als Frau vor allem eines können: die geheime Sprache der Fächer. Pass auf! Ich werde es dir zeigen.« Er hielt das wertvolle Stück aus Elfenbein hoch: »Ein Tippen mit dem geschlossenen Fächer an die rechte Wange bedeutet ›Ja‹, eins an die linke Wange ›Nein‹. Ein Tippen an die Lippen meint: ›Man hört uns.‹ Ein Tippen an die Nase bedeutet: ›Ich vertraue dir nicht.‹ Und wenn eine Dame ihre Stirn antippt, dann heißt das ganz schlicht und eindeutig: ›Du spinnst.‹ So, jetzt bist du dran.«

Isabelle nahm den Fächer und probierte mit einer karikierenden aristokratischen Handhaltung die verschiedenen Positionen aus, die ihr der Lord vorgemacht hatte. Ihr Mund wurde dabei immer schmaler und rundlicher und sie zog die Stirn weit nach oben. Sie musste sich beherrschen, um nicht laut herauszuprusten, und spitzte ihre Lippen umso heftiger zu. Lord Kilmarnok ging auf das Spiel ein: »Lady Isabelle. Gefällt Euch dieser Tag?« Sie überlegte: Tippen rechts. »Sprecht, Mylady, gefalle ich Euch?« Tippen an die Nase! »Wie das, edle Isabelle. Wollt Ihr mit mir denn nicht einen Tanz wagen.« Tippen an die Stirn. Beide brachen in ein fröhliches, unbeschwertes Lachen aus.

Die junge Frau wischte sich die Tränen aus den Augen und betrachtete den kleinen Fächer fasziniert. Dann sagte sie: »Gibt es noch mehr?«

Er nahm ihr das verzierte Stück aus der Hand. »Natürlich. Pass auf: Ein Tippen an das linke Ohr bedeutet so viel wie: ›Das ist ein Geheimnis.‹ Ein Tippen auf das Herz heißt: ›Ich gehöre dir.‹ Und jetzt eine der schönsten Gesten. Wenn man den offenen Fächer vor die Augen hält, dann sagt man damit: ›Ich liebe dich!‹ Komm: Probier es aus.«

Verschämt blickte Isabelle nach unten: »Ich glaube, das kann ich!«

Die Stille zwischen den beiden sog das Lachen in sich auf und Lord Kilmarnok ließ verlegen seinen Blick über die eindrucksvollen Gobelins schweifen, die überall im Zelt aufgehängt waren und Szenen aus der türkischen Geschichte zeigten. Die Farben leuchteten in dem fließenden Licht einiger Fackeln warm auf. Endlich brach der Adlige das Schweigen, nachdem er den Fächer in Isabelles Schoß gelegt hatte: »Es tut mir gut, mit dir zusammen zu sein. Ich habe seit langem zum ersten Mal nicht mehr an den König gedacht.«

Sie klappte ihre neue Errungenschaft mehrfach auf und zu. Dann fragte sie: »Möchtet Ihr trotzdem noch mehr erfahren oder sollen wir aufhören?«

Der Lord veränderte seine Sitzposition. Leise sagte er: »Was meinst du?«

Isabelle faltete den Fächer mit einem lauten Klacken zusammen: »Langsam glaube ich, dass es für Euch wichtig ist, die ganze Geschichte zu kennen. Auch wenn Ihr mir noch immer nicht gesagt habt, warum sie Euch so beschäftigt.« Sie hob mit einem Mal die Augen und schüttelte nachdenklich den Kopf: »Es ist seltsam: Das, was mir der König gestern Abend erzählt hat, spielt in einem Ambiente wie diesem.«

* * *

EIN BRAUNER ESEL STAND neben dem aus rohen Hölzern gezimmerten Podest und rieb daran in aller Gemütsruhe seine Seite. Offensichtlich waren die bestickten Decken auf dem Rücken des Tieres voller Dreck und Ungeziefer, denn es kratzte sich mit unglaublicher Beharrlichkeit immer und immer wieder an den rauen Planken. Müde scheuchte der mit einer roten

Chechia bekleidete Verkäufer den Esel weg. Vergeblich. Die langen, behaarten Ohren des Grautiers schwenkten störrisch nach vorne, doch auch das hinderte die trägen Fliegen in der prallen Mittagssonne nicht daran, ihm in die stumpf dreinblickenden Augen zu krabbeln. Vom gedrungenen, achteckigen Minarett der Sidi-Youssef-Moschee erklang der gutturale Ruf eines Muezzins und durchschnitt die staubige Luft, ohne große Aufmerksamkeit zu erregen. Frauen in gefleckten Sefsaris und Männer im Kaftan liefen vorüber, zogen trotzige Kinder und traurige Kamele hinter sich her oder ließen sich an den Häuserwänden nieder. Die Hitze umklammerte alles.

Auf dem Souk el Berka, dem Sklavenmarkt von Tunis, war an diesem Tag nur wenig Ware vor den rot-grünen Säulen ausgestellt: eine dürre Beduinenfrau, der feixende Männer unter den Rock und an die Brüste griffen, ohne wirklich an einem Handel interessiert zu sein, ein großer Numider mit einer wulstigen Narbe auf der Wange, mehrere Nomadenkinder und ... ein sonnenverbrannter Weißer, dem der Schweiß in den verdreckten Kragen lief. Theodor von Neuhoff, der vor allem eine tiefe Scham empfand, stöhnte leise auf. Er verfolgte aus dem wunden Augenwinkel die Bewegungen einer Libelle, die sich zu den Fliegen auf dem Kopf des Esels gesellte, und versuchte vergeblich zu schlucken. Hätte die Kette ihn nicht an seinen Handgelenken an die Säule gezogen, er wäre längst kraftlos zusammengesackt.

»Mach deinen Kopf hoch!« Ungeduldig schlug ihm der Verkäufer mit seinem Stock unters Kinn: »Los! Hoch!«

Der Baron hob langsam den Blick und versuchte durch mehrfaches Blinzeln, den Schleier vor seinen trockenen Augen zu beseitigen. Er stand bereits seit sechs Stunden an der Säule und sein ausgemergelter Körper war kurz davor, den Dienst zu verweigern. Doch mit mehr Willens- als Körperkraft gelang ihm die Anstrengung.

Vor dem Podest erschien in diesem Moment ein großgewachsener Mann in einer hellen Djellabah, dem feinen bodenlangen Gewand der privilegierten Muslime, unter dessen weitem Turban ein breites, eitles Grinsen den größten Raum einnahm. Die intelligenten Augen musterten den verdreckten Gefangenen mehrfach, dann überzogen sich die Züge des Mannes mit Gewissheit: »Wen haben wir denn hier? Wenn mich nicht alles täuscht, dann ist dieses verlauste Etwas der Baron Theodor von Neuhoff. Beziehungsweise: das, was von ihm übrig ist. Wie interessant, Euch hier wieder zu sehen. Welch eine eigenartige Karriere.« Er lachte mit tiefer Stimme. Dann fügte er trocken hinzu: »So, wie Ihr ausseht, könnt Ihr nicht sehr teuer sein.«

Der ausgemergelte Mann kniff die Augen zusammen, versuchte vergeblich, den Moslem zu fixieren, und murmelte schließlich leise: »Ripperda?«

Der Mann hob grüßend die Hand, neigte leicht den Kopf und kratzte sich dann demonstrativ am Hals: »O ja, Baron, ich bin es: der Ripperda, den Ihr einfach im Stich gelassen habt. Der Ripperda, den Ihr schmählich verraten habt. Nicht wahr? Es waren doch Eure windigen Berichte an den Wiener Hof, die dazu beitrugen, dass man mich aus Madrid vertrieben hat? Oder irre ich mich?«

Theodor bäumte sich auf und zerrte an seinen Fesseln, doch die klapperten nur. Erst unverständlich, dann noch einmal, leise, aber eindringlich, flüsterte er: »Ripperda, um Gottes Willen, bitte helft mir!«

»Warum sollte ich das tun, lieber Baron? Könnt Ihr mir nur einen einzigen Grund dafür nennen? Einen ganz kleinen? Ihr schweigt. Nun, das wundert mich nicht. Mir fällt auch nichts ein.« Er gab dem Händler ein Zeichen, woraufhin dieser den Gefangenen wiederholt zwang, seinen Kopf zu heben. Ripperda näherte sich dem wunden Gesicht und zischte: »Also, ich werde Euch natürlich kaufen, keine Bange. Ich wollte schon lange einen adligen Sklaven haben – obwohl es mit Eurem Adel ja nicht weit her ist. Aber ich werde mir etwas einfallen lassen, um mich für all das zu rächen, was Ihr mir angetan habt. Auf diesen Augenblick habe ich lange gewartet! Das könnt Ihr mir glauben. Und wann passiert es schon, dass einem der liebe Gott eine solche Gelegenheit verschafft? Ich wette, Ihr werdet Euch bald dafür verfluchen, dass Ihr mich um Hilfe gebeten habt. Ja, Ihr werdet entdecken, dass es besser gewesen wäre, ein einfacher sadistischer Scheich hätte Euch für die nächsten zehn Jahre in ein Bergwerk gesteckt, Baron von Neuhoff!«

Er feilschte einige Zeit mit dem Verkäufer in einem derben Arabisch, dann zückte er seine Geldbörse, zahlte und ließ sich die Kette reichen, mit der Theodor gefesselt war: »Was für ein schöner Tag für eine Wiedergutmachung!«

Theodor schob behutsam das Mundstück der Wasserpfeife zwischen seine aufgesprungenen Lippen und sog begierig den Rauch ein. Er bemerkte, dass seine Hände zitterten, und versuchte ungeschickt, es zu verbergen. Ripperda sah ihm ausdruckslos zu. Da schleuderte der Baron das Elfenbeinröhrchen erbost zur Seite: »Was soll das? Gut, ich bin in Eurer Hand, ich bin ein erbärmlicher Sklave, aber warum lasst Ihr mich erst waschen und neu einkleiden, bevor Ihr Eure Rache übt? Und was soll diese Pfeife? Was geht hier vor sich?«

Ripperda nahm behutsam seinen Turban ab: »Hört zu, Neuhoff! Mäßigt Euren Ton! Ich kann mit Euch machen, was ich will. Die einfachste Erklärung für mein Verhalten lautet: Ich hasse dreckige Sklaven. Und ich bin ziemlich neugierig. Ich möchte von Euch unterhalten werden. Erzählt mir, wie es Euch ergangen ist, seit Ihr feige davongerannt seid. Ich denke, dass ich ein Recht habe, Eure Geschichte zu erfahren. Ich musste mir schließlich von meiner Frau über Monate anhören, wie grässlich Eure zurückgelassene Gattin ob Eures Dahinscheidens von der Melancholie gebeutelt sei. Jeden Tag neue Hiobsbotschaften von ihrer Trübsal. Es war so schrecklich ... langweilig.«

Er legte den Turban auf eine Kiste und wischte den Staub ab: »Oh, die arme, hässliche Mary: Als ich sie das letzte Mal sah, war sie zu ihrer naturgegebenen Unansehnlichkeit auch noch völlig ausgemergelt. Ach, nebenbei: Ich möchte wissen, wie viel Ihr in Wien für Euren Bericht bekommen habt.«

»Lasst das!«

Der Baron wollte sich erheben, doch der neben ihm stehende Mann drückte ihn zurück auf die Kissen: »Ich an Eurer Stelle würde antworten, Neuhoff, und zwar schnell. Offensichtlich habt Ihr das Ausmaß Eures unglückseligen Schicksals noch nicht begriffen: Ihr seid nur noch ein Sklave. Rechtlich gesehen eine Sache, ein Gegenstand, wenn Euch das besser gefällt. Um Euch das deutlich zu machen: Falls ich Euch foltern oder töten lasse, mache ich mich nicht einmal strafbar. Und selbst wenn, würde es niemand wagen, den Bevollmächtigten des Paschas von Tetuan vor Gericht zu ziehen.« Er nahm neben Theodor Platz: »Ihr guckt so erstaunt. Ja, ich bin Moslem geworden und fühle mich hier im Süden sehr wohl.« Seine Stimme wurde kalt: »Also, wie viel?«

Theodor hob das Mundstück wieder auf, atmete erst aus und nahm dann einen tiefen Zug: »Ich habe für einen Bericht über die spanischen Aktivitäten im Mittelmeerraum 5 000 Gulden bekommen. Aber ich garantiere Euch, dass nichts darin stand, das Euch hätte gefährlich werden können.«

Ripperda hob drohend den Arm: »Ach! Und warum seid Ihr dann damals davongelaufen?« Er fluchte auf Arabisch, bevor er fortfuhr: »Ich begreife das nicht. Verdammt noch mal, Neuhoff, ich habe Euch vertraut. Ich habe Euch bei Hof protegiert und hatte Großes mit Euch vor. Und Ihr? Ihr hattet die Hosen voll und nichts Besseres zu tun, als bei der erstbesten Gelegenheit zu verschwinden – ohne mit mir zu reden – und das kleine bisschen Wissen, das Ihr mitnahmt, aufgeplustert an die Österreicher zu verscherbeln. Wie erbärmlich! Ihr seid ein Charakterschwein. Habt Ihr wirklich geglaubt, ich wollte Euch umbringen lassen? Ich sage Euch eines: Wer einem anderen nicht vertraut, der wird es nie zu etwas bringen. Aber was rede ich? Ich glaube eher, dass Ihr ganz froh wart, einen Grund gefunden zu haben, um Eurer Frau zu entkommen. Habe ich Recht? Na, was ist? Redet endlich!«

Theodor ignorierte den Ausbruch und fragte, als hätte er all die Fragen nicht gehört: »Was habt Ihr mit mir vor?«

Der Angesprochene hielt inne: »Nun, das überlege ich mir in aller Ruhe. Vorher muss ich aber wissen, wie es Euch ergangen ist. Vielleicht hängt ja meine Entscheidung über Eure Zukunft auch davon ab, was Ihr mir berichtet.«

Theodor wies auf seinen Körper: »Was soll ich denn erzählen? Guckt mich doch an: Der liebe Gott hat es nicht gerade gut mit mir gemeint. Ich war auf dem Weg nach Tunis, als Piraten unser Schiff enterten, die Ladung raubten, einen großen Teil der Mannschaft umbrachten und die Passagiere mitnahmen, um sie als Sklaven zu verkaufen. Ich habe alles verloren, was ich noch hatte. Und viel mehr gibt es nicht zu berichten. Es ist aus!«

Der Moslem setzte sich wieder gerade hin und schlug die Beine übereinander. Kalt sagte er: »Hört zu, ich hasse es, wenn ich meinen Sklaven alles aus der Nase ziehen muss. Das war mir zu kurz. Was ist genau passiert, nachdem Ihr Madrid verlassen habt? Glaubt Ihr ernsthaft, Ihr könntet mit drei Sätzen acht Jahre zusammenfassen?«

Theodor ließ sich müde nach hinten in die Kissen fallen. Dann begann er mit brüchiger Stimme zu erzählen: »Ich wollte nach meiner Flucht in London neu anfangen. Dafür benötigte ich das Geld aus Wien. Und ich kann nur wiederholen, dass ich Euch nicht belastet habe. Wo war ich? Genau: London. Irgendjemand hatte in England schon herumerzählt, dass ich einmal für die Stuarts gearbeitet habe. Also bekam ich keinen Zugang zum Hof. Ihr braucht gar nicht so hämisch zu grinsen. Ja, es ging mir dreckig, ziemlich dreckig sogar. Ich habe mich auf beschämende Weise durchgeschlagen, als Musik- und Sprachlehrer, als Fremdenführer, einige Wochen lang sogar als Apothekenhelfer. Es war eine schaurige Zeit. Demütigend, erniedrigend und ... und einfach schäbig.

Dann erinnerte sich irgendein Wiener Beamter an meinen Bericht und meine Sprachkenntnisse und bat mich, für den Kaiser in die italienischen Staaten zu gehen, um herauszufinden, welche Aktivitäten der Spanier die dynastischen Interessen Österreichs gefährden könnten. Das war im Jahr 31.«

Der Moslem kniff die Augen zusammen: »Ihr habt also für Wien in Italien spioniert. Na und? Das erklärt noch lange nicht, warum Ihr im Herbst 35 auf dem Weg nach Tunis wart.«

Theodor verschluckte sich am Rauch und hustete röchelnd vor sich hin. Endlich ließ der Reiz in der Kehle nach: »Hört zu, Ripperda, ich war meinem Traum ganz nahe, und jetzt ist alles verloren. Erspart mir bitte die Erniedrigung, das Schöne, das hätte sein können, beim Erzählen noch einmal verlieren zu müssen.«

Plötzlich senkte er den Kopf und fing an zu weinen. Darauf war der Mann, der ihn verhörte, nicht vorbereitet. Derb sagte er: »Reißt Euch zusammen, Neuhoff! Eure Gefühlsduselei macht mich nur noch wütender. Ich will alles wissen. Und zwar jetzt.«

Theodor rieb mit den Ärmeln über seine Augen und drückte den Rücken durch. Seine Worte klagen mit einem Mal weicher, als er fortfuhr: »Ihr wisst, dass es Augenblicke gibt, in denen sich die Zukunft eines Menschen entscheidet. Jahrelang vegetiert jemand vor sich hin, und plötzlich fühlt er instinktiv, dass nun etwas vor sich geht, das für sein weiteres Leben von entscheidender Bedeutung sein wird. Er kommt an eine dieser Wegkreuzungen, die im Rückblick dafür stehen, dass er eine markante Entwicklung beginnen konnte, die nie stattgefunden hätte, wenn er statt nach rechts nach links gegangen wäre. Jahre später erkennt er, wie bedeutend die Auswirkungen dieses einen Tages, ja vielleicht dieser einen Sekunde waren, in der ihm eine Richtung vorgegeben wurde, die für alles, was folgte, Konsequenzen hatte.

Ich achte diese Momente für heilig, sie bestimmen uns. Ja, sie sind es, die festlegen, ob einer arm oder reich, dumm oder gebildet, fröhlich oder bedrückt, ängstlich oder tatendurstig, glücklich oder verbittert durchs Leben geht. Vielleicht ist es eine der wesentlichen Aufgaben des Menschen, diese heiligen Momente zu erkennen und sie weise zu nutzen. Die Sehnsucht über die Angst siegen zu lassen und die Möglichkeiten in den Herausforderungen zu erkennen. Ein guter Schachspieler denkt viele Züge voraus, ein Lebenskünstler tut das auch. Und darum hat er ein Gefühl für die Größe des Daseins und wählt im rechten Moment das Richtige.«

Ripperda zuckte mit den Achseln: »Warum erzählt Ihr mir das?«

Der Baron sog an der Pfeife und beobachtete die Luftblasen, die durch das bräunlich trübe Wasser zogen: »Weil ich so etwas erfahren habe, einen aus der Zeit gefallenen Moment, oder nennt es eine völlige Neuausrichtung ... ja, ich erzähle ja schon: Ich schlenderte damals, verkleidet als englischer Edelmann und Weltenbummler, durch den Hafen von Genua, als sich zwischen den vielen Masten eine unruhige Menschenmenge zusammenrottete, um ein einlaufendes Schiff zu empfangen. Ich lief zu der Gruppe hinüber und spürte schon auf dem Weg einen starken Widerwillen. Sobald ich unter diesen Menschen weilte, verstand ich auch, warum. Die Leute waren getränkt mit Wut und Verachtung. Sie drängten auf den Kai und hätten einander vor lauter Erregung am liebsten gegenseitig niedergemacht. Ich sah unter anderem einen kleinen Jungen, der von einem zornigen Mann unachtsam ins Wasser gestoßen wurde. Niemand kümmerte sich um den schreienden Knaben. Nun, was soll ich sagen: Es war viel Pöbel unter der Menge, der unflätige Beschimpfungen von sich gab, die ich hier nicht wiederholen möchte. Endlich entdeckte ich die Ursache der aufgeheizten Stimmung: Auf der Landungsbrücke des Dreimasters wurden vom Kapitän vier gefesselte Gefangene präsentiert, was die Meute in einen unschönen Jubelschrei ausbrechen ließ. Später erfuhr ich, dass es sich bei den Männern um Unterhändler handelte, die man festgenommen hatte. Doch in diesem Moment nahm ich das alles gar nicht wahr.

Ich sah nur eines: die irritierenden, weit auseinander liegenden Augen dieser Gefangenen und ihre geraden Blicke, stolz, selbstbewusst, würdig und mit einer nur vorübergehend gezähmten Wildheit, die mich zusammenfahren ließ. Wahrscheinlich werdet Ihr mich nicht verstehen, doch im geheimnisvollen Leuchten dieser Pupillen, in den Gesichtern dieser Männer fand ich den Theodor, der ich schon immer hatte sein wollen; einen unbeugsamen Triumph über die Fährnisse des Menschseins, einen inneren Adel, der keiner äußeren Legitimation bedurfte. Ich weiß nicht, ob mich jemals etwas berührt hat wie diese Augen.«

Ripperda hielt fragend die Handflächen hoch: »Und wer waren diese Männer?«

»Korsen«, erwiderte Theodor strahlend. »Anführer eines Volksaufstandes, denen Genua scheinbar großherzig freies Geleit garantiert hatte und die dann in einen Hinterhalt gelockt worden waren. Sagt: Habt Ihr von den Kämpfen dort gehört? Nein? 1730 war es wegen einer Missernte zum ersten massiven Widerstand der korsischen Bevölkerung gegen ihre Besatzer aus Genua gekommen, den diese mit Hilfe einiger österreichischer Truppen unter General Wachtendonck niedergeschlagen hatten. Der General sorgte allerdings für einen überraschend korsenfreundlichen Friedensvertrag, an den sich die offiziellen Sieger aber nicht hielten, so dass die schön ausgearbeitete Vereinbarung zur Farce wurde: Die Korsen durften ihre Oliven und Kastanien weiterhin ausschließlich an Genua verkaufen, auch wenn die festgesetzten Schleuderpreise nicht einmal die Unkosten der Arbeiter deckten. Die Schulen der Insel blieben geschlossen, die korsische Gerichtsbarkeit machtlos. Die genuesischen Beamten nutzten den kirchlichen Generalablass für das Töten von Korsen weidlich aus und sorgten für mehr als tausend Hinrichtungen pro Jahr.

1732 kam es erneut zum Aufstand, den Genua wiederum nach schweren Kämpfen mit der Unterstützung ausländischer Soldaten beendete. Prinz Ludwig von Württemberg, der den genuesischen Besatzern aus politischen Gründen beigestanden hatte, war ebenfalls an einer Befriedung der Region interessiert und erließ eine Generalamnestie für alle korsischen Rebellen, die aber von Genua abermals ignoriert wurde .... eine widerliche Stadt!«

Der Baron war lauter geworden und Ripperda beugte sich vor: »Baron, so kenne ich Euch gar nicht. Ihr echauffiert Euch gewaltig. Und das nicht im eigenen Interesse, sondern wegen eines kleinen unterdrückten Inselvolkes? Seid Ihr auf Eure alten Tage ein Philanthrop, ein Menschenfreund, geworden?«

Der Baron verzog das Gesicht: »Wenn Ihr jetzt schon spottet, wie soll es dann erst werden, wenn ich Euch berichte, wie es weiterging? Soll ich? Danke! Also: Ich schrieb damals aus innerer Bewegtheit einen aktuellen Bericht über den genuesischen Vertragsbruch an Prinz Eugen von Savoyen, und der sorgte mit Hilfe Kaiser Karls VI. dafür, dass die gefangenen Unterhändler innerhalb kürzester Zeit wieder auf freien Fuß gesetzt wurden. Ein Vorgang, der Genua vor aller Öffentlichkeit demütigte.

Ich kann selbst nicht genau erklären, wie es dazu kam, aber die Korsen ernannten mich wegen meiner kleinen, aber hilfreichen Depesche von einem auf den anderen Tag zu ihrem Retter, zu einer Art Heiligen – und das galt nicht nur für die vier rehabilitierten Offiziere, in deren Interesse ich interveniert hatte, sondern, wie ich bald erfuhr, für das ganze Volk. Ich wurde mit Dank überschüttet. Wahrscheinlich, weil erstmals ein Fremder erfolgreich für die Belange dieser unterdrückten Menschen eingetreten war.

Ich hatte die Insel nie besucht und niemand kannte mich dort – wahrscheinlich nahm darum mein aus einer emotionalen Schwäche entstandener Bericht in den Erzählungen der Einheimischen nach und nach die Gestalt einer immer bedeutenderen Großtat, ja, beinahe eines Wunders an. Großmütter erzählten ihren Enkeln vor dem Schlafengehen von den diplomatischen Zauberkräften dieses deutschen Edelmannes von Neuhoff, seinen einflussreichen internationalen Beziehungen und seinem unbändigen Willen, dem unterdrückten korsischen Volk zur Freiheit zu verhelfen. Vielleicht ist es so, dass jemand, der keine Hoffnung mehr hat und dennoch voller Leidenschaft ist, sich an jeden Strohhalm klammert, der ihm gereicht wird.

Ich kann es nicht wirklich erklären, aber es ist passiert: Ohne es zu wollen, nur wegen einer persönlichen Regung, war ich plötzlich zu einem korsischen Volkshelden geworden. Die sonst so reservierten Insulaner feierten die Befreiung ihrer Unterhändler, als wären sie schon jetzt von der Besatzung Genuas erlöst worden. Briefe, Geschenke, ja, sogar Heiratsanträge wurden mir zugesandt. Die Korsen, die seit Jahrhunderten in verfeindete und unversöhnliche Familienclans aufgespalten waren, hatten offensichtlich erstmals einen Menschen gefunden, in den sie all ihre Hoffnungen legen konnten. Einen, der nicht aufgrund seiner korsischen Familienzugehörigkeit belastet oder von anderen angefeindet war. Allein die Tatsache, dass es mich gab, einte die Korsen.«

Theodor nahm einen glimmenden Holzspan und entzündete den Tabak in der Pfeife erneut. Sein Gegenüber folgte ihm mit den Augen: »Ihr, ein Volksheld? Woher wussten die Korsen denn überhaupt, dass Ihr mit der Freilassung zu tun hattet, Baron?«

Der Angesprochene errötete kurz und blickte zu Boden: »Ich hielt es für sinnvoll, diese Information in gewissen Kreisen zu streuen ...«

Ripperda fuhr ihm ins Wort: »Auch wenn damit Eure Tarnung aufgeflogen wäre? Was erzählt Ihr mir hier eigentlich? Kein Spion teilt der Welt mit, dass er ein Spion ist. Glaubt Ihr ernsthaft, Ihr könntet mit solch hanebüchenen Geschichten meine Milde erlangen?«

Der Baron senkte die Stimme: »Ich sagte doch, dass es Augenblicke gibt, in denen man die richtigen Entscheidungen treffen muss. Ich hatte die Wahl: Ich konnte weiterhin zweitrangige Informationen weitergeben oder alles auf eine Karte setzen. Ich habe mich für das Risiko entschieden. Zu Recht, wie Ihr gleich verstehen werdet.

Wenige Wochen nach dem Bekanntwerden meines diplomatischen Glücksgriffs erhielt ich die förmliche Einladung zu einem Treffen in Livorno. Ich sollte im Palazzo Vorsini erscheinen und mich mit Erasmo Orticoni, dem Haupt der korsischen Patrioten, Graf Dominik Rivarola, dem Vertreter der Insel im Großherzogtum, General Luis Giafferi, einem der befreiten Offiziere, und mit Rechtsanwalt Sebastian Costa, einem Fachmann für internationales Recht, treffen.«

Plötzlich richtete sich der Baron auf und ein Leuchten ging über sein müdes Gesicht: »Ripperda! Ich hatte für diesen Tag eine Rede vorbereitet – und bevor die Korsen überhaupt etwas sagen konnten, fing ich an. Es ... ich ... war unglaublich, ich habe noch nie so eindringlich, so klar, so ... betörend, so machtvoll gesprochen wie an jenem Abend im Empfangszimmer des Palazzos. Die Worte sind aus mir herausgesprungen wie aus einer frisch sprudelnden Quelle, wie aus einem Jungbrunnen, und ich konnte zusehen, wie sich die Seelen meiner Zuhörer daran labten. Ripperda, es war einzigartig. Ich habe ihnen mit kraftvollen Bildern die heraufsteigende Unabhängigkeit präsentiert, das Ende aller Unterdrückung, ihren Traum in meinen Prophezeiungen. Ich, ich habe ihnen den Glauben wiedergegeben, den sie verloren hatten.

›Ihr braucht einen neutralen Führer‹, habe ich gesagt, ›einen, der nicht in den lähmenden Verstrickungen der Vendetta hängt, einen, der über alle Familieninteressen hinaus das Wohl Korsikas vor Augen hat, einen Politiker mit weit reichenden Verbindungen in höchste Kreise. Wie lange wollt Ihr denn noch mit ansehen, dass Eure besten Männer als Sklaven verkauft werden? Begreift Ihr nicht: Volksaufstände von schlecht bewaffneten Bauern und Handwerkern werden Euch keine Freiheit bringen. Aber das, was Genua kann, das könnt Ihr auch. Seht doch: Nicht einen einzigen Kampf haben diese Bastarde allein gewonnen, sie haben sich immer die professionelle Hilfe anderer Potentaten geholt. Und das müsst Ihr auch tun: Bietet den Großmächten Eure Freundschaft und Eure reichen Ernten an, weniger als jetzt könnt Ihr doch gar nicht dafür bekommen! Genua wird die Verträge immer und immer wieder brechen. Jetzt ist Eure Zeit gekommen, die Zeit Korsikas, die Zeit eines freien Landes. Es liegt in Eurer Hand.‹«

Selbst verblüfft über die Heftigkeit, mit der er seine Rede wiedergegeben hatte, ließ Theodor seine erhobenen Arme sinken. Ruhiger fuhr er fort: »Ich habe meinen eigenen Namen nie ins Spiel gebracht. Doch mir war klar, dass sie mich fragen würden. Die Beschreibung des zu suchenden Unterhändlers, die ich ihnen geliefert hatte, passte ja genau auf mich. Dafür hatte ich schon gesorgt. Und tatsächlich, sie ließen sich von meiner Vision anstecken. Der Funke sprang über, nein, das Feuer ... es war atemberaubend.

Als Sebastian Costa mich bat, die große Aufgabe zu übernehmen und für den Freiheitskampf starke Verbündete zu suchen, verneigte ich mich kurz und sagte dann, nachdem ich einem nach dem anderen in die Augen geblickt hatte, ... einen kurzen Satz, den ich nie vergessen werde: ›Unter einer Bedingung, meine Herren: Sie müssen mich zum König von Korsika krönen!‹ Das Schweigen füllte den Raum so intensiv, dass er daran fast zu platzen drohte. Unruhige Blicke wanderten zwischen den Männern hin und her und keiner wagte, die körperlich spürbare Stille zu durchbrechen ...«

Der Baron lächelte nachdenklich und überkreuzte sanft die Arme. Ripperda starrte ihn an: »Die Korsen? Die Korsen sollen einen König bekommen?«

»Nun, das war meine Bedingung. Ripperda, glotzt doch nicht so blöde. Wer die Wünsche der Menschen erspürt, kann mit ihnen über alles reden. Außerdem ist das Königtum für Korsika tatsächlich eine sinnvolle Institution. Es macht nun einmal einen Unterschied, ob ich mich, sagen wir mal, beim Papst als kleiner korsischer Unterhändler oder als König von Korsika anmelde. Was meint Ihr, wem das Oberhaupt der Kirche wohl eher eine Audienz gewährt?

Aber abgesehen davon: Ich hatte natürlich noch ein paar kleine, verlockende Zusatzangebote für jeden meiner Gesprächspartner. Passt auf: Dem Patrioten Orticoni habe ich das Zukunftsbild von einem neu erblühten Korsika verkauft, Graf Rivarola erhielt den Traum von einem eigenen korsischen Ritterorden, der, wie Ihr wisst, nur von Königen eingesetzt werden darf, General Giafferi betörte ich mit der Vision von gewaltigen fremden Armeen unter seinem Kommando und Costa versprach ich vorab einen bedeutenden Ministerposten. Aber ...« Er stockte für einen Moment. »... missversteht mich nicht. Ich wollte tatsächlich etwas für dieses kleine gebeutelte Volk tun. Manchmal muss man dafür eben ein wenig in die Trickkiste greifen. Ohne meine, äh ... Überredungskünste wäre ich nie in die Position gekommen, tatsächlich etwas zu bewegen. Ripperda, Ihr hättet die leuchtenden Augen dieser Männer sehen sollen. Wenn man Erwachsenen eine schöne Zukunft ausmalt, werden sie wieder wie kleine Kinder ...«

Ripperda klang gereizt: »Und? Haben sie zugestimmt?«

Theodor hob den Kopf und warf seine Haare mit einem süffisanten Blick nach hinten: »Natürlich! Einstimmig. Vor Euch steht der designierte König von Korsika. Und ich habe mich der übertragenen Verantwortung sehr wohl als würdig erwiesen. Ich bin nach diesem Gespräch zwei Jahre lang durch alle europäischen Fürstenhäuser gezogen und habe um Unterstützung gebeten, von Residenz zu Residenz, von Kloster zu Kloster. Wien, Versailles, Madrid, Dresden, Rom, Konstantinopel und all die anderen. Mal flehend, mal großspurig, aber immer mit einem klaren Ziel: Korsika braucht Verbündete. Ich habe wochenlang in Kutschen gesessen, Pläne geschmiedet, gerechnet und mit dem Schicksal gehadert. Würde ich die Hosen herunterziehen, ihr sähet darauf noch immer den Abdruck einer hölzernen Bank. Oh, es ist harte Arbeit, aus arroganten Herren Geld herauszulocken. Eine Zeit lang dachte ich sogar, es würde mir nicht gelingen, Mitstreiter zu rekrutieren. Aber schließlich habe ich sie gefunden: im Vatikan, am Marmarameer und in Spanien, tausend Soldaten hier, zweitausend Söldner da, fünf Kanonen aus diesem Fürstentum, zwanzig Fass Pulver aus jenem. Hier in Tunis sollte das Unternehmen losgehen, im Frühjahr nächsten Jahres ...«

Alle Spannung wich aus dem Körper des Barons und er sackte zusammen. Seine Stimme ähnelte jetzt, da er seinen Bericht beendete, mehr einem Wimmern als einem Sprechen: »Ripperda. Ich war so nah dran. Und jetzt ist alles gescheitert, jetzt ist der designierte König ein elender Sklave, ein gescheiterter Visionär, eine ausgemergelte Spottfigur. Jetzt ist der, der einem ganzen Volk die Freiheit bringen wollte, selbst gefangen. Verdammt noch mal, das ist nicht gerecht. Warum? Könnt Ihr mir sagen, warum?« Wütend hieb er mit der Faust auf den flachen Tisch vor sich, immer und immer wieder, so dass selbst die schwere Wasserpfeife anfing, auf der Tischplatte kleine Sprünge zu machen.

Sein Gegenüber unterbrach das Toben mit einem hellen Lachen: »Baron von Neuhoff! Männer werden offensichtlich nicht nur zu Kindern, wenn man ihnen Träume zeigt, sie werden auch zu Kindern, wenn man sie ihnen wegnimmt. Ihr könnt Euch beruhigen. Wenn es nach mir ginge, hätte ich Euch gerne noch ein wenig zappeln lassen. Aber seid getrost: Ich werde Euch nichts tun. Im Gegenteil.« Ripperda erhob sich: »Die Angst, die Ihr in den letzten Minuten spüren musstet, war meine Rache. Und ich denke, dass Ihr nun genug gebangt habt. Ich weiß aus eigener Erfahrung, dass die Angst vor der eigenen Zukunft schlimmer sein kann als die Zukunft selbst.«

Er lächelte: »Es wäre allerdings äußerst amüsant gewesen, von Euch den Tee serviert zu bekommen. Nun, meine Anordnungen lauten anders. Der Bei von Marokko schickt mich! Ja, schaut nicht so ungläubig. Ich habe Euch nicht als Privatmann, sondern im Auftrag meines Herrn erworben. Er hat von Euren korsischen Plänen erfahren und mir aufgetragen, Euch nach besten Kräften zu unterstützen. Dass Ihr heute auf dem Sklavenmarkt verkauft würdet, wusste er schon seit einer Woche. Das alles eben, unser ganzes Gespräch, war nur ein Spiel, meine kleine Rache. Vergebt mir meinen Übermut. Ich bin allerdings der Meinung, dass Euch diese kleine Unsicherheit nicht geschadet hat.

Begreift Ihr immer noch nicht? Der Bei von Marokko möchte Eure Pläne unterstützen. Allerdings hat er mir das wichtige Detail mit dem neu eingesetzten Königtum diskret verschwiegen. Ich dachte, es ginge ausschließlich um einen Befreiungskampf. Nun, was soll's? Er hieß mich nur, Euch zu kaufen und Euch die Freiheit zu schenken. Darüber hinaus habe ich bereits Lagerhäuser am Hafen gemietet, um die seit Wochen von überall her eintreffenden

Materialien Eurer Verbündeten zu sammeln. Sobald wir ein Schiff gefunden haben, bereiten wir Eure Fahrt nach Korsika vor. Und jetzt ruht Euch aus.«

Er nahm seinen Turban und setzte ihn mit geübten Handgriffen auf. Fröhlich sagte er: »Das Volk wartet auf seinen Herrscher. Oh, Baron von Neuhoff, es gibt wenige Geschichten, die mich so verblüffen wie die Eure. Gott gebe, dass es gelingt.« Er lief, weiter lachend, hinaus.

Einer der türkischen Türsteher kam mit einem Tablett und bot dem in sich versunkenen Paar frisch aufgebrühten Tee an. Gedankenverloren griff Lord Kilmarnok nach den winzigen Tassen, reichte Isabelle eine davon, und für einige Minuten wärmten beide ihre kalten Finger an dem heißen Porzellan, bevor sie vorsichtig daran nippten.

»Weißt du, ob Ripperda dem Baron von der Schwangerschaft seiner Exfrau, dieser Lady Sarsfield, erzählt hat?«

Isabelle stellte die Tasse zurück auf die Untertasse: »Nein, keine Ahnung! Jedenfalls hat er davon nichts gesagt. Ich hatte das Gefühl, dass er mit seinen Gedanken ganz bei der damals so unerwarteten Wende seines Geschicks war. Frederik, Ihr könnt Euch wahrscheinlich gar nicht vorstellen, wie es ist, dem König zuzuhören. Wenn er erzählt, dann hält er die Augen geschlossen und versinkt in seiner Geschichte. Wie soll ich das erklären? Er berichtet nicht, er beschreibt einfach, was er sieht, er erlebt die Vergangenheit in ihrer ganzen Fülle noch einmal, er erblickt, was er damals erblickte, fühlt, was er damals fühlte, riecht, was er damals roch, und taucht tief in sein Leben ein. Dabei scheint es, als sei mit dem Alter seine Fähigkeit gestiegen, das, was geschieht, zu durchschauen, zu erkennen und zu verstehen. Er vollzieht also sein Leben noch einmal nach, doch er erlebt es anders – mit der Reife der Jahre, vielleicht auch mit der emotionalen Abgeklärtheit eines Mannes, der weiß, dass er nur noch einen Gast zu erwarten hat, den Tod. Manchmal öffnet er dann für einen kurzen Moment die Augen, hebt mühsam den

Kopf, sieht mich mit weit geöffneten Augen an und fragt laut: ›Warum? Warum habe ich das damals gemacht? Ich hätte doch wissen müssen ... ich ...‹ Und ich sehe ihm an, dass er noch einmal an einen der Abgründe seines Lebens getreten ist und dass er diesmal die Tiefe nicht unterschätzt, sondern weiß, welche unguten Motive ihn dazu getrieben haben, die Warnschreie seiner Seele zu überhören.

Ich habe ihn selten so erregt gesehen wie in diesen Minuten, in denen er von seinem Gespräch mit Ripperda berichtete. Für ihn war dieser Tag in Tunis ja so etwas wie eine Auferstehung, ein Wechsel vom tiefsten Elend, vom Reich des Todes, hin zum Himmel. Eben noch dachte er, er sei ein rechtloser Sklave, nun war er wieder der designierte Herrscher.«

Isabelle stellte die Tasse auf den Teppich, auf dem sie saßen, richtete ihre Röcke, die wie ein Stoffmeer im Sturm bebten, und begann, ihre Füße zu massieren. Irritiert versuchte Lord Kilmarnok, seinen Blick von den schlanken Fesseln zu lösen. Es gelang ihm nur wenige Sekunden. Sie bemerkte seinen Blick, und ihre Augen blitzten kurz auf, bevor sie fortfuhr: »Ripperda hatte sich eine wahrhaft perfide Rache ausgedacht: Erst ließ er den König in seiner Verzweiflung, dann quälte er ihn mit dem Schmerz der Freude. Das ist hinterhältig! Findet Ihr nicht?«

Der Adlige zog seine Augenbrauen so sehr zusammen, dass die beiden dunklen Bögen sich über der Nase trafen. Isabelle musste lachen: »Warum stutzt Ihr? Ach so, wegen des Schmerzes. Kennt Ihr das denn nicht, dass Freude wehtut? Passt auf, ich erkläre Euch, was ich meine. Es gibt Situationen, in denen man sich nach quälenden inneren Kämpfen endlich mit einem Elend abgefunden hat. Lange Zeit wollte man etwas überhaupt nicht akzeptieren, und irgendwann macht die Vernunft dem Leiden ein Ende. Sie zwingt einen, dass Unfassbare endlich als gegeben hinzunehmen und sich von allen damit verbundenen Hoffnungen und Träumen zu verabschieden.«

Isabelle verdrehte die Augen, als sie bemerkte, dass ihr Gegenüber offensichtlich nicht verstand, wovon sie redete: »Kennt Ihr das wirklich nicht, dass das Nein in Euch – gegen jedes Wollen – über das Ja gesiegt hat? Es ist wohl die schmerzvollste Selbstverleugnung, die man sich vorstellen kann. Wenn sich dann aber die scheinbar für immer geschlossene Tür verblüffenderweise doch noch öffnet, wird die Freude, die eigentlich überwältigend sein könnte, oftmals zur Tortur. Wenn man sich das Nein über Wochen ins Herz geprügelt hat, bis dieses kapituliert, dann wird das Ja zur Katastrophe. Versetzt einem Hund jedes Mal, wenn er sich der Wurst nähert, einen gewaltigen Tritt, und Ihr werdet sehen, dass er sich irgendwann nicht mehr daran traut – auch wenn keine Gefahr mehr besteht. Er versöhnt sich mit dem Verzicht.«

Isabelles Stimme wurde energischer: »Warum schüttelt Ihr den Kopf? In tiefer Verzweiflung entwickeln Menschen nun einmal eine enorme Kraft, um ihre Hoffnung für immer zu verbannen, sie in ein fernes Exil zu schicken und die Liebe zu ihren Erwartungen unter einem Berg scheinheiliger Erklärungen, Mutmaßungen und Ängste zu begraben. Das Grausame ist: Wer eine Hoffnung bekämpft, dessen ganzes Leben wird zum Krampf, er verschließt sich für jeden noch so winzigen Schimmer, denn er will ja, nein, er darf nicht mehr hoffen. Und wenn ein so im Dunkeln sich einnistender Mensch plötzlich vom Licht einer neuen Chance getroffen wird, dann taumelt er geblendet zurück, dann weicht er vor der ihn überflutenden Wucht der Möglichkeiten zurück – und diese Flut reißt ihm den Verstand weg. Das Glück, das er erfährt, ist zu groß, um es bewältigen zu können. Der König jedenfalls brauchte eine ganze Woche, bis er wieder glauben konnte, dass er nicht träumte. Habt Ihr so einen Schmerz der Freude schon einmal erlebt?«

Lord Kilmarnok winkte dem Turbanträger und zog seinen Rock vorne enger zusammen. Er drückte dem bärtigen Mann eine Münze in die Hand, dann erst wandte er sich seiner Gesprächspartnerin wieder zu, die ihn mit fragenden Augen erwartungsvoll anblickte. Er flüsterte fast: »Nein!« Plötzlich hob er die Hand und strich der jungen Frau zärtlich über das Gesicht. Seine Finger glitten weich über die Wange, streiften die Nase und erkundeten dann unendlich langsam ihre Lippen. Unwillkürlich öffnete Isabelle den Mund. Als wäre ihr ganzer Körper mit einem Mal auf die weiche Haut der Lippen konzentriert, spürte sie, wie das Blut unter ihrer Haut pulsierte. Mit einem leisen Aufschrei befreite sie sich aus ihrer

Verwirrung und stieß die Hand weg: »Lasst! Was erlaubt Ihr Euch? Ich war so dumm, mich gestern von Euch berühren zu lassen. Und jetzt glaubt Ihr, Ihr dürftet Euch alles herausnehmen. Aber das ist meine Haut. Und ich lasse mich nicht mehr missbrauchen. Nie wieder. Hört Ihr?«

Lord Kilmarnok zog erschrocken die Hand zurück. Er hielt sie einen Moment verwundert vor sich, dann fragte er: »Ist das dein Schmerz der Freude? Ein Schmerz, in dem die Freude noch nicht stark genug ist?«

Isabelle bemerkte, dass die beiden Türken anfingen zu tuscheln, und bemühte sich, ihren Herzschlag wieder unter Kontrolle zu bekommen: »Ich weiß nicht, was das ist! Aber ich will es auch nicht wissen. Und ich hasse schlechte Absichten!«

Der Adlige hoffte, mit einem fröhlichen Tonfall die Spannung abbauen zu können. Herzlich fragte er: »Wieso schlechte Absichten?«

»Eure Lordschaft!« Isabelle sprang auf und deutete einen karikierten Knicks an. »Ihr seid wie alle Männer. Nein, sogar noch schlimmer, weil Ihr meine unbedachten Vertraulichkeiten gegen mich benutzt. Ihr habt bisher alles getan, um Informationen aus mir herauszulocken. Und jetzt versucht Ihr es als sanfter Verführer. Mit der kleinen Schneidertochter aus Soho, mit der kann man es ja machen. Ein bisschen herumscharwenzeln, ein bisschen das Blut in Wallung bringen, mit dem Fächer possierliche Spielchen erfinden – und schon erzählt sie alles, was sie weiß. Fast wäre ich auf Euch hereingefallen. Ihr seid ein Dreckskerl, Lord Kilmarnok, und nutzt meine Schwächen aus. Was soll's! Ich habe schon viel zu viel gesagt. Ich hätte es wissen müssen. Verdammt!« Sie raffte die Röcke und lief hinaus.

Der Himmel hatte sich zugezogen. Ein leichtes Nieseln durchsetzte die Luft mit Schlieren und vertrieb die Vögel. Auf einem Ast vor dem Zelt duckten sich zwei Tauben, die sich zu zwei Kugeln aufgeplustert hatten, und nickten parallel mit den Köpfen. Niemand beachtete ihr Gurren. Keuchend lief Lord Kilmarnok hinter der jungen Frau her, deren dunkle Locken im Takt ihrer Schritte wippten. Obwohl er sich genierte, rief er: »Isabelle! Bitte warte!«

Doch die Flüchtende rannte mit großen Schritten in Richtung Gartenmauer. Der Adlige sah sich kurz um, dann sprang er über die Umzäunung auf den Rasen, um den Weg abzukürzen. Seine feinen hellen Schuhe versanken tief in den blitzschnell zum Morast gewordenen Wiesen und überzogen seine Culotte mit dunklen Schlammspritzern. Hinter einem mageren Strauch, durch dessen Zweige er einfach hindurchgerannt war, gelang es ihm endlich, Isabelle einzuholen. Sie war ebenfalls außer Atem, stoppte aber nicht: »Bitte! Lasst mich in Ruhe!«

Lord Kilmarnok hielt sich die schmerzende Seite: »Isabelle, ich habe dich gestreichelt, weil ... weil ich dich streicheln wollte. Dass du es bist, die mir die Geschichte erzählt, ist längst viel wichtiger als die Geschichte selbst. Ich dachte, ich bräuchte deine Worte, um zu mir selbst zu finden, jetzt glaube ich, dass ich dich brauche.«

Isabelle verlangsamte das Tempo etwas: »Ich wünschte, ich hätte auch so viele Jahre gelernt, wie man einem Menschen den Kopf verdreht und seine Sinne verführt. Aber ich lasse mich nicht mehr von gedrechselten Worten betören. Ihr wollt doch nur eines: den König sehen.«

Schnaufend blieb Frederik von Kilmarnok zurück: »Wie oft soll ich denn ... Weißt du was?« Er klang wütend: »Zeig ihn mir doch einfach. Zeig ihn mir und du wirst erkennen, dass ich dich um deinetwillen gestreichelt habe.«

Sie lief weiter und drehte sich auch nicht um, als sie ebenso erregt antwortete: »Ach, damit Ihr ihn schnell erschießen könnt, oder warum?«

»Isabelle, ich wünschte, ich könnte dir sagen, warum ich ihn sehen muss. Aber ich kann es nicht! Ich weiß nur, dass es sein muss. Mehr verstehe ich doch selbst noch nicht. Bitte nimm mich mit zu dir. Ich gebe dir mein Ehrenwort, dass ich ihm nichts tue. Ich könnte es gar nicht mehr. Die Geschichte, die du mir erzählst, ist wie Balsam für mich, sie hat meinen Hass schon geheilt. Aber das reicht nicht. Der Hass war nur das Symptom, jetzt muss ich der Krankheit an die Wurzel gehen, und das kann ich nur, wenn ich den Herd der Entzündung, der Verletzung finde. Wenn du willst, kannst du mich vorher nach Waffen durchsuchen.« Er öffnete seinen

Rock, streckte die Arme mit den beiden Zipfeln zur Seite aus und stand im immer kräftiger werdenden Regen da wie ein gefallener Engel: »Bitte!«

Die junge Frau sagte nichts. Doch sie blieb stehen und scharrte angespannt mit dem rechten Fuß im Kies: »Mir wird das alles zu viel. Könnt Ihr nicht ein Mal ein echter Kavalier sein und den Wünschen einer Dame nachkommen? Lasst mich doch einfach in Ruhe! Bitte, ich kann nicht mehr. Mir wächst das alles wirklich über den Kopf.«

»Na großartig: Du kannst nicht mehr mit mir – und ich kann nicht mehr ohne dich. Ein klassisches Dilemma.« Ohne zu wissen, warum, fing Lord Kilmarnok an zu singen, die anschmiegsame Bravourarie »Ev'ry valley« aus dem »Messias« von Händel. Die ersten Töne kamen noch zerbrechlich und hart aus seinem Mund, dann gewann der junge Mann an Sicherheit und überließ alle Sehnsucht seiner rauen, aber nicht unschönen Stimme. Wie ein Singvogel schickte er seine Worte in den Regen hinaus.

Verdutzt und zugleich erbost drehte sich Isabelle um. Sie hob drohend die Hand, doch als sie die komische, singende Gestalt sah, die nicht nur über und über mit Schlamm bespritzt war, sondern in deren Kragen auch einige abgerissene Äste und Blätter steckten, schüttelte sie fassungslos den Kopf. Dann fing sie an zu lachen. Und jeder Lacher war ein bisschen freier als der vorhergehende. Schließlich ergab sie sich: Sie atmete einmal tief durch und strich sich die klammen Haare aus der Stirn, die wie Flüsse auf einer Landkarte über ihr Gesicht liefen. Dann streckte sie einladend die Hand aus.

Es war gerade dunkel geworden, als die beiden durchnässten Ausflügler in der Little Chapel Street ankamen. Im Wohnzimmer zeigte sich hinter den zugezogenen Gardinen kein Licht und Isabelle zündete auch keine Kerze an, als sie das unauffällige Haus betraten. Die grauen Schemen der Möbel in der Diele sahen so aus, als lauerten sie darauf, nach den Eindringlingen zu greifen, während noch immer der faulige Geruch des Kleisters in der Luft trieb, als könne man ihn einfangen. Wortlos packte die junge Frau den zögernden Adligen am Revers und zog ihn hinter sich her. Ein Knarren ging wie ein tiefer Seufzer durch das gesamte Gebäude, als Isabelle sich langsam durch den Raum tastete. Sie wühlte einen Augenblick in einer Truhe, dann hielt sie ihm einige abgetragene Kleider hin: »Hier, Lord Kilmarnok, Ihr müsst Euch umziehen, sonst segnet Ihr noch vor dem König das Zeitliche. Ich werde Euch rufen, wenn ich auch fertig bin.« Sie verschwand in der Kammer, in der der König lag.

Verblüfft begann Lord Kilmarnok, seine schwer gewordene Kleidung abzulegen. Als er die Culotte öffnen wollte, stockte er. Diese so intime Handlung in einem fremden Haus verunsicherte ihn. Die Wände beobachteten jede seiner unsicheren Bewegungen und musterten ihn neugierig. Endlich entschloss er sich, mit ihnen Freundschaft zu schließen und sich zu Hause zu fühlen. Trotzdem wollte er so schnell in die festen Kleidungsstücke schlüpfen, die Isabelle ihm in die Hand gedrückt hatte, dass er im Halbdunkel nicht sofort die Eingänge zu den Ärmeln und Beinen fand. Endlich war er fertig angekleidet und rieb sich in der Finsternis den Körper warm. Lauschend stand er dann vor der Kammertür. Als er sich gerade entschieden hatte, einen Blick durch das Schlüsselloch zu wagen, öffnete sich die Tür und die junge Frau stand vor ihm. Sie hatte sich einen warmen, dunkelblau-karierten Rock angezogen und über die Schultern ein großes karminrotes Tuch geworfen. Beides wurde von einer weißen Kittelschürze zusammengehalten, die sie um die Brust geschwungen und vor dem Bauch verknotet hatte. In ihrer Hand hielt sie eine winzige Laterne.

Frederik von Kilmarnok trat vorsichtig in die Kammer, doch die Dielen knarrten kräftig unter seinen Füßen. Er hielt inne. Isabelle aber kicherte nur: »Er schläft. Und wenn er schläft, dann weckt ihn nichts so leicht wieder auf.« Sie ergriff seine Hand und zog ihn zu einem Bett, das rundum mit einem offensichtlich improvisierten Baldachin versehen war. Als sie den fragenden Blick des Lords bemerkte, sagte sie: »Wundert Euch nicht. Der König besteht auf einem Himmelbett. Als Zeichen seiner Würde.« Sie hielt die Lampe hoch, um das Gesicht des Adligen in Augenschein zu nehmen. Lord Kilmarnok kniff geblendet die Augen zusammen und hob dann schützend die Hand.

Isabelle räusperte sich leise und sagte mit bedeutungsschwangerer Stimme: »Nun werdet Ihr ihn also sehen. Seid Ihr bereit?« Sie zog die von der Decke hängenden Laken, die vorne überlappten, auseinander – und zum ersten Mal in seinem Leben erblickte der Lord den König.

Obwohl Frederik von Kilmarnok sich diesen Moment immer und immer wieder ausgemalt hatte, war er auf den Anblick Theodor von Neuhoffs nicht wirklich vorbereitet. Seine Fantasie hatte sich all die Jahre geweigert, dem verhassten Gegner ein klares Profil zu verleihen, und ihn in einen Nebel der Verachtung gehüllt. Diese Verschleierung aber war keine Erleichterung gewesen, sie hatte die Macht des Phantoms nur gestärkt, so wie jede Gefahr im Dämmerlicht bedrohlicher wirkt als im hellen Sonnenschein. Dass seine Vorstellungskraft sich vor einem eindeutigen Bild fürchtete, hatte sie nur noch mehr angespornt, ihren Gegner mit ungeheuren Attributen auszustatten, die den Bereich menschlicher Kräfte längst verlassen hatten.

Der Adlige blinzelte ungläubig. Vor ihm lag ein alter, wachsfarbener Mann, dessen Wangen eingefallen waren und der bei jedem Atemzug röchelte. Das zerstörte Auge war mit einer zerfransten Klappe bedeckt und in dem halb geöffneten Mund ragte ein letzter Zahn als Klippe zwischen den eingefallenen Lippen auf. Der linke Arm des Sterbenden lag wie ein morscher, abgebrochener Ast auf der rauen Decke und zitterte. Der muffige, säuerliche Geruch des Alters hatte den Raum schon länger in Besitz genommen und ein gelber Rand auf dem Laken zeigte, dass der König offenbar mehrfach eingenässt hatte.

Ein ungewolltes Stöhnen schlich sich aus dem Mund des Lords: Diese haarlose, mit braunen Flecken übersäte Gestalt, deren Haut dünn wie Papier zu sein schien, hatte nichts mit dem Theodor zu tun, der sich als Gräuelgespenst in seinen Gedanken breit gemacht hatte. Frederik konnte den verfallenen Körper keinem seiner Gedanken zuordnen, es war, als spotte der eingefallene Alte bewusst all der fantastischen Pracht, die sich in den Vorstellungen des Adligen, aber auch in den Erzählungen der jungen Frau angehäuft hatte. Der röchelnde Greis, der, obwohl er gerade erst fünfundsechzig war, wie eine Mumie aussah und unter dessen Lidern die Augäpfel zuckten, war weder als überzeugender Diplomat noch als Volksheld vorstellbar. Ganz gleich, welche Antworten der Lord sich von dieser Begegnung erhofft hatte, hier bekam er sie nicht. Er erschrak. Dieser Rest von einem Mann, den er für all das Leid in seinem Leben verantwortlich gemacht hatte, war nicht der Schuldige, konnte nicht der Schuldige sein. Nicht das da. Wie nie zuvor erkannte Frederik von Kilmarnok, dass es eine Welt hinter dem Brennglas geben musste, in dessen gebündelten Strahlen, in dessen Fokus er all die Jahre den König gesehen hatte.

Frederik spürte, dass sein Atem schnell und flach ging, und zog die verbrauchte Luft tief in die Lungen. War er tatsächlich so verblendet gewesen, dass er dieses Häufchen Elend für die eigene Unzulänglichkeit verantwortlich gemacht hatte? Für den bohrenden Zorn und die Verzweiflung, die ihn von innen her aufzufressen schienen? Hatte er die Furcht vor dem Leben so geschickt mit einem dankbaren Feindbild verbunden, dass er den eigentlichen Fragen und Herausforderungen guten Gewissens ausweichen konnte? War der König einfach ein Trugbild, geschickt von einer bösartigen Macht, der er, um sich nicht mit dem Leben auseinander setzen zu müssen, die Herrschaft über seine Träume zugestanden hatte?

Lord Kilmarnok taumelte nach hinten und stützte sich an der Wand ab. Er hatte sich noch niemals so einsam gefühlt wie in diesem Augenblick. Warm rannen die Tränen über seine Wangen, doch er bemerkte sie nicht. Als er begriff, dass ihm mit diesem so lange eingeforderten Blick das Ziel seines Daseins zerrann, fühlte er sich nicht mehr in der Lage zu stehen. Er sank zu Boden und lehnte sich an die Steine, während ihm Schauer den Rücken herunterliefen.

Isabelle schlug die Laken wieder übereinander und wandte sich zu ihm. Sie sprach mit der sanften Stimme einer Amme, die ein Kind beruhigen möchte, fließend und eindringlich: »Versteht Ihr jetzt, warum man gegen den König keinen Hass mehr aufbauen darf? Er hat nichts mehr, was man ihm nehmen könnte. Keinen Besitz, keine Würde, keine Macht, keine Hoffnung. Er hat nur noch sich – und seinen Gott, dem er offensichtlich in seinen letzten Stunden noch einmal erklären möchte, dass hinter Unrecht manchmal Ehrgeiz, hinter Gier manchmal Sehnsucht und hinter Prunk manchmal Verzweiflung stecken kann. Und er ist ein Greis, der allmählich erkennt, dass man sich selbst nur dann verzeihen kann, wenn man die Traurigkeiten der eigenen Existenz nicht verleugnet.«

Sie strich dem alten Mann die Haare aus dem Gesicht. »Versteht Ihr? Ihr kommt zu spät. Der König, der in seiner Suche nach Anerkennung andere zur Seite gestoßen hat, existiert nicht mehr. Der da ist ein anderer ...« Jetzt erst sah sie die Tränen auf den Wangen des Lords und erschrak vor der Leere in seinem Gesicht, die der Verlust seiner Hassgefühle hinterlassen hatte. Sie beugte sich zu ihm herunter und berührte zärtlich seine Wangen, so wie ein Windhauch über die Haut streicht.

»Julia, bist du da?« Die brüchige Stimme des Alten drang aus weiter Ferne durch die Stoffbahnen. Wie die Bewegungen eines Embryos unter der Bauchdecke der Mutter drückten die langen Finger der rechten Hand gegen das Laken.

Lord Kilmarnok erstarrte: »Wer ist Julia?«

Isabelle legte den Zeigefinger auf die Lippen und wandte sich zum Bett: »Majestät, was wünscht Ihr?«

Theodor ließ die Augen geschlossen. Nuschelnd sagte er: »Lies bitte! Lies noch etwas aus der ›Insel Felsenburg‹, dann kann ich besser schlafen.«

Die junge Frau griff unter das Bett und zog ein zerfleddertes Buch hervor, aus dem sich schon einige Seiten gelöst hatten: »Welche Stelle wünscht Ihr, Eure Majestät? Soll ich weitermachen mit dem Brief, den Albertus Julius an seinen Enkel schreibt?«

»Nein, Julia, heute nicht. Ich liebe jede einzelne Zeile, in der der alte Albert von den Schönheiten seiner paradiesischen Insel berichtet. Ich glaube, ich kann sie sogar auswendig. Es ist zu schön. Weißt du, so hatte ich es mir immer vorgestellt. Eine Insel der Glückseligen. Aber heute wünsche ich mir etwas anderes: Lies bitte ab ... warte, ich muss nachdenken ... ja, Seite 57, dort, wo Kapitän Wolfgang, der Sohn des Posamentiers, während er in Afrika ist, auf der Jagd zu einem exquisiten Lustschloss kommt und auf eine junge Frau trifft. Lies mir vor, was sie zum ihm sagt! Du musst gucken: Im zweiten Absatz fängt sie an zu reden. Sie spricht zu dem Kapitän, der sie zufällig beobachtet und ihr gerade einige wunderbare Komplimente gemacht hat.«

Isabelle hielt die kleine Laterne neben das Buch, suchte die gewünschte Stelle heraus und begann, weich und einfühlsam zu lesen: »›Wie kann ich Euch glauben? Ihr sagt, dass ich schön sei, Euch im Herzen wohlgefalle, und küsst mich nicht einmal, da Ihr doch mit mir allein seid und Euch vor niemandem zu fürchten habt.‹«

Die Tochter des Schneiders sah kurz zu Lord Kilmarnok hinüber, dann fuhr sie fort: »Kapitän Wolfgang schreibt daraufhin: ›Ihre artige Sprache kam mir so lieblich, der Inhalt der Rede aber so entzückend vor, dass ich mir die Kühnheit nahm, einen feurigen Kuss auf ihre purpurroten und zierlich aufgeworfenen Lippen zu drücken. Anstatt dieses zu verwehren, bezahlte sie meinen Kuss mit zehn bis zwölf anderen. Weil ich nun nichts schuldig bleiben wollte, wechselten wir eine gute Zeit miteinander ab, bis endlich beide Mäuler aufeinander liegen blieben, wobei sie mich so heftig an ihre Brust drückte, dass mir fast der Atem hätte vergehen mögen. Da aber niemand vorhanden war, ergriff sie meine Hand, legte dieselbe auf die wegen des tief ausgeschnittenen Habits halb entblößten Brüste, welche, durch das heftige Auf- und Niedersteigen, die Glut des verliebten Herzens abzukühlen suchten, deren Flammen sich in den kohlpechschwarzen schönen Augen zeigten.‹«

Während die sinnlichen Worte den Raum füllten, waren die Atemzüge des Kranken immer ruhiger geworden. Lord Kilmarnok aber hatte zum zweiten Mal begonnen, Isabelles Rücken zu streicheln. Es waren seine kleinen weichen Berührungen, die ihren Sprachfluss nach und nach ins Stocken brachten, die dafür sorgten, dass sie mitten im Satz innehielt, den Kopf zurücklehnte und in der lange vermissten Zärtlichkeit versinken wollte. Die Finger des Adligen hatten sich längst unter die Kittelschürze geschlichen und glitten behutsam über die feste, verlangende Haut.

Als Isabelle verwirrt das Buch sinken ließ, drehte Lord Kilmarnok ihren Kopf zu sich und küsste sie. Es war, als stritten die gierigen Lippen darum, welche Zunge zuerst den Vorstoß in die Tiefe des anderen wagen dürfe. Schließlich trafen sich die beiden Spitzen wie alte Freunde und begannen, einander all das zu erzählen, was sie laut nicht zu sagen wagten, anschmiegsam, friedvoll und vertraut. Als Isabelle nach einiger Zeit merkte, dass seine Hand ihre Brust streichelte, schien es ihr, als gäbe es nichts Selbstverständlicheres. Sie selbst öffnete später die Schleife auf ihrem Bauch, streifte die Schürze zurück und löste, während sie sich weiter küssten, die Beinkleider des Adligen. Als sie ihn in sich aufnahm, zitterte die junge Frau am ganzen Körper – weil etwas mit ihr geschah, an das sie nicht mehr geglaubt hatte. Seufzend konnte sie endlich ihre Ängste loslassen und sich ganz hingeben.

»Hallo, ist jemand zu Hause?«

Isabelle, die mit dem Kopf auf der Brust von Lord Kilmarnok eingeschlafen war, schreckte hoch: »Verdammt, Jizchak! Frederik, du musst verschwinden. O nein, möglicherweise ist auch noch Philipp dabei. Verdammt, verdammt, verdammt!«

Frederik sprang auf, stieß mit dem kleinen Zeh an das Bett und unterdrückte einen Fluch. Er zischte: »Was soll ich denn machen?«

»Ich weiß auch nicht. Zieh dich an, so schnell du kannst, und dann ... hinter dem Bett ist ein kleines Fenster, das auf einen Hinterhof führt, von da kommst du auf die Straße. Mach schnell. Bitte!« Ihre Worte klangen so flehentlich, dass Lord Kilmarnok lächeln musste.

»Isabelle, bist du beim König?« Jizchak näherte sich der Tür. Blitzschnell legte sich Isabelle den roten Schal über die Schultern und sprang zum Ausgang. Hingerissen sah ihr Geliebter, wie sie sich so elegant hinter die Tür drückte, dass der jüdische Hausfreund von außen nur die bedeckten Schultern sehen konnte, während der schmale nackte Körper sich verführerisch vor der dunklen Eiche abzeichnete. Das fahle Licht der Laterne, die irgendwie auf dem Boden gelandet war, schien direkt zwischen Isabelles Beine und wurde von den hellen Schamhaaren leicht glitzernd zurückgeworfen. Ihr Stimme klang völlig natürlich, als sie antwortete: »Jizchak. Der König schläft gerade ein. Es war heute ein anstrengender Tag für ihn. Lass ihn. Ich lese ihm noch eine Seite vor, dann komme ich zu euch.«

Der Jude kam offensichtlich näher: »Ach! Ich wollte ihn noch etwas fragen. Geht es nicht? Es dauert auch nicht lange.«

Ihre Finger spreizten sich auf dem Holz, als wollten sie sich daran festhalten: »Jizchak, bitte. Das kann ja wohl bis morgen warten.« Sie schloss die Tür und drehte sich um. Doch ihr Geliebter war bereits verschwunden. Lautlos schlüpfte sie in ihre Kleider und versuchte, den Geruch seines Körpers in dem kleinen Raum wiederzufinden. Endlich entdeckte sie ihn an ihren Händen. Sie schloss die Augen, sog den Duft der Finger ein und schüttelte sich dann heftig. Ihr war ein Muster eingefallen, das sie sofort zu Papier bringen musste.

VI.

Ich habe zwanzig Jahre lang nur gewartet. In jeder Minute, an jedem Tag. Und wahrscheinlich ist die schmerzhafteste Erkenntnis meines Lebens die, dass ich nicht genau weiß, worauf ich gewartet habe. Glück? Erlösung? Befriedigung? Nichts davon ist gekommen. Ich habe gewartet und gewartet und gehofft, dass etwas passiert, was die nagende Unsicherheit beendet und die Anspannung von mir nimmt. Vergeblich.

Weil ich nicht wusste, wie solch ein rettendes Ereignis aussehen könnte, führte mich meine Verzweiflung an immer neue Grenzen. Irgendwo musste doch diese verdammte Zufriedenheit stecken! Ich habe mich selbst in Versuchung geführt, weil ich nicht warten wollte, bis die Zufriedenheit sich von selbst einstellt. Und weil ich mir nicht zugestehen konnte, dass meine Begrenztheit möglicherweise zu meinem Sein dazugehört. Ich war nun einmal mit dem, was ich hatte, nicht zufrieden. Bin ich vielleicht deshalb gescheitert? Weil ich von allem erwartet habe, dass es dieses Brennen der Unvollkommenheit in mir löscht? Wollte ich darum aus jedem Tag die Essenz des Lebens saugen? Oh Gott! Wie habe ich mich, dich und die Welt unter Druck gesetzt: »Gebt mir Sein!«, habe ich lautlos geschrien. Zumindest dachte ich, meine Seele sei schalldicht abgeschlossen. Aber ihr habt mich alle gehört, manche wissentlich, andere nur unbewusst. Und ihr habt gelitten unter meinen absurden Sehnsüchten, dieser wütenden

Gier. Ihr wusstet schließlich genau, dass ihr meinen Wunsch niemals würdet erfüllen können.

Wer das Leben nicht in sich selbst findet, findet es nirgendwo. Nein, das ist falsch. Besser wäre: »Wer nicht in dem Leben, das er geschenkt bekommen hat, Frieden findet, findet ihn nirgendwo.« Ich begehrte von euch, von allen, die Essenz, die ich nicht zu haben glaubte. Bitte vergebt mir! Ich habe zu viel verlangt. Von euch, von mir – und von Gott. Ich habe den Menschen die Kräfte geraubt, ohne selbst stark zu werden. Nur glaubt mir: Die Schmerzen, die ich euch zugefügt habe, sind immer nur ein trauriges Abbild meines eigenen Leidens. Das soll nichts entschuldigen, bitte versteht mich nicht falsch, nur erklären, wirklich: nicht entschuldigen. Ich kann nichts entschuldigen, ich kann nur trauern und erklären, verstehen und weinen über so viel ungelebtes Leben. So viel Leben, das gewartet hat, anstatt zu sein. Jetzt kann ich nicht mehr und finde endlich die Freiheit, meine Gier loszulassen. Es tut mir Leid, ich tue mir Leid. Doch nun hat das Leid keine Macht mehr über mich. War das, Gott, dein Wirken?

Jeden Morgen meiner kurzen Zeit auf Korsika habe ich den konfiszierten Bischofspalast in Cervione verlassen und bin ein Stück den Berg hochgestiegen. Cervione liegt am Hang, und man kann sehr weit von dort oben sehen. Und doch muss man die Stadt verlassen, wenn man wahrhaft Ausschau halten möchte. Nein, es waren nicht nur die Häuser, die mir manche Einsicht verbargen, es waren auch die Menschen; sie raubten mir mit ihren kurzsichtigen Sorgen die Weite. Um zu sehen, musste ich allein sein. Ganz oben an der Hangkante, dort, wo der Wind niemals aufhört zu wehen, ragt ein Felsen gen Osten, von dem aus man einen schier endlosen Weitblick hat. Dort stand ich und wartete. Hielt mir das Fernrohr ans Auge, bis mein Arm zu erlahmen drohte, und suchte den Horizont ab. Tag für Tag. Aber sie kamen nicht. Niemand kam. Weder die versprochenen Truppen noch die Waffen, nicht die Munition und auch nicht die in Aussicht gestellten Gelder. Nichts. Ja, ich weiß, dass Genua einige Schiffe abfangen konnte, aber das meiste von dem, was mir die gewinnsüchtigen Fürsten fest zugesagt hatten, blieb einfach aus. Damals glaubte ich selbst noch, was ich den Korsen erzählt hatte: dass bald die Freiheit in Form herrlicher fremdländischer Unterstützung kommen werde. Meint ihr denn, ich hätte nicht gewusst, dass die Insulaner nicht mich, Theodor von Neuhoff, den getriebenen Deutschen, zum König wollten, sondern einzig und allein die Freiheit. Ich war ein notwendiges Übel, ein Hoffnungsträger, der Schlüssel zur Unabhängigkeit. Das, was sie aus ganzem Herzen begehrten, war nicht ich, o nein, das, was sie wirklich begehrten, war das Versprechen, das ich verkörperte. Also habe ich gewartet und gewartet und gewartet.

Vor dem Landtag, diesen vierundzwanzig grimmig dreinblickenden Regionalvertretern, hüllte ich mich in Schweigen. Worte sind so viel kleiner als die Fantasie. Nicht meine blumigen Reden, die übersprudelnden Hoffnungen des Volkes gaben mir Macht. Ich hatte Träume feilgeboten, und nur auf diese Träume konnte ich bauen. In den Gasthäusern und Tavernen wuchs mein Einfluss, auf den Marktplätzen und den Feldern, überall dort, wo die Korsen ihre Geschichten und Wünsche miteinander teilten. Und je weniger ich sagte, desto mehr Freiraum ließ ich den Träumen der Menschen. »Träumt süß, verleiht mir die Kraft eures Verlangens, eures innersten Begehrens.« Ich wartete und währenddessen wuchs mein Einfluss.

Nun gut! Ich habe auch ein wenig nachgeholfen. Vor allem bewährte sich mein Einfall, auf dem Sklavenmarkt von Tunis mehrere gefangene Korsen freizukaufen und mitzubringen. Diese einfachen Gemüter zogen von Ort zu Ort und priesen mich als den König der Befreier. Sie sprachen für mich – in Bildern, die verstanden wurden. Auch mein Sieg über einen unbedeutenden Vorposten Genuas ließ mein Ansehen sehr steigen. Wir waren mit dreißig Mann losgezogen und hatten fünf verängstigte Söldner vertrieben, die in einer halb zerfallenen Mühle Wegzölle für die Besatzer kassierten. Bevor auch nur ein Schuss gefallen war, rannten die Männer davon. Als mir später eine Bedienstete im Palast unter Tränen ihre Ergebenheit schwor, war aus dem lächerlichen, symbolischen Ausflug längst eine Heldentat geworden: Ich hatte angeblich unter Einsatz meines Lebens den Sturm auf eine feindliche und übermächtige Bastion befohlen und die Gegner listig in die Flucht getrieben. Der Landtag hütete sich, dem Volk die Wahrheit zu sagen. Die Minister profitierten ja von der Euphorie ebenso wie ich. Doch ich spürte, dass ihr Unmut wuchs.

Gib den Menschen etwas, an dem sie sich festhalten können, und sie hören auf, die Hände zu Fäusten zu ballen. O ja, ich gab ihnen etwas: Stolz. Einen König, auf den sie stolz sein konnten. Ich ließ dafür den Bischofspalast in eine herrschaftliche Residenz verwandeln – mit uniformierten Wachen, edlen Tischdecken und prachtvollem, silbernem Geschirr –, ich schenkte dem Land einen Vorzeige-König. Ich musste Kostbarkeiten präsentieren, um den Glauben an noch viel größere Schätze am Leben zu halten. Ich verteilte meine Schätze auch an das Volk: Silbermünzen und Wein, Damast und Austern. Alles, um die Hoffnung zu düngen.

Oh, mein Gott, ich höre meine Gedanken und erschrecke. So war es ja nicht. Das heißt: Es war schon so, aber ich wollte doch damals niemanden täuschen oder hintergehen, ich wollte das Selbstbewusstsein der Menschen stärken. Keine noch so mächtige Armee hätte den unterdrückten Korsen die Freiheit schenken können, wenn sie nicht ihr Schicksal selbst in die Hand nahmen. Ich wollte ihren Willen so stark machen, dass die ersehnten Waffenlieferungen nur noch eine Bestätigung ihrer Kampfkraft sein würden.

Und darum waren es letztlich weder der prunkvolle Hofstaat noch die kleinen militärischen Erfolge, die zu einer neuen Identität der Korsen führten, sondern eine unscheinbare Flagge, die ich bei einem Trödler in Tunis gekauft hatte und die zum Banner der Freiheit wurde; darauf prangte ein Mohr mit einem hellen Stirnband. Ehe ich selbst etwas tun konnte, begann ein pfiffiger Schneider Kopien dieser Flagge herzustellen, und bald wehte sie über jeder Tür. Ich wollte ursprünglich mit dem Bild des Schwarzen auf die Verbundenheit Korsikas mit den Afrikanern und den erhofften Kämpfern meiner arabischen Verbündeten hinweisen, die Korsen aber verstanden die weiße Binde um den Kopf des Mannes als Zeichen männlicher Stärke und Freiheit. Bald trugen all die jungen Männer, die ungeduldig auf den Befreiungskampf hofften, ein solches Band. Besser hätte ich den Zusammenhalt nicht fördern können. Versteht ihr: Die Korsen haben meine Flagge geliebt. Weil sie wie ich ein Zeichen für die Zukunft war.

Manchmal wache ich auf – und dann glaube ich, dass ich immer noch in Cervione liege. In dem großen Himmelbett mit den schweren Bordüren. Mit dem Blick in den Hof, wo man so schön unter den Kolonnaden in der Morgensonne sitzen konnte. Warum ist der Traum von Cervione zerbrochen? War es vielleicht gar nicht das Ausbleiben der Truppen, waren es meine Gefühle, die alles kaputtgemacht haben? Julia, wo bist du? Dich hätte ich wählen sollen, dann wäre mein Warten zu Ende gewesen. Aber ich habe den Mut nicht gehabt. Julia, bitte komm und sag, dass du mir verzeihst. Bitte ...

»Ein Mann von hoher Statur, wohlgestaltet, ungefähr 50 Jahre alt, von überdurchschnittlich stattlichem Aussehen, mit einem weißen wohlgerundeten Gesicht.«

Genuesischer Steckbrief

9. Dezember

Lord Kilmarnok schritt weit aus und genoss das Klappern seiner hölzernen Absätze auf den groben Steinen der Straße. Er hatte nach dem Aufstehen kurz überlegt, ob er eine Sänfte kommen lassen sollte, doch sein Bewegungsdrang war stärker gewesen. Wie ein Gefangener, der nach langer Zeit erstmals wieder die Freiheit erfährt, drängte es ihn hinaus an die frische Luft, wo die Welt sich in kristallklaren Bildern von ihrer besten Seite zu zeigen schien. Der Adlige ertappte sich dabei, dass er einen kindlichen Ausfallschritt machte, der in seiner Jugend mit einem spielerischen Reim verbunden gewesen war. Auch seine Arme wollten nicht am Körper bleiben und malten leidenschaftliche Formen in die Luft. Er musste andauernd lachen, ohne zu wissen, warum. Die hellen Laute seiner Schritte rannten wieselflink vor ihm her und nahmen seine Gedanken mit. Alles an ihm tanzte wie sein Herzschlag, ein Teil seiner selbst und doch in ihrem Übermut darüber hinausgehend.

Frederik trug an diesem Morgen über einer goldbestickten Weste und einer roten Culotte einen warmen grauen Rock, dessen Schöße im Rhythmus seiner Schritte neckisch auf- und niederwippten. Immer wieder änderten die wechselnden Straßenbeläge den Klang der Tritte und versahen ihn wechselweise mit einer Nuance Ausgelassenheit, Unsicherheit, Trauer, Jubel oder Friedlichkeit.

»Wie gut«, dachte der frühe Spaziergänger, während er den unebenen Weg vor sich musterte, »dass der Rat der Stadt endlich über eine einheitliche Gestaltung der Beläge nachdenkt. Die absurde Regelung, dass jeder Hausbesitzer vor seinem Gebäude bis zur Mitte der Straße für den Bau und den Erhalt des Pflasters verantwortlich ist, hat letztlich zu diesem chaotischen Durcheinander geführt: Platten, Steine, Kiesel, Erde, Löcher, Buckel, es ist wie ein riesiger Flickenteppich. Aber es ist auch wie das Leben. Vielleicht sollte ich Isabelle vorschlagen, einmal das wirre Durcheinander einer Straße an die Wand zu malen.«

Bei dem Gedanken an seine Geliebte musste er stehen bleiben, so heftig überflutete ihn eine Welle der Zuneigung, so intensiv wurde er von der eigenen Sehnsucht ergriffen. Als habe sich die Zeit verlangsamt, zogen vor seinem inneren Auge die Bilder des vergangenen Abends vorüber, die drängenden Berührungen, die haltlose Zuneigung und das warme Gesicht Isabelles, in dem die Vernunft sich verzückt den Gefühlen unterworfen hatte. Plötzlich musste der verträumte Mann schmunzeln. In seine Erinnerungen mischte sich das ungläubige Gesicht des Dieners Felix, der am Morgen die Arbeiterhosen, die auf dem Boden gelandet waren, am ausgestreckten Arm vor sich gehalten und seinem Herrn pikiert präsentiert hatte. Frederik hatte ihn wortlos hinausgewunken. Nichts, aber auch gar nichts konnte an diesem Tag einen Schatten auf sein Hochgefühl werfen. Singend lief er die Rosemary Lane hinunter und sah im Morgenlicht schon die abgeernteten Felder an der Stadtgrenze Londons liegen, auf denen große Kolkraben wie Anwälte herumstolzierten.

»Guten Morgen, Sir! So gut gelaunt?«

Aus dem Church Yard, einer kleinen Seitenstraße, kam plötzlich ein kräftiger Bursche, dessen schütterer Haarkranz in der tief stehenden Wintersonne wie ein kaiserlicher Lorbeerkranz aussah, und verstellte dem Lord den Weg. Der Mann hatte, als er sich aufbaute, die Hände zu Fäusten geballt und sein Gewicht drohend auf das rechte, vorgesetzte Bein gelagert. Lord Kilmarnok stutzte und hob verteidigungsbereit den Spazierstock, erkannte dann aber den Mann aus der Little Chapel Street. Einen Augenblick wollte er aufatmen, bis ihm klar wurde, in welcher Situation er sich befand. Der Metzger machte einen energischen Schritt auf ihn zu und kam dem Gesicht seines Gegenübers erschreckend nah: »Habe ich mich nicht klar ausgedrückt?«

Der Angesprochene blickte sich hilfesuchend um. Sehr beherrscht sagte er: »Was meinst du?«

»Ich habe gesagt, dass Ihr Eure Vorderzähne verliert, wenn Ihr nicht die Finger von Isabelle lasst.« Er hob die Faust: »Ich halte meine Versprechen!«

Frederik wich zurück und hielt seinen Stock vor sich: »Philipp! Glaubst du ernsthaft, dass du Eindruck bei ihr schindest, wenn du mir wehtust?« Seine Stimme konnte die Unruhe nicht verbergen: »Gut, du möchtest ein Duell. Bitte! Dann lass mich wenigstens die Waffen wählen: Ich bevorzuge den Degen!«

Der muskulöse Geselle musterte den Adligen amüsiert: »Ich möchte kein Duell, ich möchte Eure Vorderzähne. Buhh!«

Erschrocken sprang Lord Kilmarnok nach hinten. Philipp kam ihm langsam, aber stetig näher, ohne ihn auch nur einen Moment aus den Augen zu lassen. Seine Züge waren angespannt. Plötzlich griff der zornige Mann blitzschnell zu, riss dem verdutzten Adligen den Stock aus der Hand und zerbrach ihn über dem Knie: »Ihr seid zu langsam, Eure Lordschaft, viel zu langsam. Ich dagegen bin es gewohnt, fliehende Hühner, Schafe und Schweine zu erwischen, um ihnen den Garaus zu machen. Nun, seid Ihr bereit, für Eure irregeleiteten Avancen zu leiden? Schade auch, dass Euer buntes Auge schon fast wieder abgeheilt zu sein scheint. Ich denke, es geht Euch etwas zu gut an diesem Morgen.«

Verblüfft wich der Lord den zersplitterten Überresten seines Stocks mit dem Familienwappen aus, die Philipp nach ihm warf: »Verdammt noch mal, was soll denn das? Können wir nicht wie erwachsene Männer reden? Wir lieben unglücklicherweise dieselbe Frau, deswegen müssen wir uns doch nicht gleich prügeln.« Als wolle er seine eigenen Worte Lügen strafen, hob er kampfbereit die Fäuste. Philipp schüttelte den Kopf, legte seinen schmucklosen Tuchrock ab und warf ihn achtlos auf die nächste Türschwelle: »Manchmal nützt Reden nichts, überhaupt nichts. Manchmal braucht man schlagkräftigere Argumente. Ich meine: Wir haben ja geredet, es hat nur nichts gebracht, Ihr habt Euch nicht an die Abmachung gehalten. Es mag sein, dass Ihr schöne Worte drechseln könnt, aber offensichtlich fällt es Euch schwer, die Meinung anderer anzunehmen. Jetzt wollen wir mal sehen, ob Ihr diese Sprache versteht.«

Die Muskeln an Philipps Oberkörper traten deutlich hervor, als er sie anspannte und mit wild verzogenem Mundwinkel vorsprang. Lord Kilmarnok schlug mit seiner Rechten zu, doch der kräftige Bursche fing die Faust einfach in der Luft auf, als wäre sie der Spielball eines Kindes, hielt sie fest und hieb dem Adligen seinerseits die rechte Hand so kraftvoll auf die Schulter, dass dieser in die Knie ging. Mit einem Ruck sprang Philipp herum, drehte dem ächzenden Mann den Arm auf den Rücken und fixierte ihn in dieser Haltung. Dann fing er an zu kichern: »Alle Achtung, Eure Lordschaft. Ich hätte einen hohen Betrag gewettet, dass Ihr davonlauft. Ich zolle Eurem ziemlich dummen Mut Respekt.«

Er drückte den Arm des Gefangenen nach oben, bis Frederik aufstöhnte. Leise sagte er: »Ich hätte natürlich Lust, Euch so richtig fertig zu machen, aber ich habe Isabelle versprochen, mich zu benehmen. Eigentlich bin ich nur hier, um Euch einen Brief von ihr zu bringen, einen Abschiedsbrief!« Der kräftige Mann griff hinter sich und zog aus seinem Hosenbund einen Umschlag, den er dem Knieenden vor die Augen hielt: »Hier, bitte schön! Nebenbei: Überlegt Euch, ob es wirklich schlau ist, wenn Ihr Euren Diener jedem Fremden erzählen lasst, wohin Ihr unterwegs seid. Ich wünsche Euch einen schönen Tag und hoffe sehr, dass ich Euch heute das letzte Mal gesehen habe.« Er verschwand in der Gasse, aus der er wenige Augenblicke zuvor gekommen war.

Mit zitternden Fingern öffnete Lord Kilmarnok den Brief und begann zu lesen:

»Mein lieber Frederik!
Die Stunden mit dir sind anders verlaufen, als ich es erwartet habe, und haben einige Verwirrung in mir angerichtet. Möglicherweise bin ich eine komplizierte Frau, aber das bin ich wohl

nur dann, wenn meine Gefühle und Gedanken nicht eindeutig sind. Die Zeit mit dir war schön, sehr schön sogar, aber nicht herrlich, weil sie nicht ganz der Wahrheit entsprach. Ich mag keine halben Sachen, aber genau das hast du von mir bekommen; ein halbes Verlangen und Begehren, ein halbes Herz, einen halben Körper, eine halbe Hingabe, ein halbes Ja und ein halbes Nein. Auch halbe Liebe – und halbe Liebe ist eben keine Liebe.

Ich suche nach Erklärungen für mein Verhalten und finde sie nicht. Vielleicht war es einfach die Sehnsucht nach Zärtlichkeit, die mich in deine Arme getrieben hat. Du allein warst es jedenfalls nicht. Außerdem gibt es in meinem Leben zurzeit einen anderen Mann, dessen Nähe ich suche. Ich glaube, dass ich mich auch auf ihn – wäre er an diesem Abend bei mir gewesen – eingelassen hätte. Dieses Bekenntnis ist erschreckend für dich und demütigend für mich – aber es ist die Wahrheit. Meine unverzeihliche Wankelmütigkeit zeigt dir, wie es in mir aussieht, und tut mir gewiss genauso weh wie dir. Aber in den letzten Tagen sind so schnell so viele neue Gedanken über mich hergefallen, dass ich nicht mehr vernünftig reagiert habe.

Ich halte es im Augenblick nicht für sinnvoll, wenn ich dich weiter sehe. Es würde dich nur verletzen. Und ich muss mich jetzt um meine Muster kümmern, sonst wird nie etwas aus meinen Träumen. Ich bitte dich, Frederik, sei stolz und lass dich mit mir nicht auf halbe Sachen ein. Vielleicht würde ich dich wieder küssen, aus welchen Gründen auch immer, aber ich möchte so etwas mit ganzem Herzen tun.

Dennoch begreife ich langsam, welche Fragen in dir toben, und ich ahne, dass du die Geschichte des Königs zu Ende hören musst, wenn du dich selbst verstehen willst. Langsam denke ich, dass auch ich sie brauche. Am Abend schicke ich Schascha zu dir. Sie bringt dir die Aufzeichnungen meines heutigen Gesprächs mit Seiner Majestät. Ich danke dir für deine Gefühle, aber verstehe bitte, dass ich unsere Freundschaft und mich vor Halbherzigkeit schützen muss.

Deine Isabelle«

Immer noch auf den Knien, fühlte der Lord, wie die Tränen ratlos über sein Gesicht liefen, und als er auf den Boden sah, glitzerten dort die ersten dunklen Punkte, wo die Tropfen in den Staub gefallen waren, zwei Flecke auf der linken, drei auf der rechten Seite. Mühsam wie ein alter Mann richtete er sich auf und hielt schützend die Hand vor die Augen, da die Sonne gerade über die Hausdächer stieg. Immer noch weinend setzte er seinen Weg fort, über die Cable Street, Knock und Furgus bis hin zum Kloster St. George.

Am Mittag – Lord Kilmarnok war schon vor dem Lunch zurückgekehrt – brachte ein berittener Bote den zweiten Brief dieses Donnerstages. Die Mutter des Adligen bat ihren Sohn erneut, baldmöglichst heimzukehren, am besten schon zum Wochenende. Noch einmal warnte sie ihn ausdrücklich davor, »dem Meister der Verdrehungen und Täuschungen, diesem aufgeblasenen Pöbelkönig mit seinen süßlichen Märchen«, leichtgläubig zum Opfer zu fallen. Sie schrieb, sie missbillige diese ganze Reise, die ihn, ihren geliebten Sohn, so lange von ihr fern halte: »Du weißt, was er unserer Familie angetan hat. Wir dachten damals, er sei ein feiner Baron, dessen Geist der Qualität seiner wohlgefeilten Worte ebenbürtig wäre. Doch hinter der Maske des Edelmuts und der Höflichkeit verbargen sich bei ihm nur Intrige und Eigennutz. Mit höllischem Spott benutzt er die Menschen, um sie, wenn sie für seine Pläne nichts mehr taugen, unbarmherzig in eine Grube zu stoßen.« Da sie keine Nachricht mehr von ihm erhalten habe, befürchte sie, dass auch er möglicherweise schon im Bann dieses Teufels sei, er solle nur aufpassen, es werde ihn sein Herz kosten. Vor allem aber solle er sich vorsehen, ob seine »Drecksmajestät« nicht schon andere Menschen, möglicherweise sogar ganz reizende Personen, in seiner Umgebung verzaubert habe, deren Urteil scheinbar gutartig und doch von infiltrierter Bosheit verzerrt sei.

Durch die Butzenscheiben floss der Sonnenschein in den Raum und warf an verschiedenen Stellen das in Farben aufgespaltete Licht an die Wände, kleine Regenbögen, die leicht zitterten. Lord Kilmarnok zuckte zusammen, als er auch darin ein mögliches Muster für Isabelle entdeckte. Er öffnete einen der großen Fensterflügel und sog die kalte trockene Luft ein. Das Gleiche hatte er kurz nach dem Aufstehen getan. Doch während am Morgen die Stadt verschmitzt lächelnd eine überwältigende Zuversicht ausgestrahlt hatte, schien sie sich jetzt in sich zurückgezogen zu haben. In der Frühe war sie eine Freundin gewesen, jetzt duckte sie sich hinter den taubenverhangenen Fassaden als Feindin, bereit, ihn jederzeit anzuspringen und zu vernichten.

Verzweifelt hielt sich der junge Mann mit verkrampften Fingern an der Fensterbank fest und verspürte plötzlich nur noch den Drang, nach Hause zu fahren, all diese Irrungen und Wirrungen zurückzulassen und in eine Ordnung heimzukehren, in der sich Gut und Böse klar trennen und die Regeln des Lebens eindeutig benennen ließen. Für kurze Zeit wich alle Energie aus seinem Körper, so dass er fürchtete umzufallen. Die Gedanken rannten ziellos durch seinen Kopf und trafen sich immer wieder bei den gleichen Fragen: »Tauge ich denn für diese Welt? Und abgesehen davon: Welche Zukunft gibt es für Isabelle und mich, für eine verrückte Tapetenmalerin, die sich in Träume flüchtet, und einen traurigen Lord, der vor seinen Träumen davonläuft?« Und während er das dachte, bekam er zusätzlich Angst vor dieser Angst – Angst, niemals genügend Mut zu finden, sich dem Leben zu stellen, der inneren Verzweiflung ins Auge zu schauen und sich von ihr zu befreien.

Wütend schlug er das Fenster mit einem harten Klirren zu, nahm den Brief seiner Mutter vom Schreibtisch und warf ihn in den marmorumrandeten Kamin, in dem dieser einen Moment lang die Flammen bedeckte, bevor er von ihnen aufgesogen wurde. Der Adlige aber konnte die Tränen wieder nicht zurückhalten.

Als er aufstand, um sich ein neues Taschentuch zu holen, hörte er ein kurzes, metallisches Klacken. Instinktiv duckte er sich, weil ihn der Laut an das Spannen eines Pistolenhahnes erinnerte. Doch kein Schuss folgte. Dafür wiederholte sich das Geräusch zweimal. Jetzt erkannte der Lord, dass die Laute vom Fenster her kamen. Er ging langsam zu dem eben erst geschlossenen Flügel, zog den Vorhang noch weiter zur Seite, öffnete das Fenster mit einem schnellen Ruck und blickte hinaus. Doch kaum hatte er den Kopf vorgestreckt, taumelte er zurück und hielt sich die pochende Stirn. Ein kleiner, mit viel Schwung geworfener Stein hatte ihn im Gesicht getroffen. Mehr verblüfft als wütend, rieb sich der Verletzte die wunde Stelle und näherte sich dem Fenster erneut, diesmal vorsichtig nach dem Widersacher Ausschau haltend. Langsam schob er die Stirn über den Sims, bis er etwas sehen konnte. Dann musste er grinsen. Unten stand Schascha, beide Hände erschrocken vor dem Mund. Als sie ihn lebend sah, winkte sie erleichtert: »Hallo, Prinz! Das wollte ich nicht.«

Er richtete sich auf: »Ach nein? Und warum beschießt du mich dann?« Die lauten Rufe klangen zwischen den grauen Häuserwänden fremd und unwirklich.

Das Mädchen winkte, dann machte es einen Knicks und rief: »Ich hatte Angst, in das Haus zu gehen.« Stolz hielt es einen großen Umschlag vor sich: »Mama hat für dich den ganzen Nachmittag aufgeschrieben, was ihr der König erzählt hat. Ich soll es dir geben. Hat sie gesagt. Kommst du runter? Bitte!«

Als hätte es all die Fragen nie gegeben, die ihn eben noch bedrängt hatten, eilte Frederik von Kilmarnok aus dem Zimmer, riss seinem verdutzten Diener den Mantel aus der Hand, den dieser gerade abbürstete, und lief nach unten.

Das Mädchen wartete schon an der Tür, nahm ihn sofort an der Hand und zog ihn aufgeregt zum Ufer. An einer steilen Treppe, die hinunter zum Wasser führte, setzte sie sich auf die oberste Stufe und klopfte auffordernd neben sich auf den Stein. Amüsiert nahm der Lord neben dem Kind Platz, das gewissenhaft den Umschlag auf seine Knie gelegt hatte. Es kicherte und zeigte auf einen Mann, der gerade in hohem Bogen von einem Schiff aus ins Wasser pinkelte. Einen Augenblick beobachteten sie gemeinsam die Ruderboote und Lastkähne, um deren Mastspitzen Möwen Sturzflug übten. Dann hielt Schascha wieder die Hand vor den Mund. Prustend sagte sie: »Glaubst du, dass heute ein Wal hierher geschwommen kommt?«

Der Lord zog die Augenbrauen hoch, während er einen Vogel beobachtete, der soeben einen Fisch aus der Themse gezogen hatte: »Na, na, na, du hast wohl an der Tür gelauscht! Als ich mit Philipp geredet habe. Habe ich Recht?«

Schascha senkte verschämt den Blick: »Na ja! So kann man das nicht sagen. Ihr habt einfach so laut gesprochen. Also sag schon: Worum geht es bei dem Wal?«

»Frag deine Mutter!«

Sie verzog das Gesicht zu einem fürchterlichen Schmollen: »Das habe ich, dreimal sogar, aber sie wollte es mir nicht erklären.«

Lord Kilmarnok lachte: »Vielleicht hat sie dafür ihre Gründe. Übrigens: Du hast mir ja auch noch nicht erklärt, warum du Schascha heißt.«

Das Mädchen strich mit dem Zeigefinger die Seiten des Umschlags entlang: »Ich heiße eigentlich Charlotte, aber, weißt du, ich konnte am Anfang, als ich ein kleines Kind war, meinen eigenen Namen nicht richtig aussprechen und habe immer Schascha gesagt. So heiße ich eben heute noch. Findest du Charlotte schöner?« In ihren Augen verband sich ein erster Anflug von koketter Neugier mit mädchenhafter Unsicherheit.

Er legte den Arm um sie und drückte sie an sich: »Ich finde Schascha wunderschön. Ganz ehrlich! Sag mal, darf ich lesen, was in dem Brief steht?«

Sie zog die Knie an den Körper, gab ihm den Umschlag und versuchte, als er ihn geöffnet hatte, aus den Augenwinkeln mitzulesen.

DER WEG ZUM KLOSTER D'ALISGIANI kam Theodor von Neuhoff in der schwülen Mittagshitze wesentlich länger vor, als er ihn in Erinnerung hatte. In engen Bögen kroch der ausgetretene Pfad die Hänge unterhalb des Pointe de Nevera entlang und folgte dabei dem Lauf des zu dieser Jahreszeit fast ausgetrockneten Flussbetts des Alisgiani, das im Frühjahr das Schmelzwasser von der Punta de Caldane an Cervione vorbei dem Meer zuführte. Zwischen den trockenen, ausgebleichten Büschen der Macchia ragten wie Pusteln zahllose dunkle Olivenbäume hervor und luden das müde Auge ein, sich von der grellen Sonne zu erholen. An die Hänge geklebt wachten kleine Dörfer über den Pfad, zusammengekuschelte Häusergruppen, die den einsamen Wanderer aufmerksam zu beobachten schienen, obwohl sich um diese Tageszeit weit und breit keine Menschenseele zeigte.

Vorsichtig blickte sich Theodor um. Es war tatsächlich niemand zu sehen. »Wovor habe ich eigentlich mehr Angst?«, murmelte er mit trockenen Lippen, »vor der Begegnung mit Julia oder vor einem dieser gewissenlosen Verbrecher, die entkommen konnten?«

Wütend trat er nach einem lose auf dem Weg liegenden Stein, der, sich mehrfach überschlagend, ins Gebüsch flog. Der Rat von Genua hatte einige Wochen lang gehofft, er könne den korsischen Emporkömmling mit verleumderischen Pamphleten und lächerlich machenden Karikaturen vertreiben. Doch der Plan war fehlgeschlagen. Als die Genuesen behauptet hatten, Theodor sei nur ein windiger Marktschreier und Komödiant, war dieser sanft lächelnd vor seinem Landtag erschienen: »So will ich denn nächstens meine Schaubühne auf dem Marktplatz von Bastia aufschlagen und ein Stück darauf spielen, das ihnen vielleicht nicht ganz so gefallen wird.« Bei den auf die Befreiung von Bastia, ihren größten Hafen, hoffenden Korsen hatte diese Erwiderung für Jubelschreie und Hurra-Rufe gesorgt, und die zunehmend selbstbewussten Insulaner schickten die vor Häme triefenden Traktate den Besatzern seitdem hohnlachend zurück – mit der provokanten Aufschrift: »Lang lebe der König von Korsika!« So trugen die übel wollenden Schriften zum Ruhm des frisch ernannten Monarchen bei und einten seine Untertanen. Theodor aber war sich seit einiger Zeit nicht mehr sicher, ob er seinem Traum gewachsen war.

Im Juni entließ Niccolo Cattaneo di Giambatista, der Doge, ein verhärmter, von der Syphilis gezeichneter Mann mit Dackelgesicht, der inzwischen ahnte, dass er seines Gegners mit Beschimpfungen allein nicht Herr werden konnte, fünfzehntausend Schwerverbrecher aus den Gefängnissen Genuas und gab Korsika zur Plünderung frei. Ja, er versprach den Männern die vollständige Begnadigung, wenn sie den Willen der sturen Insulaner brechen würden. So aufgestachelt, setzte er die Gesetzesbrecher an den Stränden aus.

Wie eine Seuche überzogen die Scharen die Insel, raubten gierig alle Häuser aus, mordeten ziellos und vergewaltigten jede Frau, die ihnen zwischen die Finger kam. Doch der durch Theodor neu entfachte Wille zur Freiheit verlieh den Korsen ungeahnte Kräfte. In wenigen Wochen waren die schlecht ausgerüsteten Eindringlinge entweder getötet oder in die undurchdringliche Macchia getrieben worden, wo sie verhungerten oder sich ergaben. Vereinzelt kam es noch zu kleineren Überfällen, die Gefahr aber war gebannt.

Diese Gefahr zumindest, denn der viel beschworene und gesetzlich angeordnete Friede zwischen den korsischen Familien drohte nach und nach wieder zu zerbröckeln. Zu alt waren die Feindschaften, noch zu unbedeutend die Erfolge des neuen Regimes. An einigen Stellen meldete sich erster Widerstand gegen die Beschlüsse des Rates. Und Theodors Lieblingsgefolgsmann, der Graf Simon Fabiani, war wenige Tage zuvor von einer verfeindeten Sippe hinterrücks mit drei Schüssen ermordet worden – wegen einer seit Jahrzehnten schwelenden Fehde, mit der Simon überhaupt nichts zu tun gehabt hatte.

Als der König sich das Gesicht des toten Freundes auf seinem mittäglichen Fußmarsch vor Augen rief, wusste er plötzlich, woher das flaue Gefühl in seinem Magen rührte: Er war seit Wochen zum ersten Mal wieder allein unterwegs, ohne seine fünfundzwanzig Mann starke Leibwache, ohne den Großkanzler Costa und den eifrigen Minister Paoli – auch ohne die Schar seiner mitgebrachten Diener, die angewiesen war, gute Laune zu verbreiten. Theodor hatte sich für seinen Ausflug eine Handwerkertracht übergestreift, seine Perücke im Ankleidezimmer gelassen und das Gesicht mit Ruß beschmiert. Nicht für sich, nein, für sie! Um ihre Ehre zu schützen.

Als er die Hälfte des Weges zum Kloster zurückgelegt hatte, beugte sich Theodor über eine der Quellen am Wegrand und trank in langen Schlucken von dem weichen Wasser. In Verbindung mit der herben Luft bildete sich in seinem Mund wieder dieser eigentümliche Geschmack, der ihm schon am Tag seiner Ankunft aufgefallen war, eine Mischung aus Wildkräutern, Kastanienholz und Ziege, der sich mit nichts anderem vergleichen ließ, weil er samtig und mit einem leichten Kitzeln die Kehle hinunterfloss.

Sofort hörte er in seinem Kopf wieder das heisere Signal des Muschelhorns, das von Ort zu Ort gezogen war, als er am zwölften März in Aleria angelegt hatte, im Hafen der geschichtsträchtigen Stadt, von der aus die unterschiedlichsten Eroberer – Griechen, Römer, Vandalen, Goten und Pisaner – zu ihrer Inbesitznahme der Insel aufgebrochen waren. Selten hatte sich Theodor so sicher gefühlt. In seinem Gepäck warteten zwölf Kanonen, viertausend Flinten, dreitausend Paar Schuhe und ebenso viele Röcke, siebenhundert Säcke Getreide sowie Fässer voller Gold und Silbermünzen darauf, seinen Anspruch auf die Herrschaft und die Herzen der Korsen zu besiegeln. Ungläubig starrten die Schaulustigen am Strand und von der Promenade auf die Fregatte, die ihnen ihre Zukunft brachte. Der Sohn des britischen Konsuls von Tunis war während des Winters bei den Vorbereitungen vom Traum eines neuen Königreiches angesteckt worden wie von einer fiebrigen Grippe und hatte das Flaggschiff der Krone, einen reich verzierten Dreimaster, für die Überfahrt zur Verfügung gestellt. Endlich schienen sich all die Hoffnungen Theodors zusammenzufügen, ein süßes Gefühl der Vollendung durchzog ihn.

Der Baron trug am Tag seiner Ankunft ein langes, scharlachrotes und mit Pelz gefüttertes Gewand, das seinen breiten Brustkorb hervorhob. Er sah mit seinen vierundvierzig Jahren noch immer jugendlich aus, und der stetige Seewind wehte die hellen Locken seiner wohlfrisierten Perücke unter einem dreieckigen Hut so hervor, dass sie wie ein Strahlenkranz um seinen Kopf standen. An seiner Seite prangte ein prächtiger spanischer Degen, während er in der Hand einen auffälligen Stock mit gewundenem Knopf hielt. So präsentierte er sich der Menge von der Reling aus. Nach und nach kam auch der Adel Korsikas am Hafen zusammen und erneuerte das Krönungsangebot.

Theodor verlangte zunächst eine schriftliche Zusicherung, dass unter seiner Herrschaft auf Korsika Religionsfreiheit herrschen würde, dann betrat er majestätisch und von zwei Pagen flankiert das hoffnungsschwangere Land. Er wusste sehr wohl, dass er ohne die Streitmächte der mohammedanischen Herrscher und ohne das Handelsgeschick der jüdischen Kaufleute die Unabhängigkeit der

Insel niemals würde dauerhaft sichern können, und hatte aus beiden Volksgruppen einige Vertreter mitgebracht.

Als die Lakaien und Diener wenig später begannen, im Volk Geld zu verteilen, artete die Ankunft des designierten Herrschers in ein ausgelassenes Fest aus. Ziegen wurden geschlachtet und auf offenen Feuern gebraten, Weinfässer herbeigerollt und mehrstimmige Volksweisen angestimmt, die der Wind ins Landesinnere trug. Die fröhliche Menge hätte den eindrucksvollen Retter am liebsten an Ort und Stelle gekrönt, doch Theodor bestand auf einer offiziellen Wahl. Am Abend ließ er die Geschütze des Schiffes eine symbolische Breitseite aufs Meer, Richtung Genua, abfeuern. Im hellen Mündungsfeuer der Kanonen zweifelte keiner der Anwesenden mehr daran, dass eine neue Zeit angebrochen war.

Langsam richtete sich Theodor wieder auf, wischte sich die Wassertropfen vom Gesicht und streckte seine Glieder. Die Sonne stand direkt über ihm und ließ die Luft über dem Weg fließen. Mit einem Ruck setzte er seinen Marsch fort. Eine Stunde später hatte er das Franziskanerkloster erreicht. Der senffarbene Bau lag wie ein gestrandetes Schiff auf einem Hang und streckte seinen im Innenhof stehenden Glockenturm als Mast gen Himmel. Der hintere, offensichtlich leicht erhöhte Trakt des Baus ragte über den vorderen hinaus, als wolle er ihm die Vorherrschaft streitig machen und sich dem Besucher in Erinnerung bringen. In Gedanken versunken zählte der König die Fenster des Obergeschosses, kam auf elf und wunderte sich über diese so unbiblische Zahl.

Er schloss die Augen und plötzlich waren sie wieder alle da: die zwanzigtausend Korsen, die ihm am Sonntag, den 15. April, an genau dieser, jetzt so stillen Stelle zugejubelt hatten, zwanzigtausend Menschen, die wie kleine Kinder gelacht, getanzt und getobt hatten, ein Meer der Zuneigung und des Wohlwollens. Es war ein einziger Taumel der Hoffnung gewesen, ein Freilassen lang unterdrückter Lebenslust, orgiastisch und doch von einer tiefen menschlichen Würde. Mit ihrem neuen König, so fühlten alle Anwesenden, hatten die Korsen sich selbst gefunden.

Langsam betrat der verkleidete Mann das Refektorium, in dem

damals die Consulta, die große korsische Ratsversammlung, stattgefunden hatte. Jede Stadt und jeder Bezirk war an diesem Tag durch zwei Personen vertreten gewesen. Dazu kamen die Abgesandten der Klöster und des Klerus. Costa hatte eine Verfassung vorbereitet, über deren Punkte einzeln abgestimmt worden war: Der König erhielt eine Erbmonarchie, die auch auf weibliche Nachkommen übertragen werden konnte, blieb dafür allerdings ohne Landbesitz. Ein Landtag aus vierundzwanzig korsischen Adligen musste wesentliche Entscheidungen gemeinsam treffen, öffentliche Ämter waren Einheimischen vorbehalten. Dieser Beschluss hatte Theodor getroffen, denn es waren bereits Briefe unterwegs, in denen er seine Verwandtschaft einlud, ihm beim Aufbau des Landes zu helfen. Doch als Costa nach der Wahl mit Tränen in den Augen auf ihn zugestürmt war und ihn in die Arme genommen hatte, vergaß der frischernannte Herrscher alle seine Bedenken – sogar seine Wut über die schlichte Krone aus Lorbeerblättern, die auf seinem Haupt lag, da die goldene nicht rechtzeitig auf der Insel angekommen oder von den Genuesen abgefangen worden war. Der stämmige Korse drückte ihn minutenlang, hielt ihn mit muskulösen, von der Freude gestärkten Armen fest und stammelte dabei immer wieder: »Einstimmig! Baron, einstimmig! Das ... so etwas hat es auf Korsika noch nie gegeben. Einstimmig. Das ist ein Wunder, nein, mehr als ein Wunder. Begreift Ihr: Wir, die Korsen, haben den ersten frei gewählten König Europas und die erste demokratische Verfassung der Welt. Baron, Entschuldigung, Eure Majestät, das ist ein Geschenk Gottes. Heute und hier wird Geschichte geschrieben. Ihr, Majestät, schreibt in diesem Augenblick Geschichte.«

Und dann hatten die Klosterköche aufgetischt: Austern, Amselpastete mit Kräutern der Macchia, Kastanienpüree, Käse, Wildschweinbraten, eine schier endlose Tafel, an der die zukünftigen Minister und Generäle sich noch einmal stärkten, bevor sie in der Kirche vor dem Domherren Albertini und ihrem »Theodorus Rex« den Eid auf die neue Verfassung schworen. Am Ende läuteten die Glocken, die Männer schossen alle Gewehre leer und die Trompeten jagten ihre schnellen Signale durch die Täler – Theodor aber saß auf seinem hohen Thron und es war ihm, als falle die Last eines ganzen Lebens von ihm ab.

Der König schreckte aus seiner Erinnerung hoch, nicht nur, weil in diesem Augenblick die Glocke zum Mittagsgebet rief, sondern weil sich gleichzeitig eine schwere Hand auf seine Schulter legte: »Eure Majestät! Die Dame aus dem Haus der Voceri wartet oben auf Euch. Soll ich Euch begleiten?«

Der König schüttelte kurz und herrisch den Kopf, dann stieg er die Treppe hinauf, auf die der Mönch gedeutet hatte. Die immer noch nach frischem Holz riechenden Dielen knarrten unter seinen Füßen, so dass die Wartende auf das Öffnen der Tür vorbereitet war. Julia stand am Fenster und blickte in den von gleißendem Licht erfüllten Innenhof des Klosters, in dem die Brüder wie in einer verborgenen Oase ein Abbild des Paradieses gepflanzt hatten. Die ganz in Schwarz gekleidete Frau drehte sich nicht um. Leise sagte sie: »Soll ich einen Knicks versuchen, Eure Majestät?«

Theodor trat in die großzügig angelegte Zelle, in der außer einem Bett, einer Waschgelegenheit und einem gedrungenen, robusten Schreibpult keine Möbel standen. Dennoch hatte er den Eindruck, als könne er all die Gebete spüren, die von diesem Raum aus gen Himmel gesandt worden waren. Scheu glitt sein Blick an der schlanken Frau entlang. Er hätte sie nicht wieder erkannt. Im Lauf der Wochen, in denen er ihre eindringlichen Briefe erhalten und wieder und wieder gelesen hatte, war in seiner Fantasie längst ein Bild von ihr erschaffen worden, das zu der Wartenden in Konkurrenz stand.

Tage- und nächtelang waren seine Gedanken um all die intimen, bisweilen schamlosen Worte gekreist, die in ihrer feinen, graden Schrift in der obersten Schublade des Schreibtisches auf ihn warteten. Julia schrieb und schrieb, als sei sie mit ihm von Anbeginn vertraut gewesen, und ihre Fragen hallten in Theodors Innerstem wider. Ihre verlangenden Nachrichten waren in der Lage gewesen, ihn immer mehr zu öffnen, so wie ein Schlüssel eine Tür zugänglich macht. Dabei klangen sie mehr als intim, dreist und auf erschreckende Weise eindringlich, als gäbe es keine Grenzen, kein Halten und keine Konventionen. Manche Stellen hatte Theodor so oft gelesen, dass er sie inzwischen auswendig konnte, die in ihrer Direktheit schamlosen Übergriffe auf seine Seele: »Eure Majestät! Verzeiht die offene Frage, aber weil sie mich selbst bedrängt, wage ich es, Sie an Euch weiterzugeben: Wart Ihr jemals bereit, die dunklen Seiten Eures Lebens zu akzeptieren? Sie hinzunehmen, auch wenn diese Vorstellung Eurem Wunsch nach Freiheit zutiefst zuwider ist? Liebt Ihr nur das scheinbar Vollkommene oder seid Ihr auch in der Lage, das Verfehlte, das Unzulängliche, das Wankelmütige in der Welt – und in Euch – zu lieben? Was denkt Ihr? Ich halte diese Frage für äußerst wichtig, denn wenn Ihr das nicht könnt, dann werdet Ihr keinen Frieden finden. Niemals. Dann werdet Ihr auch Euch selbst so ein prächtiges Theater vorspielen wie meinem Volk. Korsika mag aus Eurer Präsentation ungeahnte Kraft schöpfen, Ihr aber werdet daran zerbrechen.«

Erbost hatte der König diesen Brief in den Kamin geworfen, ihn dann aber eigenhändig wieder herausgezogen und sich dabei die Hand verbrannt. Die Offenheit der Zeilen tat weh, aber etwas in Theodor reagierte darauf, weigerte sich, sie kurzerhand als Anmaßung zu verurteilen und ihnen dadurch ihre Macht zu nehmen. Diese fremde Frau sprach mit ihm, wie niemals eine andere Frau, ja, wie noch kein Mensch je zuvor mit ihm gesprochen hatte. Und der daraus entstehende Schmerz, der nicht nachließ, tat gut.

Theodor hatte die Korsin nur ein einziges Mal gesehen, am Tag der ersten Kabinettssitzung des neuen Landtags, in der er während eines längeren Vortrags bemüht war, die Namen der Anwesenden zu memorieren. Ein schweißüberströmter Bote war unangemeldet in den Saal gestürmt und hatte von einem gerade verübten Vendettamord berichtet. Sofort hatte sich der Rat zu einer Ortsbesichtigung in das nahe gelegene Dorf aufgemacht. Der Leichnam lag bei der Ankunft des Komitees bereits aufgebahrt in der Kirche – und niemand hatte den König auf das vorbereitet, was ihn erwartete.

Um den Toten herum standen in einem Halbkreis seine Familie, seine Freunde und offensichtlich auch Bekannte aus anderen Familien. Sie alle stießen in einem gemeinsamen Rhythmus dumpfe Klagelaute aus, rau, wund und mit einem animalischen Unterton.

Es war, als seien die vielen Menschen in einer Mischung aus Ekstase und Trauer zu einem einzigen Geschöpf verschmolzen. In der Mitte aber, angefeuert durch das pulsierende Stöhnen der zuckenden Menge, tanzte Julia, eine drahtige Frau, in deren dichtes, dunkles Haar sich erste graue Strähnen geschlichen hatten, die wie Schaumkronen auf dem Meer wogten. Aber eigentlich tanzte sie nicht, sie tobte, sie wütete, sie raste und ergoss die angestaute Aggressivität vieler Generationen in den Raum. Ihr Bauch war ein einziger Muskel, der den geschwungenen Körper in immer neue groteske Verrenkungen zwang. Ihre Arme und Beine flogen umher, als seien sie einzeln von Dämonen besessen, während sich die junge Frau mehrfach ganze Haarbüschel vom Kopf riss und sie schluchzend zu Boden warf. Dabei schrie sie mit schriller, unmenschlicher Stimme von der Größe des ermordeten Mannes, erzählte ein unwirkliches Heldenepos, das von wüsten Beleidigungen und Flüchen gegen die Familie des Mörders unterbrochen wurde. Der unbändige Hass verunstaltete nicht nur ihren Mund und ihr Gesicht, er zuckte wie Krämpfe durch den ganzen Körper.

Nach schier endlosen Minuten öffnete die Rasende die Kleider des Toten, legte seine Wunden offen, bedeckte den Leichnam mit Küssen und schwor minutenlang in den schrecklichsten Bildern Rache, dem Mörder und allen, in deren Adern das gleiche Blut floss. Wie ein Engel des Bösen stellte sie sich dann hinter den Kopf des Mannes und hob die mit seinem Blut befleckten Arme, als wolle sie die Anwesenden für die bevorstehenden Gräueltaten segnen. Dann ließ sie einen gellenden Schrei los, der in den Köpfen aller Anwesenden widerhallte und nicht enden wollte.

In diesem Moment kreuzte ihr Blick den des Königs – und Theodor fuhr zusammen: Für den Bruchteil einer Sekunde, nur für das Aufzucken eines Gedankens, war der Hass aus ihren Augen gewichen. Eine winzige Unachtsamkeit, ein nachlässiger Moment, ein fast unmerkliches Aufbrechen der Identität. Und obwohl ihr Wüten danach unvermindert fortlief, war die Wahrheit nach außen gedrungen. Sie musste eine begnadete Schauspielerin sein, denn Theodor hätte bis eben niemandem auch nur den Hauch eines Zweifels an der Ehrlichkeit ihrer brachialen Trauer und ihrer Wut zugestanden, ja, er war selbst davon ergriffen worden. In dem kurzen Innehalten aber war ein zerbrechlicher, feiner Zug über ihr verzerrtes Gesicht geflogen, ohne dass sich die Mundwinkel bewegt hätten. Ein blitzartiges Entspannen der Muskeln, in dem sich offenbarte, dass sie dieses Ritual zutiefst verachtete, dass sie etwas ganz anderes fühlte und sich nur durch uralte Kräfte dazu zwingen ließ, diesem überkommenen Brauch Genüge zu tun und hier um den Toten zu geifern. Im Kleid der aggressiven Rächerin zeigte sich für einen Wimpernschlag die verwundete Frau, die lieber Lebenslust als Todesgier gepredigt hätte.

Schnell schaute Theodor in die Runde, wusste aber auch so, dass keiner außer ihm diesen kurzen Ausfall bemerkt hatte. Die Tanzende jedoch suchte in den folgenden Minuten mehrmals seine Augen. Ihr Innerstes hatte sich ihm offenbart – und sie wusste, dass er es gesehen hatte. Fragend, provozierend, fast belustigt, forderte sie ihn mit den Blicken heraus, die, während das Ritual weiterlief, von ungestillten Sehnsüchten erzählten. Einen Tag später kam ihr erster Brief. Sechs Wochen später die Einladung, sie in d'Alisgiani zu treffen.

Theodor blickte an Julia vorbei aus dem Fenster des Klosters und wagte nicht, näher heranzutreten. Zögernd sagte er: »Du bist so ... ich entdecke in dir nicht die Frau, die den Tod ihres Bruders so ... impulsiv betrauert hat.«

Er konnte spüren, dass sie lächelte, obwohl sie immer noch in den Hof sah. Ihre Stimme war hart und zugleich entspannt: »Ich auch nicht. Da hat nicht die Frau getanzt, die ich sein möchte. Es war etwas in mir, das ich zutiefst verachte. Aber solche Gefühle kennt Ihr ja, Eure Majestät.«

»Eure Majestät? Wieso sagst du das? Wie könnte ich für dich etwas anderes sein als: Theodor. Du weißt Dinge über mich, die ich selbst nicht weiß, du schreibst mir Briefe, die mir näher sind als meine Haut, und du berührst etwas in mir. Wieso?« Hilflos stand er in der Tür.

»Theodor!« Sie sprach die Silben aus, als koste sie einen teuren Rotwein, der sich im Mund entfalten muss: »Theodor!« Dann drehte sie sich mit einer weichen Drehung um und sah ihm direkt in die Augen. Die gebogenen Brauen teilten ihr schmales Gesicht in zwei Hälften. Nase, Mund und Kinn lagen wie eine geschwungene Hügelkette übereinander, als hätten sie einst zusammengehört, während sich die Wangen zart abhoben. Die feinen Linien aber verrieten, dass die Wartende in ihrem Leben schon viel gelacht und viel geweint hatte.

»Theodor!«, sagte sie ein drittes Mal, um den Klang zu genießen: »Wie schön, dass du gekommen bist.«

»Wieso kennst du mich so gut?«

Sie machte einen Schritt auf ihn zu und es war, als hielte sie mit ihrem Lächeln die Zeit an. Vergnügt musterte sie ihn. Dann wurde sie mit einem Mal ernst: »Du hast mich erkannt und ich habe dich erkannt. Mehr kann ich dir dazu auch nicht sagen.«

Theodor atmete tief ein: »Und warum hast du mir all die Briefe geschrieben?«

Ein verschmitztes Grübchen zeigte sich neben ihrem Mund: »Ich weiß es nicht. Wirklich nicht! Ich habe dich gesehen, das ist alles. Ich habe den gesehen, der du bist. Nicht den stolzen König, den du so gerne darstellst, nicht den traurigen Baron, nicht den einsamen Kämpfer, sondern den Menschen, der irgendwo in dir wartet. Verzeih, wenn ich das sage, aber es war, als wäre alles nackt, dein Körper und deine Seele. Ein unwürdiger Anblick: Du warst schwach und falsch, feige und verbissen. Doch als ich spürte, dass mich diese Wahrheit, dass mich deine Wirklichkeit nicht abstößt, sondern anzieht, musste ich dir schreiben.«

Der König legte seine Jacke ab und hielt sie sich nervös vor den Bauch. Die schlichte Gewissheit der Frau verunsicherte ihn. Fast flehend sagte er: »Julia, ich begreife das nicht. Warum hast du mich hierher bestellt?«

Sie strich sich die schwarzen Haare aus der Stirn. »Julia! Das klingt gut, so wie du es betonst. Sagst du es bitte noch einmal!«

»Julia!?«

»Wie schön. Ich höre es gern, wenn du meinen Namen sagst. Es klingt wie ein Versprechen. Oder wie ein Lied.« Ihre Augenlider senkten sich ein wenig und ihr Blick löste sich erstmals von seinem. Sie atmete einmal tief ein, dann, als sei sie nun endlich bereit, sagte sie mädchenhaft: »Ich bin hier, weil ich dein Leben retten muss – und weil ich mit dir schlafen möchte.«

»Wie bitte?«

Zum ersten Mal kam der Zweifel wie eine Wolke in ihre Augen. Sie machte noch einen Schritt auf ihn zu, zögerte dann aber: »Begehrst du mich nicht?«

»Mein Gott! Doch! Ja! Schon bei deinem Tanz ... du warst so, so hemmungslos, so gierig. Aber als ich entdeckte, dass das alles nicht wirklich du warst, wusste ich ja nicht ...«

Julia sah ihn ernst an: »O doch! Du wusstest es. Du hast mich doch gesehen. Und du weißt auch, dass diese Gier zu mir gehört. Nicht die Gier nach dem Tod, sondern die Gier nach dem Leben. Du hast sie in mir erkannt, und darum hast auch nur du das Recht, dich ihrer anzunehmen. Theodor, in mir ist so viel Lust, so viel Sehnsucht, so viel Gier. Still sie, bitte!«

Sie knöpfte scheu ihr Kleid auf – und wenig später, als ihrer beider Haut sich erstmals berührte, war es, als hätten sie beide plötzlich alles verstanden und als gäbe es nichts, was richtiger wäre als diese Vereinigung. Erst danach, in dem langen Moment, in dem Theodor das Blut auf dem Laken entdeckte, kamen die Fragen zurück.

Julia weinte lautlos – und der König wusste nicht, was er tun sollte. Schließlich musste sie lachen, als sie seine Hilflosigkeit bemerkte: »Was hast du geglaubt? Auf Korsika geht es nicht zu wie am Hof von Frankreich. Hier leben anständige Frauen.«

»Aber warum dann das? Ich begreife einfach nicht ...«

Die Korsin wischte sich die Tränen ab: »Weil es jetzt ohnehin egal ist. Ich werde nächste Woche tot sein. Und ich wollte so gerne einmal spüren, wie es ist, bei einem Mann zu liegen, bei dir zu liegen. Wenigstens ein einziges Mal. Theodor, das war schön, sehr schön.«

Sie strich sacht mit ihren Fingern seinen Arm entlang und schmiegte ihren Kopf in seine Armbeuge. Die Härchen auf Theodors Körper richteten sich auf und er hätte nicht sagen können, ob seine Reaktion von ihrer Zärtlichkeit oder ihren Worten kam. Lauter als gewollt, fragte er: »Was? Wieso wirst du tot sein?«

Sie legte die Hand auf seinen Mund: »Geliebter König, du weißt so wenig über Korsika. Ich bin hierher gekommen, um dir zu sagen, welche deiner Offiziere dich stürzen wollen, und dafür wird mich meine eigene Familie auf den Rücken eines Esels binden und ihn in die Macchia treiben, damit ich dort verhungere.« Stolz fügte sie hinzu: »Wir dulden keine Verräter unter uns.«

Theodor drückte Julia an sich: »Niemals! Das wird nicht passieren. Erstens würde ich das nicht zulassen und zweitens verzichte ich unter diesen Bedingungen gerne auf die Namen. Du musst niemanden preisgeben. Die Verräter finde ich schon selbst heraus. Julia, ich brauche dich ...« Verblüfft über seine Worte brach er ab.

Sie aber stieß ihre Nase zärtlich in seine Achselhöhle und sagte dann: »Ich weiß, und darum rette ich dein Leben. Glaubst du denn ernsthaft, die Korsen lieben dich? O nein, sie lieben in dir nur sich selbst. Und darum werden sie dich benutzen, solange es ihnen gefällt. Sei bitte vorsichtig!« Ihr Zeigefinger spielte mit seinem Brusthaar: »Wusstest du eigentlich, dass schon die Römer keine korsischen Sklaven wollten, weil wir nicht zu bändigen sind? Und weil wir die Vendetta über alles stellen. Vielleicht kannst du, wenn du den Feinden in deinen eigenen Reihen zuvorkommst, endlich einmal den widerwärtigen Kreislauf der Rache unterlaufen. Tu mir einen Gefallen: Verbanne deine Gegner, aber töte sie nicht. Das könnte helfen. Besonders achten musst du auf ...«

Theodor unterbrach sie: »Ich will es nicht hören!«

Julia stieß die Luft aus wie eine Mutter, die ihr Baby beruhigt, und sagte: »Doch, du musst. Außerdem macht es jetzt keinen Unterschied mehr. Die Mönche hier haben mich gesehen, mein Dorf hat mitbekommen, dass ich verschwunden bin, und die Steine auf Korsika haben Ohren. Ganz egal, gegen wen du von nun an vorgehen wirst, er wird mich für seine Verräterin halten. Es ist also nur eine Frage von Tagen, wann ich sterbe. Abgesehen davon: Bei uns trifft eine ledige Frau keinen Mann ohne Begleitung. Ich habe mein Leben verwirkt.«

Die verkrampften Finger Theodors prägten ein Muster in das Laken. Leise sagte er: »Warum tust du das, Julia? Warum hast du das getan? Es hätte nicht sein müssen.«

Sie hob den Kopf und stützte sich auf seine Brust: »Warum tust du, was du tust? Vielleicht weiß ich es selbst nicht. Die Frage nach den Motiven für unser Handeln ist eines der großen Geheimnisse des Lebens und wahrscheinlich bliebe der Welt viel Elend erspart, wenn alle wüssten, was sie treibt. Ich kann dir tausend Gründe nennen und keinen. Willst du sie hören? Also: Ich glaube, dass du für Korsika wichtig bist. Ich habe plötzlich teil an der Weltgeschichte. Ich genieße es, in deine Seele schauen zu können. Ich ertrage die Enge meines Dorfes nicht mehr, in dem zwanzig brave, aber beschränkte Männer meine Eltern bedrängen, mich endlich einem von ihnen zur Frau zu geben. Ich ertrage auch die Kluft zwischen meinen Sehnsüchten und der Realität nicht mehr. Ich möchte einmal etwas Sinnvolles tun ... und, und, und. Genügt dir das?«

Sie streichelte sein Gesicht: »Den wichtigsten Grund nenne ich dir als letzten. Als ich dich gesehen habe, wusste ich, dass du mein Schicksal bist. Das klingt ziemlich albern – aber so ist es. Die Stimme der Vernunft hat mich nur selten zum Leben geführt, heute folge ich endlich einmal meiner Intuition.«

Theodor fühlte sich, als falle er in einen endlosen Abgrund, ohne eine Möglichkeit, sich festzuhalten. Seine Stirn pochte und seine Arme lagen auf einmal wie etwas Fremdes, Schweres an seiner Seite. Mühsam richtete er sich auf: »Julia, ich bin der König von Korsika und ich entscheide ...«

Sie unterbrach ihn sachte: »Und wie willst du mich schützen? Auf dieser Insel gibt es für mich keine Rettung mehr! Ja, du bist jetzt endlich ein König, aber auch ein König hat nicht alle Macht. Die hat kein Mensch. Auch wenn wir uns das so oft wünschen. Gott hat die Macht über Leben und Tod. Und soll ich dir etwas sagen: Ich habe gar keine Angst vor dem Tod. Weil ich mich darauf freue, Gott zu sehen. Er wird mir die Schuld von heute hoffentlich nicht zu sehr anlasten. Ich habe geliebt. Was kann Gott mehr wollen?«

Der Baron zog mit einem Ruck die Decke höher und griff nach ihrer Hand: »Dann lass uns zusammen weggehen. Wir beide könnten irgendwo gemeinsam unendlich glücklich sein!«

Julia zog die Beine an und stützte sich auf ihre Ellenbogen. Dabei zeigte sie ihrem Geliebten ohne jede Scheu ihre kleinen Brüste mit den großen, dunklen Vorhöfen. Ihr Daumen strich über den Mund Theodors, als wolle sie seine Worte aufhalten: »Theodor! Meinst du denn, ich hätte darüber noch nicht nachgedacht? Aber ich kann und werde das nicht von dir fordern. Du hast nur dafür gelebt, endlich Macht und Ansehen zu haben.« Sie zuckte leicht mit den Schultern: »Du besitzt nicht die Größe, diesen Erfolg aufzugeben.«

Erschreckt und beleidigt sah der König die Frau an. Sie aber lächelte: »Du hast es wohl immer noch nicht verstanden. Ich liebe dich – nicht trotz, sondern wegen deiner Fehler. Vor mir musst du nicht perfekt, du musst nicht einmal gut sein. Es ist in Ordnung, dass du diese Wünsche hast. Aber ich fürchte, sie sind zu stark, als dass du sie loslassen könntest. Und wie sollte ich mit einem Mann leben können, der tief in sich das Gefühl einkerkert, versagt zu haben? Wenn du zwischen mir und deinem Königtum wählen musst, werde ich verlieren. Und du wirst mich verlieren. Du kannst nicht alles haben. Aber das will nicht in deinen Kopf. Habe ich Recht? Komm, sag schon, dass ich Recht habe!«

Theodor wandte sich ab. Trotzig sagte er: »Julia, ich werde dich retten.«

Sie küsste ihren Zeigefinger und legte den Kuss auf seinen Lippen ab: »Nein! Das wirst du nicht. Ich kenne dich wirklich besser als du selbst: Du willst die ganze Welt retten. Aber dich selbst retten, das kannst du nicht.«

Jetzt wurde sie nachdenklich: »Das ist eine eurer Männermarotten – die Welt retten. Der Welt ginge es wesentlich besser, wenn ihr Heroen sie in Ruhe lassen und erst einmal euch selbst vor euren übermächtigen Allmachtsfantasien retten würdet. Weißt du, Theodor: Du verkaufst nicht nur anderen Menschen Träume, du bist selbst dein bester Kunde. Mein großer König, für mich müsstest du keine Heldentaten vollbringen – aber für dich musst du das wohl. Und darum werde ich ...«

»Warum sagst du so etwas?«

»Weil es wahr ist. Du spürst doch, dass ich Recht habe. Nein, mach mir bitte keine falschen Versprechungen. Mir ist es lieber, dass du ehrlich zu mir bist.«

Der König schlug die Decke zurück und begann, sich wortlos anzukleiden. Julia zog die Decke über sich und beobachtete ihn. Als er ihren Blick bemerkte, sagte Theodor laut: »In Sartene läuft morgen früh ein Schiff nach Sardinien aus. Du kommst jetzt mit mir nach Cervione und heute Nacht wird Costa dich zum Hafen bringen. Ich ... ich muss nachdenken. Das alles ist nicht leicht für mich. Aber glaube mir, Julia: Ich werde morgen früh zu euch stoßen.«

Auf dem Rückweg sprachen die beiden Liebenden wenig. Und als Costa, der neu ernannte Großkanzler des korsischen Königreiches, die junge Frau am folgenden Morgen kurz vor Sonnenaufgang an Bord eines kleinen Handelsschiffes brachte, hob sie nur einmal kurz den Kopf: »Er ist nicht da, oder?«

Der bullige Mann schüttelte den Kopf.

Sie aber zog den Kragen ihrer Jacke zusammen: »Ich wusste es!« Und ihre Tränen blieben ungeweint.

Im Herbst wandte sich die Stimmung immer mehr gegen Theodor. Die angekündigten Truppen blieben aus, die von der Vereitelung des Putsches betroffenen Familien schworen Rache, und das großzügig verteilte Geld wurde so knapp, dass der König seine letzten drei Diener entlassen musste. Am 10. November bestieg er in Solenzara ein Schiff, nachdem er den Korsen, die ihn nicht gehen lassen wollten, eine letzte flammende Rede gehalten hatte: »Ich wollte nur euer Bestes, ihr aber seid zerstritten. Mir kommt es nicht auf den Titel an, ich will nur eure Freiheit. Als reicher Mann bin ich gekommen, arm fahre ich wieder.«

Der Reisende, der aus Sicherheitsgründen ein Priestergewand angelegt hatte, versprach jedoch, bald mit einem großen Truppenaufgebot und neuem Geld zurückzukehren. Da erschallten noch einmal die Rufe: »Lang lebe der König von Korsika«. Im Jubel seiner Untertanen verließ der Herrscher sein Land, das er erst wenige Monate zuvor zum ersten Mal betreten hatte.

Bei dem Versuch mitzulesen, war Schascha immer weiter auf den Schoß von Lord Kilmarnok geklettert. Jetzt versuchte sie, in seine weit geöffneten Augen zu schauen, deren Blick irgendwo hinter dem Horizont verloren ging. Verspielt zog sie die Aufmerksamkeit des bärtigen Mannes auf sich, indem sie ihm einfach an die Nase griff. Verblüfft bemerkte der Adlige, dass er das Mädchen in den Armen hielt. Schascha aber fing lachend an, seine Nase zu reiben: »Sie ist ganz rot. Du merkst gar nicht, wie sehr du frierst. Sag mal! Würdest du ein Königreich für eine Frau aufgeben?«

Der Lord nahm ihre Hand aus seinem Gesicht und versuchte, in ihrem kindlichen Gesicht den Ursprung ihrer Frage zu finden. Ausweichend sagte er: »Ich habe kein Königreich!«

Schascha drückte die Lippen nach vorne: »Ja, aber wenn du eines hättest, würdest du es dann für eine Frau aufgeben?«

Verlegen fing der Adlige an, dem Mädchen ebenfalls die Nase zu reiben. Dann nahm er sie fest in die Arme und drückte sie an sich. Er hatte gehofft, dass seine Stimme heiter klingen würde, aber sie überschlug sich, als er sagte: »Für dich würde ich nicht nur ein Königreich, für dich würde ich sogar den Himmel aufgeben.«

Die Miene der Kleinen verzog sich: »Das darfst du nicht sagen. Jizchak meint, dass die Leute den Himmel nicht ernst genug nehmen. Er erzählt mir ganz viel von Gott. Und ich mag seine Geschichten.«

Sie stemmte beide Arme gegen seine Brust und sah ihn tadelnd an: »Ach, du machst doch ohnehin nur Quatsch mit mir. Sag mir wenigstens eines: Würdest du für meine Mama ein Königreich aufgeben?«

Frederik von Kilmarnok strich Schascha behutsam über den Kopf: »Ich habe deine Mutter sehr gern. Und ich fange langsam an zu glauben, dass ein liebenswerter Mensch mehr wert ist als alles andere. Aber ich brauche mir solche Gedanken nicht zu machen. Isabelle spricht ja nicht mehr mit mir. Ich habe wohl irgendetwas falsch gemacht. Sie möchte sich lieber um ihre Arbeit, um ihre bunten Muster, als um mich kümmern. Das hat sie jedenfalls deutlich geschrieben.«

Das Mädchen setzte sich wieder neben ihn und legte die Knie zusammen. Trotzig sagte sie: »Das glaube ich nicht! Außerdem kann das gar nicht sein: Du bist doch der Prinz für sie!«

Der Adlige nahm Schaschas kalte Hände in die seinen und versuchte, sie zu beruhigen: »Schascha, ich bin kein Prinz. Auch wenn du es gerne hättest. Ich bin ein Lord! Und schon das ist für deine Mutter und mich ziemlich kompliziert. Außerdem kann nur sie allein entscheiden, ob sie mich wieder sehen will oder nicht. Im Moment will sie nun einmal nicht. Und wie soll sich eine Beziehung zwischen zwei Menschen entwickeln, die sich nicht sehen?«

Das Mädchen erhob sich erneut und stellte sich vor dem Sitzenden auf. Energisch stemmte sie die Arme in die Hüften: »Dann musst du sie eben besuchen!«

»Das ist sehr lieb von dir, aber sie will mich doch nicht treffen!«

Sie beugte sich vor und sagte ganz aufgeregt: »Dann musst du dir eben was einfallen lassen. Ich kann doch nicht immer meine Freunde bitten, sie irgendwo festzunageln.«

Frederik von Kilmarnok neigte den Kopf schelmisch zur Seite, hob drohend seinen Zeigefinger und deutete mit starrer Miene auf das hochrote Mädchen, das völlig erschrocken die Hand vor den Mund hielt.

Schascha kreischte laut auf, als der Lord anfing, sie zu kitzeln, dann aber flüsterte sie, von Kicksern unterbrochen: »Bitte, du darfst ihr nichts sagen! Ich wollte doch nur, dass sie dich trifft. Mama ist manchmal etwas schwierig.«

Der Adlige stellte das Mädchen zurück auf die Füße: »Na, das hat sie mir auch geschrieben. Und es könnte sein, dass du einiges davon geerbt hast. Also: Das mit dem Streich bleibt unser Geheimnis. In Ordnung?«

Sie strahlte vor Freude über diese Bemerkung und fragte: »Und was wirst du jetzt machen?«

»Erst einmal gehen wir zurück zu mir und ich bestelle uns eine heiße Schokolade. Es ist ja grauenhaft kalt hier draußen. Außerdem habe ich schon eine Idee. Ich war heute Morgen in einem Kloster und habe auf Wunsch meiner Mutter einen Möbeltischler besucht, der dort gerade arbeitet. Der kann mir sicher helfen.«

»Ein Möbeltischler?«

»Ja, aber ein ganz besonderer. Er ist Künstler und heißt Thomas Chippendale. Er baut wunderschöne verzierte Sitz- und Schreibmöbel. Die sind so schön, dass im Augenblick jeder, der Rang und Namen hat, etwas bei ihm bestellt. Menschen sind stolz darauf, etwas von ihm zu besitzen. Und ich dachte mir, vielleicht kann Chippendale Isabelle sagen, wie sie ihre Muster am besten verkaufen kann. – Ich glaube, du hast Recht. Ich muss etwas tun. Los, lass uns anfangen!«

Eine halbe Stunde später verließ Schascha das Hotel mit einem Umschlag. Zwei Stunden später kam sie wieder zurück, ebenfalls mit einem Umschlag, den sie aber auf Anweisung ihrer Mutter nur dem Diener übergeben sollte. So erhielt Lord Kilmarnok den Brief aus der Hand von Felix.

»Lieber Frederik!

Bitte versuch nicht, Schascha zu benutzen, um mich zu sehen. Das finde ich schäbig. Auch dein Vorschlag, mich mit Thomas Chippendale bekannt zu machen, entspringt wohl eher dem Wunsch, mich zu treffen, als mir zu helfen. So etwas solltest du nicht machen. Wie könnte ich ihn treffen, ohne dabei andauernd das Gefühl haben zu müssen, dass du dahinter steckst. Auch wir Arbeiter haben unseren Stolz. Und vielleicht besteht meiner darin, dass ich meinen Weg allein finden will.

Du warst nach meiner Trennung von John der erste Mann, mit dem ich zusammen war. Und ich habe dabei gemerkt, dass ich zu alt für Spielereien bin. Es mag Zeiten geben, in denen man das Leben ausprobiert, ich aber brauche eine feste Familie und Sicherheit. Darum gibt es für uns beide keine Zukunft. Du gehörst nicht in meine Welt, und ich nicht in deine. Bitte versuche nicht, mich zu treffen. Ich bin im Augenblick viel mit Philipp zusammen – und der ist verständlicherweise gar nicht gut auf dich zu sprechen. Ich habe ihm übrigens alles erzählt. Er versteht mich. Lebe wohl.

Deine Isabelle.«

VII.

Kann man Menschen verändern? Ich bin mir nach all den Jahren nicht mehr sicher. O ja, man kann die Rahmenbedingungen eines Lebens variieren, aber der Mensch, der darin steckt, ist stärker als jedes System. Er widersetzt sich. Er will aus seinen gewohnten Bahnen nicht herauskommen, auch dann nicht, wenn er leidet wie ein Hund. Es ist absurd, aber wahr: Der Mensch hält sich selbst im übelsten Dreck für zu wertvoll, als dass er bereit wäre, Grundlegendes zu erneuern. Er klammert sich an seinen unnützen Stolz wie ein Ertrinkender an einen Metallstab. Und darum verweigert er letztlich die wesentlichen Veränderungsprozesse. Oder sehe ich das zu pessimistisch? Nein!

Ich wollte den Korsen, diesen Dickschädeln, helfen, aber sie wollten gar keine Hilfe. Sie suhlten sich lieber in ihren atavistischen Ritualen, sie schrien nach Freiheit, doch als die Freiheit vor der Tür stand, ließen die Wahnsinnigen sie nicht herein. Wie kann es sein, dass Menschen die Trostlosigkeit den Tröstungen vorziehen? Wie kann es sein, dass sie lieber vor Sehnsucht vergehen, als sich um die Erfüllung der Sehnsüchte zu kümmern? Ich begreife es einfach nicht. Wie kann man nur freiwillig unglücklich sein? Denn dass die Bevölkerung Korsikas unglücklich sei, musste ich mir ja andauernd anhören. Ist es vielleicht prinzipiell falsch, Menschen etwas Gutes tun zu wollen, wenn sie dazu nicht von allein fähig sind? Ich weiß es nicht.

Ich weiß nur: Ich habe viel für diese Insel getan. In dem halben Jahr, das mir vergönnt war, habe ich alle von Genua aufgezwungenen Abgaben für ungültig erklärt, den Salzabbau freigestellt und die genuesische Geistlichkeit entmachtet, die die Heilige Schrift geschickterweise allezeit im Sinne der Besatzungsmacht hatte auslegen können. Ich habe die Vendetta verboten und eine allgemeine Jagderlaubnis erteilt. Ich habe Fachkräfte für Weinbau, Olivenverarbeitung, Bergbau und Industrie aus Italien und Deutschland eingeladen, die Märkte neu belebt und ein eigenes Gerichtswesen eingesetzt. Ich wollte einen Musterstaat entwerfen, ich wollte, dass meine Untertanen endlich in Frieden leben können. Aber sie wollten nicht. Zumindest war ihr Stolz stärker als der Wunsch nach Unabhängigkeit.

Mein Gott! Wie kann man nur so dumm sein? Wenn ich daran denke, warum ich gescheitert bin, könnte ich noch heute fluchen. Obwohl manches im Rückblick wie eine einzige Farce anmutet. Als wir beispielsweise die strategisch wichtige Stadt Calenzana schon fast erobert hatten und die genuesischen Truppen sich gerade ergeben wollten, fingen zwei meiner Heerführer aus irgendwelchen familiären Gründen an, gegeneinander zu kämpfen – und der Sieg ging verloren. Dann weigerte sich der Fürst Arrigihi, für mich zu kämpfen, weil ich einem Mann, mit dem er zerstritten war, einen hohen Ministerposten gegeben hatte und er beleidigt war. So ging es Tag für Tag.

Das Schlimmste aber war der Kampf um Bastia. Bastia, dieser Bastard, dieser verdammte. Die Genuesen wussten genau, dass dieser Hafen das entscheidende Symbol ihrer Besatzung war. Wer Bastia besaß, der beherrschte die Insel. Und dann standen wir endlich vor den Toren dieser verfluchten Stadt, am 3. Mai 1736 – mit fünfzehntausend kampfeswilligen Männern. Es war mir im Vorfeld gelungen, einige der in der Festung gebliebenen württembergischen Soldaten hinter den Mauern zu bestechen, und sie hatten versprochen, zu einem verabredeten Zeitpunkt die Tore zu öffnen. Alles stand für den Generalangriff bereit. Wir hätten die Zitadelle fast kampflos erobern können. Doch fünfzehn Minuten vor dem großen Sieg, der die Wende gebracht hätte, kam ein Bote Paolis, der verkündete, der General müsse leider abziehen, da sein Vater verstorben sei und er die Beerdigung vorbereiten wolle. Ich konnte es einfach nicht glauben. Ich habe gebrüllt wie nie zuvor. Ich wollte Paoli vor ein Kriegsgericht bringen. Doch Costa machte mir klar, dass in Korsika die Familie immer den Vorrang hat. »Ja«, habe ich geschrien, »aber wenn dieser Volltrottel seinen toten Vater einen halben Tag lang warten lässt, dann geht es bald allen korsischen Familien besser! Dann könnten wir den Feind endgültig besiegen. Dann wäre Korsika frei!« Es war zwecklos. Nicht einmal er hat mich verstanden. Oder habe ich etwas nicht verstanden?

Vielleicht wären die Dinge anders verlaufen, wenn ich mehr Glück gehabt hätte. Der Sultan, der mich am meisten unterstützen wollte, vermeldete eines Tages, er könne nun doch keine Truppen schicken, da er anderenorts gegen die russische Zarin Anna Iwanowna kämpfen müsse. Und der Söldnerführer Kurafa, der zweitausend albanische Kämpfer versprochen hatte, kümmerte sich nach dem Tod des Fürsten Rakoczis nicht mehr um unsere Verträge und ließ sich mit seinen Männern für mehr Sold beim König von Neapel anwerben.

Irgendwann haben die Korsen in diesem langen Sommer den Glauben an mich verloren. Wahrscheinlich war ich ihnen zu nah. Wenn man andauernd einen Menschen vor Augen hat, verliert dieser seine Aura. Ja, ich bin der Überzeugung, dass Ergebenheit mit der Distanz steigt.

Denn je länger ich nach meiner Flucht fortblieb, je länger meine Rückkehr auf sich warten ließ, desto feuriger wurden ihre Briefe, desto inniger schworen sie mir ewige Treue. Das, was wir nicht täglich vor Augen haben, erscheint uns immer verlockender als das, was uns vertraut ist. Vielleicht nahm mein Ansehen in meiner Abwesenheit auch deshalb so sprunghaft zu, weil die Korsen nicht mehr spürten, dass ich selbst den Glauben an mein Königtum verloren hatte. Nein, so kann ich es nicht sagen. Das stimmt nicht. Ich habe Korsika in diesen Jahren geliebt. Mein Land. Und so sehr, wie ich die Insel geliebt habe, habe ich sie auch gehasst. Meine Gedanken waren ein einziges Auf und Ab. An einem Tag trat ich mit geschwellter Brust vor einen der großen Herrscher Europas, um ihn für die Sache Korsikas zu gewinnen, am nächsten Morgen weinte ich in die immer schäbiger werdenden Ärmel meiner Festkleider.

Bin ich nun ein König oder nicht? Ist man denn nur dann ein König, wenn man für einen gehalten wird? Ich bin es leid, um Anerkennung zu ringen. Nennt mich nicht mehr »Majestät«. Bitte! Es ist eine Lüge. Ihr sagt es doch nur noch mir zuliebe. Es ist längst keiner mehr da, für den dieser Titel wichtig wäre – außer mir. Obwohl: Plötzlich merke ich, dass er auch für mich nicht mehr wichtig ist. Was ist überhaupt wichtig? Was ist wichtig, wenn man im Sterben liegt? Vielleicht, dass man endlich klarer sieht, dass man versteht, was sich ein Leben lang dem Verstand verschlossen hat. Wer kein Ziel mehr hat, der muss auch keinem mehr etwas vormachen. Nicht einmal sich selbst. Das ist wahrlich ein wunderschönes Gefühl. Irgendwie ist alles gut. Ich kann nichts mehr ändern, aber ich muss auch nichts mehr ändern. Ich kann nicht wie Jesus sagen: »Es ist vollbracht!« Vollbracht habe ich nichts, aber geschafft habe ich es, dieses Leben. Und das ist nicht das Schlechteste.

Es ist dunkel hier. Manchmal weiß ich nicht mehr, was real ist und was nicht. Welche Teile meines Lebens gehören zu mir? Wieso sehe ich andauernd Julia vor mir? Ist sie da oder entspringt sie meinen Wünschen? Ich weiß es nicht. Die Welt entzieht sich mir. Nebenbei: Habe ich tatsächlich geträumt, dass sich ein Paar neben meinem Bett liebt, erregt und voller Hoffnung – oder sind das die sinnlichen Fantasien eines alten unbefriedigten Mannes?

Liebe ist herrlich. Ich war der Liebe nah. Einmal war ich ihr ganz nah. Und der Frau, die mich geliebt hat, der hätte ich es sagen können, der hätte ich es sagen müssen: »Ich liebe dich!« Aber ich war zu feige damals. Julia, ich muss dir etwas sagen. Es ist wichtig. Schnell, komm und hör mich an ...

»Ich heiße Theodor und wurde zum König von Korsika gewählt. Einst redete man mich mit ›Eure Majestät‹ an, jetzt sagt kaum noch jemand ›Herr‹ zu mir. Früher habe ich Geld prägen lassen, jetzt besitze ich keinen Heller mehr. Ich hatte zwei Staatssekretäre, heute habe ich kaum noch einen Diener. Einst saß ich auf einem Thron, doch dann habe ich lange Zeit im Londoner Gefängnis auf Stroh gelegen.«

Voltaire, Candide

10. Dezember

Isabelle wischte dem Kranken, ohne hinzusehen, einen Bogen winziger Schweißperlen von der Stirn, die dort wie ein königliches Diadem glitzerten. Sie saß auf einem schmalen, wackeligen Hocker neben der Bettstatt und hielt auf ihren Knien das herausgenommene Regalbrett, auf dem sie seit Tagen die Erzählungen des Königs notierte. Mechanisch steckte sie das fleckige Tuch, mit dem sie den Alten abgetrocknet hatte, wieder unter die Decke und griff nach der dunkel gescheckten Feder, um weiterzuschreiben. Der Raum roch jetzt von Stunde zu Stunde mehr nach altem Schweiß und Fäulnis, und die junge Frau musste sich einen inneren Ruck geben, bevor sie sich auf die engen Zeilen konzentrieren konnte, die vor ihren Augen verschwammen.

Theodor hatte nach der Gemüsebrühe, die sie ihm eingeflößt hatte, dreißig Minuten lang unter größter Kraftanstrengung gesprochen, eher gestammelt, bevor er in einen ohnmachtgleichen Schlaf gefallen war, der nun schon drei Stunden dauerte. Nur einmal hatte er sich mittendrin völlig unerwartet aufgerichtet, sie aus plötzlich klaren Augen angesehen und ihre Hand ergriffen: »Julia. Du schreibst das alles auf? Ja? Ich ... ich ... Gott, glaubst du, dass er mich verstehen wird?«

Die junge Frau hatte den eingefallenen Mann mit der Linken am Arm gestreichelt: »Das wird er, Eure Majestät, das wird er. Da bin ich ganz sicher. Ihr hattet keine schlechten Absichten.«

Daraufhin war der König schlagartig wieder eingeschlafen. Sein Atem ging so schwach, dass Isabelle sich mehrfach zu ihm beugte, weil sie nicht sicher war, ob er überhaupt noch am Leben war. Jetzt gab er jedes Mal ein schnarrendes Geräusch von sich, wenn er die Luft durch die Nase einzog. Die junge Frau überflog noch einmal das, was sie soeben festgehalten hatte: zwanzig lange Jahre im Zeitraffer, zwanzig Jahre vergebliche Liebesmüh eines letztlich machtlosen Regenten; die immer verzweifelteren und immer lächerlicheren Versuche eines gestürzten Potentaten, sein auf Hoffnung erbautes Königtum noch einmal aufzurichten.

Isabelle verlor sich in Gedanken, als sie erneut auf die Atemzüge des Alten lauschte. Dreimal war der verkannte Herrscher in diesen Jahren in London in der kleinen Handwerkerstube zu Gast gewesen – beim ersten Mal hatte er Kleider aus Brokat bestellt, beim zweiten Mal nur noch Baumwolle und beim dritten Mal war er nicht einmal mehr in der Lage gewesen, die bescheidensten Stoffe zu zahlen. Und doch hatte er bei jedem Besuch mit einer weltmännischen Geste ein Geschenk für die Tochter seines Schneiders aus einer seiner vielen Taschen gezaubert. Beim letzten Mal war es ein kleines Päckchen mit Farben gewesen. Theodor, auch als alter Mann noch voller Kraft und scheinbar unüberwindlich, hatte das damals schüchterne Mädchen auf den Schoß genommen und mit einem tiefen Brummen gesagt: »Hier, schönste Frau von London. Mal dir deine Zukunft!« Das war der Anfang all ihrer bunten Ideen und Hoffnungen gewesen.

Albrecht, ihr Vater, hatte die kurzen Visiten seines Landsmannes jedes Mal mit einem einzigartigen Glorienschein umgeben und die enge Stube für wenige Stunden in ein königliches Empfangszimmer verwandelt. Eine Zeit lang schmückte er den Hauseingang sogar mit einer handgeschnitzten Tafel: »Hier arbeitet der Hofschneider seiner Majestät König Theodors I.«. Es war auch sein Vorschlag gewesen, teure Stoffbahnen über die rissigen Wände zu hängen, um ihnen für die Dauer des königlichen Besuchs die nötige Würde zu verleihen. Die Aufregung, die in diesen Tagen das ganze Haus beherrschte, hatte sich so auf die Heranwachsende übertragen, dass jeder der Besuche fest in ihrem Gedächtnis verankert worden war. Ja, die Eindrücke waren wie stattliche Schiffe auf dem Meer ihrer Erinnerungen, der Einzug einer großen, faszinierenden Welt in ihre kleine, bescheidene, ein bunter Hauch des ganz Anderen, ein köstlicher Vorgeschmack neuer Dimensionen des Daseins – und zugleich waren sie wie ein verlockendes Opiat, eine unwiderstehliche Verführung, eine Aufforderung, ihre Gedanken nicht mehr im Gegebenen, sondern im Möglichen umherziehen zu lassen.

»Isabelle, was machst du?« Albrecht tastete sich langsam von der Tür zum Bett: »Schläft er?«

Sie war selbst überrascht, wie müde sie klang, als sie antwortete: »Ja, lass ihn einfach schlafen.«

Der alte Mann blickte seine Tochter aus stumpfen Augen nachdenklich an: »Was ist los? Warum weinst du?«

»Er wird sterben. Wahrscheinlich heute Nacht, vielleicht auch erst morgen. Aber dann ist es vorbei.«

»Woher weißt du das?«

Isabelle flüsterte: »Papa, ich habe Mama bis zum Ende gepflegt. Du kannst mir glauben: Ich weiß, wie der Tod aussieht, wie er riecht und wie er sich anfühlt. Er ist schon da, hier in diesem Raum, und grinst uns an. Aber der König wehrt sich noch, verbissen und verzweifelt. Weißt du, es ist verrückt: Die Menschen sterben wirklich so, wie sie gelebt haben. Und seine Majestät wird auch dann noch kämpfen, wenn es nichts mehr zu gewinnen gibt, auch dann, wenn der Kampf schrecklicher wird als jeder Sieg, den er erringen könnte.«

Sie stockte einen Moment, dann fügte sie unsicher hinzu: »Was meinst du, kann man gegen die eigenen Ängste kämpfen oder nicht?«

Albrecht setzte sich vorsichtig auf die Kante des schmalen Bettes, das leise unter der Last stöhnte, und zeigte dann auf den König: »Fragst du das wegen ihm oder wegen dir?«

Die Frau legte das Brett zur Seite, hielt ratlos die Seiten in der Hand, die sie gerade noch einmal durchgelesen hatte, und rückte ihr Kleid zurecht: »Ich weiß es nicht. Ich bin zurzeit etwas durcheinander ...«

»Wegen dieses Lord Kilmarnok?«

Isabelle nickte: »Der König hat mir jetzt endlich von dieser Julia erzählt, von der er bisher immer nur in Andeutungen geredet hatte ...« Sie senkte den Kopf und schwieg. Erst als Albrecht ein auffordерndes Knurren von sich gab, fuhr sie trotzig fort, als müsse sie sich verteidigen: »Ich wünschte, ich könnte einmal einen Mann so lieben, wie sie es getan hat, und mich ohne Skrupel und Zaudern hingeben. Aber meine Gefühle sind wirr und rissig und sie kommen und gehen wie das Meer bei Ebbe und Flut. Wenn sie über mich hereinstürzen, habe ich direkt Angst, dass sie sofort wieder verschwinden könnten, und wenn sie sich zurückziehen, bin ich voller Sehnsucht.«

Albrecht legte seiner Tochter die Hand auf den Kopf: »Der richtige Mann für dich wurde schon zurechtgeschneidert. Er lebt irgendwo – und eines Tages wirst du wissen, wer es ist.«

Isabelle schmiegte sich in die Hand und fing an, hemmungslos zu weinen, so, als falle all der Kummer von ihr ab, der sich über lange Zeit angesammelt hatte. In diesem Moment klopfte es. Der Schneider machte eine Geste, die die junge Frau zurückhielt, und tastete sich aus der Kammer: »Ich mache auf!«

Albrecht öffnete die Tür, die ihm widerwillig in die Diele entgegenkam. Im grellen Licht der Wintersonne standen zwei Männer, deren Konturen er erst nicht deuten konnte. Dann aber erkannte er den Adligen, der ihm grüßend die Hand entgegenstreckte. Verdutzt fragte er: »Was wollt Ihr? Soweit ich weiß, will meine Tochter Euch nicht mehr sehen.«

Frederik von Kilmarnok zog seine Hand zurück und stattdessen den Hut: »Ich möchte gar nicht zu Isabelle, ich möchte zu dir, Albrecht. Das hier ist Doktor Johnson, Londons bedeutendster Spezialist für Augenkrankheiten. Ich habe ihn gebeten, sich deine Augen anzusehen, und obwohl er freitags sonst nicht praktiziert, hat er eingewilligt mitzukommen. Dürfen wir eintreten?«

Durch die offene Tür zog trocken-kalte Luft in den Raum und

ließ das Feuer im Kamin auflodern. Isabelle, die offenbar nur die letzten Worte gehört hatte, kam mit großen Schritten aus der Kammer gestürzt und baute sich mit zusammengezogenen Brauen vor den Besuchern auf: »Frederik! Ich habe dich gebeten, nicht mehr hierher zu kommen. Was soll das?«

Lord Kilmarnok sog den Anblick Isabelles in sich auf. In ihrer Wut schien sie ihm begehrenswerter als je zuvor. »Ich liebe ihre Leidenschaft«, schoss es ihm durch den Kopf, bevor er zögernd sagte: »Ich bringe einen Augenarzt für deinen Vater. Du hast mir doch erzählt, wie wenig er sieht ...«

Die junge Frau unterbrach ihn: »Wir sind sehr gut zurechtgekommen, bevor du aufgetaucht bist. Und Jizchak hätte sogar eine Wunde weniger, wenn du ihn nicht angeschossen hättest. Lass uns einfach in Ruhe. Lass mich in Ruhe.« Sie hob drohend die Arme: »Und versuche ja nicht, über meinen Vater doch wieder Kontakt zu mir aufzunehmen. Ich finde so etwas schäbig, das habe ich dir schon gesagt.«

Frederik beugte sich vor. Besorgt fragte er: »Isabelle, hast du geweint?«

Verärgert wischte sich die junge Frau über die Augen: »Lass das mal meine Sorge sein. Ich brauche weder deinen feisten Möbelschreiner noch deinen tollen Arzt.« Und zu dem Begleiter des Lords gewandt, fügte sie hinzu: »Es ist sehr freundlich, dass Ihr Euch die Mühe gemacht habt, aber wir können Euch nicht bezahlen.«

Doktor Johnson lächelte und neigte den Kopf zu seinem Nebenmann: »Lord Kilmarnok war so freundlich ... außerdem möchte ich mir die Augen deines Vaters nur kurz anschauen ...«

Isabelle ignorierte ihn und setzte Frederik den Zeigefinger auf die Brust: »Ich habe dich gebeten, mich in Ruhe zu lassen. Warum tust du es nicht? Warum ignorierst du meine Wünsche? Und wenn ich diesen Doktor hier sehe, habe ich das Gefühl, dass du es wirklich nicht begreifst: Ich bin nicht käuflich. Ganz gleich, wo du dein Geld investierst, du versuchst mich zu bezahlen. Aber Gefühle haben keinen Preis ...«

Albrecht, der das Gespräch schweigend verfolgt hatte, schob sich energisch nach vorne und nahm seine Tochter mit festem Griff am

Arm: »Isabelle! Dein Stolz ist ehrenwert, sehr ehrenwert sogar. Und ich freue mich über ihn. Aber mein Augenlicht ist mir trotzdem noch lieber. Tu mir einen Gefallen: Spring einmal über deinen Schatten. Lass diesen Doktor sehen, ob er mich heilen kann. Bitte!«

»Papa!«

Der alte Mann schloss die Augen: »Hast du eine Ahnung, was es bedeutet, jeden Tag weniger zu sehen? Du bist manchmal zu hart mit dir und der Welt ...«

Isabelle ergriff ihren Vater an den Schultern: »Papa! Ich fasse es einfach nicht! Willst du deine Tochter verkaufen? Begreif doch: Auf dieser Welt ist nichts umsonst. Frederik kann diesen Mann hier bezahlen, ja. Aber er denkt, er könne alles mit seinem Geld erreichen. Er beschämt uns damit und nimmt uns die Achtung vor uns selbst. Glaubst du nicht, dass der Respekt vor den eigenen Werten wichtiger ist als das Sehen?«

Ein schweres Schweigen trat zwischen sie. Dann sagte der Schneider mit fester, erstarkender Stimme: »Nein, das glaube ich nicht!« Er musste zweimal schlucken, bevor er weitersprechen konnte: »Nach deiner Definition wäre der Stolzeste der Glücklichste. Und das stimmt einfach nicht. Der Stolzeste ist der Einsamste. Wir alle brauchen Hilfe, und die großartige Hoffnung, niemals auf jemanden angewiesen zu sein, ist letztlich nichts anderes als eine verkleidete Form von Hochmut. Isabelle, ich liebe dich und ich liebe auch deine Sehnsucht, unabhängig zu sein. Aber manchmal kann die Angst, nicht frei zu sein, zur stärksten Fessel von allen werden. Sieh dir unseren König an.« Er wies mit der Hand hinter sich: »Der hat ein Leben lang seinen Stolz gezüchtet. Und, hat es ihm etwas gebracht? Nein! Er war der Sklave eines absurden Traums. Dabei hätte er diesen Traum mit etwas mehr Gelassenheit möglicherweise tatsächlich realisieren können. Hätte er nicht alles von sich erwartet und den Menschen nicht mehr versprochen, als er halten konnte, wäre er heute wahrscheinlich immer noch auf dem Thron. Aber sein unerfüllbarer Anspruch, sich selbst die Krone aufs Haupt zu setzen, hat sie ihm am Ende genommen. Es braucht viel Kraft, das Leben in den Griff zu bekommen – aber noch mehr Kraft braucht es, sich dabei helfen zu lassen. Das ist die Lektion, die du von mir lernen kannst.« Und zum Arzt gewandt, sagte er: »Kommt bitte herein, Doktor!«

Während Albrecht mit dem Arzt im Haus verschwand, hielt Isabelle Frederik zurück. Sie versuchte gar nicht erst, leise zu sprechen: »Glaubst du wirklich, du könntest mir etwas beweisen, indem du meine Bitten ignorierst und mich zwingst, dich zu sehen?«

Hilflos hielt sich Lord Kilmarnok an dem kalten Treppengeländer fest: »Isabelle. Ich ... ich wollte deinem Vater helfen. Und, ja, ich wollte dich sehen. Wir müssen doch miteinander reden. Es gibt Dinge, die kann man einfach nicht mit Briefen klären. Ich will dich sehen, die kleinen Falten um deine Augen, deine Blicke, will dein Atmen hören, wenn du redest, dein Seufzen und dieses Schnauben, wenn du lachst. Bitte, lass uns irgendwo hingehen, wo wir ungestört sind. Komm mit zu mir!«

»Bist du verrückt? Ich werde nicht wieder mit dir schlafen!«

Verdutzt blickte eine in dicke Mäntel gehüllte Passantin, die offensichtlich die erregten Worte Isabelles gehört hatte, das Paar an. Frederik von Kilmarnok trat einen Schritt auf seine Geliebte zu: »Können wir nicht wenigstens kurz reingehen? Ich möchte gar nicht mit dir schlafen.« Er stockte. »Unsinn! Natürlich würde ich das gerne, aber das habe ich gerade überhaupt nicht gemeint. Ich bin hier, weil ich mit dir sprechen muss ...«

Isabelle packte den Adligen am Kragen und drückte ihn gegen die Hauswand. Einen Moment lang zuckte ihr Arm hoch, als wolle sie zuschlagen, dann wich die Spannung aus ihr wie aus einer Sehne, die vom Bogen genommen wird. Sie ließ die Schultern hängen, lehnte sich an die Tür und sagte schwer: »Seit ich dich kenne, sprichst du. Aber ich bin nicht sicher, ob du mir mit all den schönen Reden irgendetwas mitgeteilt hast. Du sprichst, doch deine plüschigen Worte sind wie Federn, die auf dem Wasser treiben, sie gehen nicht in die Tiefe.«

Sie schnäuzte sich in ein Taschentuch, dann fuhr sie fort: »Ich weiß bis heute nicht, warum du hinter dem König her bist. Und ich weiß bis jetzt nicht, was wirklich in deinem Kopf vor sich geht. Soll ich dir mal etwas sagen: Eigentlich weiß ich überhaupt nichts von dir! Ich weiß nicht, wer du bist, was du willst, woher du kommst und was dich bewegt.« Ihre Augen glänzten, als flösse ein Bach durch sie hindurch. Rau fragte sie: »Warum sollte ich mich von irgendeinem deiner Schwüre beeindrucken lassen? Wenn ich überhaupt etwas weiß, an das ich mich halten könnte, dann dass du auf unschuldige alte Männer schießt und meine Verwirrung ausgenutzt hast, um mich zu verführen. Das spricht nicht gerade für dich. Bitte, Frederik, lass mich! Ich will endlich Frieden haben.«

Sie drehte sich um und wollte die Tür schließen, doch Frederik hielt sie fest: »Isabelle! Lass mich wenigstens ausreden.« Er klammerte sich mit seiner linken Hand an die rechte. Dann flüsterte er: »Das ist alles für mich nicht einfach. Ich empfinde zum ersten Mal derartige Gefühle für eine Frau. Darum bin ich völlig ... verunsichert. Ich weiß nicht ... wie man sich in so einem Fall benimmt.« Erst jetzt bemerkte die junge Frau, dass ihr Gegenüber zitterte und bereits blaue Lippen hatte.

»Verdammt noch mal. Gut, du kannst dich kurz aufwärmen. Aber ich werde nicht mit dir reden ... ich schaffe das nicht.« Sie hob entschlossen den Kopf: »Wenn dein komischer Arzt fertig ist, verschwindet ihr beide wieder. Hast du mich verstanden?«

Lord Kilmarnok taumelte ins Haus – und erschrak. Mühsam versuchte er, den wieder einmal völlig veränderten Raum in sich aufzunehmen, dessen Wände mit verschleierten Eindrücken aus dem Tower bemalt waren. Dunkle Gänge und Gewölbe verlängerten mit einer beängstigenden Scheinarchitektur den Raum nach allen Seiten und führten zu kaum beleuchteten Verliesen und Käfigen, in denen fremdartige Wesen mit grotesk vergrößerten Augen saßen und den Betrachter grimmig anstarrten. Es war, als würde man in eine andere Welt hineingezogen – diesen glasigen Blicken Ekel erregender Monster ausgeliefert. Am Ende eines der Gänge hockte ein kleines Mädchen, das dem Betrachter aus der Ferne ängstlich beide Arme entgegenstreckte, während aus einer vergitterten Klappe in der Tür hinter ihr eine haarige Hand ragte, die kurz vor dem Zugreifen war. Für den Bruchteil einer Sekunde spürte der Adlige in sich das ernsthafte Verlangen, der Kauernden zu Hilfe zu eilen. Dann kehrte seine Seele zurück in das Zimmer.

Isabelle lief in die kleine, dunkle Kammer und warf die Tür hinter sich zu. Lord Kilmarnok aber lehnte sich ratlos neben dem Kamin gegen die Wand, seinen Gefühlen ausgeliefert, die keinen klaren Gedanken mehr ermöglichten.

Doktor Johnson schien seine Untersuchung fast abgeschlossen zu haben, denn er plauderte mit dem Schneider angeregt über die schaurig-schönen Tapeten, die ihn sichtlich beeindruckten. Albrecht blies die Kerze wieder aus, die der Arzt neben die kranken Augen gehalten hatte, und nahm dankend die Hände des Helfers, der diese Geste halb geschmeichelt, halb peinlich berührt von sich wies. Er nickte dem Adligen freundlich zu.

Frederik von Kilmarnok konnte später nicht mehr sagen, wann er das Bündel mit den Seiten des Manuskripts auf dem Kaminsims entdeckt hatte und warum er es mitnahm. Aber als er im Hotel ankam, fand er es in seiner Tasche.

»WIR LAGEN ALSO IM SEPTEMBER vor Ponte Vecchio. Mit Blick auf die Bucht von Santa Giulia – du weißt schon, diese kleine, geschwungene Bucht, von der ich dir erzählt habe, die, deren Palmenhaine an die Südsee erinnern – und mit Blick auf den malerischen Strand von Palombaggia. An dessen Ausläufer verwandelte die Pointe de la Chiappa, eine ins Meer ragende Felsspitze, in diesen Tagen die anstürmenden Wellen in helle Gischtfontänen. Du kannst mir glauben: Es war fantastisch, endlich wieder vor der Küste meiner Insel zu sein. Nach drei harten Jahren. Ich vibrierte förmlich vor lauter Hochstimmung. Stell dir vor: Drei Kriegsschiffe, mehrere Frachter mit 188 000 Pfund Pulver, 1 300 Musketen, 6 000 Flinten und 24 Kanonen hatten die Holländer mir zur Verfügung gestellt. Ist das nicht fantastisch? Ich mag die Holländer. Sie sind zähe Verhandlungspartner, aber wenn man sie einmal überzeugt hat, dann lassen sie sich nicht lumpen. Weißt du, ich hatte ihnen die alleinigen Rechte für den korsischen Handel mit Öl, Wein, Wachs, Korallen und Ziegenwolle versprochen. Und das wollten sie sich dann doch nicht entgehen lassen.

Wo war ich noch? Ach ja, ich wusste natürlich, dass Ludwig XV. und Karl VI. am 12. Oktober 1737 im Vertrag von Versailles offiziell beschlossen hatten, Korsika für alle Zeiten bei Genua zu belassen. Aber auf solche Verlautbarungen habe ich schon damals nicht viel gegeben. Die Politik der Großmächte ändert sich manchmal innerhalb weniger Tage. Ich behaupte ja ohnehin, dass die wesentlichen Entscheidungen unserer Regenten mehr von einer gelungenen Liebesnacht oder intensiven Blähungen abhängen als von irgendeinem anderen Faktor. Wie dem auch sei, ich machte mir erst einmal wenig Sorgen wegen irgendwelcher in Paris verhandelter Beschlüsse.

Unglücklicherweise hatten die Franzosen zur Unterstützung Genuas tatsächlich einige Truppen geschickt, weil sie die aufsässige Haltung der Korsen nun als persönlichen Angriff betrachteten. Stell dir vor: Sie zogen mit sechs Bataillonen auf. Eigentlich ein Grund, stolz zu sein. Ich muss ihnen kräftig Angst gemacht haben. Allerdings weigerte sich der leitende General Boissieux, blindlings in einen Krieg einzutreten, und begann, mit den Aufständischen, also mit meinen Generälen, zu verhandeln. Was den Genuesen überhaupt nicht schmeckte. Jedenfalls, ich war bei meiner Ankunft nicht mehr ganz sicher, ob mein Volk noch hinter mir stand. Also forderte ich von den Menschen, die bei meiner Ankunft lautstark jubelten, einen deutlichen Treuebeweis.

Und den brachten sie mir, noch am selben Abend, eine Verlautbarung der letzten Consulta zu Corte: ›Wir nehmen Gott, den Allmächtigen zum Zeugen und erklären angesichts der ganzen Welt: Wie Seine Majestät, König Theodor der Erste, seit seiner Ankunft auf Korsika nur für das Glück seiner Völker wirkte und sie nur verließ, um das glorreiche Ende seines Unternehmens zu beschleunigen, so hangen auch wir ihm in unveränderter Liebe und unerschütterlicher Treue an und sind entschlossen, als seine Untertanen für ihn zu leben und zu sterben.‹«

»Du kannst es ja auswendig!«

Theodor zuckte irritiert zusammen: »Natürlich!«

»Warum erzählst du mir das alles?«

Der Gefragte war in den letzten Jahren grau geworden, trotzdem sah man ihm seine siebenundvierzig Jahre nicht an. Die helle Farbe der Haare verstärkte die dunklen männlichen Züge des Königs und verlieh ihm eine zusätzliche Würde. Seit er diese schillernde Mähne besaß, hatte sich Theodor das Tragen von Perücken abgewöhnt. Lustlos, weil er in seiner Erzählung unterbrochen worden war, nahm er einen Ast und stocherte damit im Kamin herum: »Willst du meine Geschichte nun hören oder nicht? Die spannendste Stelle kommt erst noch.«

Angelika Kassandra Fonseca, die Oberin des Klosters St. Dominikus und Sixtus auf dem Quirinal in Rom, kniff verschwörerisch ein Auge zu und schmunzelte. Dann nahm sie zur Überraschung ihres Gastes die Haube ab und legte sie neben sich auf die Bank. Lockiges rotes Haar kam zum Vorschein und entzog ihrem Gesicht sofort alle Strenge. Als steckte ihre ganze Weiblichkeit in den vorwitzigen Strähnen, umhüllten diese sie mit Wärme und Lebenslust. Und man sah ihr an, dass sie sich dessen bewusst war. Angelika war ebenfalls Ende vierzig, mit einem ausgeprägten spitzen Kinn und listigen graugrünen Augen, die ganz leicht schielten, so leicht, dass ihr Gegenüber immer meinte, er sei vollkommen im Zentrum ihrer Aufmerksamkeit. Die Schwester entstammte altem Avignoner Adel und hätte ihre Tracht jederzeit gegen die Gewänder einer Fürstin eintauschen können, ohne Angst haben zu müssen, dieser Rolle nicht gewachsen zu sein. Doch ihr Vater hatte eine unschickliche Romanze der frühreifen Tochter als Anlass genommen, sie ins Kloster zu schicken.

Theodor war der schönen Oberin schon bei seinem ersten Besuch in Rom begegnet. Ein Freund hatte ihm empfohlen, sich an Angelika zu wenden. Die kluge, charmante Frau leitete das für seine Kultur und seine Gastfreundschaft bekannte Kloster mit großer Hingabe, aber sie litt dabei sehr – vor allem unter der Einfalt der ihr anvertrauten Nonnen, die ihr meist nicht folgen konnten, wenn sie brillante Wortspiele, theologische Spitzfindigkeiten oder philosophische Ideen austauschen wollte. Anfangs noch voller Hoffnung, hatte sie bald entdecken müssen, dass kaum eine der ihr anvertrauten Frauen ihre intellektuellen Bedürfnisse befriedigen konnte.

Wenn sie tatsächlich einmal im Lächeln einer Novizin den Schalk und die Schönheit des Denkens bemerkte, konnte sie sicher sein, dass diese wenig später vom Orden versetzt wurde. Angelika nannte die mangelnde Herausforderung ihren »Stachel im Fleisch«. Doch während sie sich in den ersten Monaten für ihre fehlende Demut gegeißelt hatte, war sie inzwischen dazu übergegangen, ihre Lust am Assoziieren und kreativen Disputieren als Geschenk des Gottes zu betrachten, dem sie ihr Leben geweiht hatte.

Und genau diesem Gott dankte sie vom ersten Tag an, dass er ihr einen designierten König zugeführt hatte, der nicht nur äußerst gewandt reden konnte und sich bei gedanklichen Höhenflügen nicht so leicht abhängen ließ, sondern ihr auch eine Chance bot, auf ihre Art ein wenig Politik zu treiben. »Ich treffe selten einen Menschen, bei dem ich nicht nach einiger Zeit das Gefühl bekomme, er rede völligen Unsinn. Weißt du, was ich meine? Menschen, deren Geist zu feige ist, um sich der Wahrheit zu nähern, Menschen, die um das Haus des Lebens herumschleichen, es aber nicht wagen, die Tür zu öffnen, um hineinzugehen. Geschweige denn, dass sie die Schränke oder gar den Verschlag zum Keller öffnen würden. Wer – in diesem übertragenen Sinne – draußen bleibt, muss zwar drinnen nicht aufräumen, aber er ist und bleibt Wind und Wetter ausgesetzt, ohne die Geborgenheit der eigenen vier Wände kennen zu lernen. Du bist – Gott sei Dank – anders. Darum freue ich mich jedes Mal so, wenn du mich besuchst«, hatte sie Theodor mehrfach nach einigen Gläsern Wein anvertraut.

Angelika Fonseca war es in den darauf folgenden Jahren gelungen, beim Papst die Absetzung des genuesischen Bischofs von Korsika durchzusetzen. Außerdem hatte sie dafür gesorgt, dass Monsignore Fonseca, der Bischof von Jesi, der zugleich ein Bekannter Paolis war, zum neuen apostolischen Visitator der Inselklöster ernannt wurde. Sie schmuggelte seit Beginn des »Königlichen Abenteuers«, wie sie es nannte, auf kleinen Fischerbooten die Post Theodors nach Korsika und stellte hin und wieder mittlere Geldsummen zur Verfügung.

Jetzt stand sie auf, nahm ein Holzscheit und legte es in das Feuer. Dabei strich sie dem davor sitzenden Theodor leicht über den Kopf und sagte mit spöttischem Unterton: »Du erzählst die Geschichte, als ob du gewonnen hättest. Dabei wartest du immer noch auf deinen Thron. Was soll das? In diesen vier Wänden musst du nicht den Sieger spielen. Ich glaube, dass du am Ende gewinnen wirst, aber vorher darfst du ruhig auch deine Niederlagen benennen. He, jetzt guck nicht so! Das fällt dir schwer, nicht wahr? Du möchtest gerne bei allem als Sieger dastehen!«

»Wollen wir jetzt die Abgründe der menschlichen Seele erforschen oder darf ich meine Geschichte erzählen?« Theodor musterte sie kampfbereit.

Die Oberin schüttelte lächelnd den Kopf, dann sagte sie: »Heute ist dein Namenstag, da darfst du entscheiden. Übrigens: Ich verspreche dir jetzt schon, dass ich den 9. November bis zu meinem Tode feiern werde. Dir zu Ehren. Wie es einem König gebührt. Ach, weißt du eigentlich, dass du viel mit deinem Namensvetter, dem heiligen Theodor von Euchaita, gemein hast? Nein? Dieser Theodor wurde zum Märtyrer, weil er als einfacher Soldat im Heer des Kaisers Maximian einen Tempel der Göttin Kybele anzündete. Man fasste ihn, quälte ihn grausam und verbrannte ihn schließlich auf einem Scheiterhaufen ...«

»Und was hat das, bitte schön, mit mir zu tun?«

»Na, wer lässt hier andere ihre Geschichten nicht zu Ende erzählen? Die Pointe kommt erst noch. Weißt du, warum der heilige Theodor den Tempel anzündete?«

Theodor schüttelte den Kopf, was Angelika offensichtlich Vergnügen bereitete: »Nein? Also, pass auf. Er war kurz vorher festgenommen und verhört worden. Dabei hatte er inbrünstig seinen christlichen Glauben bekannt. Doch der Offizier, der ihn verhörte, war gutmütig und wollte dem jungen Mann nichts Böses. Er nahm das eindringliche Bekenntnis zu Jesus Christus nicht ernst, bewertete es nicht als staatsgefährdend und ließ den Gefangenen frei. Daraufhin rannte Theodor, der über die Missachtung seines ach so heroischen Zeugnisses zutiefst erbost war, los, schnappte sich eine Fackel und brannte das heidnische Gotteshaus nieder. Wahrlich ein Held: Ärgert sich über die Gnade und die Freundlichkeit eines römischen Offiziers zu Tode, anstatt sich zu freuen. In der Ostkirche gilt er sogar als ›Großmärtyrer‹. Schade nur, dass keiner erwähnt, dass es nicht Glaubensstärke, sondern gekränkte Eitelkeit war, die ihn zu dieser frommen Tat trieb. Er wollte sich und der Welt beweisen, dass man ihn und seinen Glauben ernst nehmen müsse. Wäre er am Leben geblieben, hätte er vielleicht Tausende und Abertausende von Menschen bekehrt ...«

Theodor von Neuhoff hob sein Glas und prostete der Oberin zu: »Und du glaubst, dass ich auch so ein Theodor bin, dessen Eitelkeit ihn zu Taten verleitet, die ihn letztlich ins Unglück stürzen? Na, wer weiß, vielleicht werde ich ja eines Tages auch noch heilig gesprochen. Der heilige Theodor von Neuhoff. Liebste Angelika, ich hinterlasse dir hiermit schon jetzt alle meine Gebeine, damit du einen blühenden Devotionalienhandel aufmachen kannst. Reliquien, Reliquien! Kauft ein Ohr vom Theodor!«

Die Oberin blickte ihn von der Tür ihrer herrschaftlich eingerichteten Doppelzelle ruhig an: »Ein netter Vorschlag. Ich werde gegebenenfalls darauf zurückkommen. Aber ich habe dir die Geschichte aus einem anderen Grund erzählt. Ich glaube, dass du es, wie dein Namenspatron, nur schwer erträgst, nicht ernst genommen zu werden. Und ich würde gerne wissen, warum du immer, wenn es an deine wunden Punkte geht, anfängst, ironisch zu werden.« Kichernd fügte sie hinzu: »Wobei ich mir gerne eines deiner Öhrchen in einem Schrein an die Wand hängen werde.« Sie trat zurück in den Raum und blickte Theodor, auf ihr Stehpult gelehnt, grinsend an. Dabei spielte ihre Zunge mit den Oberzähnen.

»Darf ich jetzt weitererzählen?«

Sie öffnete beide Hände in einer übertrieben huldvollen Geste: »Bitte schön!«

Der König strich in Gedanken über den Rand seines Weinkelches: »Es war der 15. September. Ich lag in meiner Kajüte in der Koje und ließ mir noch einmal durch den Kopf gehen, was ich am nächsten Tag bei meinem Landgang alles würde klären müssen. Es sollte schließlich eine rauschende Rückkehr werden. Doch ich konnte mich nicht konzentrieren. Es war, als ob der Duft von Korsika mir all die Erinnerungen an Julia in frischen Farben präsentieren wollte. Nein, die Erinnerungen, ihr Gesicht, ihre Berührungen, ihre Nähe, das alles war nicht wirklich verblasst, ich hatte nur verzweifelt versucht, es zu vergessen. Und nun kamen die Bilder wieder, so wie kleine Kinder, die Verstecken spielen, mit einem Mal hervorspringen und sich triumphierend an dich klammern.

Plötzlich hatte ich das Gefühl, sie wäre in der Kabine, meine Julia, ganz nah. Ich konnte sogar den süßen Mandelgeruch ihrer Haut schmecken. Meine Sehnsucht drückte mir derart das Herz zusammen, dass mir die Luft wegblieb. Kennst du dieses Gefühl? Dass du dich von einem Moment auf den anderen selbst verlierst, weil eine drängende Sehnsucht stärker ist als alle Realität? Du gerätst in einen Strudel, der dich so hinunterzieht, dass er nicht nur deine Gefühle, sondern alles mit sich reißt, an das du dich bislang geklammert hast. Plötzlich steht die ganze Welt in Frage. Du weißt nicht mehr, warum du überhaupt lebst. Du traust dir und Gott nicht mehr und der Tod winkt dir mitten im Leben mit einer einladenden Geste zu. Ich habe gegreint und gejammert, gebetet und gefleht.«

Der König stützte sich mit den Ellenbogen auf seine Knie und sprach jetzt sehr deutlich: »Doch mitten in der Benommenheit meiner Tränen, in einem Dämmerzustand zwischen Wachen und Schlafen, höre ich plötzlich eine raue und angestrengte Stimme, die sich beschwörend in meine Not drängt: ›Julia, hilf mir! Julia, rette mich! Julia, erhöre mich.‹ Das geht so minutenlang. Immer nur diese drei Sätze, wie eine wiederkehrende Aufforderung. Eindringlich, klar und fest. Und ich fange nach einiger Zeit mechanisch an, sie mitzusprechen, ja, mitzubeten: ›Julia, hilf mir! Julia, rette mich! Julia, erhöre mich.‹

Ich weiß nicht, wie lange ich diese Verse wie in Trance vor mich hin gemurmelt habe, aber mit jedem Mal wich etwas von der Beklemmung von mir. Es war, als könnte ich all meine Fragen in diese Litanei an meine verlorene Geliebte legen, das Bedrängende abgeben und zu mir zurückkehren: ›Julia, hilf mir! Julia, rette mich! Julia, erhöre mich.‹ Als hätte ich endlich eine Form gefunden, in die ich mein Leid gießen kann.

Ich weiß, dass es merkwürdig klingt, aber ich habe mich erst nach diesem inneren Prozess gefragt, woher die Stimme eigentlich kam. Sie war für mich einerseits ein unleugbares Wunder, andererseits weißt du ja, dass Gott und ich seit langem miteinander ringen wie es vom biblischen Jakob und dem dunklen Mann am Jabbok in der Bibel erzählt wird. Und ich bin genauso stur wie Jakob. Ich will mir den Segen erkämpfen. So leicht kommt mir der Höchste nicht davon.«

Angelika rümpfte neckisch die Nase, was Theodor dazu brachte, wieder ernster zu werden: »Ja, du verstehst davon viel mehr als ich. Aber ich war immer ein guter Christ. Guck nicht so. Ich bin ganz sicher, dass ich in Gottes Händen bin. Vielleicht habe ich seinen Händen zu selten die Möglichkeit gegeben, an mir zu handeln. Das mag sein. Aber ansonsten …«

Sie legte die rechte Wange auf die Unterarme und sah ihn aus dieser schrägen Position amüsiert an: »Ich frage mich, warum so viele Menschen denken, dass sie in der Gegenwart von Geistlichen ihren Glauben rechtfertigen müssten. Du wolltest doch eigentlich deine Geschichte erzählen.«

Theodor hob den Kopf: »Du hast Recht. Ich wollte nur meine Zerrissenheit erklären. Ich erlebte etwas Einzigartiges und hatte zugleich nicht die Spur eines Zweifels, dass es für die geheimnisvolle Litanei eine natürliche Erklärung geben müsse.«

Er streckte sich und fuhr nun fort zu erzählen: »Auch als ich jetzt ganz ruhig wurde, klangen die Worte weiter durch den Raum: ›Julia, hilf mir! Julia, rette mich! Julia, erhöre mich.‹

Ich streifte einen Mantel über mein Nachthemd, öffnete die Tür und trat hinaus auf den Gang. Der Schiffskörper hob und senkte sich in der Dünung wie eine träge Geliebte und ächzte dabei leise. Jemand hatte die Tür zum Deck offen gelassen, so dass die kalte Nachtluft hereinzog. Zwischen den vielen knarrenden Geräuschen war es schwer, die Herkunft der Stimme zu orten. Dann aber sah ich am Ende des Ganges auf einmal kleine rote Funken stieben. Schlaftrunken und noch immer verwirrt, lief ich auf sie zu. Und dann war ich mit einem Schlag hellwach!«

Theodor hatte sich aufgerichtet und starrte seine Zuhörerin mit großen Augen an: »Vor mir kniete Wickmannshausen, ein deutscher Abenteurer, der sich zwei Wochen zuvor erboten hatte mitzukommen, und versuchte gerade, mit einem Feuerstein eine Lunte zu entzünden, die direkt in die Pulverkammer führte. Mit einem Schrei stürzte ich mich auf ihn, rammte ihm meine Faust ins Gesicht, ergriff den runden Stein und schlug ihn mit einem einzigen Hieb bewusstlos.

Begreifst du? Der Kerl wollte das Schiff in die Luft sprengen. Noch in derselben Nacht ließ ich von meinen Männern seinen Seesack durchsuchen – und was fand ich: einen dicken Beutel mit Goldmünzen, die dieses Schwein von den Genuesen dafür bekommen hatte, dass er mich ermordet. Am nächsten Tag habe ich den Kerl am Mast aufhängen lassen. Du kannst Gott danken, dass ich heute überhaupt bei dir sein kann.« Der König hob erneut sein Glas und leerte es in einem Zug.

Angelika trank ebenfalls, dann setzte sie sich wieder auf die Bank und schlug elegant die Beine übereinander: »Danke, Vater im Himmel! Theodor, du musst wirklich einen fleißigen Schutzengel haben. Bei all den Schurken, die Genua dir schon auf den Hals geschickt hat. Als du das letzte Mal hier in Rom warst, wurde doch auch auf dich geschossen – du hast mir damals das Einschussloch in deinem Hut gezeigt. Und in Paris wurde, wie ich gehört habe, dein Wagen dreimal von einem gedungenen Mörder ins Visier genommen. Wünschst du dir nicht manchmal, diese ewige Flucht wäre zu Ende?«

»Angelika, du bist schrecklich.«

Die Oberin lachte so hell, dass sich der Klang in den Mauern der Zelle verfing: »Warum?«

»Weil du nicht fragst, woher die Stimme kam!«

Das erste Lachen begegnete einem zweiten: »Ach, Theodor, du wirst es mir ohnehin erzählen. Ich weiß doch, wie sehr du es hasst, wenn du Geschichten nicht zu Ende bringen kannst. Und vielleicht ist das dein eigentliches Problem: Du hältst es nicht aus, dass das Leben viele Fragen offen lässt und manche Knoten sich beim besten Willen nicht lösen lassen.«

Der König drückte sich in die Ecke seines Sessels: »Willst du nun wissen, woher die Stimme kam, oder nicht?«

»Natürlich will ich es wissen.« Sie hielt sich das Glas vor die Augen und betrachtete seine verschwommenen Züge durch es hindurch: »Aber noch viel mehr amüsiere ich mich, wie sehr du darunter leidest, dass ich dich hinhalte.«

»Bitte! Dann erzähle ich es eben nicht.«

Die Oberin setzte einen gekonnten Schmollmund auf. Dann sagte sie, als müsse sie ein Kleinkind beruhigen: »Theodor, bitte! Erzähl mir, großer König, woher diese geheimnisvolle Stimme kam.«

Theodor warf ein Kissen in ihre Richtung, verfehlte sie aber und sagte dann leise: »Mir ist die Geschichte wirklich wichtig. Vielleicht, weil ich sie nicht verstehe. Als ich am nächsten Vormittag an Land ging, wurde ich von vielen liebevollen und erleichterten Menschen begrüßt, die dem Himmel dankten, dass ich dem Anschlag entkommen war, und die die Kunde von diesem unglaublichen Wunder im ganzen Land verbreiteten. Ein speziell korsisches Wunder.

Ihnen hatte der Schiffspater nämlich erzählt, er habe kurz nach Mitternacht, als er von meinem schweren Seufzen und Klagen ob der mich erwartenden Staatsgeschäfte geweckt worden sei, angefangen, inbrünstig zur heiligen Julia, der Schutzpatronin Korsikas, zu beten. Und nun waren sich alle einig, dass ihre verehrte Heilige mir einen Hinweis auf den Attentäter geschickt und mich gerettet habe. Halleluja. Ich war also in der Nacht in das Gebet meines Priesters eingefallen. Nur hatte er eine heilige, ich eine ganz irdische Frau angebetet. Was meinst du als Expertin: War das nun ein Wunder oder nicht? Hat Gott durch diesen Pater mein Leben gerettet?«

Es klopfte, eine Schwester brachte einen Stapel Briefe und überreichte sie dem König schweigend. Theodor legte die versiegelten Bögen achtlos neben sich und schenkte sich aus einem irdenen Krug nach. Er schrieb an seine Minister täglich lange Briefe, in denen er – zwischen Alltagsgeschäft und Durchhalteparolen schwankend – versuchte, den Kontakt zu halten. Jetzt aber kratzte er sich mit der Hand nachdenklich im Nacken: »Das war mein korsisches Wunder. Eins, das meiner Popularität noch einmal zu unerwartetem Aufschwung verhalf. Ich hatte allerdings nur wenig Zeit, mich darüber zu freuen, denn einen Tag später veröffentlichte der französische General, der von meiner Ankunft erfahren hatte, einen zuvor geschlossenen Geheimvertrag, in dem er meinen Minister Paoli zum Vizekönig ernannte. Ich war außer mir. Paoli, dieser Idiot, war zum Feind übergelaufen und glaubte tatsächlich, die Korsen würden ihm, als meinem Stellvertreter, folgen.«

Theodor hob sein Glas: »Weißt du, was passiert ist? Sie haben ihn ausgelacht. Das ganze korsische Volk hat den bis dahin am höchsten angesehenen Mann des Landes ausgelacht, als er ihren König hintergehen wollte.«

»Und warum musstest du dann wieder fliehen?«

Der König schüttelte den Kopf: »Ich bin nicht geflohen. Als ich nach einer Woche zurück nach Porto Vecchio kam, war Peter Keelmann, der holländische Kapitän, der mich mit all den Schätzen begleitete, davongefahren. Weg, einfach weg. Mir wird heute noch ganz schlecht, wenn ich daran denke: Ich stehe am Pier und der Hafen ist leer. Das musst du dir mal vorstellen. Da lässt mich dieser Dreckskerl im Stich. Er fährt einfach weg – und nimmt all die schönen Waffen, Ausrüstungsgegenstände und Vorräte wieder mit. Er muss Angst bekommen haben. Ich weiß nicht, ob ihm die Franzosen oder die Genuesen gedroht haben. Oder ob er einfach sauer war, dass der Hafen nicht sofort voller Güter war, die er nach Holland bringen konnte. Dabei hatte ich schon alles veranlasst. Oliven, Kastanien, Felle, alles war unterwegs. Aber dieser blöde Holländer vertraute mir nicht.

Als ich mich wieder beruhigt hatte, bin ich Keelmann sofort mit einem kleinen korsischen Schiff gefolgt und habe ihn in Neapel auch einholen können. Doch er hat sich geweigert, ohne Garantien noch einmal die Insel anzusteuern. Wenn ich es mir so überlege, dann sind die Holländer doch ein mieses Völkchen. Nun, ohne die Waffen und die symbolischen Zeichen meiner Macht konnte ich nicht auf die Insel und auf meinen Thron zurückkehren. Außerdem patrouillierten die aufgebrachten Genuesen natürlich vor allen Häfen, um mich zu erwischen.«

»Warum machst du das alles, Theodor?«

»Was meinst du?«

Angelika setzte sich neben ihn und ergriff seine Hand: »Du kämpfst und kämpfst. In deinem Kopf, in all dem, was du sagst, ist immer nur dieses verzweifelte Ringen um die versagte Anerkennung. Und das macht mir Angst. Du kannst schon gar nicht mehr anders als kämpfen. Und ich würde gerne wissen und verstehen, wofür du kämpfst. Was steckt dahinter? Es ist doch nicht dieser alberne Thron. Das glaube ich dir jedenfalls nicht. Es ist auch nicht Korsika. Dich verbindet nichts mit dieser überschaubaren Insel. Und du kannst auch nicht für ein ganzes, dir eigentlich fremdes Volk Verantwortung übernehmen. Das weißt du so gut wie ich. Warum jagst du Jahr für Jahr durch halb Europa und ringst mit den Fürsten der Welt? Ich will es begreifen.«

Sie musterte ihn nachdenklich: »Oder glaubst du tatsächlich, dass du als ein in ganz Europa legitimierter König glücklicher wärst als der verarmte Baron Theodor von Neuhoff? Na? Nein! Sag, dass das nicht stimmt. Das glaubst du doch nicht wirklich? Ein noch so eindrucksvoller Titel schenkt einem Menschen doch kein Heil. Wenn ich eines in all den Jahren gelernt habe, dann das: Wer als Baron nicht gelernt hat, glücklich zu sein, der wird es auch als König nicht werden. Also: Was steckt wirklich dahinter?«

Der König hielt sich an seinem Weinglas fest: »Ich habe keine Ahnung, wovon du redest. Angelika, ich habe mich entschieden, Korsika und den Korsen die Freiheit zu bringen. Und dazu stehe ich! Darf ein Mann denn kein hohes Ziel vor Augen haben, für das es sich zu leben lohnt, darf er nicht für ein großes Ideal kämpfen?«

Sie legte den Kopf schräg: »Doch, das darf er. Aber er sollte sich auch fragen, welches persönliche Ziel er damit verbindet. Niemand kämpft für ein großes Ideal, der nicht auch eine persönliche Absicht verfolgt. Ich will damit deinen heroischen Freiheitskampf nicht klein reden. Aber ich glaube, dass die großen Ziele dann am ehrlichsten angegangen werden können, wenn man sich der eigenen Motive bewusst ist.«

Überrascht wandte sich der König zu ihr hin: »Du redest schon genauso wie Julia.«

Die Rothaarige ließ die Hand des Königs los und legte sie nachdenklich auf dessen Knie. Einige Minuten lang schwiegen beide. Theodor rückte ein Stück näher ans Feuer und starrte in die Flammen. Er drehte sich auch nicht um, als Angelika wieder anfing zu sprechen. Ihre Stimme klang plötzlich zerbrechlich, als fürchte sie sich vor ihren eigenen Worten: »Weißt du, was ich glaube? Ich glaube, dass du nur aus einem einzigen Grund diesem blöden Königreich so verbissen nachjagst. Du hast es eben selbst gesagt: Du hast dich dafür entschieden. Das ist richtig. Aber eines, eines hast du dabei nicht erwähnt: Deine Entscheidung für den Thron war zugleich eine Entscheidung gegen Julia. Verstehst du? Du kannst nicht aufhören, diesem Herrschertraum nachzulaufen, niemals, denn sonst müsstest du dir eingestehen, dass deine Entscheidung gegen Julia falsch war und du nun beides verloren hast. Schließlich hat deine kluge Korsin im Kloster inzwischen das Keuschheitsgelübde abgelegt.«

Die Äbtissin sprang auf: »Natürlich! Jetzt begreife ich! Du kämpfst wie ein Wahnsinniger für Korsika, weil du dir andauernd zeigen und beweisen musst, dass es kein Fehler war, Julia gehen zu lassen. Nicht, weil du Korsika liebst, sondern weil du Angst hast, die größte Fehlentscheidung deines Lebens zugeben zu müssen. Oh Gott! Sei ehrlich! Es ist doch so, wie ich es sage, oder? Um den einen Fehler nicht wahrhaben zu müssen, stürzt du dich in ein politisches Inferno. Bitte, lass es! Theodor, es ist keine Schande zu verlieren. Das passiert uns allen. Ich wünsche dir so sehr, dass du deinen Thron bekommst. Aber solange du eigentlich gegen etwas und nicht für etwas kämpfst, kannst du nur verlieren.«

Sie schloss beide Arme um seinen Rücken und flüsterte: »Theodor! Ich habe viel über dich nachgedacht. Und inzwischen bin ich der Meinung, dass du diesen irrwitzigen Kampf aufgeben solltest. Theodor, bitte sieh mich an! Du bist klug, charmant, gut aussehend und gewandt. Ich suche noch diese Woche hier in Rom eine Stellung für dich, in der du Frieden finden kannst. Was denkst du? Bitte lass dich nicht von deiner Vergangenheit terrorisieren ...«

Das Glas des Königs zerschellte mit einem lauten Knall an der Steinwand. Mit vor Anstrengung verzerrtem Gesicht drehte er sich um und deutete mit dem Zeigefinger auf Angelika: »Du vertrocknete Klosterratte hast doch keine Ahnung. Weder von der Liebe ... noch von den großen Träumen. Ich ... ich ... verdammt ...« Er sprang auf und rannte hinaus.

Es war das letzte Mal, dass Angelika Fonseca ihren illustren Gast sah. Er antwortete weder auf ihre Briefe noch auf ausgerichtete Grüße. Er schickte sogar die Geldgeschenke zurück, die er eigentlich dringend benötigte. Sie aber hielt ihr Versprechen: Jedes Jahr am 9. November feierte sie seinen Namenstag.

Der dichte Regen hatte im Lauf des Nachmittags den Schnee fast restlos beseitigt. Erst sprenkelte er die weißen Flächen mit dunklen Punkten, dann schoss er schonungslos immer größere Krater hinein und am Ende nagten die Tropfen so lange an den verbliebenen grauen Flecken, bis diese sich ergaben. Gebannt schaute Lord Kilmarnok auf einen der letzten Schneehaufen, der zusehends kleiner wurde. Innerhalb der letzten Stunde musste er ungefähr die Hälfte seines Volumens verloren haben. »Wäre das ein Schneemann, er läge in den letzten Zügen«, dachte der Wartende resigniert und verspürte einen Moment lang das Bedürfnis, seinen Schirm über das verlorene grauweiße Hügelchen zu halten.

Stattdessen hob er wieder einmal den Blick und sah aufmerksam die Little Chapel Street hinunter. An einen Baum gelehnt, stand der Adlige seit Einbruch der Dunkelheit an der Kreuzung und beobachtete die Straße und das baufällige Haus, in dem seine Geliebte wohnte und durch dessen Fenster der matte Lichtschein verrußter Lampen strahlte. Und obwohl Isabelle in der Zeit, in der er hier wartete, nicht herausgekommen war, hatte schon der Anblick ihres Zuhauses die Unruhe in ihm besänftigt. Weil er sie nicht sehen konnte, versuchte er, sich vorzustellen, was sie wohl gerade tat. Malte sie an einer neuen Tapete? Kochte sie? Hörte sie dem König zu? Oder unterhielt sie sich mit ihrem Vater? Vielleicht sogar über ihn? Oder wechselte sie gerade die Kleider? Die Erinnerung an ihre Brüste, ihre Haut und ihre drängende Neugier vermischte sich mit der feuchtkalten Luft und jagte ihm einen Schauder durch den ganzen Körper. Er hatte sich auf den Weg zu ihr gemacht, weil er sich in den Zimmern seiner Unterkunft auf einmal unendlich falsch vorgekommen war, verlassen und ausgeliefert. Das teure, exquisite Interieur erschien ihm schamlos und künstlich. Es hatte in seiner Erhabenheit so offensichtlich nichts mit der tobenden Lebendigkeit seiner Gefühle zu tun.

Als der Lord gegen Mittag dieses Tages resigniert in seinen Sessel gesunken war, hatte ihm Felix eine erneute Botschaft der Mutter gebracht. Ein schmales Paket und einen flehenden, verzweifelten und zugleich derben Brief, in dem sie ihm unterstellte, er sei offensichtlich dem morbiden Charme des Königs erlegen. Sie schrieb mit gehetzten Buchstaben:

»Mein Sohn, dass du nicht kommst, ja, nicht einmal antwortest, macht mir Angst. Hat er dich etwa becirct? Bist du am Ende doch auf ihn hereingefallen? Ich bitte dich: Lass das nicht zu! Fang niemals an, diesem verfluchten Heuchler zu trauen. Niemals, hörst du. Ich weiß, wie süß seine Worte klingen können. Es waren ja gerade diese Traumgebilde, die uns alle ins Elend gestürzt haben.

Noch einmal: Ich warne dich mit aller mütterlichen Liebe. Du musst ihn durchschauen, weil er es selbst nicht kann. Seiner Schäbigkeit, Theodor von Neuhoff, ist es immer gelungen, sich hochkomplizierte Erklärungen für sein peinliches Verhalten einfallen zu lassen. Dabei wird ihm seine eigene Intelligenz zur Feindin. Er ist so gewitzt, dass er jederzeit eine schlüssige Deutung der Lebensumstände erfinden kann, die es ihm erlaubt, all das, was für alle Menschen falsch ist, in seinem Fall für richtig zu erklären. Doch nur weil etwas logisch klingt, ist es nicht richtig. Theodor erklärt sich immer zur Ausnahme, er beansprucht, der ewig Andere zu sein. Quod licet Jovi, non licet bovi. Was dem Theodor erlaubt ist, das ist natürlich sonst niemandem erlaubt.

Er baut sich dabei eine abstrakte Logik auf, die in sich bisweilen tatsächlich unangreifbar erscheint – und die doch nur Unheil bringt. Das Gefährlichste an diesen seinen fatalen Theorien ist, dass er ihnen glaubt. Das Böse an ihm ist deshalb nicht sein Wille, weil es ihm ja gelingt, sein Gewissen mit groß angelegten Gedankengebäuden zu entlasten, das Böse an ihm ist seine Unfähigkeit, diese selbsterlösenden Muster kritisch zu hinterfragen. Es ist ihm so unmöglich, sich als fehlerhaft zu sehen, dass er von seinen dennoch vorhandenen Zweifeln zu immer wilderen Deutungen und Verdrehungen des Daseins gezwungen wird. Alles scheint daran gut, und doch ist alles schlecht.

Dieser Mann hat keine Realität, er beherrscht die Kunst, sich selbst zu betrügen, meisterhaft. Er kennt nur seinen alles heiligenden Kosmos namens Theodor, er lebt in einem Paralleluniversum, das in Frage zu stellen einer Kriegserklärung gleichkäme. Frederik, mein Lieber, komm endlich zurück. Lass die Vergangenheit ruhen.« In dem Paket aber steckte ein Säckchen mit Porzellanstücken, das der Lord verwundert auf seinen Nachttisch gelegt hatte.

Nun stand der Adlige im Regen, anfangs unentschlossen, inzwischen voller Hoffnung, Schascha möge erscheinen und ihm eine Möglichkeit aufzeigen, wie er mit Isabelle reden könnte. Doch sie kam nicht. Dennoch öffnete sich die Tür andauernd. Wenn der Lord richtig mitgezählt hatte, dann waren in den letzten Stunden mindestens zwanzig verschiedene Besucher im Haus des Schneiders ein- und ausgegangen. Einfache Menschen, in schlichte, zerschlissene und ungefärbte Arbeiterkleidung gehüllt, ohne Perücken und Stöcke, aber mit kleinen Weidenkörben oder Säcken unter dem Arm. Sie alle machten zögernd einen Knicks oder eine Verbeugung an der Tür, bevor sie eintraten, blieben dann einige Minuten und kamen anschließend sichtlich erleichtert wieder heraus. Frederik von Kilmarnok kannte keine dieser Personen und konnte seinen Gedanken nicht verbieten, die wüstesten Spekulationen anzustellen. In ihm wüteten die Gefühle. Er hätte am liebsten jeden Mann, der es wagte, das Reich Isabelles zu betreten, auf der Stelle zum Duell gefordert und jede Frau als potenzielle Kupplerin verhaften lassen. Als er sich dabei ertappte, dass er auf einen sicher achtzigjährigen Greis eifersüchtig wurde, der pfeifend aus dem Haus trat, gelang es ihm für einen Moment, seiner Fantasie zu entkommen.

»Lord Kilmarnok! Was macht Ihr denn hier im Regen?« Der Angesprochene zuckte zusammen. Vor ihm stand Jizchak und blickte ihn verschmitzt an.

Frederik zuckte mit den Schultern: »Ich warte auf irgendetwas, ich weiß selbst nicht, auf was.« Ein schüchternes Lächeln sprang auf sein Gesicht, verschwand aber sofort wieder: »Vielleicht auf dich.«

Jizchak lachte: »O nein. Ich beobachte Euch schon eine ganze Weile von dort hinten. Ihr wartet auf Isabelle. Aber ich nehme an, sie will nicht mit Euch reden. Zurzeit ist sie ohnehin nicht zu Hause. Sie verbringt schon den ganzen Tag mit Philipp.«

Sofort spürte der Adlige, dass sich alles in ihm verkrampfte. Erregt sagte er: »Mit Philipp. Jizchak, was soll ich bloß machen?«

Der Jude trat näher heran: »Wie interessant, dass die Freuden und Leiden der Liebe keinen Standesdünkel kennen. Aber erwartet Ihr ernsthaft von mir, einem alten Mann, den Ihr zudem angeschossen habt, Nachhilfe in der Liebe? Wisst Ihr was: Lasst uns ein Stück zusammen spazieren gehen!«

Lord Kilmarnok sah noch einmal fragend zum Haus hin, dann löste er sich schweren Herzens von seinem Platz und hielt seinen Schirm über Jizchak: »Ich weiß nicht, was ich erwarte, aber ich habe Angst, dass ich mich völlig lächerlich mache. Sie war so lieb zu mir, und jetzt ist sie so fremd und abweisend. Ich begreife das alles nicht.«

Der Alte, der einen langen, blauen Mantel mit goldenem Besatz trug, lief gelassen neben dem Verzweifelten her. Ruhig sagte er: »Ich glaube, dass sie sich im Augenblick selbst fremd ist. Zerrissen und ziemlich empfindlich. So ist das Leben. Es gibt Zeiten, in denen selbst ein Lächeln schwerer wiegt als sonst. Jeder Wimpernschlag, jedes Stirnrunzeln, jede noch so winzige Geste, die bis eben harmlos den Alltag begleitet hat, birgt in sich plötzlich die Zukunft. Davor hat sie Angst. Sie fühlt, dass sie an einem Scheideweg ist, und weiß nicht, was sie tun soll. Das kann einen Menschen zerstören.«

Er zwinkerte verschwörerisch: »Aber seid Ihr denn sicher, dass Eure Gefühle nicht nur eine kurze Adventslaune sind? Eine spielerische Leidenschaft zu einem hübschen Mädchen, das die herbe Natürlichkeit der Arbeiterklasse besitzt?«

Lord Kilmarnok fuhr mit der rechten Hand die Konturen seines Dreispitzes nach. Dann sagte er verhalten: »Isabelle denkt nicht wie eine Arbeiterin!«

»Das stimmt. Der König hat sie mit seinen Träumen und Fantasien angesteckt. Aber … das war keine Antwort auf meine Frage. Was ist mit Euren Gefühlen?«

»Ich bin es nicht gewohnt, offen über solche Angelegenheiten zu sprechen. Es steckt so viel darin …«

»Dann kann ich Euch nicht helfen!« Jizchak wandte sich ab und ging. Der Ruf Frederiks holte ihn nach drei Schritten ein: »Ich liebe sie! Ich liebe Isabelle, Jizchak!« Der Adlige drehte sich plötzlich übermütig im Kreis, so dass die Schöße seines Rocks um ihn herumflogen. Er rannte dem Alten hinterher und umarmte ihn stürmisch: »Jizchak. Was für ein Gefühl, ein unglaublich gutes Gefühl: Ich habe es gesagt. Ich habe es endlich ausgesprochen. Es ist, als ob ich es selbst erst jetzt begreife.«

Jizchak löste sich freundlich aus der Umklammerung und sagte: »Seht Ihr, so geht es Isabelle wohl auch. Sie liebt Euch, aber sie hat es sich selbst noch nicht eingestanden.« In seinem alten Antlitz kam mit einem Mal der kleine Junge hervor, der er einmal gewesen war, so dass sein verschmitztes Grinsen das Halbdunkel der Straße aufhellte, als bündele sich das Restlicht in ihm. Der Jude flüsterte: »Liebe hat etwas mit Können und etwas mit Wollen zu tun. Wir grübeln zu viel über das Können nach. Kann ich lieben? Die Frage lautet aber: Will ich lieben? Isabelle kann Euch lieben, sie tut es sogar, aber sie will es noch nicht. Oder, um es anders auszudrücken, Ihr habt ihr Herz, aber ihre Seele, die habt Ihr noch nicht.«

Frederik von Kilmarnok war wieder ernst geworden. Die Silben kamen stoßweise aus seinem Mund, als müsse er nach jedem Wort Atem holen: »Woher wisst Ihr das? Vielleicht bildet Ihr Euch das nur ein!«

Der Jude zog seinen Hut, von dem ein Schwall Regenwasser auf die Straße stob, verbeugte sich bis zum Boden und begann herzhaft zu lachen: »Voilà! Jetzt glaube ich Euch, dass Ihr sie tatsächlich liebt. Nur ein Liebender kann und will sich einfach nicht überzeugen lassen, dass seine Angebetete ihn auch liebt. Er traut dem eigenen Zweifel mehr als den Beteuerungen anderer Menschen. Seltsam, oder? Ihr wünscht Euch nichts mehr, als dass Isabelle Euch liebt, und nun hängt alles daran, dass sie Euch auch will, Euer Leben liegt in ihrer Hand. So ist das mit der Liebe. Sie raubt uns jegliche Macht. Sie gibt uns das Gefühl, nein, nicht nur das Gefühl, die Gewissheit, ausgeliefert zu sein. Und eigentlich sind wir es auch. Möglicherweise konnte der König deshalb mit der Liebe nicht umgehen. Er hatte nicht die Kraft, sich auszuliefern. Ist das nicht auch Eure Angst?«

Jizchak blieb stehen und musterte sein Gegenüber. Dabei schien ihm ein neuer Gedanke gekommen zu sein, denn er sprach mit veränderter Stimme weiter: »Vielleicht geht Euer Zweifel aber auch noch viel tiefer. Oftmals tun wir uns ja mit dem Geliebtwerden deshalb so schwer, weil wir unsere eigenen dunklen Seiten erahnen, weil wir uns unserer Anstößigkeit und unserer Verderbtheit so sehr bewusst sind, dass wir einfach nicht glauben wollen, dass uns jemand aus ganzem Herzen liebt. Wenn wir schon selbst vor unseren eigenen Abgründen erschrecken und all die Winkel in uns kennen, die keineswegs liebenswert zu sein scheinen, wie soll uns da ein anderer lieben können? Soll ich Euch etwas sagen? All der Egoismus in der Welt entspringt nicht überhöhter Eigenliebe, er entspringt mangelnder Liebe zu sich selbst. Nur wer sich nicht liebt, versucht andauernd, sich zu erhöhen, wer sich aus ganzem Herzen liebt, der hat das nicht nötig. Nebenbei, darum fällt es den Menschen auch so schwer, sich von Gott lieben zu lassen.

Aber ich bin etwas abgekommen. Ältere Männer neigen dazu, beim Reden weiter auszuholen. Ihr wolltet wissen, warum ich mir ihrer Liebe zu Euch sicher bin? Nun, sie hat gestern unser Wohnzimmer von oben bis unten mit Eurem Wappen ›zutapeziert‹, wie sie es nennt. Da, dieses Wappen, das Ihr auf Eurem Stock habt, die drei ineinander verschlungenen Kettenglieder. Sah übrigens ganz nett aus. Sie hat verschiedene leuchtende Farben gewählt und so unser Wohnzimmer fast in eine Art Regenbogen gehüllt. Abgesehen von diesen augenscheinlichen Beweisen genügt es mir, wenn ich sehe, mit welcher Inbrunst sie gegen Euch wettert und Euch beschimpft, um zu begreifen, dass sie Euch liebt.«

»Sie wettert gegen mich?«

Jizchak wartete, bis eine dunkelgrüne Sänfte mit zwei groß gewachsenen Trägern sie passiert hatte, dann antwortete er: »Natürlich! Ihr habt ihr das Manuskript gestohlen. Was, unter uns gesagt, nicht sehr weise war. Und daraus schließt sie natürlich auf Euren Charakter. Wenn Ihr wissen wollt, wie es im Augenblick in ihr aussieht, dann erinnert Euch an die Tapete, die sie heute Morgen angebracht hatte. Nebenbei, hat sich Euer Hass auf den König eigentlich gelegt?« Ein fragendes Lächeln erhellte das Gesicht des alten Mannes.

Lord Kilmarnok zog seinen Hut ab und hielt ihn wie das Steuerrad eines Segelschiffs in der Hand: »Mhm. Zumindest weiß ich jetzt, dass mein Hass vor allem aus Vorurteilen und eigener Unzufriedenheit gespeist wurde. Aber das hilft mir nicht wirklich.«

Jizchak drängte sich näher an den Adligen heran, da der Wind immer wieder Regenschwaden unter den Schirm wehte. Als verrate er ein Geheimnis, flüsterte er: »Ich wünsche mir sehr, dass Seine Majestät vor seinem Tod Frieden mit Gott findet.«

Frederik sah ihn fragend an: »Nach allem, was ich über ihn gehört habe, scheint es mir fast dringender, dass er Frieden mit sich selbst findet.«

Der Jude schmunzelte: »Das ist das Gleiche! Niemand hat Frieden mit sich selbst, der keinen Frieden mit Gott hat. Und umgekehrt stimmt es nicht weniger. Entscheidend ist nur, dass ein Mensch diesen Frieden nicht selbst machen kann, wir müssen ihn uns schenken lassen. Und darum kommt der König nicht zur Ruhe. Er lässt sich nämlich nicht beschenken, dieser sture Kerl, sondern will sein Leben, auf Teufel komm raus, allein bewerkstelligen. So sind die Deutschen. Sie können nichts akzeptieren, was sie sich nicht selbst erarbeitet haben. Ich hoffe, dass Ihr weiser seid als er. Vielleicht täte es Theodor ja gut, wenn ich ihm sagen könnte, dass sich einer seiner Todfeinde mit ihm versöhnt hat. Was meint Ihr?«

Lord Kilmarnok faltete gedankenverloren seinen Schirm zusammen, obwohl der Regen unvermindert weiterfiel: »Jizchak, ich bin noch nicht so weit. Aber ich werde darüber nachdenken. Wenn ich irgendwann wieder in der Lage sein sollte, einen klaren Gedanken zu fassen. Und dabei kannst du mir helfen. Sag Isabelle bitte, dass sie morgen früh, sagen wir um zehn, zu mir kommen soll. Nein, warte, besser in die Wirtschaft, in der wir schon einmal zusammen gesessen haben. Ich werde ihr alles sagen, ihr meine ganze Geschichte erzählen. Sie hat mir gesagt, dass sie nicht weiß, wer ich bin. Und darum soll sie alles hören. Wenn sie mich kennt, das Dunkle in mir kennt, dann kann sie vielleicht entscheiden, ob ich es wert bin, geliebt zu werden. Und ob sie mich lieben will.«

Jizchak hob die Hand zum Gruß und verschwand in der Dunkelheit. Der Liebende aber lief nach Hause, aufgewühlt und mit einer Beklemmung, die der Angst vor dem Tod glich. Und obwohl er sich sofort zur Ruhe begab, fand er sie nicht. Der Schlaf wollte nicht kommen und die Frage nach der Liebe hing wie ein böser Dämon im Raum, der in die Bilder von Isabelle ein Heer unguter Vorahnungen, Zweifel, Ängste und Irrbilder einflocht. Am frühen Morgen endlich fiel Lord Kilmarnok für kurze Zeit in einen unruhigen Schlaf.

VIII.

Ich werde nicht mehr lange leben. Meine Kräfte schwinden schneller, als ich gedacht hätte. Gott sei Dank. Aus mir kann nichts mehr werden. Und ohne Zukunft verliert jede Gegenwart ihren Sinn. Meine Schlacht ist endgültig geschlagen – ich habe verloren. Jawohl: verloren. Aus, vorbei, kaputt, zerstört, aufgegeben. König Theodor der Erste. Seine Majestät, König der Bettler und Streuner. Habe die Ehre! Zurück bleibt ein Häufchen Elend, vielleicht weniger als das. Was nützen die vielen kleinen Siege in all den Jahren, wenn man am Ende als Verlierer dasteht? Was hilft es dem Boxer, wenn er bisweilen exzellente Schläge austeilt, zuletzt aber zu Boden geht? Ich habe verloren, und ich kann daran nichts mehr ändern. Überhaupt nichts! Was überdauern wird, ist eine hübsche historische Anekdote: »Ein Baron, der sich als König verkleidete, eine köstliche Komödie, habt Ihr schon davon gehört? Es ist zu komisch! Eine derart lächerliche Gestalt, fast eine Art Don Quichotte. Ich kann Euch da gern noch ein paar deftige Details erzählen. Ihr möchtet? Aber natürlich, es ist mir ein Vergnügen! Man sagt ja, dieser aufgeplusterte Möchtegern-Regent sei ...«

Erstaunlich! Zu jeder anderen Zeit hätte mich dieser Gedanke innerlich zerrissen, hätte ich mich zerfleischt vor Wut und Hass auf mich und meine siegreichen Gegner. Aber jetzt, hier auf dem Sterbebett, lässt es mich kalt. Ich habe verloren. Na und? Lacht nur über mich! Ich gönne es euch. Dann bekommt mein Leben wenigstens einen kleinen Sinn. Ich bin ein Anlass für Heiterkeit. Nun, es gibt Schlechteres. Und alles andere versinkt in der Jauchegrube der Zeit. Jizchak zitiert immer Jesus: »Wer sein Leben gewinnen will, der wird es verlieren. Und wer es verliert, der wird es gewinnen.« Kann man so etwas glauben? Wohl kaum! Andererseits: Haben mich meine Siege irgendwohin gebracht? Nein, sie haben mich – wenn ich zurückblicke – nur davon abgehalten, zu mir selbst zu finden. Die Gier nach Erfüllung hat die Erfüllung vertrieben. Aber was soll's? Auch das schmerzt jetzt nicht mehr. Ich wünschte, ich hätte diese Gelassenheit früher schon entdeckt.

Einmal habe ich sie gespürt, ein einziges Mal. Damals, bei meiner ersten Flucht von Korsika, als ein genuesisches Kriegsschiff unseren kleinen Schoner aufbrachte. Irgendwo vor Elba muss das gewesen sein. Ich war voller Panik in die Vorratskammer des Smutje geflüchtet und saß dort zitternd zwischen all den Schinken und Fleischstücken, die an langen Stangen baumelten, umgeben von diesem erdigen Geruch nach Tier, den ich nie vergessen werde. Ein König der Würste, ein Hanswurst der Könige. Ich hörte aus meinem Versteck, wie die Soldaten an Bord kamen und mit schweren Schritten auf dem Deck auf- und abgingen und mich suchten. Jeder Schritt eine tödliche Drohung. Dann erreichten die ersten Genuesen das Unterdeck. Ich konnte an der Art ihres Auftretens erkennen, dass sie sich meiner schon sicher waren.

Und in diesem Moment passierte es: Ich saß da und schwamm plötzlich in einem Meer der Ruhe. Es war nicht mehr wichtig, was mit mir geschehen würde, es war nur noch wichtig, dass Julia in Sicherheit war – und dass die Mönchskutte mollig warm um meinen Körper lag. Seelenruhig zog ich mein Messer hervor, schnitt mir ein Stück Eselssalami mit Kräutern der Macchia ab und genoss jeden Bissen. Ich bekam nur am Rand mit, dass der Kapitän unseres Schoners wütend in den Gängen herumbrüllte. Und als man mich aus meinem Versteck zog, also: als mich die eigenen Leute aus dem Versteck holten, da war meine Freude genauso unwichtig. Es war alles gut.

Später erfuhr ich, dass der Kapitän, der unter spanischer Flagge fuhr, den Genuesen höchste diplomatische Schwierigkeiten, ja sogar einen Krieg angedroht hatte, falls sie seine Immunität missachten würden. Daraufhin waren die Soldaten fluchend abgezogen. Der Witz an der ganzen Affäre bestand aber darin, dass ich diesen Kapitän gar nicht über meine Identität informiert hatte. Möglicherweise hätte er sich sonst nicht so selbstsicher vor die Eindringlinge gestellt. Ihm ging es um das Prinzip, und da er der Überzeugung war, nur einen mittellosen Mönch an Bord zu haben, konnte er unbesorgt den großen Mann spielen. Wieder jemand, der nun bis an sein Lebensende erzählen kann, er hätte einen König vor dem Schafott gerettet.

Leid tut es mir um all diejenigen, die ich ins Unglück gerissen habe. Das wollte ich nicht. Hört ihr? Ich habe das nicht gewollt. Was ist wohl aus dir geworden, Friedrich von Neuhoff, mein Neffe? Du warst einer von denen, die sich an meinem Traum angesteckt haben. Du wolltest das korsische Wunder erleben, die heilige Quelle finden, die aus kleinen Adligen große Herrscher macht. Friedrich, du hast dich großartig als Partisan geschlagen. Und du hast den Korsen Mut gemacht, weiter an die Freiheit zu glauben. In Venzolasca, wo sie sich 1739 den französischen Truppen ergeben wollten. Giafferi und Paoli, die Feiglinge, hatten die Waffen längst niedergelegt. Und der französische General Maillebois hat dich verspottet: Er werde diesen kleinen aufmüpfigen Knaben in wenigen Tagen fertig machen. Aber du hast es ihm gezeigt. Nach fünf Monaten tobte der Kampf noch immer. Ich habe später gehört, dass du dich mit den letzten 1 500 Männern in dem in Friedenszeiten so idyllischen Bergstädtchen Zicavo verschanzt hast. Und euer Krisenstab beschloss im Pfarrhaus des Dorfes trotz aller Not, einen Ausfall gegen die Übermacht zu wagen. Du warst wirklich mutig. Wahrscheinlich viel mutiger als ich. Ich habe immer nur Träume verkauft, du hast deine Seele eingesetzt. Am Ende blieben dir noch fünfzig Mann. Und es war richtig, dich zu ergeben. Mich wundert es nicht, dass dir General Wachtendonk sofort angeboten hat, als Oberst in die österreichische Armee einzutreten. Hätte ich doch nur einmal den Mut gehabt, richtig zu kämpfen. Deine Kämpfe haben dich stark gemacht, meine haben mich zermürbt.

Am Ende hatte ich keinen Kredit mehr. Niemand wollte mir mehr etwas leihen, weder Geld noch Gehör. Das Schmerzhafteste aber war die Entdeckung, dass ich bei mir selbst keinen Kredit mehr hatte. Ich traute meinen eigenen Sehnsüchten, Hoffnungen und Versprechungen nicht mehr. Hat dann das Leben noch einen Sinn? Wenn man keinen Kredit mehr bei sich hat? Wenn jeder Wunsch verhallt? Ja, ich habe nicht mehr an mich geglaubt. Und ich habe mir auch nicht mehr geglaubt, dass alles gut ausgehen könnte. Nur eingestanden habe ich mir das nie. Wer hat schon eine solche Größe? Mein Gott! Es ist höllisch zu entdecken, dass man sich selbst betrogen hat, meisterlich und mit einer ungeheuren Raffinesse.

Warum? Warum bin ich so darauf erpicht gewesen, mich selbst zu betrügen? Es muss doch einen Grund geben. Verdammt noch mal, kann mir denn keiner sagen, warum ich das gemacht habe? Solange ich an mich geglaubt hatte, fand ich immer auch andere Menschen, die an mich glaubten. Als ich das Vertrauen in mich verlor, war ich wirklich verloren.

Ich habe noch einige Zeit versucht, in London Unterstützung zu finden. Aber wer als König ernst genommen werden will, dem bleibt nichts anderes übrig, als wie ein König aufzutreten. Also musste ich immer größere Anleihen machen, Geld, Geld, Geld. Und schließlich konnten meine Erzfeinde, denen es mit all ihren gedungenen Mördern nicht gelungen war, mich aus dem Weg zu schaffen, doch noch triumphieren. Der Londoner Gesandte Genuas kaufte nach und nach alle meine Schuldscheine auf; teilweise uralte Quittungen aus allen Ländern Europas. Ich konnte selbst nicht glauben, wie viel Geld ich in den Jahren zusammengeliehen hatte. Gedemütigt hat mich aber vor allem die Tatsache, dass sie mich hereinlegen konnten. Ein anonymer Unterhändler sicherte mir die Hilfe eines bedeutenden Parlamentsmitglieds zu und bat mich, zu einem neutralen Treffpunkt zu kommen. Sein

Auftraggeber, ein Angehöriger des britischen Hochadels, teile meine Vision von einem freien Korsika und sei bereit, mir alles Nötige für eine baldige Rückkehr zur Verfügung zu stellen. Diese Schweine, sie haben mich mit meinen eigenen Waffen geschlagen. Als ich zum verabredeten Ort kam, warteten dort schon die Gerichtsdiener auf mich. »Idioten. Ihr nehmt einen König fest. Das wird Folgen haben. Ich habe Freunde in der Regierung und bei Hof ...«

In all den Jahren im Fleet, dem Londoner Schuldgefängnis, ging es mir besser als je zuvor, denn ich war frei. Frei von dem grausamen Zwang, Korsika gewinnen zu wollen. Wie bitte? Habe ich das eben ernsthaft gedacht? Bin ich etwa schon verwirrt? Julia, bitte sage du mir, wie es war! Du kennst mich. Komm, streichle noch einmal meine Hand. Du sollst bei mir sein, wenn ich für immer gehe. Julia, bitte ...

Das Grab, es belehrt uns:
Wir sind alle gleich,
ob König, ob Sklave,
ob arm oder reich.
Doch Theodor lernte
schon lang vor dem Tod:
Das Schicksal schickt
manchmal besondere Not;
es gab ihm ein Reich
und verwehrte das Brot.

Horace Walpole, Grabinschrift

11. Dezember

Lord Kilmarnok kam zu spät. Über Nacht war die Temperatur gesunken und hatte die Feuchtigkeit des vorherigen Tages in eine glänzende Eisschicht verwandelt, die alles überzog wie eine glasige Zuckerkruste. Unter den Geländern und Regenrinnen reihten sich dickliche Eiszapfen auf, die spitz auf den Boden und die dort lauernde Gefahr hinwiesen. Die Straßen lagen an diesem Samstagmorgen spiegelglatt da und verwandelten die kleinsten Bewegungen der wenigen Passanten in groteske Verrenkungen. Schlurfende, fast schwebende Schritte, sorgsam das Gleichgewicht tarierend, paarten sich mit hektisch in die Luft geworfenen Armen, die einen jähen Sturz verhindern sollten.

Auf einer Türschwelle saß eine übermäßig geschminkte Frau und rieb ihr Knie, auf das sie offensichtlich gestürzt war. Lord Kilmarnok grüßte sie mit einem leichten Nicken. Vorsichtig einen Fuß vor den anderen setzend, tastete sich der übernächtigte junge Mann an den Hauswänden entlang und nahm weder die unruhig tänzelnden Gestalten noch die kreischend schliddernden Kinder um sich herum wahr.

Als er Covent Garden erreichte, verließ ihn endgültig der Mut. »Sie wird nicht da sein«, dachte er. »Auf keinen Fall. Niemand macht sich an einem solchen Morgen auf. Das Leben ist einfach hinterhältig: Mein Glück scheitert an einer meteorologischen Missgunst, einer üblen Laune des Wetters, die die Liebe auf Eis legt. Vielleicht wäre alles ganz anders gekommen, wenn heute Morgen die Sonne die Pflastersteine erwärmt hätte.«

Trotz oder gerade wegen seiner Zweifel zog sich sein Magen erneut zusammen, als er die Tür zu der Wirtschaft öffnete, die er Jizchak als Treffpunkt genannt hatte. Er kam etwa zwanzig Minuten später als verabredet und jede Faser seines Körpers gierte nach Isabelles Gegenwart. Ganz gleich, wie sie reagieren würde, in diesem Augenblick wollte er sie einfach nur sehen und sich in diesem Gesicht verlieren, das all seine Träume widerspiegelte. Mit fiebrigem Blick suchte er den Raum ab, einmal, zweimal, hektisch in jedem Winkel forschend, erst erwartungsvoll, dann ängstlich, schließlich verzweifelt. All sein Sehnen brach in sich zusammen: Die Gaststätte war leer. Nicht einmal eine Bedienung wartete zu dieser frühen Stunde hinter dem Tresen. Das dreckige Geschirr des Vortages stand noch auf der Theke und die dicke Luft lehnte sich, durchzogen mit den kalt gewordenen Ausdünstungen ungewaschener Menschen, hämisch an die groben Wände.

Der Adlige setzte sich mühsam auf die Bank, auf der er es zum ersten Mal gewagt hatte, die Haut der Schneiderstochter zu berühren. In seiner Erinnerung war sie ihm in diesem Moment so nah, dass er ihre Abwesenheit wie einen bohrenden Schmerz fühlte. »Ich habe sie verloren! Und ich habe mich verloren!«, hallte es in ihm wider. »Ich habe mich verspätet, als es darum ging, meine Zukunft zu treffen. So ist es also: Meine widerwärtige Halbherzigkeit und meine unerträgliche Schwerfälligkeit kosten mich das Leben.«

Er verfolgte mit dem Daumennagel die Maserung des Holzes, anfangs schnell, dann langsamer: »Wahrscheinlich ist Isabelle gar nicht hier gewesen. Warum auch? Ich war für sie doch nur ein hochwohlgeborener Fatzke, der ihr einen lukrativen Einblick in die Welt ihrer potenziellen Kunden eröffnet hat. Ich habe mich von ihr an der Nase herumführen lassen.« Verärgert versuchte er, seine Zuneigung in Hass zu verwandeln, doch es gelang ihm nicht. Immer wieder tauchte ihr unergründliches Lächeln vor seinen Augen auf und riss alle Wut in ihm weg – so wie es dies von Anfang an getan hatte.

Es dauerte einen Moment, bis Frederik von Kilmarnok bemerkte, dass die Tropfen auf dem Tisch aus seinen Augen kamen, kleine Perlen auf einer speckigen, dunklen Platte, die nur langsam im Holz versickerten. Ohne darüber nachzudenken, begann er, die einzelnen Punkte mit dem Finger zu verbinden, bis sie einen unebenen Kreis bildeten, den er mechanisch nachzog. Als der Drang, sich übergeben zu müssen, immer stärker wurde, erhob sich der Lord und ging auf den Hof, um den Abort aufzusuchen. Auch hier war niemand zu sehen. Nur ein kleiner Spatz, der in den Abfällen des Vortages nach Nahrung suchte. Der Adlige verfolgte ihn kurz mit den Augen, dann verkrampfte sich sein Magen erneut.

Die Zeit schien still zu stehen, denn in dem kalten Hof drangen keinerlei Geräusche durch die frische Luft. Als Frederik von Kilmarnok nach einigen Minuten zurückkam, in denen er vergeblich versucht hatte, sich von dem inneren Druck zu befreien, saß Isabelle auf seinem Platz.

Der Adlige erstarrte für einen winzigen Moment. Genau wie er kurz zuvor, hatte die junge Frau den Kopf auf die Hände gestützt und weinte verzweifelt. Schnell lief er zu ihr, stand dann ratlos vor dem Tisch und blickte auf ihr dichtes Haar, das wie ein Tuch an ihrer Seite herabhing und ihr Gesicht verbarg. Sie spürte, dass er da war, hob den Kopf, blickte ihn erst erstaunt, dann hoffnungsvoll an und rief, nach einer schier endlosen Zeit, ungläubig mit einer Stimme, deren Klang direkt aus ihrem Herzen zu kommen schien: »Frederik. O Gott, wie gut.« Sie schluckte mehrmals: »Ich dachte, du wärst schon wieder weg. Ich bin eine halbe Stunde zu spät ...«

Der Adlige setzte sich neben sie und wollte sie umarmen, doch sie hielt ihm abwehrend die Hand entgegen: »Warte! Nicht so.« Sie zog aus einer Tasche ihres Mantels den Fächer, den er ihr im Vergnügungspark von Vauxhall gekauft hatte, öffnete ihn und hielt ihn kokett vor die Augen: »Ist es richtig so?«

Er nahm ihre linke Hand und stammelte: »Ja, natürlich. So ist es wunderbar. Du liebst mich? Das kann … Isabelle!« Sein Stimme wurde fester: »Und ich liebe dich! Und ich bin unendlich froh, dass du da bist.«

»Ich bin froh, dass du da bist.« Ihre Miene verzog sich zu einer unwirschen Maske: »Aber erst seit wenigen Augenblicken. Auf dem Weg hierher habe ich die ganze Zeit überlegt, wie ich dir endlich die Meinung über dein arrogantes und selbstherrliches Auftreten sagen kann. Ich war so sicher, dass du mich nur benutzt hast. Und dann sind mir all die unfassbaren Dinge eingefallen, die ich mit dir erleben musste: Du wolltest meine Freunde verletzen, du wolltest den König ermorden, du hast meine Unsicherheit ausgenutzt und mit mir geschlafen – und du hast mir das Manuskript gestohlen. Ich war so wütend, so wütend wie nie zuvor. Als ich die Tür zu diesem Gasthaus geöffnet habe, war ich wie ein Vulkan vor dem Ausbruch. Ich wollte dich nur noch mit glühendem Hass und der Asche deiner Taten überschütten. Doch dann warst du nicht da.«

Sie streichelte seinen Handrücken. »Du kannst Gott danken, dass du nicht hier gesessen hast, denn ich weiß nicht, was ich mit dir angestellt hätte. Du kannst sicher sein, dass du es niemals wieder vergessen hättest. Ich wollte dir so den Kopf waschen …« Über sich selbst verwundert, grinste sie in sich hinein. »Welch ein Segen, dass du nicht da warst. Denn mit einem Mal löste sich mein Wüten einfach in Luft auf. Ja, mehr noch: In mir wurde es so leer wie in dieser Stube. Und ich bekam plötzlich Angst, ich könnte dich nicht wieder sehen, nie mehr, du könntest schon nach Hause gefahren oder verletzt worden sein.« Sie suchte seinen Blick: »Verstehst du? Die Angst, dich möglicherweise nie wieder zu sehen, wurde so groß, dass ich zum ersten Mal begriffen habe, was ich für dich fühle. Frederik, ich liebe dich!«

Lord Kilmarnok nahm seine Geliebte in den Arm und drückte sie an sich, als drohe sie davonzufliegen. In der innigen Berührung, von der die beiden später gewiss nicht hätten sagen können, wie lange sie dauerte, versanken sie in der Gegenwart des anderen, tauchten ein in die Wärme und hielten sich aneinander fest. Zärtlich und hilflos zugleich versuchten ihre Hände, dem anderen streichelnd all das zu erklären, was die Seele noch nicht fassen konnte.

Nach einiger Zeit löste sich Isabelle von Frederik und setzte sich ihm gegenüber: »Ich muss mit dir reden. Es ist alles nicht so einfach, wie du vielleicht denkst. Ich liebe dich, aber das bedeutet noch lange nicht, dass ich mit dir zusammen sein werde. Bitte, sieh mich nicht so an! Nein, lass mich ausreden. Obwohl ich dich erst eine Woche kenne, weiß ich, dass du mein Schicksal bist – aber manchmal muss man sich gegen sein Schicksal entscheiden.

Ich war all die Jahre meinen Gefühlen ausgeliefert, jetzt muss ich einmal vernünftig sein. Vielleicht heißt das, erwachsen zu werden. Für uns gibt es keine heile Zukunft. Und das spürst du so wie ich. Du bist ein Lord, ein angesehenes Mitglied des Hochadels. Weder deine Familie noch die Gesellschaft noch sonst irgendjemand würde es akzeptieren, wenn du eine Schneiderstochter heiraten wolltest. Und ich hätte auch gar keine Lust, in deinem irischen Anwesen die Dame zu spielen. Wir gehören zusammen, daran zweifle ich nicht, aber keiner von uns gehört in die Welt des anderen. Also, lass uns gar nicht erst anfangen, Luftschlösser zu bauen. Wir sollten unsere Situation ganz ehrlich betrachten, ehe einer den anderen ins Unglück stürzt. Schon mit einem Mann aus meiner Klasse habe ich es nicht geschafft, das Glück zu halten. Am Ende lügt man sich und dem anderen ein Glück in die Tasche, das es nicht mehr gibt. Und wenn die Liebe eines Tages in Ekel umschlägt, dann hat man inzwischen unglücklicherweise sehr gut gelernt, wie man den anderen verletzen kann. Wollen wir das? Nein!

Frederik, du und ich, wir beide, wir haben einander gesagt, dass wir uns lieben. Diesen Schatz können wir uns bewahren, ohne dass die Gewohnheit und die Ernüchterung das einmalige Bild zerstören. Wer kann das schon von sich sagen, dass er die Liebe in dem Augenblick, in dem sie am schönsten war, verewigt hat? Lass uns etwas Einmaliges tun, lass uns diesen Schatz aufheben, ohne ihn für all die Herausforderungen des Miteinanders zu plündern. Unser ›Ich liebe dich‹ ist noch rein, und es bringt nichts, wenn sich düstere Schleier darüber legen. Bitte, Frederik!«

Sie hatte erneut seine Hand ergriffen und streichelte sachte mit dem Daumen über seinen Handrücken. Der Lord aber sah sie an, als hätte er nicht ein Wort von dem begriffen, was sie ihm gerade erläutert hatte. Nach einer kurzen Stille setzte er sich kerzengerade hin und sagte: »Ich dachte, wir seien hier, damit ich dir meine Geschichte erzähle. Die Geschichte des Frederik, von dem du noch gar nichts weißt.«

Isabelle erhob sich: »Sei nicht böse, aber es geht nicht. Jedenfalls nicht jetzt. Der König liegt im Sterben. Ich glaube nicht, dass er den heutigen Tag überleben wird. Schon heute früh konnte er keine klaren Sätze mehr formulieren. Frederik, er verlässt uns. Ich bin es ihm schuldig, dabei an seiner Seite zu sein. Komm morgen vorbei. Dann …«

Die scharfe Stimme des Lords hielt die Davoneilende noch einmal zurück: »Isabelle! Das kann nicht dein Ernst sein. Ich möchte dir hier und jetzt vom Leben erzählen, und du … du wählst den Tod? Du bist lieber bei einem Mann, der die Vergangenheit repräsentiert, als bei einem, der für die Zukunft steht. Für deine Zukunft. Vielleicht jedenfalls. Wenn du mich angehört hast. Bitte gib nicht der Vergangenheit Macht über die Zukunft. Mach das nicht. Ich habe das selbst viel zu lange getan. Und auch Theodor hat das getan. Die Vergangenheit ist wie ein Gefängnis. Bitte, lass mich dir wenigstens andeuten, was ich glaube, verstanden zu haben. Ich brauche nur zehn Minuten, dann weißt du alles. Und ich finde endlich meinen Frieden. Manchmal muss man zwischen Leben und Tod wählen, und das Leben ist immer die bessere Wahl. Bitte!«

Isabelle kräuselte die Nase: »Frederik! Was soll das? Wir haben keine gemeinsame Zukunft. Das habe ich dir doch gerade erklärt. Und versuch bitte nicht schon wieder, den König in den Dreck zu ziehen. Ich dachte, darüber seien wir endlich hinaus. Er hat sein Leben lang für andere gekämpft – und jetzt möchte ich bei ihm sein.«

Der Adlige lachte trocken auf.

»Das stimmt nicht. Theodor hat sein Leben lang nur für sich selbst gekämpft. Und das weißt du so gut wie ich! Er ist ein alter, verhärmter, gebrochener Mann, der sehr wohl noch zehn Minuten auf dich warten kann.«

Isabelle zog den Mantel vorne zu, der sich in ihrer Erregung geöffnet hatte. Mit kaum unterdrückter Ironie erwiderte sie: »Und ich dachte, du hättest durch seine Erzählungen etwas gelernt. Ich dachte, du hättest deine Wut überwunden. Schade! Du bist genauso verhärtet und blind wie am Anfang.«

»Isabelle, du hast keine Ahnung.«

Sie stützte sich auf den Tisch und beugte sich nach vorne, so dass ihr Gesicht dem seinen sehr nah kam. Spitz sagte sie: »Ach ja? Aber du? Du glaubst, dass du eine Ahnung hast. O nein, mein Lieber. Du hast nichts, aber auch überhaupt nichts von den Träumen des Königs begriffen.«

»Ich verstehe ihn wahrscheinlich besser als du.«

Ihre Stimme wurde noch höher: »Aha, und wie kommst du auf diese absurde Idee?«

»Ich bin sein Sohn!«

Man hätte die Stille, die folgte, davontragen können, so massiv stand sie im Raum. Isabelle presste, ohne es zu merken, die Fingernägel der rechten Hand derart tief in ihren linken Handrücken, dass sich zwei Blutstropfen zeigten, die wie dunkle Perlen auf der Haut glänzten. Gleichzeitig schien es ihr, als zerrisse lautlos die Wirklichkeit und ließe sie allein im Nichts zurück; in einer nie gekannten Leere, in der alles Geglaubte und Erdachte haltlos in der Dunkelheit verschwand. Zurück blieb ein Schweigen, das sich wie Wundbrand durch ihren Körper fraß.

Irgendwann lief die Zeit dennoch weiter. Lord Kilmarnok drückte die junge Frau, die sich nicht rührte, sanft auf die Bank. Dann ging er hinter die Theke, fand dort tatsächlich zwei frische Becher und einen noch halb gefüllten Krug mit Wein und brachte alles zum Tisch. Den Mund des Adligen umspielte dabei ein feines Zucken, als wisse er noch nicht genau, welche Miene er nun aufsetzen solle. Er goss ein und drückte seiner Geliebten das Tongefäß in die Hand: »Trink! Bitte! Begreifst du jetzt, warum ich nicht offen sein konnte?«

»Nein!«, antwortete Isabelle tonlos.

»Dann lass es mich erklären: Meine Mutter, Lady Mary Sarsfield, war mit Theodor von Neuhoff verheiratet, wie du weißt. Ich kam erst zur Welt, als er sie schon verlassen hatte. Sie ist dann einige Jahre später aus Madrid weggezogen und nach Irland auf den Familiensitz zurückgekehrt. Ich, nun ... entschuldige ... aber ich habe so vieles von dem, was ich dir jetzt erzähle, auch erst in den letzten Tagen begriffen, dass ich noch gar nicht genau weiß, wie ich es ausdrücken soll ... ich ... also ... ich habe von meiner Mutter dreißig Jahre lang gehört, was für ein Schwein mein Vater ist, wie schäbig er die Familie behandelte und dass er uns im Stich gelassen hat. Theodor, der Teufel, Luzifer, das Böse. Sie kann gut erzählen und die abstoßenden Bilder von meinem Vater haben sich mir tief eingeprägt.

Und eines konnte sie als gedemütigte Hofdame natürlich überhaupt nicht ertragen: dass Theodor ohne sie Erfolg haben sollte. Je farbenfroher und reißerischer die Nachrichten über die kuriose Karriere des Abenteurers von Korsika lauteten, desto intensiver wurden auch ihre Häme und ihr Spott.«

Er stockte kurz, als müsse er sich gegen alte, in ihm aufsteigende Erinnerungen wehren. Dann sagte er trocken: »Du kannst dir nicht vorstellen, wie sie über ihn hergezogen ist. Jahrelang musste ich jeden Abend in meinen Gebeten darum bitten, dass Gott seinen Zorn über Theodor ausschütten, ja, dass der Allmächtige diesen aufgeblasenen Halunken in die ewige Verdammnis werfen möge. Ich kann die Worte heute noch. Manchmal verfolgen sie mich: ›Maria, du Gebenedeite, strafe den Mann, der uns ins Unglück gestürzt hat. Verflucht sei er, dreimal verflucht.‹ Isabelle, ich war ein kleines Kind, und ich musste diese Zeilen immer und immer wieder sprechen, jeden Abend eine Litanei des Hasses. Ich bin mit diesem Gefühl genährt worden. So wie meine Mutter davon gelebt hat, ja, es wahrscheinlich heute noch tut.

Als Theodor berühmt wurde, steigerte sie sich immer weiter in ihre Schmähungen hinein. Ging es ihm gut, ging es ihr schlecht – und umgekehrt. Dabei hätten schon ihre Berichte aus der Ehezeit gereicht, um einem kleinen Kind die Freude am Leben zu nehmen. Im Nachhinein glich alles, was sie mit meinem Vater erlebt hatte, einem Aufenthalt in der Vorhölle, und er war nur noch der charakterlose Dämon, der sie, die feine, wohlgeborene Dame, ins Elend gestürzt hatte. Die Geschichte mit der Madonnenfigur, die mein Vater zertrümmert hatte, musste ich mir mindestens einmal in der

Woche anhören. Und die Details wurden von Jahr zu Jahr gewalttätiger und hässlicher.

Als ich sechzehn war, fing ich an, diesen Hass zu hinterfragen. Nein, nicht wirklich, ich hatte ihn ja mit der Muttermilch aufgesogen, aber ich fing zum ersten Mal an, daran zu zweifeln, dass mein Vater tatsächlich der allein Schuldige sei. Vor allem deshalb, weil meine Mutter ihm ja nicht nur das Scheitern der Ehe zuschob, sondern darin zugleich die Quelle allen Übels in ihrem weiteren Dasein sah. In ihren Augen hatte Theodor eine derartige Schande über sie und die Familie gebracht, dass diese sich nicht mehr in der Öffentlichkeit zeigen konnte. Sie lebte zurückgezogen und suhlte sich fortan darin, meinem Vater die Schuld an allem zu geben, das ihr gerade einfiel. Der Grund für die Unzufriedenheit ihres Lebens hieß ›Neuhoff‹.«

Isabelle hob die Hand, aber Frederik bat sie mit den Augen, weitersprechen zu dürfen: »Ich bin gleich fertig. Ich weiß nicht, ob du nachvollziehen kannst, was in mir gewühlt hat; in einem Jugendlichen, dessen Leben unter einem tiefschwarzen Schatten lag. O ja, ich habe mehrfach versucht, mit ihr darüber zu reden, aber sie weigerte sich. Einmal rettete sie sich sogar in einen Herzanfall, als sie sich von meinen Fragen bedrängt fühlte. Und da stand ich nun. Ich versuchte verzweifelt herauszufinden, wer ich bin, elternlos, denn meine Mutter bestand nur aus Hass, und Theodor kannte ich nur als verruchtes Monster. Ich beschloss irgendwann, meinen Vater aufzusuchen und ihn zur Rede zu stellen, aber er saß im Gefängnis, und meine Mutter drohte damit, mich sofort zu enterben, wenn ich Kontakt mit ihm aufnähme. Nach und nach fing der Hass, den sie in mir gesät hatte, zu blühen an. Nur dass ich am Ende nicht nur meinen Vater, sondern auch meine Mutter hasste.«

Isabelle strich sich das Haar aus dem Gesicht und zeigte ihr tränenüberströmtes Gesicht: »Warum? Warum hasst du auch deine Mutter?«

»Ich wünschte, ich könnte es dir sagen. Ich glaube, es hat damit zu tun, dass sie es war, die mir tagtäglich deutlich machte, dass mein Vater für alles Böse in unserem Leben verantwortlich sei, sie war für mich, ganz gegen ihren Willen, seine Botschafterin. Obwohl ich meinen Vater nie gesehen hatte, spielte er in meinem Leben eine übermächtige Rolle. Er war immer präsent, die dunkle unfassbare Macht, die Inkarnation allen Übels. Und dieser Macht war ich ausgeliefert, weil sie mich ihr immer wieder auslieferte. Außerdem spürte ich sehr deutlich, dass ich allein durch meine Existenz die Liebe meiner Mutter verlor: Ich war ein lebendes Mahnmal ihrer Schande. Und so wurde das Bild meines verderblichen Vaters immer größer und ich immer kleiner. Begreifst du? Er war irgendwann verantwortlich für alles Dunkle, auch in meinem Leben.

Ich hasste mich dafür, dass ich anfing, dieses zerstörerische Spiel mitzuspielen. Aber es war leichter, als selbst Verantwortung zu übernehmen. Auch ich machte ihn schließlich zu meinem Dämon. Er hatte uns das Leid der Welt eingebrockt, also besaß ich einen trefflichen Sündenbock, der mich der Aufgabe enthob, selbst Entscheidungen zu fällen. Isabelle, wenn du mit einem solchen Schatten über deinem Haupt aufwächst, wirst du nie wirklich erwachsen. Meine Mutter gab meinem Vater so viel Kraft, dass ich schwach blieb. Und ich spielte ihr hinterhältiges Spiel weiter: Auch ich entmündigte mich selbst, indem ich meinem Vater die Verantwortung für das Gelingen oder sagen wir besser: das Nichtgelingen meines Lebens zuschob. Er ist schuld! Er ist schuld! Er ist schuld! Wenn ich aber anfing, nach der Wahrheit zu fragen, entfremdete ich mich meiner Mutter noch mehr, also schwieg ich lieber.

Die Ohnmacht, die ich dabei empfand, war wie ein Krebsgeschwür. Es wucherte in meine Seele hinein, und irgendwann sah ich keinen anderen Ausweg mehr aus dieser existenziellen Katastrophe als den, meinen Vater zu töten – um die Wurzel dieser pestartigen Ohnmacht, meiner nicht zu fassenden Gekränktheit und der vielen Widerwärtigkeiten ein für alle Mal auszumerzen. Ich dachte tatsächlich, dass ich, wenn ich den König ermorden könnte, meine Mutter glücklich machen und wieder der kleine geliebte Junge sein würde. Wenn die Not groß ist, verschlingt sich der Verstand selbst. Darum bin ich letzte Woche hierher gekommen. Ich wollte endlich frei sein.«

Frederik von Kilmarnok strich seiner Geliebten über den Kopf: »Isabelle. Ich habe das alles erst begriffen, als ich die Geschichte Theodors gehört habe. Du hast mich gerettet, ohne es zu wollen. Ich war der festen Überzeugung, ich könnte meinem Vater niemals vergeben. Als ich aber begriff, warum er so und nicht anders gehandelt hat, als ich entdecken musste, dass er selbst mehr Opfer als Täter war, fiel endlich etwas von den Verkrustungen in mir ab. Ich werde noch lange brauchen, bis ich das alles überwunden habe, aber ich spüre, dass etwas Neues beginnt.«

Isabelle hielt seine Hand auf ihrer Stirn fest und drückte sie so fest daran, als wolle sie den Abdruck der Finger für den Rest ihres Lebens behalten. Leise sagte sie: »Und was ist mit deiner Mutter?«

»Was meinst du?«

»Deine Mutter hat dich mit diesem Hass voll gestopft, kannst du ihr auch verzeihen?«

Frederik verzog das Gesicht: »Meine Mutter ist eine schwache Frau. Ich habe immer geglaubt, sie sei stark. Ihre Gefühle waren so stark, ihr Toben so gewaltig. Es hat ein halbes Leben gedauert, bis ich hinter ihrer Maske der Härte die Verzweiflung gesehen habe.«

Isabelle zitterte am ganzen Körper. Sie presste weiterhin seine Hand gegen sich. Als sie fortfuhr, waren ihre Worte vorsichtig wie junge Füchse, die sich noch nicht aus ihrem Bau wagen: »Frederik! Ich kann auch deine Mutter verstehen. Nein, warte. Bitte lass mich dir erklären, was ich meine: Hat der König nicht erzählt, wie wichtig es für sie war, begehrt zu werden? Dass sie nichts lieber wollte, als trotz ihres bescheidenen Aussehens Anerkennung zu finden? Es muss für sie eine kaum wieder gutzumachende Verletzung gewesen sein, dass mit deinem Vater ihre erträumte Zukunft entschwand. Und wenn du nichts Gutes mehr hast, an das du glauben kannst, suchst du dir eben etwas Schlechtes. Sie hätte sich genauso von den Fesseln der Vergangenheit lösen müssen wie du.«

Lord Kilmarnok löste seine Hand, nahm den Becher und hielt Isabelle den anderen hin, um mit ihr anzustoßen. Seine Verliebtheit lag wie ein Glanz auf seinem Gesicht: »Stimmt. Und darum wünsche ich mir nichts mehr, als dass du das auch tust. Isabelle! Es geht hier nicht nur um meine Vergangenheit oder die meiner Mutter, es geht auch um dich. Sieh: Ein Mann hat dir wehgetan. Einer! Das ist schrecklich – und ich wünschte, es wäre dir erspart geblieben. Aber die Wahrheit ist, wenn wir zusammenbleiben, werde auch ich dir immer wieder wehtun. Das gehört zur Liebe dazu. Ich kann nur eines machen, ich kann dir versprechen, dass ich dir niemals absichtlich wehtun werde, dass ich alles versuchen will, um dich glücklich zu machen.

Eines hat Theodor ja sehr deutlich gemacht: Ob jemand ein König, ein Baron oder ein Bettler ist, das hängt von vielem ab; von der Geburt bisweilen am allerwenigsten. Glück hat keinen Stand.« Ein flehentlicher Zug lag in seinen Augen: »Bitte, meine Geliebte, lass es uns versuchen.«

Isabelle fing wieder an zu weinen, diesmal aber wandte sie ihm den Kopf zu. Vorsichtig hob sie ihren Kelch dem seinen entgegen.

»Isabelle, Lord Kilmarnok. Hier seid ihr, Gott sei Dank. Isabelle, komm schnell, der König liegt in den letzten Zügen. Und er ist noch einmal völlig bei Bewusstsein. Er will dich sehen, junges Fräulein.« Völlig außer Atem nahm Jizchak erst den einen, dann den anderen der beiden hochgehaltenen Becher an sich und trank sie jeweils in einem Zug leer: »So, jetzt geht es mir besser. Was ist, kommst du?«

Lord Kilmarnok ergriff scheinbar unbewusst den Fächer, der noch immer auf dem Tisch lag, und tippte damit auf seine Lippen. Isabelle nickte ihm unmerklich zu. Dann sagte sie: »Frederik, wir treffen einander heute Abend am Ufer von Billingsgate. Ja? Vielleicht sehen wir einen Wal.«

Der Jude sah sie so verdutzt an, dass der Adlige schnell dazwischenfuhr: »Der König stirbt. Dann werde ich also das Ende seiner Geschichte nicht mehr erfahren.«

Jizchak zuckte mit den Schultern: »Seine Majestät wünscht mit Isabelle allein zu sein. Wenn Ihr wollt, kann ich Euch kurz über seine letzten Jahre berichten. Ich habe ihn damals im Gefängnis kennen gelernt.«

EIN MURMELN ZOG DURCH den Raum, als Theodor von Neuhoff den Gerichtssaal betrat. Es rauschte wie ein Gebirgsbach aus den Mündern der Anwesenden. Damen jeden

Alters mit ausladenden Hüten versuchten, die Köpfe zusammenzustecken und ihre Einschätzungen des Gefangenen auszutauschen, während elegant in Samt gekleidete Herren nur schwer ihre süffisante Neugierde verbergen konnten.

Der König sah grauenhaft aus. Über der brandig gewordenen Entzündung am linken Auge, die ihn seine Sehkraft gekostet hatte, trug er eine schwarze, fleckige Klappe. Das rechte Auge dagegen schweifte fieberhaft durch die Reihen, als hoffe er, alte Freunde und Verbündete zu entdecken, die ihm bei dem, was auf ihn wartete, würden helfen können. Trotz dieser Unstetigkeit strahlte er Würde und Selbstsicherheit aus, zwei Wesenszüge, die in völligem Gegensatz zu seinem Äußeren standen. Das ehemals weiße Hemd stand speckig und abgetragen unter dem Kragen hervor, der Stoff des Rockes zeigte an vielen Stellen schon die Kettfäden und die Hosen wiesen überall weite, zerfranste Risse auf. Die Schritte des Vierundsechzigjährigen waren klein und bedacht, während er sein zu einem Zopf zusammengebundenes, langes weißes Haar nach hinten legte. Vorne angekommen, neigte er kurz und huldvoll das Haupt.

»Baron von Neuhoff?«

Der Angesprochene reagierte nicht.

»Sir! Bitte. Seid Ihr Baron von Neuhoff?«

Theodor wirkte genervt: »Ich bin Theodor der Erste, König von Korsika, wenn ich bitten darf. Oder kennt man in diesem Land keine Manieren?«

Der Richter warf seinem Assistenten einen fragenden Blick zu. Dann bedachte er sein Gegenüber mit einem süffisanten Lächeln: »Ihr regiert aber zurzeit nicht, wenn ich das richtig sehe ... Eure Majestät.«

Theodor blieb stehen, obwohl ein Gerichtsdiener ihm einen Stuhl anbot. Offensichtlich wollte er nicht zu dem Richter aufblicken müssen. Mit scharfer, eindringlicher Stimme sagte er: »Dann hat man Euch falsch informiert. Ich regiere selbstverständlich – aus dem Exil. Das Volk von Korsika steht geschlossen hinter mir und bereitet meine Rückkehr auf den Thron vor.«

Ein lautes, schrilles Lachen brach wie ein Eindringling aus den Reihen der Zuschauer hervor – und die überdrehte Heiterkeit riss andere mit sich. Mit einer Handbewegung sorgte der Vorsitzende für Ruhe.

Theodor fuhr unberührt fort: »Ich darf Euch als Beweis eine offizielle Verlautbarung meines Rates vorlegen.« Er zog ein mehrfach gefaltetes und an den Kanten zerfleddertes Papier hervor und legte es auf den erhöhten Tisch des Richters. Dieser entfaltete das offensichtlich reichlich genutzte Dokument und las es laut vor: »So hat sich dieser Ursachen halber das Königreich in seinen größten und vernünftigsten Teilen wieder versammelt und gegenwärtige Akte entworfen, welche ihre Wirkung zu allen Zeiten und an allen Orten haben soll. Kraft solcher bestätigt, setzt und verspricht es aufs Neue eidlich auf immerdar alles, was im Jahr 1736 dem Baron Theodor von Neuhoff verhießen worden, zu behaupten und zu beobachten; kassiert und erklärt für null und nichtig jede Akte, Schrift, Unterschrift oder Erklärung, die solchem zuwider ist, welche die Republik Genua, unsere Feindin, erpresst haben kann, erklärt sie für erschlichen oder auf andere ungültige und ungebührliche Weise von einem oder mehreren unserer Nationalisten erlangt. Und wir, die Chefs, Prinzipalen und Magnaten, auch rechtmäßige Prokuratoren des Volkes und der Pieven unseres Königreichs, welche die völligen Stimmen ausmachen, fassen diese authentische und öffentliche Akte ab, damit sie die Kraft eines pragmatischen und unverbrüchlichen Gesetzes an allen Orten, zu allen Zeiten und bei einem jeden zum Behuf ermeldeten Barons Theodor von Neuhoff, unseres Herrn und König als des einzigen und alleinigen, den das Volk dafür erkennen will, verlangt und begehrt, haben möge. Gegeben durch unsere Regierung zu Corte, am 14. Juni 1744.«

Im Raum herrschte plötzlich Schweigen. Doch der Vorsitzende blickte den König fragend an: »Majestät, das Dokument ist elf Jahre alt.«

Theodor warf ihm einen gereizten Blick zu: »Vielleicht habt Ihr es beim Lesen nicht mitbekommen, Sir, es heißt dort: ›Diese Akte hat ihre Wirkung zu allen Zeiten und an allen Orten‹. Sie ist übrigens niemals widerrufen worden, wie Euch der Gesandte der Stadt Genua sicher gern bestätigen wird.« Mit einer für sein Alter unerwarteten Beweglichkeit drehte sich der König auf dem Absatz um und wies auf einen dicklichen Mann mit Vollglatze, dessen Unterlippe nervös zuckte und der sich im Zentrum der Aufmerksamkeit sichtlich unwohl fühlte.

Der Richter unterbrach das zunehmende Gemurmel mit einem Schlag seines Hammers. Freundlich sagte er: »Majestät, es ist nicht unser Auftrag, über Euren Stand zu entscheiden, sondern eine Entlassungsverhandlung zu führen. Im Rahmen einer staatlichen Amnestie erhaltet Ihr die Möglichkeit, das Gefängnis zu verlassen, wenn Ihr denn zur Gruppe der Begnadigten gehört. Das und nur das gilt es hier zu prüfen. Selbstverständlich wollen wir Euch dabei mit allen Euch zustehenden Ehren behandeln. Nun, vor mir liegt Eure Akte, die besagt, dass Ihr seit 1750 im Schuldgefängnis Fleet lebt. Ist das richtig?«

Theodor schwieg. Der Richter schaute ihn verdutzt an, dann begriff er und wiederholte demonstrativ demütig: »Ist das richtig, Eure Majestät?«

Der König nickte huldvoll.

»Ich lese hier, dass Ihr zu Beginn Eurer Haftzeit zwei Zellen für Euch allein bewohnt habt. Wie kam es dazu, Eure Majestät?«

»Nun, ich hatte viele bedeutende Freunde. Leider sind aber Freundschaften auch nicht mehr das, was sie mal waren.« Seine Körperhaltung entspannte sich und er wandte sich zu den vielen Neugierigen in den Reihen: »Als ich in London eintraf, um hier die Befreiung meines Landes in Ruhe zu planen, war ich wohl so etwas wie die Attraktion der Herbstsaison, ein prächtiger Paradiesvogel, mit dem man sich wunderbar schmücken konnte. Damals galt es als Privileg, mit mir befreundet zu sein. Kein Ball, keine Festivität, kein Empfang wurde veranstaltet, der nicht versuchte, sich durch die Anwesenheit eines Königs zu krönen. Ich war das glitzernde Juwel in der Verzierung jeden Hauses.« Theodor spreizte die Finger ab und führte seine Hand eitel zur Wange, um dann mit verstellter Stimme einen Dandy zu imitieren: »Was, Mylady, Ihr feiert ein Fest ohne König, wie schäbig.«

Jetzt hatte er die Lacher auf seiner Seite. Amüsiert fuhr er fort: »Man schlug sich förmlich um mich, und all die Grafen und Fürsten, die mich, als ich noch Baron war, nicht einmal mit dem

Hintern angesehen hatten, gierten danach, mich in ihrem Hause einführen zu dürfen. Schließlich war ich nicht nur ein gekrönter Herrscher, ich war der sagenumwobene Abenteurer, der Mann, der all das gewagt und erlebt hatte, was diese Kleingeister in ihren kühnsten Fantasien nicht zu träumen wagten. Wobei ich nicht unerwähnt lassen will, dass Klatsch und Tratsch manche meiner wilden Erlebnisse und auch die Details meines angeblichen Liebeslebens möglicherweise ein wenig zu schillernd dargestellt haben mögen.« Der König zwinkerte dem Richter verschwörerisch zu. »Aber Ihr wisst ja: In jedem Gerücht steckt auch ein Körnchen Wahrheit.« Und wieder ging ein Lacher zu seinen Gunsten durch die Reihen.

»Ich wohnte damals beim Forsvenor Square in der Mount Street und viele Gönner erklärten sich bereit, mir auch finanziell beizustehen. Leider änderten diese Mäzene geschlossen ihre Meinung, als ich ins Gefängnis kam. Ich war nicht mehr vorzeigbar und damit uninteressant für sie. Das königliche Spielzeug hatte ausgedient. Dennoch ging es mir weiterhin gut, denn die Gattinnen der falschen Freunde füllten ihr sinnloses Dasein gern mit wohltätigen Werken und blieben mir treu. Sie bezahlten nicht nur die Doppelzelle, sondern auch meinen Diener.«

Der Richter machte sich Notizen, während Theodor sprach. Dann sagte er, ganz in Gedanken: »Ich entsinne mich. Ihr habt anfangs ja sogar Audienzen im Gefängnis gegeben, die adligen Damen zum Tee empfangen und mit ihnen galant über Politik geplaudert. Warum habt Ihr denn damit aufgehört?«

Der König senkte leicht den Kopf. Nach einer kurzen Pause sagte er: »Ich habe irgendwann gemerkt, dass all diese angeblichen Freundinnen nicht mich besuchten, sondern meinen Titel. Ich war nur zu einer neuen Freizeitbelustigung geworden.« Und wieder präsentierte der König mit unterschiedlichen Stimmen ein Gespräch: »Na, was machen wir heute? Fahren wir Karussell, schauen wir uns den Löwen im Tower an oder besuchen wir den König? – Ach, lass uns zum König gehen, das ist immer so erheiternd, wenn er in seiner Zelle das komplette Hofzeremoniell zelebriert. – Ja, meine Liebe, was für eine köstliche Idee, dann können wir heute

Abend wieder stolz erzählen, dass wir Seine Majestät besucht haben. Wie neckisch.«

Leise fuhr er mit seiner eigenen Stimme fort: »Ich habe das nicht ertragen. Diese Inszenierungen waren demütigender als alles, was mir der Rat von Genua angetan hat. Ich weiß, diese Frauen wollten mir etwas Gutes tun. Aber sie haben mich täglich neu spüren lassen, dass mein Königreich unendlich weit weg war. Einmal hat eine Gönnerin für mich eine Sondervorstellung des ›König Lear‹ im Theater organisiert und mir die Eintrittsgelder zukommen lassen. Eine Wohltätigkeitsveranstaltung. Beschämend. Ein König und Almosen, das passt nicht zusammen. Ich verachte diesen aufgesetzten, heuchlerischen Altruismus. ›Wie ergötzlich, einem König helfen zu können.‹ Äh! Nur waren die Damen leider kaum noch an mir interessiert, als ich mich ihrem kindischen Spiel verweigerte.«

Theodor rieb mit beiden Händen über seine Rockschöße. Es schien, als müsse er mit den Tränen kämpfen: »O ja, ich war im Gefängnis, aber ich bin immer noch der König von Korsika und ich lasse mir meine Würde nicht von sensationsgierigen Weibern rauben. Könnt Ihr Euch vorstellen, dass bei mir regelmäßig junge Paare auftauchten, die mir Geld boten und mich überreden wollten, als majestätischer Trauzeuge bei ihrer Hochzeit zu fungieren? Geschmacklos! Ein gekrönter Kleiderständer!«

Der Richter unterbrach seine Aufzeichnungen und blickte den Gefangenen fragend an: »Wollt Ihr ernsthaft andeuten, dass Euer Stolz Euch dazu gebracht hat, am Ende im Dreck zu liegen, Eure Majestät?«

Der König spreizte den kleinen Finger ab und hob die Augenbrauen und für einen Moment war es, als sähe man ihn wieder in vollem Ornat. Die alten Kleider verschwanden unter der herrschaftlichen Haltung und das Raunen im Raum verstummte. Der König aber sprach mehr zu sich selbst als zu dem Fragenden: »Wenn einen alle Menschen betrügen, dann hat man nur noch sich selbst. Woran sollte man sich sonst halten? Ich habe lieber gestunken, als mich zur Königspuppe im Kasperle-Theater der ach so feinen Gesellschaft ausschmücken zu lassen. Ehrliche Tränen sind kostbarer als ein falsches Lächeln.«

»Wie meint Ihr das, Eure Majestät?«

»Ich spreche noch immer von wahrer Freundschaft, Sir. Wie soll ich Euch meine Erfahrungen damit beschreiben? Nun, anfangs habe ich mich immer über die Menschen erregt, die auf Anfragen oder Bitten meinerseits mit einem klaren Nein reagierten. Ich hielt sie für stur, eingebildet oder einfach dumm. Dann habe ich schmerzhaft lernen müssen, dass die Menschen, die sich eindeutig verweigern, viel wertvoller sind als diejenigen, die großspurig ›Ja‹ sagen, aber ›Vielleicht‹ denken. Es gibt so viele falsche Freunde, die zu allem Ja und Amen sagen und die, wenn es darauf ankommt, sich an ihre Versprechungen nicht mehr erinnern wollen. Menschen, die zu feige sind, andere zu enttäuschen, ohne zu begreifen, dass sie dadurch erst recht eine Enttäuschung werden. Daneben trifft man auch noch die Freunde, deren Ja nur so lange gültig ist, wie es sich mit ihren eigenen Interessen verträgt.«

Theodor machte einen Schritt auf den Richtertisch zu: »Wisst Ihr, wie viele Länder mir im Lauf der Jahre ihre Unterstützung im Befreiungskampf fest zugesagt hatten? Habt Ihr eine Ahnung, welche Regierungen und Machthaber mir zum Teil schriftliche Verträge ausgehändigt haben, an die sie sich niemals hielten? Ich nenne Euch nur einige der Staaten: Italien, Holland, Frankreich, England, Österreich, Sardinien und Turin. Sie alle haben ihr Wort gebrochen; ich habe irgendwann aufgehört, den Versprechungen zu glauben.

Schlimmer als die egozentrischen Zauderer sind aber die echten Verräter, diejenigen, die einen von Anfang an mit schlechten Absichten in eine Falle locken. Es reicht, wenn ich eine Geschichte als Beispiel erzähle.« Er wartete nicht auf Zustimmung, sondern setzte sich demonstrativ auf die Kante des Zeugenstandes und fing an: »Als der spanische Erbfolgekrieg begann und Maria Theresia mit der englischen Krone gegen Bayern und Frankreich stritt, da zogen die Franzosen ihre Truppen von Korsika ab. Und plötzlich sah es so aus, als könne alles ein gutes Ende nehmen. Österreich bot mir seine volle Unterstützung für die Rückeroberung des Throns an und im Sommer 1745 wohnte ich gut ausgestattet in einer feinen Villa in Siena. Doch der General Horace Mann täuschte mich, ja, er hinterging mich skrupellos. Er wollte zwar Korsika erobern, doch ein eigenwilliger König, der die Unabhängigkeit des Landes zum Ziel hatte, war ihm dabei nur im Weg. So strich er mir monatelang Honig um den Bart, um die Korsen durch mich zu beeinflussen, als aber unsere Flotte endlich bereitstand, bestellte er mich zu einer angeblich entscheidenden Lagebesprechung ins Landesinnere.«

Im Raum war es still geworden und Theodor ließ sich bewusst Zeit. Ruhig sagte er: »Es war alles fingiert, alles. Ein gemeiner Plan, um mich auszuschalten. Könnt Ihr Euch vorstellen, wie ich mich gefühlt habe, als meine Kutsche nach stundenlanger Fahrt vor einem leeren Haus hielt? Ich war ausgebootet worden. Nach meiner Rückkehr erfuhr ich, dass die Schiffe mit den Soldaten ohne mich ausgelaufen waren. Die Armeen waren losgezogen und der Oberbefehlshaber stand wie ein Trottel am Kai und hatte das Nachsehen.« Er zuckte mit den Achseln: »Aber, was soll's? Am 18. Oktober besiegelten die Großmächte in einem ungeheuerlichen, sogenannten Friedensvertrag noch einmal alle Gebietserklärungen und erteilten der Unabhängigkeit Korsikas ein für alle Mal eine Absage.

Nebenbei: Ich besitze ja auch von der englischen Krone eine schriftliche Zusicherung, dass sie mir helfen wird, den Thron der Insel zurückzugewinnen. Dieser Vertrag wurde ebenfalls gebrochen. Könnt Ihr mir sagen, warum ich ein derart gesetzesbrecherisches Regime hier und heute überhaupt als richtende Kraft anerkennen sollte?«

»Dieser Mann ist ein Aufschneider, ein Betrüger und Revolutionär. Er darf nicht freigelassen werden.«

Der Richter musterte den Gesandten Genuas, der aufgesprungen war, von oben bis unten. Dann sagte er: »Ich bin ein bisschen verwundert, dass dieser alte Mann Euch noch immer so viel Angst einjagt. Ist er vielleicht doch im Recht? Nein, ich will nichts mehr hören! Ihr habt keine Erlaubnis, hier zu sprechen. Bitte nehmt wieder Platz.« Mit zusammengezogenen Augenbrauen musterte er den erregten Diplomaten. Dann setzte er die Verhandlung fort: »Jetzt zu Euch, Eure Majestät. Ihr könnt dieses Gericht anerkennen oder nicht, das ändert nichts daran, dass ich nicht beauftragt bin, über die Rechtmäßigkeit Eurer Ansprüche zu urteilen, sondern dass ich entscheiden soll, ob ihr zu dem Personenkreis gehört, für den eine Amnestie ausgesprochen wurde. Also beantwortet bitte kurz und bündig meine Fragen: Seid Ihr jemals eines Kapitalverbrechens beschuldigt worden?«

Theodor wollte noch einmal zu einer Erwiderung ansetzen, dann besann er sich eines Besseren und sagte klar: »Nein!«

»Seid Ihr wegen Mord, Totschlag, Gewaltanwendung oder Beleidigung der Krone verurteilt worden?«

»Nein!«

»Ist es richtig, dass Ihr ausschließlich wegen einer Ehrenschuld, dem Nichteinlösen von Schuldscheinen, verhaftet wurdet?«

»Ja!«

Der Richter blätterte in seinen Unterlagen: »Im Jahr 50 habt Ihr dummerweise versucht, bei einem Freigang zu entfliehen. Nun, seitdem habt Ihr Euch aber gut geführt. Ich sehe hier einen Zeitungsartikel, in dem berichtet wird, dass es auf Eure Eingabe hin am 27. Mai 52 zu einer staatlichen Untersuchung des Gefängnisses kam. Worum ging es da?«

Theodor zog ein vor Dreck starrendes Taschentuch hervor und putzte sich umständlich die Nase. Als er diesen Vorgang mit einer eleganten Bewegung beendet hatte, sagte er: »Sir, Ihr wisst, dass die Gefangenen im Fleet nicht verpflegt werden. Sie leben ausschließlich von den Almosen, die man ihnen durch die Gitter wirft. Das reicht nicht zum Leben. Aber das ist manchmal noch das geringste Übel. Die Räumlichkeiten werden nur alle zwei Wochen gereinigt und die Zellen sind völlig überfüllt. Ich hielt das für unerträglich und ließ meine ehemaligen Beziehungen zu einigen namhaften Mitgliedern der Regierung spielen, um diesem Elend ein Ende zu bereiten.«

»Und? Hat sich etwas verändert?«

Der König verneigte sich: »Seit nunmehr drei Jahren wertet ein Ausschuss der Regierung die Ergebnisse der gesandten Offiziere aus. Vielleicht dürfen unsere Enkel dereinst auf eine Verbesserung hoffen.«

Wieder lachten einige Anwesende. Der Richter brachte sie zum Schweigen. Er warf seinen Beisitzern einen fragenden Blick zu, dann schloss er die Anhörung ab: »Im Namen der englischen Krone ergeht folgendes Urteil: Theodor I., König von Korsika, wird mit sofortiger Wirkung aus der Haft entlassen. Dieses Urteil wird rechtskräftig, sobald der Inhaftierte einen Bürgen vorweisen kann und seinen vollständigen Besitz an den Staat abtritt. Seid Ihr dazu bereit, Eure Majestät?«

Diesmal war es Theodor, der lachte: »Mein vollständiger Besitz? Ich habe nichts als mein Königreich Korsika!«

Der schwitzende Mann hinter dem Pult, der das ganze Verfahren offensichtlich bald zu einem Ende bringen wollte, hob nicht einmal den Kopf: »Gut, dann nehmen wir das. Unterschreibt hier!«

Der König zuckte zusammen und trat einen Schritt zurück. Gleichzeitig schrie der Gesandte Genuas von hinten: »Das geht nicht. Er kann nicht etwas dem Staat überschreiben, das ihm nicht gehört. Wenn Ihr das zulasst, verspreche ich Euch höchste diplomatische Schwierigkeiten. Macht keinen Fehler!«

Der Richter wies mit dem Hammer auf den erregten Mann im Zuschauerraum: »Er soll lediglich seine königlichen Ansprüche an Korsika der Krone vermachen. Das sollte Euch doch gefallen.«

»Ich mache das nicht!« Theodor war kalkweiß geworden und so schnell an den Tisch des Vorsitzenden getreten, dass die Gerichtsdiener schon eingreifen wollten. Doch der Richter hielt sie mit einer Handbewegung zurück. Theodors Gesicht war zu einem einzigen Flehen geworden. Als hätte ihm nur das Wissen um seine Rechte auf den Thron Halt gegeben, sackte er vor dem Tisch zusammen und flehte mit erhobenen Händen: »Das könnt Ihr nicht machen. Bitte nicht! Das geht nicht. Mein Land ist alles, was ich habe. Wer bin ich, wenn ich meine Hoffnung verliere? Wer? Ich flehe Euch an, um Christi Willen: Tut das nicht!«

Inmitten der wachsenden Unruhe trat ein älterer Mann nach vorne und hob die Arme: »Eure Majestät! Macht Euch bitte endlich frei von diesem Albtraum. Ich weiß, dass Ihr es könnt.«

Der Richter klopfte energisch mit seinem Hammer auf den Holzblock und musterte den einfach gekleideten Mann: »Wer bist du denn?«

Eine Welle der Freundlichkeit ging vom Gesicht des Alten aus, die alle Umstehenden berührte. Sanft sagte er: »Mein Name ist Jizchak. Ich bin nicht nur der geistliche Begleiter des Königs, sondern auch bereit, als sein Bürge einzutreten.«

Der Vorsitzende wies auf sein Gewand: »Du bist Jude, oder?«

Jizchak wiegte den Kopf hin und her: »Als Jude geboren, ja. Aber ich erkannte, dass Jesus Christus auch für mich gestorben ist, und habe mich taufen lassen, darum bin ich wohl so etwas wie ein messianischer Jude. John Wesley, der bekannte Prediger, hat mir gezeigt, dass die Geschichte meines Volkes mit Gott weitergeht. Weil niemand ohne Jesus den Himmel ...«

Mit einer schroffen Geste schnitt ihm der Vorsitzende das Wort ab: »Lass deine Taten deine Predigt sein und kümmere dich um diesen Kerl hier. Eure Majestät, seid Ihr bereit, zu unterschreiben und den Juden ... den messianischen Juden Jizchak als Bürgen zu akzeptieren, dann unterschreibt. Oder ich lasse Euch zurück ins Gefängnis bringen.«

Theodor richtete sich auf, taumelte und hielt sich mühsam am Tisch des Richters fest. Dann setzte er zitternd seine Unterschrift unter das Dokument.

Der Ring auf dem Tisch war verdunstet oder versickert. Nur ein feines Glitzern lag noch in den Ritzen. Trotzdem strich Lord Kilmarnok noch immer die Konturen nach. Er räusperte sich zweimal leise, dann sagte er: »Aber dann ist er ja doch kein König mehr?«

Jizchak neigte den Kopf zur Seite und zuckte leicht mit den Schultern: »Das lässt sich so oder so sehen. Er hat sein Königreich der Krone vermacht, also den offiziell mit dem Titel verbundenen Besitz. Aber den Titel selbst kann ihm niemand nehmen. Ein Kutscher bleibt doch auch dann ein Kutscher, wenn er seine Kutsche verkaufen muss. Nur, was spielt das alles für eine Rolle? In Korsika erzählen die Mütter ihren Kindern weiterhin in der Dämmerung von dem geheimnisvollen Mann, dem fremden Retter, der gekommen ist, um das Land zu befreien. In der Erinnerung seines Volkes altert Theodor nicht einmal. In ihren Hoffnungen ist er lebendig, eindrucksvoll und majestätisch wie am ersten Tag. Aber mit einem habt Ihr Recht: Für Theodor selbst war die Abtretung ein Schlag, von dem er sich nicht mehr erholt hat.

Nach seiner Entlassung lebte er einige Monate als Obdachloser am Hafen. Er wollte sich von niemandem mehr helfen lassen. Jedenfalls nicht von mir. Vielleicht, weil er mir die Schuld daran gab, dass er diese Abtretung unterschrieben hatte. Ich bin trotzdem fast jede Woche zu ihm gegangen, aber er hat kaum noch gesprochen. Manchmal fing er an zu fantasieren, von mächtigen Flotten und einer Armee, die Genua hinwegfegen würde. Er hatte sich selbst verloren und seine Seele versuchte wohl, sich in alte Erinnerungen zu retten. Es war schrecklich.«

Jizchak schenkte sich noch etwas von dem Wein ein, während Frederik sich nach Isabelle sehnte und zugleich auf die Fortsetzung wartete. Endlich hatte der Alte ausgetrunken: »Im Herbst ist es dem Gesandten Genuas noch einmal gelungen, den König mit Hilfe weiterer Schuldscheine ins Gefängnis stecken zu lassen. Offensichtlich hat Theodor auch in diesen Monaten freundliche Menschen gefunden, die ihm Geld gaben. Und diesmal erreichte der Doge sein Ziel. Theodor besaß nicht mehr die Kraft, sich weiter aufzulehnen. Er hatte in dem einen Jahr auf der Straße mindestens fünfzehn Kilo Gewicht verloren und sah aus wie ein Gespenst. Ihr habt ihn ja gesehen. Die ewige Feuchtigkeit, das Ungeziefer und der Dreck im Gefängnis gaben ihm endgültig den Rest. Aber …« Er hob erfreut den Zeigefinger: »… ich glaube, dass ich wenigstens seine Seele gerettet habe.«

»Wie meinst du das?«

»Nun, der König war immer ein gläubiger Mensch, schon aus Tradition. Aber er hat nie zugelassen, dass Gott ihm hilft. Erst recht nicht, als er miterleben musste, dass der religiöse Eifer seiner Frau nicht zu deren Freiheit, sondern zu einer unfassbaren Verkrampfung und Enge führte. Die arme Mary. Sie muss eine bemitleidenswerte Frau gewesen sein. Wer die Religion nutzt, um vor der Realität zu fliehen, dem fügt sie mehr Schaden zu als Heil. Ich bedaure sehr, dass Seine Majestät durch sie eher abgeschreckt als eingeladen wurde.

Wie dem auch sei: Er gehört zu den vielen, die zwar an Gottes Existenz glauben, ja, die ihm sogar zutrauen, dass er Großes tun kann – sonst würden sie ja in der Not nicht anfangen zu beten –, die aber letztlich zu stolz sind, sich wirklich helfen und beschenken zu lassen. Die Furcht davor, dass tatsächlich ein Wunder passieren könnte, ist größer als die Angst, es würde keines geschehen. Ich schweife ab. Ich wollte von der Erlösung des Königs erzählen. Passt auf: Als Theodor Anfang dieser Woche entlassen wurde, habe ich zum ersten Mal gespürt, dass er jetzt endlich in der Lage ist, seinen Traum nicht mehr als Fundament seiner Existenz zu verstehen. Ahnt Ihr, was das für ihn bedeutet?

Wer sein ganzes Sein von der Erfüllung eines Traums abhängig macht, wird immer verlieren. Wenn der Traum sich nicht erfüllt, kommt die Verzweiflung, und wenn er sich erfüllt, bleibt nur die Leere. Damit wir uns recht verstehen: Ich liebe Träume! Aber die Kunst, froh zu sein, besteht darin, seine Freude gerade nicht vom Erreichen eines Zieles bestimmen zu lassen. Nur wer seine Träume schon auf Freude aufbaut, hat eine gute Chance, sie zu verwirklichen. Wer aus Gier handelt, verliert immer. Und das muss jeder Mensch lernen. Ich denke, dass Theodor jetzt so weit ist. Und damit wird seine Seele endlich frei für Gott. Schade, dass das meist erst auf dem Sterbebett passiert. Nun ...«

Er sah dem Adligen direkt in die Augen: »Ihr könntet ja früher anfangen, Lord Kilmarnok, Sohn des Königs von Korsika.«

Frederik zuckte zusammen. Seine schmalen Augen suchten im Halbdunkel den Blick des anderen: »Du wusstest es die ganze Zeit?«

Jizchak legte seine Hand beruhigend auf den Unterarm seines Gegenübers: »Nicht von Anfang an. Aber man wird ja nicht allzu oft grundlos angeschossen. Ich habe danach natürlich viel über Eure Motive nachgedacht. Und als ich erst einmal den Verdacht hatte, fiel mir auch eure unglaubliche Ähnlichkeit auf. Wenn man diesen zahnlosen, eingefallenen Greis betrachtet, sieht man es nicht sofort, aber ich erinnere mich an eine alte Zeichnung von Theodor, die auch Euch zeigen könnte. Ihr seid Eurem Vater wie aus dem Gesicht geschnitten. Das muss für Eure Mutter nicht leicht gewesen sein. Tja. Und als Isabelle hundertfach das Wappen der Familie von Neuhoff an die Wand geklebt hatte, wusste ich natürlich, woran ich bin. Erstaunlicherweise hat es Eure Mutter trotz all ihrer Verachtung für den König nicht lassen können, sich mit seinem Wappen zu schmücken.«

Er griff in die Innentasche seines Rocks und zog die goldene Münze Theodors hervor: »Hier, auf der Prägung Eures Vaters sieht man das gleiche Wappen: die drei ineinander geschlungenen Kettenglieder. Und jetzt entschuldigt mich bitte. Auch ich möchte mich vom König verabschieden.« Mit einem kurzen Gruß verschwand er.

Die Tauben durchzogen den Himmel über Billingsgate mit ihrem weichen Gurren, wenn sie nicht gerade dick aufgeplustert auf den Simsen der Häuser wachten oder ihre Schnäbel aneinander rieben. Müde gewordene Verkäuferinnen streuten die letzten Reste ihrer Auslagen auf den Boden, doch die dahineilenden Besucher der Vorabendmessen scheuchten selbst die mutigeren der Vögel immer wieder auf.

Lord Kilmarnok saß auf einem Poller am Kai und beobachtete das zu Ende gehende Markttreiben dieses Tages. Durch die vielen Menschen zwängte sich gerade ein großer, muskulöser Mann mit einer viel zu kurzen Hose und einem grünen Rock, dessen gelbrote Knöpfe wie Blumen auf einer Wiese hin- und herschwankten. Er trug einen ausladenden Bäckerkorb auf dem Kopf, der je nach der Dichte der Menge wie ein schwankendes Boot auf dem Meer der Häupter zu schwimmen schien. Interessiert verfolgte der Adlige die Fahrt des ungewöhnlichen Gefährts, das sich langsam vorwärts bewegte. Plötzlich bemerkte er, wie eine kleine Kinderhand über den Rand des Korbes geschossen kam, einem älteren Passanten mit einer schnellen und zugleich geschmeidigen Bewegung den Hut vom Kopf zog und ihn im Korb verschwinden ließ. Das Ganze dauerte höchstens zwei Sekunden.

Offensichtlich bemerkte der Bestohlene wegen seiner dichten Perücke den Verlust seiner Kopfbedeckung nicht sofort, denn der Riese mit dem Korb war bereits fünfzehn Meter entfernt, als die

Hand des Mannes zum ersten Mal fragend über seinen Kopf strich. Er blickte sich suchend um, bückte sich, um unter die Marktstände zu schauen und den Boden abzusuchen, und verfolgte seinen Weg mit den Augen zurück. Inzwischen hatte der Korb das andere Ende des Marktes erreicht, so dass der verwirrte Alte wohl nicht mehr auf die Idee kommen würde, ihn mit seinem Hut in Verbindung zu bringen.

»So etwas hat Schascha früher sicher auch gemacht«, dachte Lord Kilmarnok, während er sich über die wachsende Hilflosigkeit des Opfers gegen seinen Willen amüsieren musste. Der verzweifelte Mann hatte inzwischen mehrere Passanten gebeten, ihm beim Suchen zu helfen, und die Männer eilten unter dem Gespött der Marktfrauen umher.

»Frederik!« Isabelle war offensichtlich gelaufen, denn ihr Gesicht war rot und ihre Haare klebten an ihren Schläfen. Sie atmete schwer: »Komm, ich möchte, dass du ihm auch Lebewohl sagst. Nein, guck nicht so. Tu es, bitte, mir zuliebe.«

Sie nahm seine Hand und wollte ihn mit sich ziehen, doch er hielt sie zurück: »Isabelle, haben wir eine Zukunft?«

»Ja ... natürlich, wir haben eine Zukunft. Aber lass uns vorher die Vergangenheit zu Ende bringen.«

Er griff nach ihrem Arm: »Müssen wir dabei rennen?«

Sie sah ihn verwundert an. Dann entspannte sich mit einem Mal ihr ganzer Körper und sie umarmte ihren Geliebten: »Nein, das müssen wir nicht. Der König schläft jetzt. Aber es wird wohl sein letzter Schlaf sein. Ich habe deinen Arzt holen lassen und er glaubt auch, dass es heute Nacht zu Ende geht. Ach, guck nicht so. Ich weiß selbst nicht, warum ich so aufgeregt bin. Wahrscheinlich mehr wegen dir als wegen des Königs.« Sie schmiegte sich noch dichter an ihn: »Ich wollte doch nicht mehr lieben. Was für ein dummes Vorhaben! Jetzt ist es so, als hätte ich in den letzten Tagen alle meine Gefühle in einen viel zu kleinen Schrank gestopft. Und kaum habe ich es gewagt, ihn anzurühren, kommt mir all das entgegen, was ich nicht wahrhaben wollte. Ich muss damit erst wieder klarkommen. Verstehst du das?«

Lord Kilmarnok nickte glücklich. Leise merkte er an: »Schade, ich habe heute Abend keinen Wal gesehen.«

Hand in Hand bogen die beiden Liebenden von der Thames Street zum St. Pauls Churchyard ab und fühlten sich so, als ob sie ewig weiterlaufen könnten. Eine eigenartige Ruhe hatte sich ihrer bemächtigt, die in ihren Fingern zusammenzufließen schien. Mit schnellen, wiegenden Schritten liefen sie nebeneinander her und brauchten in diesen Minuten nichts zu sagen, weil sich ihnen die ganze Welt in den prallen Farben der Liebe präsentierte und die Sinne überwältigte. Über der Stadt schwebte die Sichel des Mondes und sah aus, als wolle sie die Schornsteine einen nach dem anderen von den Dächern holen. Die Luft war klar und kalt und hielt die Essensgerüche lange fest, die aus den Fenstern nach draußen drangen.

Erst als Isabelle und Frederik hinter Ludgatehill den Fleetmarket erreichten, stockten ihre Schritte für einen kurzen Moment. Das Schuldgefängnis Fleet war Anfang der fünfziger Jahre zu klein geworden, als erstmals mehr als zwanzigtausend Gefangene gleichzeitig Zellen brauchten. Daraufhin hatten die Behörden im Laufe der Jahre das ganze Viertel zu einer teilweise offenen Anstalt ausgebaut, eine Stadt in der Stadt mit eigenen Gesetzen und Regeln, ein Viertel, das man nach Einbruch der Dämmerung lieber mied, das aber zugleich die kürzeste Verbindung zur Little Chapel Street bot. Wortlos rückten die beiden noch ein Stück enger zusammen und eilten durch die Gassen.

»Na, ihr zwei Hübschen. Kann ich euch helfen?« Ein schwerer Schwarzer schob sich aus einem Hauseingang und stellte sich ihnen in den Weg, so dass sie nicht mehr weiterlaufen konnten. Der Mann streckte die Handfläche wie ein Warnschild in die Luft, doch sein Lächeln leuchtete in der untergehenden Sonne auf. Mit trockener Stimme sagte er: »Frisch verliebt, wie ich sehe. Was haltet ihr davon, wenn ich den Rest für euch organisiere? Na?«

Lord Kilmarnok stellte sich schützend vor Isabelle: »Was meinst du denn damit?«

Der Schwarze deutete grinsend mit dem Finger nach oben und der Adlige folgte dem Hinweis misstrauisch. Über der Straße hing an einem metallenen Bogen ein Schild mit einer männlichen und einer weiblichen Hand. Lässig stieß der Afrikaner den beiden mit seinen Zeigefingern gegen die Brust: »Kommt schon, ihr Süßen! Für fünfzig Schillinge könnt ihr euch bei mir auf der Stelle trauen lassen.« Er beugte sich vor und wisperte: »Wir haben im Fleet so viele Priester, dass zurzeit mehr als fünfzig Prozent aller Londoner Hochzeiten bei uns abgehalten werden.«

Isabelle kicherte: »Und ärgert das die Kirche nicht?«

Der Schwarze legte einen Finger auf die Lippen und tat so, als müsse er sich nach etwaigen Spitzeln umsehen. Schließlich fuhr er verschwörerisch fort: »Na klar stört es sie, aber sie kann ja nichts machen.« Er breitete einladend die Arme aus: »Die Priester sind schon im Gefängnis, was soll ihnen da noch passieren. Und wir haben einfach die billigeren Tarife. Außerdem ...« Er zwinkerte Frederik zu. »... unsere Trauungen sind zwar offiziell anerkannt, aber wenn einmal ein Notfall eintritt, dann kann man für ein kleines, nun, nennen wir es Lösegeld die Urkunde auch wieder verschwinden lassen. Wir sehen das im Fleet nicht so eng. Es lebe die Liebe! Also, wie sieht es aus mit euch?

Manchmal ist es gut, die Dinge gleich anständig zu machen. Und ihr beiden seid doch alt genug, um die richtige Entscheidung zu fällen. Kommt, ich bin Fachmann. Ich sehe das Glitzern in euren Augen. Ihr beide passt zusammen. Für immer. Und ich sage euch noch etwas. Weil ihr mir so gut gefallt, besorge ich euch den besten Priester Londons und mache euch einen Freundschaftspreis: vierzig Schillinge. Preiswerter geht es wirklich nicht. Es lebe die Liebe!« Er riss beide Hände hoch, als wolle er das Paar umarmen.

Isabelle schob die Schultern mädchenhaft nach vorne, senkte den Kopf und schaute Frederik durch ihre Wimpern frech an: »Was denkst du? Warum nicht? Wenn du es ernst meinst und sicher bist, dass wir zusammengehören, dann könnten wir unsere Zuneigung doch auch besiegeln. Bevor meine Ängste größer werden als die Liebe. Jetzt glaube ich, dass es funktionieren kann.« Sie hielt dem Adligen die Hand hin: »Ich bin bereit!«

Lord Kilmarnok starrte sie fassungslos an: »Isabelle, ich kann doch nicht einfach hier so heiraten. Wie denkst du dir das? Auf der

Straße? Und was ist zum Beispiel mit meiner Mutter? Sie würde sterben ...«

»Frederik, wir können immer noch auf Hunderte von Arten feiern. Aber heute, heute bin ich glücklich. Heute habe ich etwas über mich gelernt. Durch dich und durch den König. Und ich will gerne an deiner Seite erleben, was das heißt. Du hast gesagt, dass auch du meine Welt erforschen und erfahren möchtest. Nun: Das hier ist meine Welt. Und es ist gut, dass es hier nur dich und mich gibt. Keine Verwandten, keine Geschenke, kein Brautschmuck, keine Vorbereitungen. Einfach nur uns und unsere Liebe.«

»Äh ...«

Sie lächelte mit einer Offenheit, die nur einer tiefen Geborgenheit entspringen kann. Zärtlich strich sie über seinen Arm: »Du hast mir doch erzählt, dass es für dich Zeit wird, die Verantwortung für dein Leben zu übernehmen. Tu es!«

Sie drehte sich vor Begeisterung einmal um sich selbst und brach dann in ein befreites Lachen aus: »Oh, Frederik, wenn du dein Gesicht sehen könntest. Dachtest du wirklich, dass ich hier zwischen Tür und Angel heiraten möchte? In einem Gefängnis? Nein, das stelle ich mir ganz anders vor.«

Dann wurde sie von einem auf den anderen Moment ruhig. Vorsichtig sagte sie: »Meine Frage war trotzdem ernst gemeint: Ist deine Liebe so ehrlich gemeint, dass du mich heiraten wirst? Mich, die Tochter eines Schneiders? Eine Arbeiterfrau mit großen Träumen? Sag mir die Wahrheit: Wirst du mich heiraten?«

Der Adlige schwieg. Dann zuckte er völlig hilflos mit den Schultern, drehte sich um und lief davon.

IX.

Ich bin allein! Einsam. Verlassen. Ja, ich weiß: Sie sind da und reden mit mir. Doch ihre Worte erreichen mich nicht mehr. Heißt das Sterben – endgültig allein zu sein? Mhm. Wie komme ich nur auf so einen albernen Gedanken? Ich war doch immer allein. Jeden Tag in diesem verfehlten und verträumten Leben war ich allein. Selbst als mir zwanzigtausend Korsen zujubelten, war ich allein. Ich habe allezeit um mich selbst gekreist, wie hätte ich da nicht allein bleiben sollen?

Entschuldige! Du, Julia, hast mich erreicht. Für ein paar launige Stunden hat mir Gott oder das Schicksal gestattet, das Gefängnis meiner Ängste zu verlassen. Eine kurze Spanne war mir vergönnt und ich durfte sehen, wie das Leben sein könnte. Und ich? Ich habe die Gelegenheit verstreichen lassen, blind vor Gier. Weil ich alles wollte, habe ich alles verpasst. Fünfundsechzig Jahre alt bin ich geworden. Eine schier endlos lange Zeit. Und doch nur ein einziges Atemholen, von dem nichts bleiben wird. Die Spuren, die ich hinterlasse, verwehen und werden zertreten. Niemand wird da sein, der um mich weint. Heißt das Sterben? Wenn einer gehen muss und dann keiner da ist, der ihn vermisst, dann hat er sein Leben umsonst gelebt. Wer wird an meinem Grab stehen? Vielleicht das Heer meiner Gläubiger, die sich eine Träne aus dem Augenwinkel quetschen, weil sie nun endgültig auf ihr herzlos verliehenes Geld verzichten müssen. Weint doch! Eure Tränen werden die einzigen sein. Mich vermisst niemand.

Ich wollte so gerne den Himmel auf die Erde holen und ein guter König sein. Theodor der Erste. Und wie habe ich diesen Dichter Schnabel geliebt mit seiner »Insel Felsenburg«, dieser wahren Insel der Glückseligkeit. Es muss doch möglich sein! Es muss möglich sein, ein Reich aufzubauen, in dem wirklich Frieden herrscht. Es muss, es muss, es muss. Korsika, meine Insel der Schönheit, ich wollte dich in ein Paradies verwandeln. Aber es gibt kein Paradies mehr. Nur ich, ich wollte das nicht begreifen. Ich wollte nicht akzeptieren, dass das Kämpfen niemals aufhört. Ich habe so sehr dafür gestritten, dass der Unfriede ein Ende finden möge, dass dieser kämpferische Gedanke mein Leben beherrscht hat und die eigentliche Quelle meines Unfriedens wurde. Hätte ich doch einfach akzeptieren können, dass es nun einmal Streit gibt. Und dass daran nichts Schlechtes ist. Schade: Wer Ideale hat, der wird sich niemals mit dem Elend abfinden können. Darum sind Ideale so gefährlich.

Ich nehme also Abschied. Nein, nicht von dieser Welt – die hat mich niemals wirklich willkommen geheißen –, sondern von dem ewigen Drang, das Glück erringen zu müssen. Ich will nicht mehr, es ist vorbei, und das ist gut so ... seltsam. Jetzt, da ich diese Worte denke, durchströmt mich genau jenes Glück, nach dem ich mich immer gesehnt habe. Es ist gut. Alles ist gut. Ich will endlich loslassen, und indem ich es tue, lässt es mich los, dieses verdammte Getriebensein, das ungestillte Verlangen. Alles ist gut! Ich liege, und es ist gut. Fragt nicht, warum ich dieses Leben so gelebt habe. Ich konnte nicht anders. Zumindest kenne ich die Gründe nicht. Vielleicht hätte ich sogar anders gekonnt, doch die Feigheit war stärker als die Traurigkeit. Wenn zwei Ängste miteinander konkurrieren, gibt es keinen Sieger.

Welche Worte Jesu zitiert Jizchak immer: »Wer von diesem Wasser trinkt, den wird wieder dürsten, wer von dem Wasser trinkt, das ich ihm gebe, wird nimmermehr Durst leiden.« Ich habe diese Zeilen nie verstanden. Nun erfahre ich sie. Mich verlangt nach nichts mehr. Vor einer frischen Quelle stehen und des Wassers nicht mehr bedürfen; trinken aus Lust und nicht aus Not, leben aus Leidenschaft, nicht aus Verzweiflung: Was für ein herrlicher Zustand! Meine Seele wird frei. Ich fasse es nicht, eine Träne läuft an meiner Nase entlang. Jetzt werde ich auf meine alten Tage noch sentimental. Was soll's? Jetzt kann ich wirklich gehen.

Julia. Niemand vermag zu zählen, wie oft ich mir ein Leben an deiner Seite vorgestellt habe. Doch diese friedvollen Bilder quälten mich Tag und Nacht. Sie wurden die schärfsten Ankläger meines Verlustes. Je schöner ich träumte, desto trüber wurde mein Gemüt. Angelika, die Oberin, hatte Recht: Ich wollte mir all die Jahre selbst beweisen, dass mein Fehler, mich gegen dich zu entscheiden, keiner war. Und so tappte ich von einer Lebenslüge in die nächste. Weißt du, dass ich mir diese schmerzliche Erkenntnis zum ersten Mal eingestehe? Dass ich sie zum ersten Mal zulassen kann? Ich wusste das alles längst, aber ich habe die Wahrheit mit brachialer Gewalt daran gehindert, mit mir zu sprechen. Wenn ich all die Kraft, die ich brauchte, um die Lügen am Leben zu erhalten, in das Leben selbst investiert hätte, wäre ich wohl glücklich geworden. Ja, wenn ich all die Hingabe, mit der ich mich vor den eigentlichen Herausforderungen schützen wollte, in ihre Lösung gesteckt hätte, hätte ich sie wahrscheinlich bewältigt. Aber ich wollte ja auf niemanden hören, auf meine Freunde nicht und auch nicht auf Gott.

Jizchak mag Recht haben: »Die größte Kunst im Leben eines Menschen besteht darin, sich helfen zu lassen.« Hier bin ich. Helft mir! Ach, Julia, ich brauche keine Hilfe mehr. Es ist jetzt wirklich alles gut. Vergib mir meine Feigheit. Ich war ... so ... so wenig vertrauensvoll. Ich hätte dir vertrauen sollen. Aber ich habe nur mir vertraut. Julia. Ich habe es dir niemals gesagt. Ich habe es überhaupt niemals gesagt. Aber jetzt möchte ich, dass du es hörst, bitte höre mich: Ich liebe dich!

Jetzt, da ich es sage, begreife ich auch, was Liebe heißt: Jemanden mehr lieben als das eigene Leben. Als ich dich gehen ließ, da war es noch keine wahrhaftige Liebe, eher ein loderndes Gefühl, ein erstes Erkennen, der Hauch einer Nähe, in der Du und Ich keine Gegensätze mehr sind, aber jetzt, auf dem Sterbebett, fasse ich die Liebe plötzlich – und bin endlich würdig, es dir zu sagen: Ich liebe dich, Julia! Julia, Julia ...

... was? Was ist mit mir? Bin ich tot? Nein! Noch bin ich da. Ich, Theodor, kein König, kein Baron, kein Bettler, ein Träumer, dessen Träume dazu geführt haben, dass er sich einer Illusion verkaufte. Nun gebe ich meine Träume frei. Fliegt, ihr sanften Verführer. Sucht euch Menschen, die stark genug für euch sind. Ich war es nicht. Ich war schwach. Und zum ersten Mal empfinde ich es nicht mehr als Schande, schwach zu sein. Wäre ich doch früher dazu fähig gewesen. Jetzt ist es zu spät.

Wie oft wollte ich zum Beispiel dir, mein Sohn, schreiben? Zehnmal, hundertmal, tausendmal? Ich habe so oft vor dem leeren Papier gesessen – aber mit dem Mut schwanden auch die Worte. Was hätte ich dir sagen können? Mein Kopf war zu voll. Ich wollte mich verteidigen, obwohl ich mich im Recht fühlte. Ich wollte dir sagen, was ich vom Leben verstanden zu haben glaubte. Ich wollte dir von meiner Freude erzählen, als ich von deiner Geburt erfuhr. Ich weiß, dass deine Mutter mit allen Kräften versucht hat, dich zu verbergen, aber sie hätte doch selbst am besten wissen müssen, wie bei Hof geredet wird, wenn eine Dame für einige Monate auf dem Land verschwindet. Alle haben sie es gewusst. Und ich, ich habe geweint vor Freude. Und mich zugleich geschämt. Geht es dir gut, mein Sohn? Bist du glücklich?

Ich weiß nicht, was es bedeutet, ein Kind zu erziehen, aber ich möchte gerne, dass du meine Fehler nicht wiederholen musst, zumindest nicht alle. Darum habe ich Julia mein Leben diktiert. Damit du weißt, wer das war, dein Vater. Ein scheinbar großer Mann, der sich die meiste Zeit ganz klein gefühlt hat. Nur in meinen letzten Stunden war ich ein kleiner Mann, der sich endlich groß fühlen durfte. Wir sind uns nie begegnet, aber nun hast du die Chance, mich noch kennen zu lernen.

Habe ich Julia eigentlich schon gesagt, dass sie dir alle Aufzeichnungen schicken soll? Ich nehme an, dass du immer noch auf dem Herrensitz deines Großvaters, auf Schloss Kilmarnok, wohnst. Ich darf es nicht vergessen, ich muss es ihr noch sagen. Ich wünsche mir so, dass du meine Geschichte liest, dass du mich liest. Julia, ich muss dir noch etwas sagen. Bitte, komm noch einmal. Ich habe noch eine letzte Bitte, nur noch eine, dann ist alles getan. Julia, da gibt es einen jungen Mann, ich möchte dass du ... Was ist? Was möchtest du? Ja, nimm sie nur ... es ist alles gut!

»Hier in der Nähe ist Theodor, der König von Korsika, beerdigt, der in dieser Gemeinde am 11. Dezember 1756 starb, nachdem er das Kings-Bench-Gefängnis dank einer Insolvenzamnestie verlassen und sein Königreich Korsika seinen Gläubigern überschrieben hatte.«

Horace Walpole, Grabinschrift

Epilog

Der Sarg aus Ulmenholz war mit schwerer, weißer Seide ausgeschlagen und an den geschwungenen Seiten oberhalb der Griffe mit den königlichen Insignien versehen: »T. R.« prunkte dort, »Theodorus Rex«. Jizchak hielt Schascha in seinen Armen und wies lächelnd auf die Initialen: »Weißt du, wie die Bewohner von Genua, die Feinde des Königs, diese beiden Buchstaben gedeutet haben?«

Das Mädchen, das sich eng an den Alten drückte, weil es dem Toten nicht zu nahe kommen wollte, schüttelte stumm den Kopf.

»T.R. Sie meinten, das stünde für ›Tutti Rebelli‹, alles Rebellen. Ihrer Meinung nach waren alle Korsen Aufrührer.« Schascha reagierte nicht, und der Jude fuhr fasziniert mit dem Zeigefinger über die kunstvollen Verzierungen neben den Zeichen. Dort zeigten filigrane Intarsien aus dunklen Edelhölzern das alte Wappen derer von Neuhoff. Ein begabter Handwerker hatte in einem strengen und zugleich verspielten Stil über Nacht ein kleines Meisterwerk geschaffen.

Jizchak ließ das Mädchen los, lehnte sich schwerfällig gegen die Wand und betrachtete den König. Das Meer von Kerzen aus echtem Bienenwachs erfüllte die Stube des Schneiders mit einem süßlich-würzigen Geruch und tauchte sie in ein diffuses Licht, das dem aufgebahrten Leichnam im Halbdunkel ein unruhiges Mienenspiel verlieh. Die auf dem Gesicht tanzenden Schatten hoben und senkten scheinbar die Mundwinkel und ließen immer wieder ein Lächeln über die Züge des Toten springen, ein Erstaunen, ein Fragen oder ein Hoffen. Wenn sich die Tür öffnete und der Windzug die Flammen zur Seite trieb, glaubte man für einen Moment sogar, der Verstorbene wolle noch einmal die Augen öffnen. Doch die Lider blieben geschlossen.

Theodor war in ein weißes Totengewand aus reiner Baumwolle gekleidet und trug eine neue, frisch gepuderte Perücke. Über den gefalteten Händen lag eine kleine, damastbesetzte Flagge seines Königreiches, der Mohr mit dem Stirnband, forsch in die Zukunft blickend. Der König selbst sah entspannt aus, so als träumte er ein letztes Mal von seiner Insel.

Wenige Stunden nach dem Tod Theodors, am späten Samstagnachmittag, hatte ein Kaufmann namens Wright aus der Comptonstreet dem Schneider seine Aufwartung gemacht und sich anerboten, sämtliche Kosten für die Beerdigung und die dazu nötigen Auslagen zu tragen. Ganz offensichtlich von einem schlechten Gewissen getrieben, war der etwa Fünfzigjährige mit Bauchansatz nicht nur bereit, den Sarg, die Messe und einen luxuriösen, zweispännigen Wagen für den Trauerzug zu bezahlen, er drückte Albrecht, der verlegen in seiner Stube stand, auch noch einen Beutel mit Münzen in die Hand, damit dieser für seine Familie neue Kleider kaufen und den Raum mit teuren Vorhängen standesgemäß herrichten lassen konnte.

»In welcher Situation hast du wohl den König, als er Hilfe brauchte, derart grob abgewiesen, dass du jetzt besonders tief in die Tasche greifen willst, um diesen Moment wieder gutzumachen?«, fragte sich Jizchak im Stillen, als er all die Lieferanten zählte, die in den frühen Morgenstunden des Sonntags immer neue Sendungen des Kaufmanns brachten.

Wahrscheinlich war dieser wohlhabende, reuige Mäzen auch derjenige gewesen, der dafür gesorgt hatte, dass sich die Nachricht vom Tod des Königs wie ein Lauffeuer in der Stadt verbreitete und gerade diejenigen mobilisierte, die sich in den letzten Jahren brüsk von ihm abgewandt hatten: Den ganzen Sonntag über waren vornehm gekleidete Herrschaften zu Kondolenzbesuchen erschienen, um dem Toten die letzte Ehre zu erweisen. Sichtlich geziert hatten die edel gekleideten Frauen und Männer ihre feinen Gefährte verlassen, hatten einen abschätzigen Blick auf das baufällige Haus geworfen und waren dann meist wortlos an dem sich demütig verbeugenden alten Schneider vorbeigelaufen, der ihnen die Tür aufgehalten hatte. Geschäftige Schreiber von Zeitungen waren mit hochgezogenen Augenbrauen vorgefahren und hatten Albrecht mit Fragen überschüttet, von denen er kaum eine hatte beantworten können. Schascha aber war neugierig zwischen den Besuchern hin- und hergelaufen und hatte mit ihren großen Kinderaugen aus beinahe jedem ein Geschenk oder ein Geldstück herausgelockt.

Als am Sonntagabend die Kerzen nach und nach ihren Docht in die letzten Wachstropfen senkten, war mit der Helligkeit auch die Anspannung aller Beteiligten verschwunden. Das kleine Mädchen hatte, jetzt erst, angefangen, erschrocken zu weinen, und lange Zeit in den Armen seines Großvaters gelegen, der ihm hilflos von den ersten Besuchen Theodors erzählte, dieses eindrucksvollen, stattlichen und so schwungvollen Mannes, der nicht nur sich, sondern immer gleich eine eigene Welt mitgebracht hatte, ein Universum voller Ideen, Aussichten, Verheißungen und Fantasien, dessen Buntheit jeden in seinen Bann riss. Irgendwann war das Kind eingeschlafen, die beiden alten Männer aber hatten noch einmal eine Totenwache gehalten, Jizchak betend, Albrecht mit trüben Augen ins Nichts starrend.

Am Montagmittag blies Schascha, nachdem sie sich umgezogen hatte, die letzten beiden Kerzen aus, die noch neben dem Haupt des Königs standen. Sie trug ein neues dunkelgraues Kleid mit unzähligen Rüschen, die den Arm entlangflossen und ihre Beine umspielten. Verzückt drehte sie sich um sich selbst und genoss es, das Hochsteigen des Rockes zu sehen, das sie in einen gurrenden Vogel verwandelte. Erst als sie vor lauter Übermut gegen den Sarg polterte, blickten die beiden Männer sie mahnend an, woraufhin sie beschämt den Kopf senkte.

»Ist alles bereit?«, fragte Jizchak.

»Die Kutsche wird gleich da sein«, antwortete Albrecht flüsternd, als dürfe er die Ruhe des Toten nicht stören. »Nur von Isabelle und Frederik kein Zeichen. Verdammt noch mal, wo sind sie?«

Schascha streichelte sein Bein: »Fluch nicht, Opa!«

»Du hast Recht. Entschuldige. Ich mache mir eben Sorgen um deine Mutter. Wir hätten sie nicht gehen lassen dürfen.«

Jizchak schüttelte den Kopf: »Sie musste gehen. Das weißt du so gut wie ich.«

Albrecht zupfte unwillig an seinem erst am Vormittag gelieferten Rock, dessen Schnitt ihm offensichtlich nicht behagte. »Ich weiß nur, dass er sie einfach stehen gelassen hat. Sie fragt ihn, wie ernst er es meint, und er läuft wortlos davon. Findest du das anständig? Ich nicht. So etwas ist charakterlos. Na ja. Zumindest hat er keine Manieren.«

Der Jude legte Schascha sorgsam eine mit Fell besetzte Mantille um die Schultern. Zärtlich band er die Zipfel hinter ihrem Rücken zusammen und strich ihr über die Wange. Dann sagte er zu Albrecht: »Frederik hat genauso gehandelt wie sein Vater. Der hat auch die Frau verlassen, die ihm Freiheit hätte geben können, weil seine Angst größer war als sein Verstand. Willst du ihm das übel nehmen?«

Der Schneider hob drohend seinen Stock, setzte ihn dann aber wieder ab. »Ja, ich nehme ihm das übel. Ich an Isabelles Stelle hätte mit diesem Kerl nie wieder ein Wort gesprochen. Bei mir wäre er unten durch gewesen. Ein für alle Mal. Findest du das nicht unwürdig, dass eine junge Frau einem Mann nachläuft?«

Jizchak lachte. Und sein Lachen war so intensiv, dass es im Holz des Sarges nachklang. Erschrocken legte der alte Mann eine Hand auf seinen Mund. Dann erwiderte er leise: »Nein. Das finde ich nicht. Isabelle war zu Recht verletzt. Aber sie kennt Frederiks Schmerz. Vielleicht, weil sie etwas Ähnliches durchgemacht hat. Und sie ist stark, gerade da, wo er schwach ist. Albrecht, deine Tochter ist eine wunderbare Frau, sie macht das schon richtig. Sie hat erkannt, dass es Zeit ist, den verderblichen, widerwärtigen Kreislauf des Wundenleckens und Leidens an der Vergangenheit zu durchbrechen.

Natürlich: Sie hätte sich in die miefige Kammer hocken und ihren erneuten Verlust beweinen können. Sie hätte sich auch mit überzeugenden Erklärungen selbst einreden können, dass diese Liebe wieder nur ein Versehen sei. Nur, was hätte das gebracht? Ich bin froh, dass sie sich anders entschieden hat. Ganz bewusst und sehr weise. Isabelle hat erkannt, dass irgendwann Schluss sein muss mit all diesen Lügen und Täuschungen, dem Selbstmitleid und diesem babylonischen Gefangensein im Gewesenen. Wunden können nicht heilen, wenn man sie immer wieder aufreißt. Im Gegenteil: Sie entzünden sich. Und irgendwann ist der Wundbrand der Erinnerungen schlimmer als die Verletzung, die einem das Leben zugefügt hat. Jeder von uns wird verletzt. Davon können auch wir beide ein Lied singen. Aber die einen lassen Heilung zu, die anderen geben der Wunde Macht über sich. Und das ist falsch. Freu dich über deine Tochter.«

Albrecht knurrte etwas Unverständliches. Dann hob er den Kopf: »Sie hat London noch nie verlassen. Sie weiß nicht, wie man reist. Mein Gott, was ihr alles zustoßen kann.«

Jizchak streifte seinen Rock über: »Nichts davon könnte so schlimm sein wie der Verlust der Liebe.«

Der Schneider wurde von seiner Unruhe überwältigt und lief im Zimmer auf und ab. Dabei schimpfte er vor sich hin: »Ach, du immer mit deinen großartigen Weisheiten. Ich kann sie bald nicht mehr hören. Wenn ihr etwas zustößt, werde ich meines Lebens nie mehr froh. Und am Ende ist noch der König für all ihr Unglück verantwortlich ...«

Schascha klammerte sich an das Bein ihres Großvaters und brachte ihn zum Stehen: »Ich finde es gut, dass er ihr die Münze gegeben hat.«

»Komm mal her zu mir!« Jizchak breitete die Arme aus und das kleine Mädchen lief zu ihm. Er setzte einen ernsten Gesichtsausdruck auf und sagte langsam und würdig: »Natürlich hat dir das gefallen, es war ja auch deine Idee. Und soll ich dir etwas sagen: Das war eine richtig gute Idee. Aber das Entscheidende hast du vielleicht gar nicht gemerkt: Ich glaube, dass der König deiner Mutter das Goldstück für die Kutsche nicht nur ihretwegen, sondern auch um seiner selbst willen gegeben hat.«

Schascha kuschelte sich an ihn: »Wie meinst du denn das?«

Jizchak nahm ihre Hände: »Das Goldstück hat der König auf Korsika, in seinem eigenen Land, in seiner eigenen Münze prägen lassen. Es bedeutete ihm sehr viel. Du hast ja gesehen, dass man sogar sein Gesicht darauf erkennen konnte. All die Jahre war diese Münze für Theodor der letzte, eindeutige Beweis dafür, dass er wirklich ein König ist. Er dachte immer: ›Solange ich dieses Goldstück habe, fühle ich mich wie ein König. Damit kann ich jedem zeigen, dass es wahr ist.‹

Und ich habe das Gefühl, dass es ihm sehr gut getan hat, dieses Symbol für seine Geschichte kurz vor seinem Tod loslassen zu können. Verstehst du? Am Ende war es für ihn nicht mehr wichtig, König zu sein. Es war für ihn auf einmal viel wichtiger, Frieden zu finden. Er dachte vorher immer, ein Mensch könne nur froh sein, wenn er ein König ist. Und plötzlich hat er begriffen, dass es genau andersherum ist. Darum war er auf einmal in der Lage, das Gold deiner Mutter zu geben. Sie hätte ja sonst keine Kutsche mieten können, um Frederik von Kilmarnok hinterherzufahren.«

Der Alte näherte seinen Kopf dem des Mädchens und flüsterte: »Du hast ja gesehen, wie verzweifelt deine Mutter am Samstag war. Menschen, die verliebt sind, können manchmal nicht mehr klar denken. Gut, dass dir das Goldstück eingefallen ist.« Er zwinkerte dem Mädchen zu und richtete sich wieder auf: »Obwohl ich das Gefühl habe, dass du von Anfang an überlegt hast, wie du deine Mutter und Lord Kilmarnok verkuppeln kannst. Habe ich Recht?«

Schascha errötete und grub ihre Nase tief in den Rock des alten Mannes. Albrecht legte lautstark den Deckel auf den Sarg und warf einen letzten Blick auf den Toten, bevor er die Kanten in Übereinstimmung brachte. Er brummelte in seinen Bart: »Es ist doch Unsinn, so ein wertvolles Goldstück für die Miete eines schnellen Überlandwagens auszugeben. Wie viele schöne Dinge hätte man dafür kaufen können.«

Jizchak half ihm beim Verschrauben des Deckels und wartete, bis sich ihre Blicke trafen. Dann sagte er: »O nein, Theodor hat auf dem Totenbett das getan, was er schon viel früher hätte tun sollen: Er hat ein Königreich für die Liebe gegeben.«

Lautes Klopfen störte die drei auf.

»Herein!«, rief Albrecht.

»Entschuldigt die Verspätung.« Ein untersetztes Männlein mit dürren Beinen und einem zu kurz geratenen Hals trat ins Zimmer. »Ich komme, um den Verstorbenen zum Friedhof zu fahren. Aber da draußen ist ja kein Durchkommen.«

»Wieso das?« Jizchak trat einen Schritt auf den Mann zu und blickte ihn fragend an.

Der Angesprochene schien ob dieser Konfrontation noch kleiner zu werden. Mühsam polterte er, nach Worten suchend: »Keine Ahnung. Ich begreife das selbst nicht … Man hat das Gefühl, dass ganz London auf den Beinen ist ... von der Kirche bis hierher ist alles überfüllt. Menschentrauben auf den Straßen und sogar in den Seitengassen … der Friedhof ist jetzt schon überfüllt. Vor allem: Es werden immer noch mehr. Ich wette mit euch: Da draußen warten sicher … zwanzigtausend Leute, um euren … komischen König auf seinem letzten Weg zu begleiten … und was das für Typen sind. Ich will ja nicht schlecht über jemanden reden, aber ein richtiger Hofstaat sieht, glaube ich, anders aus … ich weiß Bescheid. Wisst ihr, was das für eine komische Horde ist? Alles arme Leute, lauter Penner, Bettler und Krüppel. Und einige der Frauen sehen so aus, als ob sie sich ihren Lebensunterhalt mit weit geöffneten Schenkeln verdienen.«

Er warf einen entschuldigenden Blick auf Schascha, fuhr aber im gleichen Tonfall fort: »Da draußen, da steht der Abschaum Londons und huldigt einer abgehalfterten Majestät. Das verstehe, wer will. Ich jedenfalls nicht … und noch mal: Ein echter Hofstaat ist das nicht. Wollen wir jetzt … oder warten wir noch?«

Jizchak lief zum Fenster, zog die Vorhänge auf, öffnete die Flügel und starrte hinaus auf die Straße, wo sich sein Blick in einem Feld von Köpfen verlor. Schascha und Albrecht traten neben ihn und sahen auf die schweigende Masse. Die tiefe Stille ging nicht nur von den Wartenden aus, sie lag über dem ganzen Viertel, als saugten die Menschen alle Unrast in sich auf und hielten sie einen Moment lang fest. Und dort, wo das innere Toben gebannt war, war auf einmal Raum für Respekt und Hingabe.

Mit einem Sprung löste sich der Jude vom Fensterrahmen und hüpfte begeistert durch das Zimmer. Freudentränen liefen über sein Gesicht, als er laut rief: »Theodor! Wenn du das sehen könntest. Du wusstest nicht, ob du ein König bist. Wie konntest du nur zweifeln, du Narr! Da sind sie, deine Anhänger. Hunderte, Tausende, Zehntausende! Ein Hofstaat, wie er noch nie einem König vergönnt war. Da, guck sie dir an, deine Untertanen! Sie sind nicht hier, weil sie ein Zeremoniell befolgen oder eine höhere Macht sie zwingt, sondern weil du ihnen Hoffnung geschenkt hast. Nicht die Mächtigen verehren dich, nein, die Ohnmächtigen, denen du gezeigt hast, dass Oben und Unten, Groß und Klein, Stark und Schwach ihre Bedeutung verlieren, wenn die Träume ins Spiel kommen. Du hast keine Schlacht gewonnen, aber du hast die Herzen dieser Menschen gewonnen. Begreifst du? Natürlich bist du ein König! Hast du ernsthaft geglaubt, sie würden dich vergessen?« Seine Stimme wurde immer lauter: »Theodor von Neuhoff, König von Korsika!«

Dann trat er mit einem großen Schritt zurück ans Fenster, hob die Arme und rief mit lauter Stimme: »Der König ist tot. Doch in unserer Erinnerung lebt er weiter. Lang lebe der König von Korsika!«

Die Menge antwortete mit glänzenden Augen: »Lang lebe der König von Korsika!« Und der Ruf pflanzte sich durch die Straßen fort, weitergetragen von Mund zu Mund, umströmte die St. Annenkirche und ihren Friedhof und füllte die Stadt mit Hochachtung. Dreimal erklang der Ruf vom Fenster in der Little Chapel Street und dreimal erhob er sich wie ein riesiger Vogel gen Himmel, flog mit großem Flügelschlag durch das Viertel und über die Themse, bis er am Stadtrand in den brachliegenden Feldern verschwand.

Die Wolken zogen sich im Laufe des Mittags zurück und ließen immer häufiger die Sonne durch, die fahl und kraftlos auf die Menge schien und sie trotzdem erwärmte. Albrecht fiel es schwer, sich während der Trauerfeier zu konzentrieren, denn Isabelle erschien weder zur Messe noch zur Aussegnung am Grab. Doch kurz vor dem Ende der Feierlichkeiten, als der Pfarrer gerade die Schaufel erhebend den Passus »Erde zu Erde, Asche zu Asche, Staub zu Staub«

deklamieren wollte, wurde in der Menge ein missbilligendes Gemurmel laut. Irritiert versuchte der Geistliche, die Quelle der Störung zu finden, doch er entdeckte sie erst, als sich die Schneidertochter einen Weg zur Grabstätte gebahnt hatte. An der Hand hielt sie Frederik von Kilmarnok, der erst, als er neben Albrecht stand, bemerkte, dass er seinen Hut noch trug. Schnell nahm er ihn ab.

Der Geistliche zog seinen Talar zurecht und sprach dann weiter: »Jesus Christus spricht: ›Ich bin die Auferstehung und das Leben. Wer an mich glaubt, wird leben, auch im Tod.‹ Lasst uns nun den Toten begraben in der Hoffnung auf die Liebe Gottes, die in Jesus Christus erschienen ist. Wir wollen gemeinsam beten, wie der Sohn Gottes es uns gelehrt hat.«

Die Worte des Vaterunsers einten die Menge zu einem großen Ganzen. Als der Pfarrer mit erhobenen Armen den Segen gesprochen hatte, nickte er Albrecht zu. Der aber machte Frederik von Kilmarnok ein Zeichen – und so stand der Sohn des Königs als Erster vor dem offenen Grab und nahm Abschied. Und mit seinen Tränen flossen auch die Jahre davon, in denen er dem Verstorbenen die Schuld an der eigenen Unzufriedenheit aufgebürdet hatte. Lange rührte sich der Adlige nicht, dann zog er aus seinem Rock einen kleinen Sack und warf ihn in das Grab. Klirrend prallte der Beutel auf das Ulmenholz. Langsam und ruhig trat Lord Kilmarnok zurück in die Reihe.

Schascha zog ihn sofort ungeduldig am Ärmel. »Was war das?«, flüsterte sie.

Lord Kilmarnok nahm sie auf den Arm und sprach direkt in ihr Ohr: »Das waren Scherben. Die Scherben einer Madonna, die der König vor sehr langer Zeit, als er wütend und traurig war, kaputtgemacht hat. Seine frühere Frau, meine Mutter, hat sie mir geschickt, um mich zu warnen, aber ich finde, dass es Zeit wird, sie mit dem König zu begraben.«

Das Mädchen zog den Kopf des Lords an dessen Ohr zu sich: »Dann hat Opa also Recht: Du bist der Sohn des Königs.«

»Ja!«

»Na bitte. Ich habe es doch gleich gewusst. Der Sohn eines Königs ist ein Prinz. Und wenn du der Sohn des Königs bist, dann bist du auch ein Prinz. Du hättest mir ruhig glauben können. Ich wusste schließlich schon immer: Eines Tages kommt ein Prinz.« Sie streichelte kurz über seine Wange und sagte mit leuchtenden Augen: »Schön, dass du da bist.«

Jizchak hob Schascha von Frederiks Arm und stellte sie, trotz ihres Protests, wieder auf den Boden: »Junge Dame, das hier ist eine Beerdigung. Da steht man in deinem Alter auf eigenen Füßen.« Er wandte sich dem Adligen zu und flüsterte: »Ich platze vor Neugierde. Was ist passiert?«

Lord Kilmarnok nahm die Hand des alten Mannes: »Zuerst einmal bitte ich dich um Entschuldigung wegen des Schusses. Das hätte ich schon viel früher tun sollen. Aber ich denke, du weißt inzwischen, dass ich vor allem auf all das geschossen habe, was mich selbst gelähmt hat. Bitte vergib mir.«

Jizchak nickte.

»Isabelle konnte mich am Sonntagnachmittag einholen. Da sie in meiner Londoner Herberge erfahren hatte, dass ich mich auf dem Weg nach Irland befand, war die Route ziemlich klar. Ich hatte die Nacht in einem kleinen Gasthof verbracht, so dass sie einige Stunden wieder gutmachen konnte. Trotzdem muss sie ihren Kutscher angewiesen haben, wie ein Irrsinniger zu fahren. Sonst hätte sie es nie geschafft.«

Frederik dämpfte seine Stimme, da ihm aus der Menge bereits von allen Seiten neugierige, aber auch missbilligende Blicke zugesandt wurden: »Ich bin froh, dass ich nicht in seiner Haut gesteckt habe. Aber wie dem auch sei …« Er musste über die weit aufgerissenen Augen Jizchaks schmunzeln und beschloss, seiner Erzählung noch mehr Würze zu geben. Er nahm den alten Juden zur Seite, um den nachfolgenden Trauergästen Raum zu geben.

Mit spannungsgeladener Stimme sagte er: »Kurz vor Oxford, als die Straße gerade zu einer schmalen Allee geworden war, bemerke ich plötzlich einen wild gewordenen Wagen parallel zur Straße auf dem Acker dahinrasen, der versucht, uns zu überholen. Und ich denke: ›Ich sehe nicht recht.‹ Isabelle hängt im Fenster und winkt mit beiden Armen. Du kannst sicher sein, dass ich diesen Anblick nie vergessen werde. Ich war einen Augenblick lang der festen Überzeugung, ich hätte eine Geistererscheinung, so absurd erschien mir das Ganze. Doch dann muss Isabelles Kutscher einen Graben übersehen haben, denn vor meinen Augen brach die Vorderachse des Gefährts und Isabelle wurde in weitem Bogen aus dem Wagen geschleudert.«

Er ergriff Jizchak an den Schultern: »Wahrscheinlich habe ich erst in diesem Moment, in dem ich dachte, sie wäre vielleicht tot, begriffen, wie sehr ich sie liebe. Ja, ich erzähle schon weiter. Also: Ich glaubte tatsächlich, sie läge bewusstlos im Graben, doch als ich hinkam, zog sie sich nur einige Halme aus dem Haar und fing dann an, mit mir derart zu schimpfen, dass ich überhaupt nicht zu Wort kam. Sie nannte mich einen feigen, dummen und primitiven ›Aristokratensack‹. Oder so ähnlich. Du weißt ja, wie sie ist. Aber einige Sätze kamen immer wieder: ›Du wolltest doch anders sein als der König. Und jetzt machst du genau das Gleiche. Warum hast du nichts verstanden?‹ Am Ende saß sie nur noch da und weinte. Die schönste, begehrenswerteste und natürlichste Frau, die ich je gesehen habe. Und während ich mich noch nicht traute, sie zu berühren, dachte ich nur: ›Ja, warum? Warum habe ich im Fleet nicht den Mut gefunden, zu dieser Frau zu stehen? Welche alten Ängste sind da hochgekommen? Und warum lasse ich mich von der Vergangenheit tyrannisieren?‹

Jizchak! Auf diesem Acker ist mir etwas deutlich geworden: So wie ich mich von den Fehlern meines Vaters habe unter Druck setzen lassen, hat auch er es getan. Er war genauso ein Gefangener seiner Geschichte wie ich. Anton von Neuhoff, mein Großvater, hatte eine Bürgerliche geheiratet – und mein Vater hat ihm zeit seines Lebens, wahrscheinlich ohne es selbst zu wissen, die Schuld daran gegeben, dass diese unstandesgemäße Heirat die Enterbung unseres Familienzweiges herbeigeführt hatte. Aber mein Großvater starb, als Theodor noch sehr klein war. Und darum hat er eines nie wirklich erfahren: dass mein Großvater glücklich war, sehr glücklich sogar. Dass er jederzeit wieder sein Gut, sein Erbe und sogar seinen Titel hinter sich gelassen hätte, um bei meiner Großmutter sein zu können. Weil ohne sie für ihn alles andere wertlos war. Als ich vor einigen Jahren anfing, über meine Vergangenheit zu recherchieren, war ich noch entsetzt darüber, dass mein Großvater bereit gewesen war, eine solche Schande über sich und seine Nachkommen zu bringen. Inzwischen ahne ich, was in ihm vorgegangen ist.

Mein Vater hat nur erlebt, was es bedeutet, ein mittelloser Page in Paris zu sein, der andauernd für seine Armut gehänselt wird. Wie albern. Und wie dumm. Wäre er auf dem bescheidenen Gut der Familie als Erbe aufgewachsen, hätte er ja auch nicht viel mehr als den Titel eines Barons besessen. Die von Neuhoffs konnten von der Forstwirtschaft zwar nicht schlecht leben, wirklich reich waren sie aber nie. Doch Theodor hat sich nie gefragt, wie ein Leben ohne Enterbung ausgesehen hätte. Ich bin ziemlich sicher, dass er damit ziemlich unglücklich gewesen wäre. Und er wäre wahrscheinlich auch niemals nach Paris gekommen. Er wäre einfach bedeutungslos geblieben.«

Frederik hob prüfend den Kopf, aber die vielen Menschen auf dem Friedhof waren so sehr mit dem Kondolieren beschäftigt, dass er fortfahren konnte: »Theodor hat einen großen Fehler gemacht, er hat sich nicht über seine Stärken, sondern über seinen Mangel definiert. Aber all meine Gedanken kann ich dir später noch ausführlich berichten. Du willst sicher wissen, wie die Geschichte ausging. Nun ... da saß Isabelle vor mir auf einem Stein und fror, hinter mir diskutierten die beiden Kutscher lautstark, was nun zu tun sei. Und ich stand da und wurde von Zuneigung überschwemmt, die wie ein Gesang in mir widerhallte: ›Sie ist es doch, die mich froh macht. Und mehr braucht ein Mensch nicht zum Glücklichsein.‹«

Er strich seine Koteletten glatt und grinste breit: »Das klingt vielleicht kindisch, aber das war alles, was mir durch den Kopf ging, eine Welle des Hingezogenseins, die so stark war, dass ich nichts anderes mehr wollte. Und dann habe ich Isabelle die Hand hingehalten und sie gefragt: ›Willst du mich heiraten?‹ Das ist alles. Doch mehr als ich je zu träumen gewagt hätte.«

Jizchak hakte sich bei Frederik ein und ging mit ihm langsam in Richtung Friedhofsausgang. Ein hintergründiges Lächeln lag auf seinem Gesicht. Und die Menschenmenge teilte sich vor den beiden Männern wie ein großes Tor. Sanft sagte der alte Mann: »Albrecht wird nächste Woche zu Eurem Arzt gehen, um sich den Star stechen zu lassen. Ihr habt in kurzer Zeit viel Segen über diese Familie gebracht. Obwohl Ihr eigentlich Böses wolltet. Soll ich Euch etwas sagen? Das ist für mich ein deutliches Zeichen von Gottes Wirken.«

Frederik von Kilmarnok wollte gerade etwas erwidern, da trat den beiden Männern an der Friedhofsmauer eine alte Nonne entgegen, deren bronzene Haut sich deutlich von der dunklen Kutte abhob. Unter ihrer weißen Haube rankte, eng zusammengebunden, kurzes graues Haar hervor, das wie Efeu an ihren Schläfen entlanglief. Sie machte einen leichten Knicks und ließ ihre Augen prüfend über das Gesicht des Adligen wandern. Ohne ein Wort zu sagen, hob sie die dürre, mit braunen Flecken übersäte Hand und streichelte seine Wange. Eine feine Röte überzog ihr Gesicht, die den Teint noch dunkler erscheinen ließ. Mit fester Stimme, als habe sie diesen Satz vielfach geprobt, fragte sie: »Was waren seine letzten Worte?«

Der Adlige deutete auf Jizchak: »Ich war leider nicht bei ihm, da müsst Ihr meinen Begleiter fragen, Schwester.«

Die Nonne wandte sich dem Alten zu: »Wärt Ihr so freundlich, es mir zu sagen?« Sacht fügte sie hinzu: »Wenn es nicht zu persönlich war.«

Jizchak zuckte mit den Achseln: »Er hat nicht mehr viel gesprochen am Ende. In den letzten Minuten hat er immer wieder einzelne Worte versucht, aber sie waren schon sehr schwer zu verstehen.« Der Jude setzte seinen Hut wieder auf, dann sagte er nach kurzem Zögern: »Ich glaube, dass er einfach nur ›Ich liebe dich!‹ gesagt hat. Schöne letzte Worte, meint Ihr nicht auch?«

Die Grauhaarige hob die Hand zum Mund und biss sich kurz auf den Fingerknöchel des Zeigefingers, doch dann hatte sie sich wieder unter Kontrolle: »O ja, vielleicht gibt es kaum etwas Freudigeres, als sich mit diesen Worten zu verabschieden.« Sie senkte die Augenlider: »Ich hoffe natürlich, dass diese Worte an Gott gerichtet waren und der König auf dem Sterbebett seinen Frieden gefunden hat.«

Jizchak verneigte sich kurz: »Wen er damit gemeint hat, kann ich Euch nicht sagen, aber ich denke, dass es ein friedlicher Abgang war. Gott segne Euch, Schwester.«

»Gott segne Euch!«

Isabelle, die in diesem Augenblick mit Schascha aus der Menschentraube kam und das Ende des Gesprächs mitangehört hatte, stellte sich neben Frederik. Die Männer wollten schon weitergehen, als Isabelle mit einem Ruck stehen blieb und sich noch einmal umdrehte: »Schwester. Würdet Ihr mir Euren Namen verraten? Und mir sagen, ob Ihr dem Verstorbenen nahe gestanden habt?«

Im faltigen Antlitz der Nonne erschien ein Leuchten, das in ihren Zügen mit einem Mal das junge Mädchen aufblitzen ließ, das sie einmal gewesen war. Freundlich und sanft sagte sie: »Mein Name ist Schwester Xaveria. Früher einmal, in einem anderen Leben, war ich dem König ... war ich Theodor sehr nah.« Sie lächelte: »Nein, ich war ihm immer sehr nahe. Auch wenn ich ihn zwanzig Jahre nicht gesehen habe, wusste ich jederzeit, was in ihm vorging. Vielleicht fällt es dir schwer, das zu glauben, aber ich habe auch gefühlt, dass er sterben wird. Darum bin ich hierher gereist ...«

»Mama! Lass uns jetzt schnell nach Hause gehen.«

Frederik beugte sich zu Schascha hinunter: »Langsam, du siehst doch, dass deine Mutter sich unterhält.«

»Ja, aber sie hat mir eben erzählt, dass sie zu Hause ein ganz großes neues Bild gemalt hat, dass sie an die Wand kleben will.«

Der Adlige berührte seine Verlobte am Arm: »Ein Bild, was denn für ein Bild?«

Isabelle drehte sich zu ihm. Ihre Augen leuchteten: »Ich habe einen Wal gemalt!« Dann beugte sie sich zu ihrer Tochter: »Schascha, ich möchte mich gerne noch einen Moment mit dieser Nonne unterhalten. Es ist wichtig für mich. Gib mir nur noch ein oder zwei Minuten, dann gehen wir zusammen nach Hause und du darfst mit mir den stinkigsten und klebrigsten Kleber aller Zeiten anrühren. Was meinst du?«

Schascha drückte ihrer Mutter beglückt einen Kuss auf die Nase. Als Isabelle sich wieder der alten Dame zuwenden wollte, war diese in der Menge verschwunden.

Nachwort

Theodor von Neuhoff hat tatsächlich gelebt und seine Geschichte entspricht in den wesentlichen Zügen den Erzählungen meiner Romanfigur: Am 15. April 1736 wurde der westfälische Baron zum König von Korsika gekrönt. Bis zu seiner durch zahllose Gläubiger veranlassten Inhaftierung in London bemühte sich der schillernde Aufsteiger in fast allen europäischen Fürstenhäusern, Verbündete für den Befreiungskampf der ihm immer mehr ans Herz wachsenden Mittelmeerinsel zu gewinnen.

Die vielen teils ironischen, teils verklärenden Darstellungen seiner Persönlichkeit haben den realen Theodor von Neuhoff in den Hintergrund treten lassen. Einig sind sich die Berichte nur darin, dass er wagemutig, machtbesessen und mit einer Spielernatur versehen war. Die biografischen Angaben sind nicht immer einheitlich, aber sowohl die Pagenzeit in Paris als auch die meisten anderen Wohn- und Handlungsorte sind historisch belegt; sogar die Indiskretionen seiner Frau und der Verkauf als Sklave durch Piraten in Tunis haben einen authentischen Hintergrund.

Hinzugefügt, oder besser gesagt: zu verstehen versucht, habe ich die Motive eines Mannes, der zeit seines Lebens unter seinem niederen Adelsstand gelitten hat. Dabei habe ich den Raum für literarische Ausmalungen der knappen Überlieferungen intensiv genutzt. Anderes musste oder wollte ich der Geschichte zuliebe dazuerfinden: Eine Wette mit Jakob Stuart um das Königtum ist ebenso wenig überliefert wie die genauen Beziehungen des Königs zu den römischen Ordensfrauen. Die Figur der Julia habe ich fast völlig frei gestaltet, obwohl Theodor nachweislich mit einer willensstarken Korsin Kontakt hatte, die ihn vor einem Anschlag warnte.

Ob der Baron jemals seinem Sohn Frederik begegnet ist, weiß ich nicht, leider; dieser hat aber später in London ein Buch über seinen Vater veröffentlicht – wohl um von der Sensationsgier der Höfe und der durch die Beerdigung noch einmal aufgeflammten Popularität des Königs zu profitieren. Die Abtretung des korsischen Königreichs an die britische Krone ist dagegen amtlich beurkundet. Und unter Numismatikern gelten die seltenen Münzen des »Theodorus Rex« als besondere Kostbarkeit.

Mich hat der König von Korsika fasziniert, seit ich zum ersten Mal auf Spuren seines Lebens gestoßen bin. Vielleicht, weil ich glaube, dass ich seine Sehnsüchte kenne, mit all ihren Möglichkeiten und Gefahren. Und irgendwie freue ich mich, dass er in diesem Roman in Frieden sterben kann. Ich gönne es ihm.

Dank

Viele haben zu diesem Roman beigetragen: meine Frau Miriam durch ihre klugen Einblicke in die Seelen der Protagonisten, mein kleiner Sohn Moritz durch sein gelegentliches Nicht-Schreien, das Zentrum »Neues Leben« in Calvi auf Korsika, das mich erstmals auf den Schelm Theodor aufmerksam gemacht hat, Liza Picard, deren Buch »Dr. Johnsons's London« ein liebevoller Reiseführer in die britische Vergangenheit ist, und Dorothee Herwig, die mit Hingabe all die kleinen logischen, stilistischen und narrativen Schwächen der ersten Manuskriptversion erspürt und korrigiert haben, Martin Schultheiß, dem auf einer langen Autofahrt der passende Titel einfiel, und meine Tochter Charlotte, die – keiner weiß, wie – plötzlich den Namen des frechen Mädchens aus dem achtzehnten Jahrhundert hatte.

Verzeichnis der historischen Personen und Orte

Alberoni, Guilio 1664–1752, spanischer Staatsmann, der sich als einfacher Bediensteter des Herzogs von Parma bis zum Minister unter Philipp V. von Spanien hocharbeitete. Nach einer schweren Niederlage der Spanier wurde er 1719 seiner Ämter enthoben.

Alisgiani Franziskanerkloster in der Nähe der Ostküste, in dem Theodor von Neuhoff zum König gewählt wurde.

Amélie Kaufmannstochter aus Lothringen. Mutter von Theodor von Neuhoff. Ging nach dem frühen Tod ihres Mannes erst nach Pungelscheid, dann nach Paris, wo sie von Lieselotte von der Pfalz unterstützt wurde. Später heiratete sie ein zweites Mal und zog wieder nach Metz.

Cervione Stadt an der Ostküste Korsikas, die Theodor von Neuhoff zum Sitz des Königshofs machte.

Chippendale, Thomas 1718–1779, englischer Möbeltischler, der einen eigenen, nach ihm benannten Stil erfand, in dem er vor allem Sitz- und Schreibmöbel in Mahagoni fertigte.

Costa, Sebastian Korsischer Patriot, der in Italien und Frankreich Internationales Recht studiert hatte und später unter Theodor von Neuhoff Großkanzler und Siegelbewahrer des korsischen Königreiches wurde.

Courcillon Marquis. Bekannter von Theodor von Neuhoff, der ihm zum Rittmeister ernannte und einen General bewegte, dem Pagen ein Offizierspatent zu verleihen.

Elisabeth Charlotte 1652-1722. Herzogin von Orléans, genannt: Lieselotte von der Pfalz. Verheiratet mit Herzog Philipp I, dem Bruder Ludwigs XIV. Ihre Briefe, in denen sie ausführlich das Leben am französischen Hof beschreibt, wurden weltberühmt.

Fonseca, Angelika Römische Ordensfrau aus dem Avignoner Adel, die Theodor über Jahre ideell und materiell unterstützte.

Franklin, Benjamin 1706-1790, amerikanischer Aufklärer und Forscher, der lange Zeit in London lebte. Seine naturwissenschaftlichen und politischen Arbeiten verschafften ihm überall in Europa großes Ansehen. Unter anderem entwickelte er den Blitzableiter.

Friedrich von Wales 1707-1751. Kurprinz und Prince of Wales. Sohn von Georg II. Starb, bevor er den englischen Königsthron besteigen konnte.

Genua Stadt und Republik. Entwickelte sich während der Kreuzzüge zur führenden Seemacht des Mittelmeeres. Obwohl ihr Einfluss in den kommenden Jahrhunderten abnahm, hielt sie unter anderem Korsika besetzt, bis die Insel nach 40-jährigem Aufstand an Frankreich fiel.

Georg II. August 1727-1760. König von Großbritannien und zugleich Kurfürst von Hannover, wurde weder mit der Kultur, noch mit der Sprache der Briten vertraut und ließ die Regierungsgewalt weitgehend in den Händen des Parlaments.

Giafferi, Luis General. Wurde von Theodor von Neuhoff aus der genuesischen Haft befreit und später einer der führenden Befehlshaber des neuen Königreiches.

Giambatista, N. C. di Doge von Genua, der als Führer der Besatzungsmacht den korsischen König Theodor von Neuhoff nicht anerkannte und bekämpfte.

Goertz, Heinrich von Freiherr. Staatsminister in holsteinischen und schwedischen Diensten, der unter anderem an einem geheimen Feldzugsplan arbeitete, der die Stuarts wieder auf den englischen Thron bringen sollte.

Händel, Georg F. 1685-1759, Komponist, der seit 1714 fast nur noch in London lebte und neben mehreren Opern vor allem große Oratorien, darunter »Der Messias«, schrieb.

Jacob Stuart Geb. 1788. Thronprätendent der ehemaligen britischen Herrscherfamilie, der im Exil lebte und mehrfach versuchte, mit Hilfe ausländischer Truppen wieder an die Macht zu kommen.

Joseph Ferdinand 1692-1699, bayrischer Kurprinz, der den spanischen Thron besteigen sollte, vorher aber starb. Daraufhin entbrannte ein Konflikt um das spanische Erbe, der in den sogenannten Spanischen Erbfolgekrieg mündete (1701-1714), der in ganz Europa wütete.

Karl VI. 1685-1740. Kaiser von Österreich und König von Ungarn.

Korsika Insel im Mittelmeer, die auch »Die Insel der Schönheit« genannt wird. Sie war seit 284 vor Christus unter römischer, dann unter langobardischer und schließlich unter sarazenischer Herrschaft. Letztere wurde unter anderem von Genua beendet, zu dem sie ab 1300 gehörte. Alle Versuche der Korsen, sich von der ausbeuterischen Obrigkeit zu befreien und unabhängig zu werden, misslangen. 1768 verkaufte Genua die rebellische Insel an Frankreich. In der Phase der größten Aufstände hofften die Häupter des korsischen Adels, durch einen neutralen Führer die zerstrittenen korsischen Familien endlich vereinen zu können. So wählten sie 1736 Theodor von Neuhoff zum König.

Law, John 1671-1729, britischer Bankier und Wirtschaftstheoretiker. Erhielt 1715 in Frankreich die Genehmigung zur Errichtung einer Privatnotenbank und gründete 1717 die »Compagnie d'Occident« als Handelsgesellschaft für den französischen Kolonialbesitz in Nordamerika, deren Zusammenbruch Frankreich in eine schwere Wirtschaftskrise stürzte.

Livorno Italienische Stadt südlich der Arnomündung. Seit 1530 einer der Haupthäfen des Mittelmeerraumes. Hier traf sich Theodor von Neuhoff erstmals mit Vertretern des korsischen Adels.

Ludwig XIV. 1638-1715, König von Frankreich, genannt: der Sonnenkönig. Eine imposante Herrscherpersönlichkeit, die sich mit dem Bau des Versailler Schlosses ein epochemachendes Denkmal setzte.

Ludwig XV. 1710-1774, König von Frankreich, Urenkel von Ludwig XIV. Seine zeitweise Abhängigkeit von den Einflüsterungen seiner Mätressen machte ihn beim Volk verhasst. Er verpflichtete sich 1737 mit Karl VI. im Vertrag von Versailles, Korsika bei Genua zu lassen.

Maximilian II. 1662-1726, Kurfürst von Bayern. Versuchte vergeblich nach dem frühen Tod seines Sohnes Joseph Ferdinand, das spanische Erbe wiederzugewinnen, wurde aber trotz der Unterstützung Frankreichs vernichtend geschlagen.

Montague Graf. Der Verehrer der verwitweten Mutter Theodors von Neuhoff war Ehrenkavalier bei Liselotte von der Pfalz und konnte durch diesen Kontakt der Familie Neuhoff einen Neuanfang am Pariser Hof ermöglichen.

Neuhoff, Leopold von Gest. 1695, Baron. Vater von Theodor von Neuhoff. Überwarf sich mit seiner Familie wegen der Heirat mit einer Bürgerlichen. Hatte lange Zeit das Kommando über eines der Befestigungsforts in Metz.

Neuhoff, Theodor von 1691-1756, Baron. Wurde 1736 zum ersten und einzigen König Korsikas gewählt und gekrönt, das sich von dem geschickten Diplomaten die langersehnte Unabhängigkeit erhoffte. Die genuesischen Besatzer störten aber die Versorgungswege zur Insel derart, dass Theodor schon nach einem halben Jahr wieder fliehen musste. Fortan kämpfte er leidenschaftlich um seinen offiziell nie aberkannten Thron, bis er verarmt in London starb.

Orticoni, Erasmo Anführer der korsischen Patrioten.

Paoli, Giaconte Korsischer Patriot, der unter Theodor von Neuhoff Minister und Marschall wurde.

Philipp I. Herzog von Orléans. Bruder von Ludwig XIV. und Ehemann von Liselotte von der Pfalz.

Plutarch Um 50-125. Griechischer Philosoph und Historiker, der vor allem durch seine Biografien berühmter Griechen und Römer bekannt wurde.

Ripperda, Wilhelm v. Baron, Diplomat unter anderem in Diensten des spanischen Königs Philipp V., Nachfolger von Giulio Alberoni.

Rivarola, Dominik Graf, erst spanischer Konsul in der Toskana, später diplomatischer Vertreter der Insel Korsika.

Schnabel, Johann G. 1692-1750, Schriftsteller, schrieb eine berühmt gewordene Robinsonade, die später den Titel »Die Insel Felsenburg« erhielt und in der er einen utopischen Idealstaat auf einer kleinen Insel beschreibt.

Stuart Schottisches Geschlecht, das 1603 auf den englischen Thron kam, 1688 vor allem wegen seines katholischen Glaubens die Krone verlor und fortan im Exil Verbündete suchte, um wieder an die Macht zu kommen.

Trévoux Graf. Er heiratete nach der Vermittlung durch Liselotte von der Pfalz Elisabeth, die Schwester Theodors von Neuhoff.

Freuen Sie sich jetzt schon auf den nächsten Band!

Tastend, offen, kritisch oder liebevoll: Die Autorinnen und Autoren dieser Edition loten in ihren Romanwerken aus, was christliche Literatur sein kann. Sie verbinden auf faszinierende Weise erzählerische Qualität und existenzielle Fragestellungen. Sie laden zur mündigen und mutigen Auseinandersetzung mit dem christlichen Glauben ein, der als selbstverständlicher und relevanter Lebensentwurf wieder mehr öffentliche Akzeptanz erfährt.

Die Romane der Edition werden so zu einem Lesevergnügen der besonderen Art. Lustvoll und selbstbewusst erheben sie einen Anspruch, dem sich Literatur von jeher gestellt hat: Sinnstiftung und Orientierung zu vermitteln. Die Eröffnung von christlichen Lebensperspektiven im Wettbewerb der öffentlichen Meinung gibt dem Leser die Chance, auf unterhaltsame und originelle Weise Anregungen zur persönlichen Horizonterweiterung zu erfahren.

Wenn Sie mehr erleben möchten:
www.brendow-verlag.de/auslese

LESEPROBE

Der Pestarzt

von Barbara Büchner

»Herr Redakteur, das ist eine Geschichte, über die man bis Ungarn hinunter reden wird, und vorerst bin ich der Einzige, der davon weiß.« Der Journalist Anton Stieglitz, ein schmächtiger junger Mann in einem Anzug, der aussah, als hätte er darin geschlafen – was er manchmal tatsächlich tat –, stützte die Hände auf den Schreibtisch und beugte sich so weit vor, dass die Männer beinahe mit den Nasenspitzen zusammenstießen.

»Und woher wissen Sie's?«, fragte der Lokalredakteur des »Wiener Tagblatts«. Er hatte oft genug erlebt, wie sich von seinen Untergebenen groß angekündigte Sensationen als Windeier erwiesen.

Stieglitz grinste. »Redaktionsgeheimnis.«

»Sein'S nicht albern! Also, setzen Sie sich und erzählen Sie mir, worum es geht.«

Der junge Mann gehorchte eifrig. Er zog ein Notizbuch aus der Tasche und begann wichtigtuerisch darin zu blättern, obwohl er alle Fakten im Kopf hatte. »Sie erinnern sich doch, dass im Februar eine Expedition von Wiener Ärzten nach Indien gefahren ist?«

Ja, daran erinnerte sich der Lokalredakteur. In den Zeitungen erschienen immer wieder Meldungen über Fälle von Beulenpest in Süd- und Ostasien. Vor drei Jahren, 1894, hatte es für große Aufregung gesorgt, als bekannt wurde, dass während einer Epidemie in der Kronkolonie Hongkong der Erreger der Pest identifiziert worden war, und unter den Gelehrten tobte ein heftiger Streit, wer ihn nun eigentlich entdeckt hatte – der berühmte japanische Bakteriologe Shibasaburo Kitasato oder der weitgehend unbekannte, aus der Schweiz stammende französische Tropenarzt Alexandre Yersin. Beide schrieben sich die Entdeckung zu. Oder hatten beide unabhängig voneinander und gleichzeitig den Pestbazillus ausfindig gemacht? Auf jeden Fall hieß das widerwärtige Ding nun Yersinia pestis nach dem Franzosen. Seither forschten Bakteriologen in aller Welt an der Entwicklung eines Impfstoffes gegen den schwarzen Tod.

Als 1896 eine neue Pestepidemie in Indien ausgebrochen war, hatte die Britische Akademie der Wissenschaften andere Länder dazu eingeladen, eine gemeinsame wissenschaftliche Kommission nach Indien zu entsenden, um die Krankheit zu untersuchen. Für die Österreichische Akademie der Wissenschaft fuhren von Februar bis April 1897 vier Ärzte des Wiener Allgemeinen Krankenhauses nach Bombay. Aber das war im Frühling gewesen, die Ärzte und ihre Mitarbeiter waren alle wohlbehalten zurückgekehrt, und der dicke Wälzer, den sie über ihre Forschungen schrieben, interessierte niemanden außer den Fachleuten – ganz sicher nicht die eher einfache Leserschaft des »Wiener Tagblatts«.

»Geht es wieder um die Zänkerei zwischen dem Japaner und dem Franzosen? Das hatten wir schon mal.«

»Nein, es geht um etwas viel Besseres.« Für den jungen Sensationsjournalisten war eine Geschichte umso »besser«, je mehr Staub sie aufwirbelte, und diesmal war er sicher, dass eine Menge Staub fliegen würde. »Ich habe nämlich jemanden kennen gelernt, der mir Dinge erzählt hat, die er eigentlich niemandem erzählen dürfte.« Er tat so, als kippte er sich mehrere Gläser Bier hinter die Binde. »War nicht mehr ganz nüchtern, der Herr. Hin und wieder kommt ihm das Grauen bei seiner Arbeit, dann säuft er sich nieder. Ich hatte das Glück, ihn in einem Beisl[1] hinter dem Allgemeinen Krankenhaus kennen zu lernen, als er sturzbetrunken und recht mitteilsam war. Und jetzt hören Sie gut zu! Der Mann, Franz Barisch heißt er, ist Labordiener am Pathologischen Institut im Allge-

1 Kleine, billige Wiener Gaststätte.

meinen Krankenhaus, und wissen Sie, was er dort macht? Ich sag's Ihnen mit seinen eigenen Worten: Er ›dressiert die Ratten und die Pestbazillen‹!«

Der Lokalredakteur wich instinktiv zurück, als sei schon das bloße Wort infektiös. »Sie meinen, er hat dort ...«

Stieglitz fiel ihm ins Wort. »Genau das. Die vier Ärzte, die in Indien waren, haben nicht nur vor Ort Pestfälle studiert, sie haben auch hochinfektiöses Material nach Wien mitgebracht, und seither machen sie im Pathologischen Institut heimlich Versuche damit. Barisch hat in seinem Pestzimmer, wie er es nennt, eine Menge Käfige mit Ratten und Meerschweinchen stehen, die alle infiziert sind. Können Sie sich vorstellen, was passiert, wenn es zu einem Laborzwischenfall kommt? Dann haben wir die Pest in Wien!«

»Das darf doch nicht wahr sein!« Dem Lokalredakteur war sofort klar, dass ein Zeitungsartikel wie eine Bombe einschlagen würde. Schreckliche Berichte waren aus früheren Zeiten über das Wüten der Pest überliefert. So waren in Wien 1541 etwa ein Drittel der rund 25.000 Einwohner an der Pest gestorben, im Jahr 1679 sogar 12.000 Menschen. Am Graben, im Herzen der Altstadt, erinnerte die mächtige barocke Pestsäule an das große Sterben in Wien. Das waren Ereignisse, die man nicht vergaß, so tief hatte sich der Schrecken dem Gedächtnis der Wiener eingeprägt. Seit den großen Seuchenzügen waren Jahrhunderte vergangen, der schwarze Tod hatte sich in den Orient zurückgezogen und verschonte das medizinisch und hygienisch besser ausgestattete Abendland – aber nun hatten Ärzte ihn ganz bewusst eingeschleppt!

»Sie sagen natürlich, dass sie alle Vorsichtsmaßnahmen getroffen haben«, fuhr Stieglitz leidenschaftlich fort. »Barisch hat strengen Auftrag, sich selbst und die Räume aufs Sorgfältigste zu desinfizieren, und das Pestzimmer liegt isoliert von allen anderen Räumen des Instituts. Er wohnt auch mit seiner Frau für sich allein im nebenan liegenden Narrenturm. Trotzdem sage ich Ihnen: Wenn der Mann in dem Zustand, in dem ich ihn kennen gelernt habe, mit infizierten Versuchstieren hantiert, dann möchte ich nicht in der Nähe sein. Er konnte kaum mehr stehen. Ich habe mich dann unauffällig umgehört. Normalerweise soll er sehr verlässlich sein, aber dazwischen kommt es immer wieder vor, dass er sich sinnlos besäuft. Das ist eine Berufskrankheit bei den Prosekturdienern – kein Wunder bei der grausigen Arbeit.«

Stieglitz verschwieg diskret, dass es auch eine Berufskrankheit der Journalisten war und er selber längst nicht mehr nüchtern gewesen war, als er mit dem betrunkenen Labordiener Freundschaft geschlossen hatte. Erst am nächsten Morgen, als er mit brummendem Schädel aufwachte, war ihm die Bedeutung dessen, was der Mann ihm erzählt hatte, bewusst geworden.

Der Lokalredakteur streifte die Asche seiner Zigarre ab und betrachtete nachdenklich den glühenden Stumpen. »Sie haben Recht, Stieglitz, das ist eine Bombe. Aber ich brauche bessere Informationen als nur das Geschwätz eines Betrunkenen. Gehen Sie der Sache nach und recherchieren Sie alles, was damit zusammenhängt. Wenn wir uns mit dem Allgemeinen Krankenhaus anlegen, brauchen wir Fakten – hieb- und stichfeste Fakten.« Plötzlich grinste er, ein heimtückisches, wölfisches Grinsen, das gelbe Zähne entblößte. »Warum besuchen Sie nicht Ihren Freund Barisch und überzeugen sich mit eigenen Augen, dass die Geschichte mit dem Pestzimmer stimmt?«

Einen Augenblick verschlug es Stieglitz vor Schreck die Sprache. Dann gewann seine freche, gewandte Natur wieder die Oberhand. »Das mache ich, Herr Lokalredakteur. Und wenn ich dort war, komme ich auf direktem Weg zurück und erzähle Ihnen, wie leicht man sich dort infiziert.«

»Unterstehen Sie sich! War doch bloß ein Scherz. Aber eines meine ich im Ernst: Recherchieren Sie die Geschichte gründlich – und schnell, bevor die Konkurrenz davon Wind bekommt.«

Er stand auf und bedeutete Anton Stieglitz, dass er gehen könnte. Eigentlich hatte er ihm wie gewohnt die Hand schütteln wollen, aber im letzten Moment hatte er es sich anders überlegt. Der Kerl war mit diesem Franz Barisch zusammen gewesen, hatte mit ihm gesprochen, ihn sicherlich auch berührt. Es war besser, ihm nicht allzu nahe zu kommen.

Fortsetzung folgt …